L'ÉTRANGE HISTOIRE DU COLLECTIONNEUR DE PAPILLONS

RHIDIAN BROOK

L'ÉTRANGE HISTOIRE DU COLLECTIONNEUR DE PAPILLONS

Traduit de l'anglais (Grande-Bretagne)
par Hélène Amalric

fleuve
ÉDITIONS

Titre original :
The Killing of Butterfly Joe

MIXTE
Papier issu de
sources responsables
FSC® C003309

Fleuve Éditions, une marque d'Univers Poche,
est un éditeur qui s'engage pour la
préservation de l'environnement et
qui utilise du papier fabriqué à partir
de bois provenant de forêts gérées de
manière responsable.

ISBN : 978-2-265-11835-5

Dépôt légal : août 2019

Pour Adam et Joe

« Eh bien…
Nous en étions là.
À travailler, comme ça,
Et brusquement, qui a fait son apparition,
Si ce n'est LE CHAT CHAPEAUTÉ ! »

DR SEUSS

I

Je vous conte ici l'histoire de Butterfly Joe
Les aventures, les merveilles, les ennuis et les infortunes,
Mais comment exposer et se laisser dérouler le flot
De façon à sauver la peau de mes fesses
tout autant que mon âme ?
Je convoquerais bien une des Muses
(mais elles sont demeurées muettes depuis que Cupidon
a échangé son arc contre un flingue)
Que le Chant de leur nom
Et dix mille écrivains épuisés à la recherche de la gloire,
De la renommée et de plomb pour leurs crayons,
Soit un véritable récit articulé de vive voix.
Mais non. Je ne les attendrai pas.
Je me lancerai donc simplement,
Commençant par le commencement :
Une première rencontre avec mon héros
Et sa selkie de sœur, nue
Dans les eaux fraîches
Des Kaaterskill Falls
Non loin de l'endroit
Où Rip Van Winkle
Piqua sa sieste de vingt ans
C'est là que l'aventure débute
Et voici comment se déroule mon histoire…

Chapitre 1

Où je fais la connaissance de Joe Bosco et de sa sœur Mary-Anne aux Kaaterskill Falls

Je l'ai rencontré il y a l'espace d'une vie de papillon. C'est-à-dire six mois, si vous êtes un papillon exceptionnellement grand, fort et chanceux. Nous étions début mai. J'étais allongé au bord d'une rivière dans les Catskill Mountains, à lire et à fumer, lorsque je me suis assoupi, et me suis laissé glisser dans un rêve. Une de ces agréables rêveries intermittentes qui accompagnent le sommeil peu profond. Je venais de lire l'histoire de Rip Van Winkle, le héros de la nouvelle de Washington Irving, l'homme qui s'était endormi au pied d'un arbre pour se réveiller vingt ans plus tard dans un monde qui avait évolué sans lui, et il était là dans mon rêve. Il y avait un papillon – jaune, blanc et noir. Et je me trouvais à l'enterrement de mon père. En train de répandre ses cendres. J'avais conscience de rêver, et je prenais plaisir à l'hémorragie dépourvue de logique d'éléments disparates s'imbriquant les uns dans les autres. Mais quelqu'un essayait de s'introduire dans mon rêve. J'entendais une voix venue de l'extérieur, qui me tirait avec grossièreté de mon demi-sommeil. Je me souviens même m'être dit, dans mon rêve : *Ne te réveille pas, ne te réveille pas !* Mais la voix intrusive était aussi insistante et enthousiaste que celle d'un bambin. La voix de quelqu'un qui prenait plaisir à interrompre, sans tenir aucun compte de ce que les gens pensaient d'elle.

C'est un monstre. Un monstre absolu !

Le timbre était américain. Bien entendu : je me trouvais en Amérique.

J'ai ouvert les paupières, et il était là, éclipsant le soleil. Torse nu, pieds nus, un filet à papillons à la main, me contemplant avec un large sourire. Les verres de ses lunettes lui faisaient des yeux comme des soucoupes, semblables à ceux des galagos. Ses cheveux courts sur le devant et longs sur la nuque le gratifiaient d'un air moins intelligent qu'il ne s'est avéré. Je lui donnais une vingtaine d'années, peut-être un peu plus âgé que moi. Un gamin dans un corps de Superman.

— Ne bougez pas, monsieur, a-t-il dit.

Il a émis une sorte de grognement mêlé d'un gloussement, et froncé le nez de concentration.

— Tu devrais voir ça, Mary. Il est gigantesque !

Il s'adressait à quelqu'un dans l'eau. Je me suis redressé et j'ai vu une jeune femme d'environ dix-sept ou dix-huit ans, qui nageait au pied de la plus grande des chutes d'eau. Elle était entièrement nue, la peau d'une nuance vert ivoire, et ses longs cheveux ondoyaient dans son dos. Je me suis demandé si l'un des esprits de ces bois enchantés m'avait jeté un sort, et si, à l'instar de Rip Van Winkle, je venais de me réveiller dans un monde qui avait évolué sans moi.

— Un *Papilio glaucus* ! a-t-il lancé à la jeune fille.

— Pas si exceptionnel que ça ! lui a-t-elle crié en retour.

Qui étaient donc ces deux-là ? Des entomologistes naturistes ? Des hippies d'avant la chute ? (Woodstock n'était pas si loin que ça.) Ou bien, étant donné que nous nous trouvions à l'extrémité nord des Appalaches, peut-être s'agissait-il d'un couple d'individus consanguins féraux.

— Ne bougez pas, monsieur. Si vous pouviez juste rester… sans… bouger.

Il a abattu le filet sur l'énorme papillon jaune, noir et blanc qui prenait le soleil sur le rocher à côté de moi. Il a plongé la main dans le filet et tué le lépidoptère d'un pincement, lui pressant le thorax entre le pouce et l'index (si je n'ai pas véritablement entendu le craquement, je l'ai imaginé). Ensuite, il l'a déposé dans la paume de sa main et a tendu le bras dans ma direction.

— *Papilio glaucus*. Plus familièrement, le papillon glauque. Il n'est pas super-magnifique ?

Mort, avec ses ailes relevées sur le dos, c'était franchement difficile d'être d'accord.

— Trop mignon. Ne faites pas cette tête. Il offrira plus de bonheur mort que vif, vous verrez.

Il a glissé le spécimen dans un triangle de papier cristal qu'il a sorti d'un Tupperware.

— « Toute beauté procure une joie éternelle », ai-je remarqué en citant Keats.

Il a émis un « hmmm » d'assentiment, bien que je ne sois pas sûr qu'il ait saisi le sarcasme. Il m'a regardé, d'un air à présent curieux. Peut-être prenait-il mes mesures avant d'abattre son filet, de m'assommer et de m'épingler ? Il a brusquement tendu la main.

— Joe Bosco, *Alexandrae boscensis*.

— Llewellyn Jones.

— Llequoi ?

— Llew, c'est plus facile.

— OK. Llew. Et ça, c'est ma sœur Mary-Anne, *Paradoxa boscensis*. Je m'excuse pour elle d'avance.

Je ne savais pas très bien où poser mon regard : sur le colosse du rocher ou bien sur la naïade. Joe était immense : un mètre quatre-vingt-quinze et pas un soupçon de graisse sur une carcasse athlétique ; il était de proportions parfaites, bâti comme une statue de discobole grec. Sa présence physique sidérante rendait sa voix d'autant plus incongrue. Aiguë et enfantine, tellement improbable que je me suis demandé s'il ne s'agissait pas d'un subterfuge, d'une voix destinée à leurrer et à vous pousser à sous-estimer le personnage.

— Qu'est-ce que vous lisez là ?

— Juste un recueil d'histoires.

Je lui ai montré la couverture de mon livre – *Contes classiques américains* –, illustrée par un tableau du Cavalier sans tête de *Sleepy Hollow*.

Il y a jeté un coup d'œil, l'air pas impressionné pour deux sous, et a désigné d'un large geste de la main les chutes d'eau et les bois derrière.

— La véritable histoire, elle est là, mon ami. Là, là-bas, et encore au-delà.

Il a ouvert les bras et effectué un tour à trois cent soixante degrés pour embrasser la cascade, les *hemlocks* et l'abondance de la vie qu'ils abritaient.

— Vous n'avez pas envie de juste piquer une tête ?

— Je suis en train de m'y préparer.

J'essayais de ne pas contempler la silhouette dans l'eau, mais je pouvais la « sentir » là sans même la regarder, sa nudité plus menaçante que n'importe quel prédateur.

— Ne faites pas attention à elle, a-t-il dit. Ma sœur déteste les hommes.

— Je quoi ? a-t-elle répliqué d'un ton sec.

De toute évidence, elle écoutait, et son absence d'intérêt n'était qu'une pose.

— J'ai dit que tu détestais les hommes !

— Je n'en ai pas encore rencontré un seul !

À présent, elle nageait sur le dos, et ses seins brisaient la surface de l'eau.

— Alors… d'où venez-vous, Llew ? À l'oreille, d'Angleterre. Vous êtes anglais ?

J'ai acquiescé de la tête, sans prendre la peine d'expliquer que j'étais gallois, avec toutes les différences que cela impliquait.

— Vous êtes en voyage ? Vous travaillez ? Qu'est-ce qui se passe ici ? C'est quoi, le plan ?

Ce qui se passe ici ? Mon plan était vague : voir l'Amérique ; prendre du bon temps.

— Je ne sais pas encore. Je me contente de vivre dans l'instant présent.

— Vous n'êtes pas déprimé, ou un truc de ce genre ?

— Déprimé ? Non, ai-je répondu avec un rire, mais un rire si pathétique que je m'en suis méprisé. Pourquoi ?

— Vous avez l'air un peu triste.

— Vraiment ?

— Eh bien, vous êtes là au bord d'une chouette rivière par une journée bien chaude, allongé à côté de la plus magnifique des merveilles naturelles, et vous êtes en train de bouquiner.

J'ai haussé les épaules.

— Alors, j'ai raison, ou j'ai raison ?

J'étais un peu cafardeux, mais je n'allais pas raconter à un parfait inconnu la mort récente de mon père ni ma tendance à me faire planer quand j'étais au trente-sixième dessous.

— Je vais bien.

— Ha ! Je ne vous crois pas. Mais j'aime cette voix. Hé, Mary, tu devrais venir écouter ça. C'est comme ça qu'on doit parler !

Dès le début, je crois que Joe a perçu dans ma voix un élément dont il pouvait se servir. J'ai une belle voix : claire, neutre, avec juste le soupçon suffisant d'accent gallois pour lui donner un bon timbre. Je sais bien qu'un accent anglais a ici sur les autochtones un effet hypnotisant disproportionné, mais à l'oreille de Joe, j'avais une voix susceptible d'ouvrir les portes et de conclure des affaires.

Il a posé son filet à papillons.

— Vous venez plonger ?

— Peut-être.

Il a posé ses lunettes sur son filet, et a grimpé sur l'éperon rocheux qui servait de plongeoir. Il a levé les bras en « V », dressé comme s'il se préparait à diriger l'orchestre du feuillage ; il a fait durer le moment, puis a plongé de façon très théâtrale, avec un manque de coordination surprenant. Il est ressorti de l'eau en laissant échapper un « whoop ! » enthousiaste.

— Vous ne savez pas ce que vous manquez !

Je savais exactement ce qui me manquait : la capacité requise à ne pas ressentir de gêne pour me déshabiller et plonger alors que sa sœur se trouvait toujours dans l'eau, le tourbillon des eaux obscurcies par les chutes rendant sa nudité encore plus tentante.

— Mary ! Arrête d'embarrasser ce type. Enfile des vêtements !

Il s'est tourné vers moi avec un haussement d'épaules :

— C'est sa façon de protester. Elle pense qu'elle a le droit de nager nue, comme Ève l'aurait fait avant la chute.

Parce qu'elle n'a rien fait de mal. Vous voyez, elle fait de la Mauvaise Théologie. Mary, allez, viens !

Elle nageait sur place. J'ai été incapable d'interpréter le regard qu'elle m'a lancé ; mais celui-ci ne m'était pas tout à fait hostile. Elle a lentement regagné la rive à la nage, puis est sortie – un pas après l'autre –, battant de la tête pour attraper ses cheveux, les nouer et les essorer tout en se penchant, m'ignorant mais prenant soin de vérifier que je regardais, ce qui était le cas – j'avais l'air d'une grenouille envoûtée par un serpent hypnotiseur. Une fois sortie de l'eau, son teint était d'une pâleur laiteuse, et elle, d'une maigreur garçonnière. Elle a ramassé sa serviette, qu'elle a heureusement nouée autour de son ventre. Il y avait dans sa démonstration d'impudicité quelque chose de non américain. Elle aurait pu être française.

— C'est à vous, monsieur, a-t-elle dit.

À l'inverse de son frère, elle avait une voix profonde et rauque.

Je tenais à leur montrer (et surtout à elle) que j'avais davantage à offrir qu'une vie intérieure. Je me suis levé, j'ai ôté mes vêtements pour ne garder que mon caleçon, et me suis détourné car je sentais renfler une certaine excitation. J'ai retiré ma montre – un souvenir de mon père décédé – que j'ai soigneusement déposée sur mon short. Je me suis dirigé vers la corniche avec la sensation, sous le regard de cette jeune femme, que j'avançais sur une planche au-dessus de flots infestés de requins. Je suis resté un moment à contempler le bassin en contrebas, à calculer sa profondeur. Un instant, j'ai songé à la réfraction trompeuse de la lumière, ma crainte accentuant la distance qui me séparait de l'eau et minimisant la profondeur de celle-ci. Depuis la rive, Joe m'encourageait :

— Allez-y ! Plongez !

Ce que j'ai fait, tout mon être concentré pour garder les jambes serrées et les bras tendus comme une flèche, décidé à faire bonne impression sur la fille. Le fond du lagon s'est précipité à ma rencontre plus vite que je ne l'avais prévu, mes mains ont touché et dispersé du gravier, provoquant de petits nuages. Le soleil taillait des puits de lumière autour de moi. Je suis resté au fond l'espace de quelques battements de cœur, pour prouver que j'avais du souffle à revendre, prenant plaisir à ce nouveau monde de fraîcheur. J'ai poussé un cri en remontant à la surface, pour reprendre ma respiration tout autant que pour rendre grâce à la vie. Nous étions au mois de mai et l'eau était encore glacée. J'attendais les applaudissements ou des félicitations quelconques, mais seul l'écho du fracas de l'eau sur l'eau m'a accueilli. J'ai levé les yeux sur le rocher, mais il n'y avait plus aucun signe de Joe ni de sa sœur. Je ne m'en suis pas inquiété et j'ai traversé l'étendue à la brasse, m'arrêtant dans une flaque de soleil tiède et soyeuse pour faire la planche. Un rapace est passé devant la chute d'eau. (Je sais maintenant qu'il s'agissait d'un pygargue à tête blanche.) Puis j'ai entendu un cri en provenance de la rivière, une voix d'homme, suivie d'un craquement de bois et d'un rire en cascade féminin, puis un autre cri de la part de l'homme. Bêtement, je me suis demandé si d'autres gens venaient gâcher cette scène bucolique, et puis, la réalité m'a frappé : tout ça – la chasse aux papillons, la conversation entamée, l'encouragement à plonger, la fille nue – était un coup monté. Et j'avais marché à fond. J'ai nagé jusqu'à la rive, je me suis hissé hors de l'eau et j'ai couru jusqu'au perchoir où j'avais laissé ma montre avec mes vêtements. La montre encore posée sur ma chemise scintillait avec des reflets dorés sous le soleil, mais les fées des bois avaient subtilisé mon livre.

J'ai regardé en aval de la rivière, envisagé de me lancer à leur poursuite, mais ils étaient maintenant trop loin, et puis de toute façon, ce n'était qu'un livre, un livre que je pourrais remplacer sans que ma tante en sache rien.

Les nuances bleues des hautes terres ont tourné au violet tandis que je regagnais la maison de ma tante. Le vol n'était qu'une petite infraction, mais me laissait avec un sentiment d'inquiétude et de ridicule. J'aime à penser que je ne me trompe pas sur les gens, mais je n'avais rien vu venir. Oui, la fille avait été agressive et maussade, mais la gentillesse du type avait paru sincère. Ils devaient probablement arnaquer les touristes comme ça en permanence. Je me sentais comme dépouillé tout autant de mon discernement que de mon livre, et tout en descendant la rivière, j'étais certain que les arbres et les flots impétueux se riaient de moi. Je sais bien qu'il ne s'agit que d'une projection de mes sentiments, mais du jour de mon arrivée dans les Catskills, j'avais éprouvé la sensation que la nature était douée d'une intelligence qui donnait le frisson, comme si elle savait des choses à mon propos, sur mon passé, sur mon avenir, des choses que j'ignorais moi-même. Et si j'avais été davantage capable de déchiffrer les signes, j'y aurais peut-être décelé un avertissement.

Chapitre 2

Où Joe m'apporte une offrande et me fait une offre

Cette nuit-là, le sommeil qui m'avait si agréablement enveloppé dans la journée s'avéra difficile à dompter. Ma rencontre avec les amateurs de papillons avait engendré un cocktail hyper-stimulant de désirs flagrants, de possibilités excitantes et d'angoisses abstraites. Qui étaient-ils ? D'où venaient-ils ? Pourquoi avaient-ils pris le livre et pas la montre-bracelet, l'Omega Seamaster des années 50 d'une bien plus grande valeur ? Les avais-je véritablement rencontrés ? Le fantôme du livre disparu sur ma table de chevet le confirmait, mais le chevauchement rêveur des événements de la journée et d'un joint vespéral brouillait ma sensation de qui était quoi. Allongé dans mon lit, je remarquai – pour la première fois depuis que j'étais chez ma tante – les bruits des animaux de la forêt. En m'efforçant de les identifier, je passai en revue la hiérarchie des prédateurs américains, de la cigale à l'ours en passant par la grenouille, le serpent, le hibou, le lynx, le coyote et le cougar avec, tout en haut de l'échelle, la sœur du type aux papillons, semblable à une selkie, cette créature mythique des Shetland qui vit dans les flots sous l'apparence d'un phoque, et prend forme humaine en sortant de l'eau. Elle se trouvait encore là-bas dehors, nue dans la rivière sous la cascade, plus sexy qu'une grenouille à grande bouche, plus rusée qu'un serpent, plus puissante qu'un ours, chantant comme une sirène pour m'attirer.

Mais si je pouvais chasser son image à l'aide de fantasmes à l'eau de rose et de quelques mouvements de poignet, impossible de me sortir de la tête le type aux papillons. Sa présence s'était imprimée sur ma rétine dès ce premier coup d'œil éclipsant le soleil, et ses observations à mon propos – si présomptueuses, si critiques, si justes ! – tournaient en boucle dans mon esprit comme un refrain pop agaçant.

Vous n'êtes pas déprimé, ou un truc de ce genre ? Vous avez l'air un peu triste. La véritable histoire, elle est là.

C'était comme s'il avait lu mon courrier (comme ils disent ici). J'étais venu voir l'Amérique, mais depuis mon arrivée deux semaines auparavant, rien ne s'était passé comme prévu. Je m'étais fait virer de mon premier boulot de barman pour cause de retard. Ma tante, désolée pour moi, m'avait proposé de repeindre sa grange mais, dénué de tout sens pratique, je trouvais ce travail long et difficile. Je me laissais également distraire et me perdais dans sa vaste collection de littérature américaine. La grange abritait dix mille ouvrages, qu'elle m'avait demandé d'inventorier et de classer par ordre alphabétique, une tâche qui me remplissait d'aise mais me voyait battre en retraite sur le terrain fictif de la littérature américaine, au lieu de sortir et d'explorer la réalité des lieux dans lesquels se déroulaient nombre des histoires. Je me disais : *Pourquoi abandonner le monde magnifiquement rendu dans les livres pour les contingences d'une réalité malpropre qui exige pour la voir de la sueur, du sang et de l'argent, alors que tout est là, à ma disposition ?* À dire vrai, la lecture encourageait mon introspection. Et je fumais beaucoup trop.

J'émergeai le lendemain matin – ayant dépassé de deux heures le réveil – au son des notes longues du téléphone à l'américaine (ces différences étaient encore alors suffisamment neuves pour me surprendre). J'avais la gueule de bois et les membres lourds. Du côté droit, je ne sentais plus mon bras et des picotements remontaient le long de mon mollet. En posant le pied par terre, j'éprouvai la sensation que ma colonne vertébrale était démise, comme si j'avais lutté toute la nuit avec un colosse, pour finir par perdre. Je me jurai de ne plus jamais fumer de dope.

— Je t'ai réveillé, mon chéri ?

Je recouvris le récepteur pour me débarrasser la gorge des glaires du sommeil, et faire croire à ma tante que j'étais debout depuis un moment.

— Pas du tout, tante Julia.

— Tu ne te sens pas trop seul là-haut et tu ne t'ennuies pas, Llew ?

— Non. Je suis en bonne compagnie. J'avance sur la bibliothèque.

— P'pa avait de drôles de trucs dans cette grange.

Je décidai de ne pas faire allusion au livre volé par les amateurs de papillons. Je ne tenais pas à ce que ma tante pense que je perdais la tête tout autant que ses affaires.

— Et la voiture ? Tu l'as fait démarrer ?

— Je l'ai emmenée à Hunter. Elle marche très bien.

Encore un mensonge. Je n'avais pas une seule fois sorti la voiture depuis deux semaines que je me trouvais chez elle. La lecture et la légère agoraphobie que la consommation excessive d'herbe avait tendance à déclencher avaient limité mes excursions à la chute d'eau et à l'épicerie.

— Écoute, je ne viendrai pas ce week-end, Llew. Mais si tu veux faire un break et passer quelques jours en ville, tu es le bienvenu. On a de la place.

— Tout va bien, merci. J'ai trouvé un bon rythme ici.

— Et comment avance la grange ?

— Je ne vais pas très vite, mais ça me plaît. C'est très thérapeutique.

Ce n'était pas un mensonge. Le travail manuel avait l'avantage de se dérouler dehors, de vider la tête et d'offrir un but atteignable. Je m'étais installé dans une routine où je peignais de neuf heures à midi, je m'arrêtais pour le déjeuner, puis l'après-midi, j'allais me promener jusqu'aux chutes d'eau, je lisais, j'inventoriais, réservant les soirées à encore davantage de lecture, de fumette, et censément, d'écriture ; mais la peinture représentait la meilleure part de la journée.

— Et ton livre ? Tu arrives à écrire un peu ?

— Ça coule tout seul. Comme les Kaaterskill Falls, tante Julia.

Je grimaçai de mes enjolivures.

— C'est merveilleux, Llew.

Mon troisième mensonge en presque autant de minutes. Intéressant de constater la facilité avec laquelle ceux-ci me venaient. Je me considère comme un individu honnête, mais au fil des ans, j'avais appris à débiter des mensonges, en grande partie pour éviter d'avoir à décevoir les gens. Je voyais cela tout autant comme une sorte de gentillesse que comme une façon de me protéger. L'année qui avait suivi la fin de mes études universitaires, j'avais commencé à raconter aux gens que j'étais écrivain. Le mensonge avait poussé sur le terreau de mon échec à dénicher un travail convenable et d'un besoin de me différencier de mes amis et frères et sœurs qui réussissaient professionnellement et fonçaient devant moi dans le monde, tout en représentant un moyen de calmer mon père, que mon incapacité à trouver une véritable profession avait désespéré.

C'était également une réponse énigmatique et raisonnée (et difficile à vérifier, ce qui était bien pratique) à la question : « Alors, qu'est-ce que tu deviens maintenant, Llew ? » La première fois que j'avais essayé cette réplique sur une fille dans une soirée, elle en avait été tellement impressionnée que j'avais décidé de m'en servir aussi longtemps que je pouvais me le permettre. Elle semblait avoir un effet magique sur les gens, jouer en ma faveur et à tout le moins, provoquer une admiration injustifiée chez des inconnus et même des amis. Seul mon père avait exprimé son désaccord ; il m'avait ri au nez lorsque je lui avais fait part de mon plan d'écrire un livre, un récit de voyage en vers qui se déroulerait en Amérique (Mon Américodyssée). Ma tante, cependant, adorait l'idée que je puisse – moi ou quelqu'un d'autre, n'importe qui – écrire un livre, encore davantage que moi, et elle avait encouragé mon caprice en installant un bureau et une machine à écrire dans la grange, puis en s'enquérant poliment de mes progrès à chaque fois qu'elle appelait, tous les deux jours. Je jouais le jeu, discutant des choses non écrites comme si elles existaient sur la page. Quelquefois, j'aimais tellement l'écho de ce que je non-écrivais que je me demandais pourquoi je ne l'écrivais pas réellement. À dire la vérité, j'avais écrit quelque chose la veille au soir, mais ce n'était pas « L'Œuvre » que j'avais entreprise. Il s'agissait d'un poème inspiré par mon étrange journée à la cascade ; mais je ne voulais pas en parler à ma tante de crainte que cela ne m'amène à lui parler du livre volé et des amateurs de papillons, ou pire encore, à ce qu'elle me demande de lui lire le poème. Je ne sais pas trop pourquoi, mais il était plus facile de lui parler d'un livre que je non-écrivais que du poème que je composais.

— Je suis contente que la situation s'améliore, Llew. Tout va bien, maintenant ?

— Je crois. Je m'en sors.

Par « tout va bien », ma tante voulait parler du décès de mon père, à peine quatre semaines auparavant, à ce moment-là. Je ne l'avais pas détrompée dans sa conviction que sa mort avait été un rude choc pour moi. Ma « perte » m'offrait un moyen de pression, me permettait d'exiger des choses qui auraient pu autrement paraître effrontées ; comme, par exemple, demander si je pouvais rester chez elle plus longtemps que les deux semaines proposées à l'origine.

— C'est très étrange, le chagrin, dit-elle. Je sais que quand P'pa est mort, je me suis sentie bizarre. Pendant des mois, j'ai été incapable de voir qui que ce soit. Je crois que tu t'en tires bien, Llew.

Ce matin-là, lorsque j'ai commencé à travailler sur la grange, je me suis retrouvé à reprendre la conversation avec l'amateur de papillons – en fait, un échange avec moi-même que j'avais eu la veille au soir. Il s'agissait de « la lecture » versus « l'expérience vécue », et j'étais en train de gagner haut la main la discussion lorsqu'une voiture a débouché dans le chemin, déversant à fond de la musique country. Il s'agissait d'une berline d'une marque ou d'un modèle impossible à déterminer ; le capot était d'un rouge foncé métallique, le reste de la voiture bleu cobalt. Un homme en short vert, chemise lilas, ample veste de coton jaune, chaussettes blanches et chaussures de sport en descendit, et il me fallut un moment avant d'identifier Joe Bosco. La veste était trop petite pour lui, et son short de deux tons de vert, tilleul et mousse. Pourtant, son physique magnifique et son pur entrain faisaient oublier l'accoutrement effroyable, criard et mal ajusté.

— Salut, Llew !

Que la mention de mon nom constitue une agréable surprise démontrait la mesure de mon indigence en matière de contacts humains, alors même que je considérais à cet instant cet individu comme un bouseux chapardeur. Mais je fus instantanément heureux de le voir. Il portait un livre et une boîte en verre, et remontait le sentier en examinant les alentours, évaluant les lieux comme s'il les mesurait pour son propre usage.

— La vache ! Ça en jette, dit-il.

La maison de ma tante était assez jolie, mais loin d'être exceptionnelle. Une maison à clins blancs classique de Nouvelle-Angleterre, avec une véranda garnie de fauteuils en osier et des rosiers grimpants le long de la charpente, une clôture blanche et une grange de taille ordinaire pour la région. On aurait pu la transposer dans n'importe quelle ville du Midwest sans s'attirer aucun commentaire ni offusquer qui que ce soit.

— Tenez, fit-il en me tendant le livre.

Mes *Contes classiques américains* volés.

— Ma fichue petite sœur, elle s'est tirée avec. Je ne l'ai rattrapée qu'au bout de la rivière. Elle fait toujours ce genre de trucs. Elle est cleptomane.

Le dos du livre était cassé, mais le retour du volume était tellement inattendu que je ne me plaignis pas.

— Ça aussi, c'est pour vous.

Il me tendit une boîte en verre de quinze centimètres sur dix avec cinq faces transparentes et un fond opaque. Elle contenait le papilionidé qu'il avait capturé et tué devant moi la veille. Celui-ci avait été monté sur un morceau de bois flotté lisse gris pâle, les ailes déployées.

Je distinguais précisément le réseau compliqué des nervures, semblables aux plombs maintenant les pièces d'un vitrail. Le genre de détail facile à ignorer dans l'éclat flou d'un papillon qui passe en voletant, mais une fois l'insecte pris au piège et exposé dans une boîte, on remarquait ces choses. Exactement comme il me l'avait dit la veille : « Il offrira plus de bonheur mort que vif, vous verrez. »

— C'est une chouette grange, sur laquelle vous travaillez.

Il me planta là avec le papillon et le livre, et marcha d'un pas résolu en direction de l'échelle. Il se saisit des barreaux, qu'il secoua pour en vérifier la solidité. Il examina le pot de peinture qu'il renifla.

— Il vous faut de l'aide.

Il ne s'agissait pas d'une question, et il ne me demandait pas la permission. Je ne suis pas certain que Joe ait jamais demandé la permission de faire quoi que ce soit.

— Mais, et vos vêtements ? objectai-je de façon peu convaincante, redoutant de le voir flanquer en l'air mon organisation, si tant est qu'elle ait existé. (Quand il y avait une organisation, on pouvait être sûr que Joe la fichait en l'air.)

Il retira sa veste, qu'il jeta dans l'herbe, remonta les manches de sa chemise, ramassa le pinceau, qu'il plongea dans le pot, puis entreprit d'étaler des épaisseurs de peinture à grands coups rapides dans des gerbes d'éclaboussures, tout en chantonnant : « Dee dee dee. Dee dee dee. » Il débordait d'une telle énergie, impossible à contenir.

— Donc, vous avez déjà fait ce genre de choses.

— Je repeins des granges depuis ma première purée Gerber. Il faut y aller le plus vite possible. Une fois, quand on vivait dans le Michigan, j'étais en train de peindre la grange quelques heures avant l'arrivée d'une tornade.

Quand elle s'est abattue, nos deux chiens ne voulaient pas venir s'abriter à l'intérieur. On leur hurlait dessus, mais eux voulaient juste aboyer sur la tornade. Alors, elle les a balayés, les a aplatis contre la grange, en laissant deux marques en forme de chien dans la peinture qui n'était pas encore sèche.

Il peignit frénétiquement pendant une dizaine de minutes, recouvrant deux fois plus de surface que moi dans le même laps de temps, tout en me posant des questions, comme si j'étais le visiteur et lui l'hôte. Comment s'était-il débrouillé pour ça ? Comment ce type osait-il débouler dans mon existence agréable et ordonnée et tout flanquer sens dessus dessous, avec sa théologie, son entomologie, et ses étymologies déformées !

— Je suis curieux. Qu'est-ce qui vous amène ici, Llew ? Vous n'avez pas fait tout ce chemin juste pour peindre une grange.

Je posai la boîte entomologique sur la table de jardin et lui expliquai mes liens familiaux, comment la sœur de ma mère avait épousé un Américain, et comment elle était venue s'installer ici à tout juste vingt ans. Comment j'avais toujours voulu voir l'Amérique. J'évoquai mes projets de voyage avec euphémisme. Mon intention de travailler ici et là. Pour faire bonne mesure, je lui racontai que j'écrivais un livre. Je lui en appris pas mal sur mon compte, et tout en parlant, il m'apparut clairement que mon besoin de parler était plus grand que je ne voulais bien l'admettre. L'information jaillissait de moi avec une franchise presque déplacée hors du divan d'un psy ou du lit d'une maîtresse.

Joe ne paraissait pas écouter. Il hochait la tête, mais comme un acteur dans un film étranger mal doublé, ses signes et ses expressions faussement denses pas complètement synchronisés avec ce que je lui racontais. Puis tout aussi brusquement qu'il s'était mis à peindre, il s'interrompit, descendit de l'échelle, et jeta le pinceau sur le sol, éclaboussant de bleu l'herbe verte.

— Il faut que je voie l'intérieur de cette grange.

En deux bonds, il grimpa les marches jusqu'à la porte ouverte. Il était perpétuellement en mouvement, comme le Chat chapeauté, faisant tournoyer une assiette au bout d'une perche, puis tout de suite une autre, puis encore une autre. Il n'entendait jamais le fracas des assiettes tombant derrière lui, parce qu'il était déjà passé à autre chose.

— Vous rigolez, là ! s'exclama-t-il.

Lorsque je le rattrapai, Joe passait la main le long d'une étagère en secouant la tête.

— Il y a combien de livres ici ?

— Dix mille. Exactement dix mille, apparemment.

— Il vous faudrait vingt ans pour les lire tous.

Joe s'arrêta et tira un ouvrage de l'étagère. Il se mit à lire à haute voix de façon hésitante, d'un ton plat, monotone et mécanique, qui ne laissait aucune chance à la prose : « Le lendemain matin, au club-house, les Knights mal rasés étaient… d'un pas pesant, les yeux rouges. Ils se déplaçaient mol… mollement, maudissant chacun de leurs pas. » Il interrompit sa lecture et se débarrassa du livre tout en en cherchant un autre, qu'il déchiffra de la même manière, se débrouillant pour faire ressembler le nouvel auteur au précédent. « Arrête, voilà les flics, chuchota Bettina. Allons, Blake, dit-elle d'une voix forte, espèce de gorille… gorille… tombeur, à qui crois-tu que je parle ? » Pfuiit… c'est nul.

Il balança par terre le livre aux pages voletantes, qui atterrit tel un oiseau brisé, à la crapaudine. Il s'empara d'un autre : « Quelques mois plus tard, traîné jusqu'au gibet attaché à la queue d'une mule, le Noir rencontra sa fin muette… muette. » Il s'arrêta, daignant regarder la couverture. Cette fois-ci, je tendis la main et m'emparai du livre – *Billy Budd et autres récits* – avant qu'il ne l'expédie à travers la pièce.

— Je vous en prie, faites attention. Ils ne m'appartiennent pas. En plus, ce n'est pas juste, non ? De lire des extraits comme ça. Pour prouver un truc.

— Le truc, Llew, c'est ça. Il y a un temps pour lire des histoires, et un temps pour les créer. Vous lisez trop de la vie des autres gens, et vous oubliez de vivre la vôtre.

Il reprit sa marche, mesurant le sol de ses enjambées d'un mètre de long. Lorsqu'il atteignit l'extrémité de la pièce, il aperçut quelque chose dans le coin.

— Qu'avons-nous donc là ?

Il inspectait une toile d'araignée dans laquelle était emprisonnée une aile de papillon. Il tira celle-ci de la toile en prenant soin de ne pas briser les fils. Lorsqu'il le voulait, Joe pouvait se montrer extrêmement doux, et en dépit de la violence des événements à venir, j'étais alors convaincu, et je le suis toujours, qu'il ne ferait pas de mal à une mouche (à moins d'être sérieusement provoqué) ou à un papillon (à moins de pouvoir le vendre). Il scruta l'aile marron et à mes yeux sans aucun trait marquant, de la façon dont quelqu'un pourrait déchiffrer un texte. Il était à l'apogée du calme et du contentement lorsqu'il « lépidait ». Tandis que je l'observais en train d'observer l'insecte, je remarquai sur ses poignets et ses avant-bras des décolorations, des cicatrices qui ressemblaient à des greffes de peau.

— Un *Papilio ulysses* ici ? Impossible, déclara-t-il. En tout cas, il a mal fini.

Un papillon portant le nom de mon héros ? Je pris cela pour un signe.

Le Chat remit alors son chapeau et reprit son entreprise de démolition. La machine à écrire tomba dans sa ligne de mire, et il sauta dessus avant que je réalise que mes efforts de la nuit précédente se trouvaient encore sur le rouleau.

— C'est votre bouquin ?

Mon cœur se décrocha puis palpita.

— …

Il se pencha et tourna le bouton du cylindre pour dégager la feuille. Alors, à mon horreur, il se mit à lire le poème à haute voix, de la même façon qu'il avait lu les livres au hasard, en écrabouillant le sens.

— « Aux Kaaterskill Falls
J'ai rencontré un homme
Qui a tué un papillon
À mains nues ;
Ensuite, j'ai vu une fille,
Dans le ruisseau,
Qui elle aussi m'a tué,
D'un seul regard. »

— S'il vous plaît, ce n'est pas vraiment fait pour…

— C'est super. Je suis dans un poème ! C'est moi et Mary, n'est-ce pas ?

— Peut-être. Ce sont juste… des idées.

— Eh bien, j'aime ces idées…
« Ils m'ont volé mes contes
Puis ma dignité
Et le livre n'était plus
À mon… »

Je dus lui retirer la feuille de force pour l'arrêter et levai une main :

— Ce n'est pas destiné à être lu par d'autres.

— Oh… ne soyez pas si susceptible. C'est marrant.

— Eh bien, ce n'est pas vraiment fait pour ça.

Il me rendit le poème. Il avait l'air sincèrement ravi de mes efforts, mais j'aurais préféré nager tout nu devant lui plutôt que de l'entendre continuer sa lecture.

— Je vous l'ai dit, on aurait bien besoin d'un type qui sait y faire avec les mots. C'est exactement ce que je cherche en ce moment.

Il se frotta les mains, puis prit la pose de quelqu'un qui s'apprêtait à faire une offre : le sourire sûr de lui, les mains ouvertes et tendues.

— Écoutez, Llewelyn, Llew… enfin, bref – il va falloir faire quelque chose à propos de ce nom –, je vais être franc avec vous. La première fois que je vous ai vu, j'ai pensé : « Qui est ce type, cette espèce d'Européen pâle, chétif, bon à rien, allongé au bord de la rivière à fumer un pétard et à lire un livre ? » Je vous ai vu depuis le haut de la cascade avant d'arriver au bassin, et j'ai pensé que vous aviez l'air insatisfait, comme une sorte de philosophe, de la façon dont vous étiez allongé sur le côté avec une jambe repliée. Je veux dire, il faisait une chaleur d'enfer, et vous étiez là le nez dans votre bouquin, comme s'il renfermait une réponse aux mystères de l'existence. J'étais bien certain qu'il ne contenait rien de tout ça, et même si c'était le cas, vous n'alliez rien en tirer. Quand on a discuté, je vous ai bien aimé, comme certains des trucs que vous avez dits à propos de la beauté, et le reste, même si je savais que vous nous regardiez de haut, comme si vous nous preniez pour un couple de ploucs demeurés. Ça, vous ne l'avez pas trop bien caché.

— Ce n'est pas ce que je pensais.

— C'est OK, je suis habitué. Mais, que vous alliez plonger, ça m'a impressionné. Je ne pensais pas que vous iriez. Ça m'a montré que vous aviez en vous un peu de vie – un peu d'audace. Mais après ça, Mary-Anne a piqué le livre ! Alors, je lui ai couru après. On est rentrés à la maison, et plus tard, une fois couché, je me suis senti un peu coupable de tout ça, j'ai pensé à moitié à cette journée et à certaines des choses que vous avez dites, à la façon dont vous les avez dites, et il m'est venu que vous pourriez être la réponse à mes prières. À l'instant précis où mon business se développe, et où j'ai besoin de gens intelligents et articulationnés, je vous rencontre. Vous pourriez être l'homme parfait au moment parfait ! Avec cette voix, votre don pour l'expression et vos manières réservées. Je suis donc venu, non seulement vous rendre votre livre, mais vous faire une proposition : vous offrir de travailler pour nous. Je vous nommerai responsable du marketing. Vous serez bien payé. Vous aurez une voiture. Et en bonus, la possibilité de découvrir ce fantastique pays qui est le nôtre. Même si sa grandeur ne réside pas nécessairement dans ce que les Américains disent ou pensent être grand. Mais il y a une chose que je peux vous promettre : si vous venez travailler avec moi, je vous montrerai l'Amérique.

Joe lançait un sérieux défi à mes éternelles journées d'ermite. Lorsqu'il voulait vendre à tout prix, lorsqu'il voulait quelque chose, les mots et les idées jaillissaient de lui comme l'Ontario sur un Niagara. Il faisait gonfler les flots et chevauchait l'écume des vagues.

— J'ai travaillé une fois dans la télévente. Mais je ne suis pas sûr que je ferais un très bon représentant.

— Ce sera ça, votre arme secrète. La modestie. La discrétion. Ce pays est envahi de types qui se la pètent, et il n'y a pas une ficelle du métier que le public n'ait déjà vue ou entendue. Mais vous, vous allez apporter quelque chose de nouveau. Avec vos manières européennes cynicalistiques et votre art des citations. Je vois bien que vous êtes un homme éduqué. Une personne raffinée. Vous n'êtes pas facilement impressionné. On a besoin de ces choses-là. J'ai besoin de ces qualités.

— Que faudrait-il que je vende ? Je ne sais même pas ce que vous faites. Quel est votre business ?

— Venez voir.

Il me raccompagna à sa voiture. En dépit de mes connaissances supérieures à la moyenne en matière de marques et de modèles américains, je ne parvenais pas du tout à identifier ce véhicule. Sa calandre penchait d'un côté, et ne paraissait pas appartenir au reste de la carrosserie. L'emblème sur le radiateur chromé était celui d'une Buick, mais les logos sur les côtés indiquaient une Chevrolet. À l'arrière, un sticker annonçait : « On s'en fout, elle roule ».

— Quelle est la marque de cette voiture ?

— C'est ma Chuick. Peut-être la seule Chuick au monde. Plus rare qu'un morpho à cinq ailes. J'ai heurté un cerf en Pennsylvanie et j'ai dû faire refaire l'avant. C'était une Chevrolet Caprice Classic, mais après l'accident, j'ai dû la rafistoler avec le pare-chocs avant et la calandre d'une Buick Delta 88. Ce jour-là, j'ai bien failli partir à la rencontre de mon Créateur. La voiture a fait un tête-à-queue et a embouti un épicéa. J'ai été sacrément amoché.

— C'est comme ça que vous avez récolté… ça ?

Il se gratta les avant-bras et s'interrompit un moment (l'état de mouvement perpétuel de Joe conférait à la moindre pause une allure de méditation). Puis il eut un rire :

— Nan. J'ai eu ça quand j'étais gamin.

Il se pencha côté passager pour déverrouiller, puis se dirigea vers l'arrière et souleva le coffre, m'invitant à regarder à l'intérieur. Allait-il me montrer quelque chose d'effroyable : peut-être un cadavre, des armes, des produits de contrebande illicites ? Non. Le coffre était plein de papillons. Des papillons dans des boîtes en verre. Des petites, des moyennes et des grandes avec un, deux ou trois papillons par contenant, tous montés sur du bois flotté, certaines décorées de fleurs séchées. Les motifs et les couleurs vous sautaient aux yeux dans un éblouissement visuel d'informations, marbrures noires, crénelures bleues, ocelles rouge cinabre, bleu électrique, vert perroquet (qualificatifs que j'allais apprendre et utiliser plus tard).

— Vous les vendez ?

— Et comment !

— À qui ?

— Aux boutiques cadeaux. Aux fleuristes. À quelques grands magasins, et bientôt à la chaîne de magasins Numéro Un en Amérique, J.C. Penney. Jusqu'ici, nous vendons dans onze États. Mais nous allons passer à l'échelle nationale. Et c'est là que vous intervenez. Je vais avoir besoin de bras supplémentaires au volant. Et de têtes supplémentaires.

— Est-ce que… je veux dire, c'est OK de les vendre ?

— Bien entendu.

— Vous les attrapez vous-même ?

— Vous rigolez !

Il prit une boîte qui contenait une petite splendeur noire et vert-jaune aux motifs extravagants.

— Celui-ci vient d'Australie. Celui-là d'Alaska. Et puis… fit-il en se penchant pour brandir une boîte où trônait un unique géant bleu électrique : ces morphos bleus proviennent d'une ferme au Costa Rica. Notre Numéro Un des Ventes. Mais on essaie d'élever les nôtres.

Ce fantastique spécimen était grand comme une main d'homme.

— Il a l'air rare.

— Nan ! Ces bestioles sont aussi communes que les fourmis. Au total, on offre soixante-douze espèces différentes. Provenant toutes de sources légales et autorisées par la CITES. Je vous expliquerai ça plus tard. Regardez-le.

Il plaça la splendeur entre mes mains et entreprit de me la vendre, adoptant un léger accent traînant du Sud.

— M'sieur, pour quinze dollars, vous pouvez avoir quelque chose qui vous rappelle que la beauté existe en ce monde, que la Création nous appelle, pour nous dire « Regardez ! Comme c'est extraordinaire ! » Regardez ça ! La créature sous vos yeux est née sous forme d'ovules, puis a connu toutes les étapes de métamorphose des insectes – larves, chrysalides, imagos –, issue d'un mâle adulte et d'une femelle adulte, qui dans un acte de création primordial, se sont reproduits à travers le temps – et qui est maintenant là, capturée dans ce décor pour votre plaisir, aussi longtemps que vous serez en vie pour la voir. C'est davantage qu'une simple donnée scientifique, c'est un message du Seigneur lui-même – et ce message est : « Regardez à quel point je vous aime, et voyez ce que je peux faire ! » Pour quinze dollars, ce n'est pas mal. Qu'est-ce que vous en dites ?

C'était Joe dans toute son essence : une lutte confuse, acharnée et permanente, écartelant le représentant de commerce, le scientifique et le saint. J'éclatai de rire :

— Vous me donnez presque envie de l'acheter.

— Ça, c'est mon pitch pour la Bible Belt, le Sud profond. Pour les athées (et je suppose que vous en faites partie), j'ai un autre boniment. Quand je suis en Virginie et en Géorgie, j'en fais des tonnes sur les histoires de Création. Quand je vends sur la côte Est, on fait dans la nature et les problèmes environnementaux. Dans le Midwest, ils aiment bien la combinaison armes, Dieu et « America Is Great ». En Californie, je parle de spiritualité et du « papillon intérieur » qui se niche en chacun d'entre nous. Mais le pitch qui marche avec tout le monde, c'est le récit de comment on en est arrivés à vendre des papillons. Ça marche presque partout, avec des ajustements en fonction des préjugés. Vous devez utiliser tous vos dons d'observation et de sympathie pour tenter de comprendre ce que pense et ce que veut l'acheteur potentiel. Tout comme le papillon lui-même, vous devez vous adapter à l'environnement pour survivre. Et je crois que c'est inné chez vous, Llew. Aidez-moi à répandre la bonne parole. Qu'est-ce que vous en dites ?

— L'offre est intéressante.

— Intéressante ! C'est la chance d'une vie ! Vous pouvez rester ici à lire des livres sur des gens qui n'existent même pas, pondus par des gens qui sont morts, et essayer d'écrire à propos de choses que vous n'avez pas expérimentées. Ou alors, vous pouvez sortir, et vivre ! On ne peut pas servir ce qu'on n'a pas cuisiné. Vous n'avez écrit ce poème qu'à cause de moi. Suivez-moi, et je vous offrirai de quoi écrire tout un livre.

Joe avait le don (utile chez un représentant) de vous faire croire que votre vie pouvait être tellement plus intéressante si vous laissiez tout tomber pour le suivre ; il prenait plaisir à rendre sinistres vos plans comme vos autres perspectives, tout en identifiant vos désirs les plus profonds et en laissant entendre que lui seul pouvait les satisfaire. Ces méthodes n'étaient guère subtiles, il courait toujours le risque de vous insulter ou de vous anéantir tout en vous flattant et en vous encensant ; mais il m'avait percé à jour avant que je n'en fasse de même avec lui.

Il avait diagnostiqué mon malaise, et son remède paraissait séduisant.

— Tenez.

Il plongea la main dans la poche intérieure de sa veste et en sortit une petite boîte de cartes de visite. Elle était encore scellée, mais un exemplaire était scotché sur le couvercle. Il le détacha pour me le donner :

Joseph Bosco
Président
Le Monde des papillons
Cadeaux soignés faits main
Mobile 2 013 457

Il n'y avait pas d'adresse.

— Où êtes-vous basé ?

Il eut un signe de tête en direction des montagnes.

— De l'autre côté des collines, pas très loin. On travaille depuis chez nous. C'est une affaire de famille : « Cadeaux soignés faits main. »

Du pouce, je tâtai le texte pour voir s'il était gravé, mais non, c'était lisse.

— Réfléchissez à ma proposition. Simplement, ne mettez pas vingt ans à revenir vers moi, comme le type dans cette histoire !

— Alors, vous lisez quand même.

— Bien entendu. Et si l'histoire recèle un message pour vous, je dirais que c'est : « Réveille-toi, Rip ! Avant que les meilleures années de ta vie ne te passent sous le nez. » Hé ! Je devrais peut-être vous appeler comme ça, Rip.

Il jeta sa veste sur la banquette arrière de la Chuick, couverte des restes de voyages récents. Puis il monta et mit le moteur en route. La pétarade ronronnante de son V8 était un son plein de promesses et d'appel de la route, qui m'attirait.

Il démarra sur les chapeaux de roues et actionna son klaxon. Je restai là à le regarder jusqu'à ce que la voiture disparaisse à un détour dans les flancs des collines recouvertes de *hemlocks*. J'éprouvais la tristesse de celui qui reste abandonné derrière, l'envie de la personne qui ne va nulle part. Tout en regagnant la grange, je frissonnai presque à l'idée de poursuivre sur la voie sur laquelle j'étais, sans jamais partir sur La Route.

Je pris la boîte contenant le papilionidé jaune. La base portait la petite étiquette dorée avec son nom latin – *Papilio glaucus* – mais il y avait en dessous un message gravé à la main :

« Toute beauté procure une joie éternelle. »

Joe Bosco. À quel point je vous avais sous-estimé. Je pensais que vous n'écoutiez pas, mais vous aviez tout entendu, tout vu, tout enregistré. Vous aviez donné l'impression d'être un imbécile impatient et rustre, puis vous aviez montré une délicatesse et une gentillesse qui vous avaient fait regagner mes bonnes grâces.

Je ne peux pas surestimer à quel point il était facile de le sous-estimer. On pensait l'avoir épinglé, identifié, nommé et catégorisé, et puis il changeait de couleur, ou bien il lui poussait une cinquième aile, ou bien il s'avérait que les taches sous ses ailes étaient différentes de celles qu'il aurait dû avoir. Il aurait été facile de le considérer comme quantité négligeable, avec sa voix énervante, son boniment de supermarché, son bagout hyperbolique, son intrusion de votre espace vital, son anti-intellectualisme, ses certitudes spirituelles, son exploitation de la nature pour un gain commercial, ses suppositions et présomptions. La plupart des gens que je connais ne voudraient rien avoir à faire avec ce type, et étant donné la façon dont les choses ont tourné, je n'aurais peut-être pas dû non plus. J'aurais dû jeter à la poubelle sa carte de visite bon marché et non gravée, m'en tenir à ma routine, terminer la grange, lire encore quelques livres, fumer mon herbe et partir visiter l'Amérique tout seul et de la manière conventionnelle. Mais il était trop tard : le Chat chapeauté m'avait fait tourner la tête, m'expédiant virevolter dans son Royaume d'Assiettes Tournantes.

Chapitre 3

Où je suis rebaptisé et relocalisé

Je fus rebaptisé Rip Van Jones sur une aire de stationnement panoramique surplombant le plateau de la Hudson River où les grandes familles américaines – les Roosevelt, les Vanderbilt et les Van Cortland – avaient bâti leurs prodigieuses résidences. La cérémonie fut menée par Joe, avec pour témoin Elijah, un gamin noir de seize ans qu'il avait surpris en train d'essayer de voler sa voiture à Albany, et qui travaillait maintenant à fabriquer des boîtes entomologiques pour « Le Monde des papillons ». Joe m'aspergea de Coca-Cola de ses doigts, tout en prononçant une bouillie de rites baptismaux de sa fabrication : « Au nom de la Route qui mène aux ventes et à la gloire, je vous baptise Rip Van Jones, représentant en papillons. Nous sommes ici assemblés pour nous engager à prier pour votre âme aussi longtemps qu'elle aura besoin de prières et pour veiller à ce que vous fournissiez autant de marchandises que possible à la population de cette grande nation – n'oublions jamais cependant que sa grandeur ne réside pas nécessairement là où le peuple américain le croit – et que vous accomplissiez ce travail au mieux de vos capacités sous la grâce de Dieu. Qui peut m'en être témoin ? » Joe regarda alentour. Elijah mangeait un paquet de chips Lay's en contemplant ses pieds. « Qui peut m'en être témoin ? » Elijah marmonna « moi », et Joe mit un terme à la cérémonie avec un « A… men ! » retentissant de prédicateur. Ensuite, il fit apparaître une petite boîte de cartes de visite qu'il me tendit.

— Je les ai fait faire à Lexington, sur le chemin du Mississippi.

Là aussi, l'exemplaire modèle était scotché à l'extérieur de la boîte.

Rip Van Jones
Directeur des ventes et du marketing
Le Monde des papillons
Mobile n° 2 143 213
« Toute beauté procure une joie éternelle »

Le texte était gravé, et je passai le doigt dessus tandis que Joe gloussait de plaisir :

— J'ai bien vu que vous regardiez ma carte de haut. Alors, je me suis procuré celle-ci et j'en ai fait faire de nouvelles pour moi. Vous voyez, Rip ! Voilà le genre d'amélioration que vos manières sophistiquées vont nous apporter. Et vous pouvez constater que j'ai modifié notre devise.

— Vous les avez fait imprimer avant que je dise oui ?

— Oh mais, je savais que vous alliez dire oui.

En matière de prise de décisions importantes, mon grand-père affirmait qu'il fallait dormir dessus, puis dormir encore par là-dessus. Juste pour être sûr-sûr. Avant d'appeler Joe pour accepter son offre, j'avais procédé à l'épreuve de la double nuit, pour me laisser le temps de changer d'avis ou bien de voir le destin intervenir ; mais je savais quelle allait être ma réponse. Je le savais déjà lorsqu'il s'était éloigné en voiture, m'abandonnant avec un sentiment abyssal d'opportunité manquée. Je le savais déjà à la vue de la citation de Keats, qui m'était revenue de façon aussi inattendue sur le socle de la boîte à papillons. Et je l'avais senti dans le désir animal que j'avais de revoir sa sœur voleuse de livres. Au cours des deux jours qui avaient précédé mon appel, j'avais fait ce qui m'arrive quelquefois lorsque j'attends avec inquiétude la confirmation d'une décision déjà prise : j'avais cherché des présages dans le moindre des événements quotidiens. *Si la somme des chiffres de son numéro de téléphone donne un nombre significatif, j'y vais*. Et voilà que le résultat était vingt-trois, mon âge à ce moment-là. *Si je vois quelque chose de très inhabituel, auquel je ne m'attends pas, j'accepterai* ; et le lendemain matin, au petit-déjeuner, un ours noir avait traversé la pelouse juste devant mes yeux, vous vous rendez compte ? (Depuis vingt ans qu'elle possédait cette maison, ma tante n'avait jamais vu un ours dans les Catskills, et encore moins dans son jardin.) J'avais même accordé au destin la possibilité d'une intervention de dernière minute. Tout en composant le numéro de téléphone mobile de Joe, je m'étais dit que si la sonnerie retentissait trois fois avant qu'il ne réponde, alors, c'était écrit. Il avait répondu à la quatrième sonnerie :

— « Le Monde des papillons ». Ici Joe Bosco !

Une ballade country s'échappait à tue-tête de la radio de la voiture : « Gonna make my man see, gonna take him home, see. »

— Joe ? C'est Llew Jones.

— Rip ! C'est vous ! Alors… vous avez décidé de venir travailler pour moi !

— Je crois.

— Vous croyez ? Ou bien vous en êtes sûr ?

La musique qui braillait toujours m'obligeait à crier.

— J'aimerais beaucoup travailler pour vous ! Si vous voulez toujours de moi !

— Bien sûr qu'on veut de vous ! Hé, Mary, tu veux pas baisser un peu ça ? C'est génial ! Génial ! Rip, vous ne regretterez pas cette décision. On va prendre ce pays d'assaut. Les États vont tomber les uns après les autres. En ce moment, je suis dans l'État du Magnolia. Vous savez lequel c'est ?

— Non.

— Le Mississippi ! On se dirige vers le nord, vers l'État des Volontaires, le Tennessee. Ensuite c'est l'État du Bluegrass, le Kentucky. Puis on traverse l'État qui est Presque le Paradis, la Virginie-Occidentale, jusqu'à l'État Clé, la Pennsylvanie, et retour à l'État de l'Empire, New York ! Je passerai vous chercher dans quelques jours.

Engloutissant des États en l'espace de quelques phrases, Joe avait ramené la nation à la taille d'une balade en voiture de dimanche après-midi.

— Vous avez un costume ?

— J'ai une belle chemise et une veste.

— C'est OK, mais il faut qu'on trouve un costume. Qu'on vous mette bien en avant devant des patrons de boutiques. Je me suis servi de votre truc de la beauté et la joie éternelle toute la semaine. Comme aujourd'hui, j'étais en train de vendre, je l'ai sorti à la propriétaire du magasin, et elle est restée muette. Je me suis dit mince, j'ai tout foiré. Alors, elle m'a déclaré : « Mr Bosco, c'est la chose la plus belle que j'aie jamais entendue. » Et là, elle a pris un carton de douze boîtes de papillons assortis ! Vous voyez, Rip ! Je fais déjà des affaires avec vos mots.

— J'en suis ravi. Bien que ces mots ne soient pas les miens.

— Vous pouvez vous en attribuer le mérite, personne n'en saura rien ! Oh, à propos, Mary vous salue. Et elle s'excuse d'avoir volé le livre. N'est-ce pas, Mary ?

À ce que j'en entendais, Mary ne disait rien de tel. Mais je pouvais l'imaginer : en salopette de jean, pieds nus sur le tableau de bord, en train de se vernir les ongles des orteils en noir, et j'avoue que la perspective de la revoir exerçait un attrait encore plus puissant que celui de l'Amérique.

— Bon. Je passerai vous chercher vendredi en fin d'après-midi. Pour vous emmener rencontrer la famille. Ils vont tous vous adorer ! Je vous montrerai les ficelles du métier, on chargera et on sera sur la route avant que vous ayez pu dire Kalamazoo. Vous avez déjà assisté à la migration du grand monarque ?

— Non.

— Vous allez voir ça. C'est une des plus grandes merveilles de la nature.

— Il faut juste que j'explique à ma tante ce que je fais. Mais ça ne devrait pas poser de problème.

— Dites-lui que vous allez travailler pour une des personnes les plus entrepreunistiques de ce pays, et aider à mettre de la joie et de la beauté dans l'existence des gens.

— Et mes affaires ? J'apporte tout ?

— C'est une entreprise familiale, Rip, et vous allez faire partie de la famille. Apportez tout.

— Mais vous… vous avez de la place ?

La réflexion le fit rire aux éclats :

— Waouh ! Mary, il demande si on a de la place, tu entends ça ? Dis-lui. Dis-lui combien de pièces on a.

— Dis-le-lui toi-même.

— Mon manoir a de nombreuses pièces, Rip. Vous verrez ça.

Il se mit à chanter, comme il faisait toujours lorsqu'il était excité, reprenant la mélodie qu'on entendait à la radio et adaptant les paroles à l'instant présent : « mon homme va voir, grâce à moi ; je vais l'emmener à la maison, voir, voir les gens qu'il va voir, combien de pièces il va voir ! Rip va travailler pour moi ! Dee dee dee dee dee, dee ; dee dee dee dee dee, dee ! »

À ce moment-là, je tenais toujours Joe pour un pauvre plouc blanc qui avait réussi. Je me l'étais représenté dans une cabane délabrée avec des épaves de bagnoles sur des parpaings dans le jardin, une clôture métallique tout autour, et des frères et sœurs dormant à trois dans le même lit. Je ne l'avais pas imaginé dans un manoir, et en étais toujours incapable. Les vendeurs de papillons ne vivent pas dans des manoirs.

Lorsque je lui parlai de ce boulot, ma tante parut sincèrement ravie. Je reconnais que je présentai les choses sous un jour plus formel et honnête qu'il ne l'était vraiment, en partie parce que je ne voulais pas lui laisser penser que je m'embarquais dans une entreprise bizarre, que j'allais travailler pour une bande de cow-boys ; mais également parce que je ne voulais pas la décevoir ou paraître ingrat d'une quelconque façon. Elle avait été bonne avec moi. Je lui racontai que j'avais rencontré le directeur général d'une compagnie nationale spécialisée dans la fabrication d'une « gamme d'articles cadeaux » qui cherchait quelqu'un pour les aider à « faire franchir un nouveau palier » à leur business. J'assaisonnai le plat d'expressions telles que « ventes et marketing », « littérature promotionnelle », sans omettre d'ajouter le probable contrat avec J.C. Penney pour faire bonne mesure. Je résumai le tout comme, à tout le moins, une façon de voir l'Amérique tout en étant payé pour ça. Je ne décrivis pas Joe ni ne mentionnai les papillons, mais rien de ce que je lui racontai n'était faux.

C'est ainsi que cinq jours plus tard, j'étais assis sur la véranda à attendre Joe, prêt à partir avec mes bagages. Le ciel était couvert, et je sentais dans l'air l'électricité de l'orage qui approchait. Des nuages se formaient, gonflés de menaces. Je réalise que je vois peut-être à présent tout cela à travers des verres teintés de mauvais augure, mais ils ressemblaient à ces nuages dont on aimerait qu'ils annoncent un changement imminent. Un changement, et peut-être des ennuis. *Cumulus funestus*. Les premières gouttes se mirent à tomber et l'agréable odeur de la pluie sur le macadam envahit l'atmosphère. L'averse fut torrentielle mais brève, à la différence de la pluie du pays d'où je viens, timide et incessante ; cette averse passa si vite que lorsque Joe arriva, le soleil brillait de nouveau et la route luisait des suites de l'orage. Il fit son apparition dans une Cadillac Seville bleu nuit flambant neuve, Elijah installé à côté de lui. Joe s'avança en direction de la véranda pour me saluer, rayonnant de fierté. Disparue, sa coupe mulet. De même que ses effroyables vêtements. Coiffure classique, cheveux plaqués en arrière par du gel, il portait un costume neuf de couleur sombre, une chemise de coton blanc, sobre, une cravate à pois en soie et des souliers à lacets noirs. On aurait dit un mormon qui venait essayer de me convertir : comparaison qu'il aurait totalement rejetée, considérant la religion mormone comme basée sur une fausse révélation, et l'exemple parfait de la Mauvaise Théologie que l'on pouvait trouver en ce monde. Il écarta le pan de sa veste pour me montrer la doublure.

— Qu'est-ce que vous en pensez ?

— Très élégant.

— Le président du « Monde des papillons » doit avoir la tenue qui sied au rôle. Vous aimez la cravate ? Elle est de la même couleur que la malachite. Vous aimez la Cadillac ?

— Oui. Vous… vous venez de l'acheter ?

— Non ! C'est une location. Quand on rentre sur le parking d'une banque, il faut avoir l'air d'un cadre avec des ambitions nationales. Si on conclut le gros deal, on achètera nos propres Cadillac. Vous n'avez qu'à la considérer comme une motivation.

Pour une Cadillac, elle avait l'air un peu compacte, et il lui manquait le charme prolo de la Chuick, mais elle était neuve et chère, évoquant la réussite, ce qui était son but. Des questions se formaient dans mon esprit, mais dans le tourbillon de ces premières journées, les questions évidentes n'avaient pas le temps de passer de mon cerveau à mes lèvres car une nouvelle distraction à savourer, une nouvelle surprise à absorber se présentait toujours.

Comme le fait qu'un jeune gamin noir était assis dans la voiture de Joe.

Celui-ci fit signe à l'adolescent qui écoutait de la musique sous un Walkman, remuant la tête en rythme.

— Hé ! Elijah ! Elijah ! Viens dire bonjour !

Elijah retira son casque et descendit de voiture. Il se dirigea vers moi à grandes enjambées tout en se grattant les mains et en évitant mon regard.

— Allez, dis bonjour ! lui lança Joe avec une soudaine exaspération.

— Salut.

Je répondis par un « Salut » en lui serrant la main, à la peau sèche et calleuse, couverte de petites rougeurs irritées.

— Dis quelque chose ! essaya de l'amadouer Joe.

— Vous avez des voitures, en Angleterre ? demanda Elijah.

— Oui. Tout à fait.

— Des Cadillac ?

— Eh bien, il y en a peut-être quelques-unes, mais on ne les fabrique pas.

— Vous avez des Ford ?

— Oui, on a des Ford. Plus petites que les vôtres. Tout est plus petit que chez vous.

— Oh.

Voilà qui parut le satisfaire.

— Elijah s'appelait Leroy, ce qui n'est pas un avantage dans ce pays, et à Albany, un passeport assuré pour le pénitencier de l'État. Je lui ai donné un prénom qui fait que les gens dressent l'oreille et font montre de respect envers lui. À présent, il est le directeur de la fabrication du « Monde des papillons », et le fabricant de boîtes d'entomologie le plus rapide que nous ayons jamais eu. Il les réalise même plus vite que ma sœur Isabelle. N'est-ce pas, Eli ?

Celui-ci eut un hochement d'assentiment modeste.

— Rip ici présent va t'apporter tellement de commandes que tu ne pourras pas suivre le rythme.

La philanthropie de Joe était admirable, mais je fus quelque peu irrité d'entendre tout cela, qui sapait mon tout nouveau sentiment de suffisance, de même que mon espoir que le « Monde des papillons » soit une entreprise vouée à un grand avenir. Si un adolescent gauche pouvait être directeur de la fabrication de Joe, alors l'ascension rapide au poste de chef des ventes et du marketing ne constituait pas un tel exploit. En dépit de la tendance à l'hyperbole de Joe, je voulais croire à sa rhétorique selon laquelle j'étais « l'homme qu'il fallait au moment où il le fallait » ; je voulais être choisi pour mon mérite, et pas secouru au hasard.

Ces appréhensions d'avant voyage furent rapidement balayées par l'intense excitation du départ dans une voiture baptisée du nom d'un explorateur français et d'une ville d'Andalousie, aux côtés d'un homme bâti comme un titan et d'un garçon portant le nom d'un prophète emporté au ciel sur un chariot de feu. Pour la dernière fois, je jetai un regard en arrière à la maison de ma tante et à la grange fraîchement repeinte. Je disais adieu à l'introspection, à la contemplation sédentaire et au fait de n'aller nulle part ; j'accueillais l'expérience sensuelle, les grands espaces et l'attrait de La Route. Je disais également adieu à Llewellyn Jones, car dans l'heure qui suivrait, j'aurais un nouveau nom, chargé de mythologie américaine, et le cœur rempli d'espoir pour des choses qui m'étaient encore invisibles.

Joe jacassait sans relâche tandis que nous effectuions l'ascension de la Hunter Mountain. Je crois qu'il était encore plus excité que moi. Il conduisait comme un acteur dans un vieux film, qui débite son dialogue en regardant à peine la route, pendant qu'on projette sur la lunette arrière un paysage en trompe-l'œil.

— Toute la famille est curieuse de vous rencontrer, Rip. Je leur ai dit que vous étiez un type charmant et cultivé, aux opinions et aux goûts raffinés, alors vous n'avez pas intérêt à me laisser tomber là-dessus.

— Je ferai de mon mieux.

— Je leur ai dit de vous appeler Rip. Je ne veux pas vous vexer, mais votre vieux prénom, là, ça n'est pas pratique. Vous ne pouvez pas avoir un nom que les gens n'arrivent pas à prononcer. C'est mortel pour les ventes. Alors, on va procéder à une petite cérémonie là-haut, au panorama sur la Hudson River. Elijah, donne-moi ce Coca.

C'est ainsi que Joe me renomma et me rebaptisa de ce liquide sucré de sa terre. En fait, j'aimais la brièveté et les références de mon nouveau nom. Être libéré de mes « L » était agréable. Lorsque ce fut terminé, il posa le bras sur mes épaules et me montra la vue, comme si tout cela lui appartenait, et qu'il s'apprêtait à m'en faire don.

— La voilà : l'Amérique. Lorsque nous avons déménagé, j'ai amené M'man ici, je lui ai dit les noms des grandes familles qui ont vécu là-bas en bas sur l'Hudson, et je lui ai promis que les Bosco seraient aux papillons ce que les Carnegie ont été à l'acier, les Vanderbilt aux chemins de fer et les Rockefeller au pétrole. Nous sommes sur le point de passer à l'étape supérieure. Et vous allez nous y aider, Rip. Vous avez été envoyé pour un moment tel que celui-ci.

Joe était quelqu'un qui voyait des livres dans les rivières, des sermons dans les pierres et de la bonté partout. Je ne crus pas une seconde à un seul mot de son discours, et je ne suis pas sûr que Joe y ait cru lui-même, mais je me laissai emporter par la théâtralité de tout cela, parce qu'il naissait de tous ces fantasmes délirants un plaisir insensé, et que quelquefois, les fantasmes délirants engendrent des choses impossibles. J'éprouvais ce que les gens doivent ressentir à l'orée de tous les grands voyages, une sensation fondamentale, un retour radical aux sources de l'absolu du voyage, où vous avez l'impression de repartir de zéro, sans l'obstacle du passé. C'est ridicule, mais du moment où Joe me baptisa de mon nouveau nom, je me sentis réellement un homme nouveau.

* * *

Joe se montra vague à propos de l'endroit où il vivait et du temps qu'il nous faudrait pour y arriver. C'était simplement « au-delà des collines, pas très loin ». À vol de pygargue à tête blanche, la distance de l'est à l'ouest des Catskills n'est que de quarante-huit kilomètres, mais il me sembla qu'il fallait des heures pour y arriver ; je me souviens plus précisément de mes sensations ce jour-là que du trajet jusque chez lui. Je me souviens des télésièges de la station de ski de Hunter à l'arrêt pour cause d'été, de tout le fourbi hippie de cet autre Woodstock. Je nous revois traversant des forêts d'épicéas sombres, croisant des églises blanches aux clochers élancés et aux péristyles étroits. Mais mon esprit vagabondait vers ce qui m'attendait. L'allusion à la mère de Joe avait lancé mes réflexions sur sa famille et leur « manoir aux nombreuses pièces ».

— Vous avez une grande famille, alors ?

— Voyons voir. Il y a moi. M'man. Mes sœurs : Mary-Anne, que vous avez rencontrée. Et Isabelle. Elle, c'est la plus sérieuse. Ensuite, il y a Petite Celeste, que nous avons adoptée. Le Vieux Clay, qu'on a trouvé dans une benne à ordures. Et Elijah, ici présent. Et maintenant, vous. Ça fait huit. Dix si vous comptez les chiens, Nancy et Ronnie.

— Et votre père ?

Joe demeura silencieux quelques secondes – pour lui, une éternité – puis émit une sorte de grondement plaintif, comme un animal à l'agonie. Je regrettai immédiatement ma question.

— Désolé.

Joe paraissait soupeser sa réponse. Il jeta un œil dans le rétroviseur.

— Elijah ?

Le gamin ne bougea pas, mais Joe répéta son nom plus fort pour être sûr qu'il ne l'entendait pas, puis se tourna vers moi.

— Rip, je dois vous dire une chose, maintenant. On ne parle pas de mon père. Il est l'Innommable. Le cancer qu'on vient juste de vous diagnostiquer. Vos hémorroïdes. L'éléphant gros comme la maison de porcelaine.

— Vous voulez dire l'éléphant dans le magasin de porcelaine. Ou bien gros comme une maison.

— Vous voyez, Rip ! Voilà le genre de raffinement dont j'ai besoin. Ici, vous serez celui qui adoucit mes angles. Ce que je veux dire, c'est qu'il ne faut pas évoquer le sujet à la maison. Et surtout pas devant M'man. Jamais devant M'man !

Cela me donnait-il la permission de l'évoquer avec lui ? C'était le genre d'interdiction qu'on avait immédiatement envie de transgresser.

— Désolé, je ne voulais pas être indiscret.

— Pas de problème. Simplement, je ne veux pas que vous posiez la mauvaise question à M'man, et que vous vous retrouviez du mauvais côté du manche !

— Je resterai… muet.

— Mais ce serait bien que vous sachiez comment on est arrivés là où on est. C'est important. Vous devez connaître l'histoire. Au cas où vous devriez vous en servir. Ça fait partie de l'argumentaire de vente.

À ce moment-là, Joe me raconta sa version de l'histoire de la famille Bosco, une histoire qui – je l'apprendrais plus tard – allait varier, et dans sa narration, et suivant le narrateur.

Joe (vingt-cinq ans) était l'aîné de trois enfants : Isabelle (vingt ans) et Mary-Anne (dix-neuf ans). Le père de Joe était un grand entomologiste et enseignant en zoologie à l'université. La mère de Joe, Edith, était issue d'une famille pauvre du Sud, mais assez intelligente pour apprendre toute seule la comptabilité et se faire un peu d'argent en plus en tant que mannequin de détails grâce à ses yeux. Il me la décrivit comme une péquenaude de souche ayant grimpé l'échelle sociale vers la classe moyenne. Le couple raisonnablement prospère vivait à Palos Verdes, une banlieue proche de Long Beach, en Californie. Le père de Joe passait l'essentiel de l'année en expéditions en Amérique du Sud, à la recherche de nouvelles et rares espèces de papillons. La durée de ses équipées était source de tension entre les parents de Joe. Quelquefois, il disparaissait des mois entiers dans les jungles du Yucatán, ou les forêts tropicales de Colombie, à la poursuite de son obsession, expédiant chez lui des ensembles de spécimens incroyablement rares dans des enveloppes de papier cristal, en colis qu'Edith conservait dans une malle pleine de naphtaline. Les longues absences avaient déjà mis le mariage à rude épreuve, mais un jour, le père de Joe appela de Bogotá pour annoncer que c'était terminé. Il partait. Il ne reviendrait plus. La nuit même, un incendie déclenché par l'inflammation des produits chimiques de conservation de son mari détruisit la maison et faillit tuer Edith, qui était enceinte de huit mois. Ce fut « la goutte d'eau qui renversa le vase ». La mère de Joe demanda le divorce. Son père n'émit aucune contestation. Edith déménagea la famille à Tucson, puis dans le Michigan, où elle trouva un travail d'assistante auprès d'un administrateur universitaire. C'est dans le Michigan que Joe devint un chasseur de papillons et collectionneur d'insectes passionné. Un jour, alors que sa mère était au lit, malade, il disposa sa précieuse *Colias eurydice* sur un morceau de bois dans une boîte vitrée de quinze centimètres sur dix, l'orna de fleurs séchées et la lui offrit comme cadeau de rétablissement. La mère de Joe y jeta un coup d'œil et déclara : « On devrait faire ça et les vendre. » Joe savait où trouver les papillons en quantité suffisante ; ils n'avaient besoin que de verre, d'un peu de silicone et de morceaux de bois sur lesquels monter les lépidoptères. Le fleuriste local prit une commande de deux douzaines de boîtes qu'il écoula en un rien de temps. Encouragés, Joe et sa mère se mirent à vendre sur la route, allant de plus en plus loin, au sud vers Ann Arbor, au nord vers Saginaw, et à l'ouest vers Kalamazoo, bourrant le coffre de la Caprice Classic et roulant jusqu'à ce que celui-ci soit vide. C'était de la vente en porte-à-porte, et tout le monde ne prenait pas les articles, mais une fois qu'un magasin passait commande, l'activité devenait généralement récurrente. Le nombre des achats augmenta rapidement, et ils commencèrent à s'aventurer de l'autre côté des frontières de l'État, dans le Wisconsin, l'Indiana, l'Ohio, l'Illinois et la Pennsylvanie, vendant des papillons tout droit sortis du coffre, et emportant des exemplaires de démonstration pour obtenir des précommandes. L'entreprise familiale reçut bientôt des demandes régulières de boutiques cadeaux et de fleuristes dans six États. Puis environ un an auparavant, les Bosco avaient décidé de se déplacer un peu plus à l'est, « à la recherche de nouvelles opportunités ». Ils avaient trouvé dans les Catskills une maison assez grande pour y installer un atelier de fabrication, pour répondre à l'augmentation du volume des affaires. Ils s'étaient mis à employer du personnel supplémentaire, et Joe avait commencé à faire des plans pour démarcher les grandes chaînes de magasins, et décrocher la « commande nationale » qu'ils recherchaient.

C'est à peu près à ce moment-là qu'il m'avait rencontré.

Lorsqu'un étranger vous raconte l'histoire de sa famille, surtout une histoire avec un drame en son cœur, comment ne pas la prendre pour argent comptant ? À ce moment-là, je n'avais aucune raison de ne pas croire à ce récit, ce que je fis ; je crus qu'il me disait la vérité, même celle qui concernait les mensonges.

— Merci de m'avoir confié tout cela.

— Quelquefois, je mélange un peu tout, Rip. Quand j'ai besoin de faire jouer la corde sensible pendant une vente qui rame un peu, je vais faire appel à ça pour gagner quelques commandes supplémentaires. Je vais balancer les détails sur la façon dont j'ai sauvé ma M'man du feu. Quelquefois, je vais leur raconter que mon père a disparu dans la jungle. Que je suis le principal « gagne-pain et papillons » depuis l'âge de dix ans. Les gens adorent ce genre de truc, le fait de renaître de ses cendres. Et ils adorent la façon dont j'ai sauvé M'man de l'incendie. Et tout le monde aime les histoires où quelqu'un se fait tuer. Ça met vraiment de l'huile dans les rouages, et c'est la route toute tracée qui mène à la sympathie. À chaque fois.

Impossible de savoir s'il était sérieux, jusqu'au moment où il se mit à glousser.

— Non, je plaisante.

— À propos de votre maman, et comment elle a failli mourir dans l'incendie ?

— Noon ! couina-t-il. Jamais je n'irais inventer un truc pareil ! Ce serait vraiment tordu !

— Bien sûr que non, pardon.

— Mais quand l'histoire vous appartient, vous pouvez en faire ce que vous voulez. De toute façon, on me demande en général comment j'ai eu ça.

Il leva une main du volant et tendit le poignet plein de cicatrices que j'avais remarquées dans la grange. Il se mit alors à fredonner une mélodie pas encore composée, signalant ainsi que le sujet était clos. L'incendie au cœur de son récit avait rapidement mis le feu à mes spéculations, mais je décidai de ne pas poursuivre mes questions pour l'instant.

Nous avions atteint l'extrémité ouest des Catskills, et nous grimpions toujours, le long d'une route qui rétrécit progressivement jusqu'à se transformer en piste. Une calotte vaporeuse s'était formée autour d'un sommet, et avec le soleil couchant, le ciel avait pris un éclat que mon nouvel homonyme aurait presque certainement décrit comme « sanguin » (un mot qui semble s'appliquer davantage aux couchers de soleil qu'aux humains). Pour la première fois depuis des jours, j'éprouvai l'envie d'un pétard.

— Vous devriez savoir quelques autres petites choses à propos de ma mère, déclara Joe. Elle passe du calme à la fureur comme ça, fit-il en claquant des doigts. Une minute, elle est aussi douce que du sirop d'érable, elle vous accueille comme son propre fils. L'instant d'après, elle vous agonit d'injures. Et quand elle jure, on dirait qu'elle est payée au mot. Au début, c'est un peu dur à accepter, mais vous vous y habituerez. Ça a commencé à peu près le lendemain de l'incendie. Elle est toujours en colère contre Dieu, contre le monde, et contre l'Innommable. Quand on sera là-bas, elle est capable de se comporter comme si elle n'avait aucune idée de votre arrivée, même si je lui en ai parlé cent fois. Je vais devoir aller lui réexpliquer tout ça. Elle va peut-être jurer comme un charretier contre moi, elle sortira des tas de trucs, mais sans en penser le moindre mot. Elle va exploser comme une tornade en avril. Mais au centre, il y a ce noyau calme, cette partie généreuse et bonne. Rappelez-vous de vous accrocher à ça au milieu de la tempête.

— Pourtant, elle sait bien que je viens travailler pour vous ?

— Bien entendu ! Mais elle oublie les trucs. Et elle s'énerve contre moi quand je ramène des gens à la maison. C'est pas vrai, Eli ?

Elijah était maintenant réveillé, le visage collé à la vitre, contemplant d'un air triste les arbres qui défilaient.

— Je suppose.

— Quand j'ai ramené Clay à la maison, ça a été quelque chose. Elle nous a toujours appris à pratiquer la charité. J'ai littéralement déniché Clay dans la benne du camion où ils balancent les ordures. Je me suis dit que j'allais le ramener chez nous. Quand je suis arrivé, j'ai cru qu'elle allait le tuer. J'ai dû cacher le pistolet. Elle garde un pistolet dans son lit, sous son oreiller, pour impressionner. Quelquefois, elle adore le sortir et tirer sur le lustre, mais il n'y a pas de quoi s'inquiéter. À présent, elle adore ce Vieux Clay comme son propre fils. Ce sera la même chose avec vous. Vous aurez peut-être une petite épreuve à passer quand vous la rencontrerez, mais vous vous en sortirez bien.

— Une petite épreuve ? De quel ordre ?

— Si je vous le disais, ça ne serait pas une épreuve. Simplement, ne parlez pas trop. Sinon, elle va penser que vous êtes prétentieux. Mais ne parlez pas trop peu non plus, sinon elle pensera que vous êtes timide, et s'il y a quelque chose que ma mère est capable d'anéantir, c'est la timidinicité. Elle déteste la faiblesse, et elle déteste l'orgueil. Il faut que vous appreniez à marcher sur la corde raide. Et à dire la vérité. Si elle vous regarde droit dans les yeux en vous posant une question, dites la vérité ! Dans le cas contraire, elle le saura. Elle ne déteste rien tant qu'un menteur en ce monde.

Le soleil était sur le point de se coucher lorsque nous atteignîmes les grilles d'entrée de la maison. Les piliers à hauteur d'homme soutenaient un fronton orné de boules. Les grilles en fer forgé étaient ouvertes, l'une d'entre elles sortie de ses gonds. Le chemin disparaissait dans un virage, tranchant entre un bois et des pelouses mal entretenues. L'herbe qui avait poussé au milieu du chemin frôlait le châssis de la voiture, et Joe conduisait lentement, prolongeant la visite à mon intention. Il ne cessait de me jeter des regards, avec son sourire de « Je parie que vous ne vous attendiez pas à ça ».

Deux chiens – un berger allemand et un doberman – bondirent en direction de la voiture, aboyant et essayant de mordre les roues. Je me souviens avoir pensé que c'étaient là les chiens de quelqu'un de très riche ayant quelque chose à protéger, ou bien de criminels avec quelque chose à redouter.

— Voilà Nancy et Ronnie ! brailla Joe. Ne sortez pas avant qu'ils soient attachés. Ils ne vous connaissent pas, ils seraient capables de vous arracher la gorge.

Les chiens nous firent une escorte d'aboiements tout au long du long, très long chemin, tandis que Joe les excitait à coups d'accélérations, de décélérations et de fausses embardées.

— Allez, cinglés de chiens ! Allez, cinglés de chiens !

Nous poursuivîmes pendant environ un kilomètre et demi à travers une forêt touffue, sur un terrain un peu incurvé, puis le chemin se redressa et une maison apparut. Même encore à ce moment-là, je m'attendais à une cabane, ou peut-être un chalet, une sorte de pavillon sur les terres du domaine d'un homme fortuné. Lorsque Joe avait utilisé le terme de « manoir » pour décrire sa maison, j'y avais vu un euphémisme, ou bien l'une de ses exagérations. Mais il s'agissait d'une énorme demeure néogothique qui, avec ses pignons, ses tourelles et ses mansardes aux airs de folies se découpant sur le soleil couchant, offrait une vue splendide, une maison digne de n'importe lequel de ces Capitaines d'Industrie qui avaient établi leurs demeures sur les collines non loin, et Joe buvait ma surprise comme du petit-lait, ralentissant l'allure pour faire durer le plaisir.

— Elle appartenait à un fabricant d'armes. C'est la maison que l'homicide a bâtie ! s'exclama-t-il, détournant la comptine anglaise « La maison que Jack a bâtie », riant de sa plaisanterie, qui paraissait bien rodée. Elle était vide depuis trente ans. Personne ne voulait y mettre les pieds à cause d'une superstition idiote, à cause de tous les crimes qui ont servi à la payer. Mais le vrai crime, c'est qu'un endroit comme ça soit resté vide aussi longtemps. Alors, on a emménagé, et on a remis en état. Procédé à quelques améliorations. Réparé la plomberie, poncé les parquets. On a fait venir un prêtre pour oindre les portes d'huile. Sa réputation a bel et bien été exorcisée.

— Alors… elle est à vous, maintenant ?

— Rip, comme toute chose en ce monde, c'est juste un emprunt.

Lorsque Joe vira pour venir se garer devant la maison, la lumière du soleil cessa d'estomper tous les détails, et je découvris son état exact. Presque aucune des fenêtres du rez-de-chaussée ne présentait d'encadrement ni de vitres, et une grande partie du toit était dépourvue de tuiles.

Toute une section de la façade était exposée aux éléments, enveloppée d'une bâche rudimentaire. Il devait y avoir du courant, car de la lumière brillait dans les pièces à l'étage, et l'intérieur donnait des signes de vie, mais c'était pour l'essentiel une ruine.

— Bienvenue dans mon manoir, Rip.

— Il est mort ?

— Je ne peux pas vous le dire.

— Vous ne pouvez pas, ou bien vous ne savez pas ?

— Comme j'ai dit, je ne peux pas.

— Je n'ai rien fait. Je sais de quoi ça a l'air, mais je n'ai rien fait. Je sais que vous devez me poser des tas de questions, mais il faut que je parle tout de suite. Avant que ma mémoire et la pression pour que je me souvienne ne mélangent tout. En plus, ma tête me fait souffrir.

— Je comprends, monsieur. Et il est de votre droit de dire ce que vous croyez être vrai. Nous allons tout passer en revue. Croyez-moi. Nous avons le temps. Mais commençons par le commencement. Pourquoi ne pas me donner d'abord votre nom ?

— Llewellyn Jones.

— Vous pouvez m'épeler ça, monsieur Jones ?

— L.L.E.W.E.L.L.Y.N.

— Votre carte de visite, ici, indique « Rip Van Jones » ?

— C'était mon nom de travail. Joe a dit qu'il me fallait un nom plus punchy *pour vendre.*

— Vous parlez de Mr Joseph Bosco ?

— Oui.

— Et quel âge avez-vous ?

— Vingt-quatre ans. Depuis la semaine dernière.

— Vous venez d'Angleterre, n'est-ce pas ?

— Du pays de Galles. Mais oui, je suis britannique. Il va bien ? Joe est OK ?

— Nous ne pouvons pas vous le dire pour l'instant.

— Mais il est vivant ? Vous pouvez au moins me confirmer ça ?

— Je suis désolé. Pouvez-vous m'expliquer votre présence aux États-Unis ? Vous êtes là pour affaires ou pour le plaisir ?

— Pour le plaisir. J'avais l'intention de faire des petits boulots manuels, de travailler ici et là dans des bars, pour payer mon séjour. Mais mon but était de voir l'Amérique.

— On le dirait bien. Trente-deux États. En six mois. Ça en fait, des voyages. Alors, comment avez-vous rencontré Mr Bosco ?

— Vous avez une cigarette, shérif ?

— Bien sûr.

— Je séjournais chez ma tante Julia. Près de Hunter. Je lui faisais des petites bricoles, mais j'avais l'intention de partir découvrir le pays. Et peut-être écrire là-dessus. Et puis j'ai rencontré Joe – aux Kaaterskill Falls. Je lui ai dit que je voulais découvrir l'Amérique ; il a offert de me la montrer. J'avais besoin d'argent ; il m'a offert un travail. Il est très persuasif. Capable de vous vendre… n'importe quoi. Et je l'aimais bien. Je trouvais qu'il sortait de l'ordinaire. Mais dans le bon sens du terme. Je crois que la plupart des gens à ma place auraient pris le boulot.

— Vendre des papillons ?

— L'entreprise marchait bien.

— Vous n'avez rien vu qui vous ait laissé penser que vous devriez éviter ce type ?

— Ma foi, si, beaucoup de choses. Il était agaçant et s'attirait des ennuis en permanence. Il énervait les gens. Il se fichait

totalement de ce qu'on pouvait penser de lui. Il n'avait peur de personne. Sauf d'une, peut-être. Sans jamais vraiment enfreindre la loi, il faisait des tas de trucs qui étaient source de problèmes. On pourrait dire qu'il s'agissait de signaux d'alerte… mais rien qui m'ait préparé à ce qui s'est produit.

— Quelles sortes de signaux ?

— Eh bien… il se lançait dans des querelles. Il parlait de Bonne Théologie et de Mauvaise Théologie. Il avait en particulier une dent contre l'autorité religieuse. Enfin, en fait, n'importe quelle autorité – surtout l'autorité masculine. Il rentrait dans les églises, s'asseyait au fond et attendait le sermon, puis commençait à poser des questions. « Qu'est-ce que vous faites pour les pauvres ? » « Vous êtes payé combien, révérend ? » « Vous avez vraiment besoin de cette Mercedes ? » Ce genre de choses.

— Il était athée ?

— Non. Il avait juste ce truc à propos de la religion. Sur ce qu'elle faisait aux gens, et ce que l'Amérique en a fait. Il voulait aider les pauvres et distribuait de l'argent, bon gré, mal gré, y compris l'argent nécessaire à d'autres choses. Aux factures, par exemple. C'était une charité chaotique.

— Apparemment, il fonçait droit vers les ennuis depuis longtemps.

— Vous dites « fonçait » comme s'il n'était plus parmi nous.

— C'est sa voiture, là ?

— Oui.

— Je ne reconnais pas le modèle.

— C'est une Chuick. Il me l'a donnée quand j'ai fait ma première grosse vente.

— Franchement, ce n'est pas un signe extérieur de réussite.

— Peut-être pas. Mais elle était fiable. Digne de confiance. Elle faisait le job.

— Nous avons trouvé ça dans la boîte à gants. Ça vous appartient ?

— Oui.

— Vous prenez beaucoup de cannabis ?

— Je fume pour m'évader, ou bien quand je suis stressé. Ça m'aide à ne pas penser.

— Et vous fumiez beaucoup quand vous avez rencontré Mr Bosco ?

— Qu'est-ce que vous sous-entendez ?

— Diriez-vous que votre jugement était altéré, au moment où vous avez rencontré Bosco ? Que vous n'aviez pas la tête sur les épaules ?

— C'est possible. Je me renfermais trop sur moi-même. Je dormais beaucoup. Quelquefois douze heures par nuit. Et je venais de perdre mon père.

— J'en suis désolé.

— Inutile. Ce n'était pas un homme agréable.

— Faites attention, quand vous dites ce genre de choses. « Honore ton père et ta mère, afin que tes jours se prolongent dans le pays que l'Éternel, ton Dieu, te donne. »

— Allez donc dire ça à Joe. Je ne suis pas sûr de la manière dont on puisse honorer des parents comme les siens.

— De toute façon, perdre un parent est une chose grave. Cela a peut-être affecté votre jugement.

— À quel propos ?

— À propos de Joseph Bosco. Je veux dire, j'ai du mal à comprendre comment vous avez pu vous retrouver embringué avec un type comme ça. Arrêté pour troubles à l'ordre public dans sept États. Recherché par une agence gouvernementale. Au volant d'une voiture comme ça, prétendant boucler de grosses affaires ici et là. Qui m'a l'air d'un bonimenteur tout ce qu'il y a de classique. Où aviez-vous la tête ?

— Je vous l'ai déjà dit. Je voulais découvrir l'Amérique, et on m'a offert l'occasion de le faire. Et je l'aimais bien. Aussi exaspérant qu'il ait pu être – qu'il soit. Je me sentais... avec lui, je me sentais plus grand, la vie paraissait plus intéressante. C'était une force de la nature. Et il n'y avait pas que lui. Toute la famille était – extraordinaire. Je me suis retrouvé... embarqué. On pourrait dire que le désir sexuel avait aussi quelque chose à voir là-dedans. Au début. Le désir, et l'envie de prouver quelque chose. Et puis, se trouver simplement pris dans... une aventure.

— Du désir pour qui ?

— Sa sœur.

— S'agit-il de... Miss Isabelle Bosco ?

— C'était... non. Je parlais de sa sœur cadette, Mary-Anne.

— Quand avez-vous compris ce qui se passait réellement ?

— À quel propos ?

— À propos des papillons.

— Trop tard, je suppose. Bien que j'ignore si j'ai jamais vraiment su ce qui se passait. Je pensais contrôler la situation. Mais ce n'était pas le cas. Je crois qu'une partie de moi-même espère encore que je vais me réveiller et découvrir que tout ça n'était que... vous voyez.

— Un rêve ?

— Que ce n'était pas réel.

— Eh bien, c'est tout à fait réel, Mr Jones. Tout comme vous et moi assis ici dans cette cellule. Et nous allons avoir besoin que vous vous souveniez du plus grand nombre de choses possible. Que votre déposition soit claire. Que votre histoire tienne debout. Votre avenir en dépend. Je vois que vous avez commencé.

— Oui. Même si je donne peut-être trop de détails, je ne sais pas.

— Si ça se rapporte à l'affaire, mettez-le par écrit. Il y a des gens qui disent que le diable est dans les détails, mais je suis enclin à penser que c'est le Seigneur qui a une préférence pour l'exactitude des petits détails. Au bout du compte, ce sont les détails qui vous sauveront, Mr Jones.

II

Alors, Butterfly Joe dit :
« Buvez votre thé
Laissez là votre livre
Et suivez-moi.
L'histoire est ailleurs, là-bas
Vous devriez le savoir
Le moment est venu
Et nous devons partir. »
Je posai donc ma plume d'oie
M'arrachai à mon labeur
Pris La Route
Et acceptai ses faveurs.
Fraîchement nommé et rebaptisé
Je conduisis jusqu'à un manoir
Sous des cieux enflammés.
J'affrontai une épreuve
(À laquelle je survécus)
Je regardai le monstre
Dans les yeux.
Puis lorsqu'il me fut donné de choisir
Entre femme et jeune fille
Je pris l'orge
Et gardai la perle.

Chapitre 4

Où je rencontre la famille de Joe et affronte « une épreuve »

La maison de Joe était plus qu'un manoir.

— Waouh.

Ma réaction le faisait glousser.

— Génial, non ?

— C'est… extraordinaire.

— Vous ne vous attendiez pas à ça, hein ?

Je ne m'attendais pas à ça. Ce fut probablement la première fois (et ce ne serait pas la dernière) que la réalité correspondait à l'hyperbole de Joe. La maison était un mélange à la Frankenstein d'inspirations diverses – pavillon de chasse écossais, musée anglais victorien, château français, forteresse galloise. De vieilles bagnoles étaient alignées devant un mur de verger en ruine. La Chuick voisinait avec ce qui devait être le reste de la Buick qui avait fourni l'avant ; il y avait un pick-up Ford et une Chevy Camaro Z28 sur cales. Les lieux tout entiers exhalaient une grandeur gothique évanouie mêlée d'une bouffée cul-terreuse, sans que l'une ou l'autre l'emporte dans la combinaison.

Pendant ce temps, les chiens bondissaient de mon côté de la voiture, et Joe ne les encourageait pas vraiment à se calmer.

— Allez, les chiens, dites bonjour à Rip ! Ils ne vous mordront pas ! Une fois qu'ils sauront que vous faites partie de la famille.

Les chiens n'avaient franchement pas l'air convaincu, et moi non plus.

— Vous êtes sûr ?

— D'ici demain, ils vous débarbouilleront à coups de langue. Eli, va donc les attacher.

J'attendis tandis qu'Eli entraînait les cabots vers des remises, puis je suivis Joe en direction de la maison où une jeune femme élégante et une gamine noire espiègle apparurent sur la véranda. La petite fille descendit les marches de pierre à cloche-pied, sautant dans les bras de Joe pour l'étreindre avec une affection sauvage.

— Salut, Ceelee. Dis bonjour à Rip.

— Bonjour, Rip.

— Rip, voici Celeste. C'est un petit monstre câlin.

Celeste avait des airs d'elfe féerique : pieds nus, en robe blanche, avec de longs cheveux crépus. Lorsque Joe la posa par terre, elle se mit à toucher ma chemise, me tâtant du doigt pour vérifier que j'étais réel, me tirant les mains, puis me serrant contre elle comme si elle me connaissait depuis toujours. L'accueil de la jeune femme fut nettement moins enthousiaste. Elle leva la main pour rappeler la petite sangsue :

— Ceelee, laisse-le tranquille. Je suis désolée. Elle se cramponne à tout ce qui bouge.

— Cela ne me gêne pas, répondis-je, mais la sangsue obéit aux instructions et me lâcha avant de partir en courant.

— Rip, voici Isabelle. Izzy, je te présente le nouveau Directeur des ventes et du marketing.

Joe m'avait décrit Isabelle comme la personne sérieuse de la famille, et je lui adressai mon regard le plus sérieux. Nous échangeâmes un léger hochement de tête en guise de salut.

— Rip est là pour nous aider à apporter joie et beauté en ce monde.

— Voilà une belle ambition, remarqua-t-elle.

— Je ne suis pas sûr que ce soit la mienne, objectai-je.

Je ne voulais pas qu'elle pense qu'on m'influençait facilement, ou que j'étais incapable de réfléchir par moi-même.

— Quelle est votre ambition ? demanda-t-elle.

Il paraissait un peu tôt dans la journée pour une telle question, mais je ressentais le besoin de me justifier et de l'impressionner.

— Rip va être écrivain ! brailla Joe. Il va écrire un livre sur ses aventures avec moi !

À chaque fois que Joe parlait aux gens de mes velléités d'écrivain, je me sentais tiraillé par des émotions contradictoires : je préférerais que tu ne dises pas ça, mais je suis ravi que tu l'aies fait !

— Joe est en général capable de plier les ambitions de quiconque au service des siennes, déclara Isabelle d'un ton calme et dépourvu de tout jugement de valeur qui parut parfaitement sincère.

— Oh, ce n'est pas juste ! protesta-t-il sans se sentir le moins du monde indigné.

Il regardait quelque chose à l'intérieur de la maison, à l'étage.

— Le volcan est-il prêt à cracher ?

Une silhouette se tenait à la fenêtre, nous observant.

— Voilà une semaine qu'elle bouillonne de rage. Tu vas avoir du mal à la calmer, aujourd'hui.

— Fais visiter à Rip. Je vais aller m'en occuper. Qu'est-ce qu'il y a à dîner ?

— Clay prépare des burgers d'élan avec du pain de maïs.

— De l'élan ! Vous avez déjà mangé de l'élan, Rip ? C'est quelque chose. Ça ressemble à la plus tendre des viandes de bœuf. Il faut qu'on vous muscle un peu, qu'on vous prépare au combat.

J'avais envie de le suivre, juste pour voir ce qu'il lui fallait faire pour calmer sa mère.

— Vous avez des bagages ?

— Dans le coffre.

— Je vais demander à Clay de les porter dans votre chambre. On entre ?

Son élégance dégingandée et son teint olive faisaient d'Isabelle la sœur de Joe de façon plus évidente que Mary-Anne. Comme chez lui, le visage n'était pas plaisant dans les détails, mais il y avait de la beauté dans l'effet général. En revanche, sa personnalité était celle de l'eau dormante, par contraste avec les rapides de Joe. Elle était d'une disposition agréable, d'une élocution et de mouvements indolents, qualité que les gens bruyants autour d'elle ne faisaient qu'amplifier. En dépit de cela, alors qu'elle commençait sa visite, je ne pus m'empêcher de me demander où était passée la sœur extravagante.

Nous pénétrâmes dans la maison par l'embrasure dépourvue de porte pour déboucher dans ce qui avait un jour été le hall principal. Objets et accessoires cassés jonchaient le sol, un lustre tombé, un râtelier à skis en bois, une tête de cerf empaillée. La maison avait un passé, mais la personnalisation apportée par ses occupants actuels lui conférait une atmosphère futuriste, post-apocalyptique. C'était comme de pénétrer dans le quartier général d'un des derniers survivalistes décidé à refaire le monde. Un établi de charpentier avait été installé près des fenêtres béantes, et un châssis de fenêtre attendait d'être posé.

— Joe veut tout restaurer. Il espère que nous pourrons un jour racheter cet endroit. Pour l'instant, nous vivons à l'étage.

— Joe m'a dit que vous « empruntiez » la maison ?

— Oui. Il a passé un marché avec un collectionneur. Il a vendu un ensemble de raretés de notre collection.

— Waouh ! Ils sont d'une telle valeur ?

Isabelle acquiesça d'un hochement de tête, et me poussa en direction de l'escalier pour me faire comprendre qu'elle ne souhaitait pas discuter davantage du sujet. Les marches de bois étaient recouvertes d'un tapis à partir de l'angle du premier étage. Le tissu bordeaux et or, orné d'un motif que j'interprétai comme des armoiries familiales – pistolets et colombes –, avait pris une teinte décolorée marron et jaune.

— Les chambres sont à l'étage supérieur. On va probablement vous installer dans celle de Ceelee – au grenier. Il faut que je vous l'arrange. Je vais vous montrer la fabrique.

Je la suivis sur le palier et pénétrai dans une vaste pièce par une double porte. Un relent de fleurs séchées et de naphtaline m'assaillit, me faisant éternuer et souffler.

— C'est ici que nous montons les boîtes. Vous vous habituerez à l'odeur.

La pièce lambrissée de bois abritait une immense table de billard surmontée d'une suspension monte et baisse. La table elle-même avait été transformée en « plateau de fabrication » ; tout ce qui était nécessaire à la construction d'une boîte entomologique y était installé : les papillons, le verre, les joints de silicone, les fleurs séchées et le bois flotté.

— Nous avons interrompu un moment la production pour cause de manque de bois flotté, mais nous venons tout juste de recevoir un nouvel approvisionnement. Clay a récolté tout ça dans les Finger Lakes.

Du bois flotté avait été déversé dans une alcôve en une pyramide de la taille d'un bûcher funéraire, entourée de part et d'autre de deux grands paniers. Isabelle alla ramasser un morceau sur la pile.

— Nous trions le bois lisse du bois rugueux.

Elle tâta la pièce pour jauger les aspérités puis me la tendit.

— Lisse ? suggérai-je.

— En fait, c'est du « rugueux ».

Elle désigna le panier approprié, dans lequel je jetai le morceau de bois.

— C'est ça que vous faites tous, à plein temps ?

— Nous contribuons tous. Joe s'occupe de la vente. M'man le faisait aussi, mais maintenant, elle se charge surtout de la comptabilité et de la gestion de l'affaire. Mary aussi s'occupe de la vente, et elle aime conduire. Vous avez déjà rencontré Mary, n'est-ce pas ?

— Je l'ai… vue. Brièvement.

— Je suis sûre qu'elle a fait impression.

— Eh bien, elle était nue. J'ai essayé de ne pas regarder.

— S'il y a bien une chose que Mary ne supporte pas, c'est qu'on ne la regarde pas.

Isabelle rougit de sa critique ; puis elle marmonna quelque chose, comme si elle s'en réprimandait intérieurement.

— Et vous ? Vous ne vendez pas ?

— Je suis une très mauvaise représentante, répondit-elle avec une infime vibration de la voix, et un minuscule tremblement de la main à peine perceptible. J'aide à la fabrication des boîtes et à l'administration, mais je veille essentiellement sur la Collection.

— J'espère que vous me la montrerez.

Elle acquiesça, sans aller cependant jusqu'à un complet assentiment.

— Vous entretenez d'autres ambitions – au-delà des papillons ?

— J'espère aller à l'université. C'est un peu tard, mais j'ai dû repousser les choses. À cause de M'man et puis... eh bien, d'un point de vue financier.

— Quelles études ferez-vous ?

— J'aimerais étudier la littérature européenne, et particulièrement les Russes. Et vous ? Joe m'a dit que vous étiez déjà diplômé.

— J'ai fait des études classiques. Jusqu'à présent, ça n'a pas servi à grand-chose. Mon père avait raison sur ce point.

— Mais toutes ces idées... il y en a bien qui ont dû déteindre.

— Peut-être.

— Joe vous a décrit comme le plus grand représentant de commerce de Grande-Bretagne.

— Bien entendu !

Un rire nous secoua tous les deux. Nous avions trouvé un terrain d'entente dans notre compréhension de Joe.

— Il a également dit que vous étiez quelqu'un à la recherche de sens.

Que Joe ait pu penser cela, et plus encore me décrire de cette façon me stupéfia.

— Je ne suis pas certain qu'il y ait un quelconque sens à trouver dans cette vie.

— Peut-être est-ce pour cela qu'il l'a dit.

Elle me conduisit dans une pièce adjacente, une antichambre où des hommes avaient dû autrefois fumer le cigare tout en élaborant de nouvelles façons d'exploiter les masses.

— On appelle cet endroit le Centre opérationnel.

Une gigantesque carte des États-Unis était étalée sur une table. Le genre de carte qu'un général cinq étoiles devait étudier de près tout en préparant une grande campagne. Des épingles de couleurs différentes – de celles qui servaient à darder le thorax des papillons – transperçaient des petites villes, des grandes villes et des États. Une grappe d'épingles le long de la côte Est et de la région des Grands Lacs donnait l'impression qu'une tête de pont y avait été établie. Il y avait également d'autres épingles solitaires un peu au hasard, dans quelques autres villes éparpillées : San Francisco, Dallas, Denver, Santa Fe, Phoenix, Seattle (il y en avait même une à Anchorage, Alaska).

— Les têtes d'épingles noires indiquent les endroits où nous avons vendu des papillons. Les rouges désignent des commandes régulières. Ce sont celles qui sont importantes.

Le sud et l'est étaient bien constellés d'épingles, mais l'ouest était en majeure partie libre de papillons.

— L'ambition de Joe est d'avoir une épingle dans chaque État et une boîte entomologique dans chaque foyer d'ici la fin du siècle.

— Treize ans. Vous croyez que c'est possible ?

— Mon frère a de ces idées démesurées. Quelquefois, il faut le ligoter au sol, comme Gulliver. Il n'est pas méchant, mais son impatience peut faire des victimes. Il a besoin autour de lui de gens qui l'aident à garder les pieds sur terre.

Isabelle me regarda attentivement, comme pour s'assurer que je comprenais bien. D'accord, j'étais là pour aider à vendre des papillons, mais mon véritable boulot consistait à enfoncer en terre des haubans lilliputiens pour empêcher le géant de se blesser et d'écraser les autres.

— Et comment faites-vous ça ?

— Nous nous y efforçons tous. Chacun à notre façon. M'man lui hurle dessus – comme vous allez pouvoir l'entendre, d'une seconde à l'autre, je peux vous le garantir. Moi, j'essaie de l'attraper quand il ne bouge pas, ce qui n'est pas facile ces temps-ci parce qu'il est toujours par monts et par vaux. Mary se contente de se moquer de lui.

— Qu'y a-t-il là-bas ? demandai-je en désignant la porte à l'autre extrémité du « bureau ».

— La bibliothèque. C'est là que nous conservons la Collection.

Au-dessus de nos têtes, des chapelets d'injures lancées à pleins poumons interrompirent notre dialogue, évitant mon embarras. Apparemment, la mère de Joe déchargeait sur lui les deux canons sciés de son fusil à jurons.

— Pourquoi est-ce que tu vas faire un truc pareil ? Putain de brute épaisse ! J'ai déjà suffisamment de factures à payer.

Isabelle me regarda avec inquiétude :

— Joe vous a bien parlé de M'man, n'est-ce pas ?

— Il a dit qu'elle avait mauvais caractère. Mais qu'elle pouvait aussi être adorable.

Elle hocha la tête.

— Il n'a rien ajouté ?

— Il m'a raconté l'histoire de la famille. L'incendie et le divorce.

Isabelle semblait tenir à vérifier quelque chose, mais l'échange entre Joe et sa mère devint encore davantage audible. Et il était maintenant clair qu'ils parlaient de moi.

— Il est là pour nous aider, M'man. Il est super-intelligent et cultivé. C'est un vendeur génial. Attends d'avoir entendu sa voix.

— Il n'aura pas un sou de moi ! On a déjà une armée à nourrir ici. Moi, je suis là toute la journée pendant que tu pars en vadrouille.

— Je ne pars pas en vadrouille ! Je travaille dur. Bon Dieu ! À ton avis, qui ramène l'argent ici ?

— Ne t'avise pas de jurer avec moi, espèce de putain de fils de pute !

— Ce qui est exactement ce que je suis.

— Espèce de salaud d'enculé !

— Ce que je ne suis pas, tu le sais !

— Tu pourrais tout aussi bien, je m'en fous ! Tu pourrais, connard !

— M'man, compte jusqu'à soixante. Allez. Je veux que tu descendes. Que tu viennes rencontrer Rip.

— Je l'ai déjà vu. Il a l'air d'un minable.

— Allons… il va nous aider. Il parle bien. Il a du charme et il va m'aider à me présenter à certaines personnes. Et il écrit très bien.

— Il a l'air d'un vaurien. Un vaurien bon à rien.

Habillé de façon conventionnelle et d'un naturel modéré, j'aimais bien l'idée d'avoir l'air d'un vaurien, même bon à rien, mais Isabelle était gênée pour moi et balaya d'un geste la description :

— Ne faites pas attention.

— Allez, M'man, soixante… voilà… là… ça y est.

Le silence retomba alors.

— Quand elle est comme ça, Joe est le seul capable de lui parler et de lui faire retrouver son état normal. C'est OK. Les jurons, c'est une espèce de tic. Quand vous la verrez, ce sera une personne différente. Comme la Première dame qui rencontrerait le roi d'Angleterre.

Il s'avéra que le sens de l'étiquette d'Edith Bosco ne fut pas mon épreuve la plus difficile à surmonter. Pourquoi Joe ne m'avait-il pas confié ce qui aurait dû être mentionné de façon tellement flagrante ? Était-ce parce que au bout de bientôt vingt ans, il n'en avait plus conscience et était incapable de voir ce qui ne pouvait manquer de frapper n'importe qui à la première rencontre avec sa mère ? Une main passée sous le bras de Joe et l'autre s'appuyant sur une canne, elle pénétra dans la pièce. Difficile de croire qu'ils étaient en train de se sauter à la gorge quelques minutes auparavant, tant ils offraient un tel tableau du respect maternel et filial. Joe ne me lança même pas un regard compréhensif, du genre « Oui, je sais que ce doit être un choc pour vous ». Il se contenta simplement de :

— Rip, voilà M'man. M'man, voilà Rip.

Edith Bosco était défigurée. Cicatrices et greffes de peau sillonnaient la moitié de son visage, un de ses yeux était une bille de verre noir morte, la moitié de son nez refait. À l'évidence, cela avait dû constituer un miracle de reconstruction, et les années avaient permis une régénération naturelle et un tassement des chairs, mais même deux décennies de chirurgie plastique et de cicatrisation naturelle ne pouvaient déguiser le grotesque.

Voilà sans doute la petite épreuve, pensai-je. *Ne détourne pas le regard. Ne la dévisage pas trop. Regarde-la dans les yeux.* Dans l'œil valide. Un œil qui lui avait servi à être mannequin de détails.

— Bonjour, Mrs Bosco.

Je tendis la main, mais elle l'écarta d'un geste.

Je fixai mon regard sur son bon œil, tout à fait charmant si l'on parvenait à faire abstraction du reste, tacheté de vert et de jaune. On pouvait presque, à partir de cet œil, reconstituer ce qui aurait pu être.

— Enchanté de vous rencontrer. Merci de m'accueillir.

— L'idée ne vient pas de moi. Le débile ici présent me dit que vous êtes un crack en matière de vente avec une éducation au top, que vous allez le civiliser et nous apprendre à transformer cette merde en or.

Je ne pus m'empêcher d'éclater de rire.

— Et de quoi vous riez, putain ? fit-elle d'une voix tellement douce qu'elle paraissait sortir de la gorge d'un ventriloque.

— Pardon. C'est une… la métaphore était très drôle.

— Une métaphore ? Je suis on ne peut plus sérieuse. Si vous travaillez pour nous, vous devez rapporter quelque chose. Vous voulez vraiment venir travailler pour nous ?

— Oui. Je… eh bien…

— De l'hésitation ? Je déteste l'hésitation ! On ne peut pas avoir d'hésitateur. Joe ?

Je me redressai, tentant de compenser l'impression de mollesse.

— Je tiens vraiment à travailler pour vous.

— Pourquoi ?

Souviens-toi : pas trop timide, mais pas trop présomptueux.

— Eh bien, j'ai toujours voulu voir l'Amérique et…

— On n'est pas une putain d'agence de voyages !

— Et, je crois que votre produit peut apporter un peu de joie et de beauté dans la vie des gens, et j'aimerais faire partie de…

— Conneries sentimentales !

Je cherchai de l'aide du regard, mais Joe se délectait de ma gêne, souriant comme un imbécile, tandis qu'Isabelle était derrière moi, hors de ma vue.

— Dites-moi, Rip ! Pensez-vous que je sois une femme séduisante ? lança Edith en se penchant sur sa canne, étudiant mes réactions.

Ainsi, c'était donc *ça* la petite épreuve. *Quoi que vous fassiez : dites la vérité.* Je m'efforçais de regarder dans son œil valide, et je distinguais au-delà des cicatrices ce qu'elle aurait pu être. Elle avait une jolie bouche. Une bonne structure de visage. Ses yeux pré-incendie avaient dû autrefois pousser quelqu'un à tomber amoureux d'elle. *Vas-y. Elle attend. Il faut que tu dises quelque chose.*

— En dépit de vos cicatrices, oui.

La réponse me paraissait bonne, et enhardi, je me redressai encore davantage et soutins son regard.

— Des cicatrices ?

— Oui. Vous avez été… Joe m'a raconté. À propos de l'incendie.

Il y eut un silence. Se leurrait-elle au point de penser que je pouvais ne pas le remarquer ? Avais-je déjà raté la petite épreuve ?

— Et comment, que j'ai des cicatrices. Et alors ? Répondez à la question.

Je pris mon courage à deux mains.

— Je peux voir que vous étiez – que vous avez – une beauté naturelle. Les cicatrices rendent la chose plus difficile à apprécier mais elles ne sont pas représentatives de votre personnalité.

Elle continua de me dévisager, et je fixai son bon œil, m'empêchant de toutes mes forces de regarder son pendant noir et mort.

— Flatteur, remarqua-t-elle avant de se tourner vers Joe. J'espère qu'il se débrouillera mieux que le dernier type que tu as amené ici.

Elle pointa sa canne en direction de la fenêtre.

— On l'a enterré quelque part dans les bois. Par là. Anglais ? Irlandais ? Bolivien ? Je ne me souviens plus. Encore un autre nul, de toute façon.

Joe ricanait.

Puis elle s'avança vers moi, me prit les mains, les tâta et les retourna, telle une propriétaire d'esclaves.

— Douces et grassouillettes. Je n'ai pas besoin de douceur grassouillette. Et vous vous peignez les ongles ?

Les ongles de ma main droite portaient encore des écailles de peinture.

— J'ai peint la grange de ma tante.

— Tirez la langue. La langue !

Je regardai Joe. Était-ce vraiment nécessaire ? Il hocha la tête : *vous avez intérêt à faire ce qu'elle demande*. Je tirai donc la langue et restai comme ça quelques secondes, jusqu'à ce que je remarque que Joe riait à gorge déployée, incapable de se retenir plus longtemps. Edith me lâcha les mains. Elle riait également ! Elle déclara alors :

— Si vous pouvez me faire passer pour Miss America, alors vous avez peut-être un avenir dans la vente. Mais je vais vous donner un tuyau, Rip ! Un boniment malhonnête est sacrément plus facile à débiter qu'un honnête. L'honnêteté paye, mais la malhonnêteté encore plus !

Apparemment, j'avais réussi la *petite épreuve*.

Tandis qu'Edith et Joe poursuivaient leur chemin vers la salle à manger, Isabelle me rattrapa.

— Je n'aime pas quand M'man fait ça, mais elle le fait à tout le monde, alors ne vous frappez pas. Personne ne peut venir travailler pour nous à moins d'être préparé à dire ce qu'il faut.

Un peu plus tard, nous – c'est-à-dire Edith, Joe, Isabelle, Celeste, Elijah et moi – nous retrouvâmes assis autour d'un panneau de contreplaqué monté sur des caisses, dans un assortiment de sièges qui nous mettaient tous à des hauteurs différentes. Isabelle apporta les burgers d'élan préparés par le toujours invisible Vieux Clay, qui semblait jouer de nombreux rôles : domestique, cuisinier, valet, porteur, ramasseur de bois. Joe en était à la moitié d'un bénédicité décousu et profane lorsque Mary-Anne entra, d'autant plus jolie qu'elle était habillée. Il improvisa un signe de croix et acheva : « … et nous vous remercions également pour Mary, qui après des années passées dans la forêt, apprend lentement les coutumes des humains. Amen. »

— Amen.

— Va te faire foutre, Joe.

— Surveille ton langage, Mary, intervint Isabelle dans une tentative de maintien de l'ordre.

Tous les membres de la famille pratiquaient le juron avec aisance, à l'exception d'Isabelle, qui ne renonçait jamais à s'efforcer de maîtriser la situation, essentiellement au profit d'Elijah et de Celeste.

— C'est de l'anglais, non ? répliqua la jeune femme en s'emparant de son burger et en se perchant sur le bras de mon fauteuil, s'appliquant à la nonchalance tout en sachant qu'elle était devenue la cible de tous les regards.

Elle croqua dans son burger et entreprit de rendre séduisant le fait de manger et parler en même temps.

— Vous travaillez pour nous, maintenant ?

— Oui.

— Rip a réussi l'épreuve ! confirma Joe. Mieux que n'importe qui jusqu'ici. N'est-ce pas, M'man ?

— Il s'est pas mal débrouillé, pour un Rosbif.

La harpie qui tenait lieu de mère à Joe se montrait maintenant aimable – même si ce n'était pas vraiment la Première dame recevant le roi d'Angleterre. Elle se concentra sur son repas, laissant la génération suivante s'exprimer.

Mary se montra désireuse de marquer son territoire :

— Comment ça s'est passé avec la banque ?

— Tous des imbéciles, répliqua Joe. On n'a pas besoin de banque. Je travaille à nous faire avoir le super-deal du siècle. En plus, on a Rip ici présent pour nous aider. Dès qu'il aura appris les ficelles du métier, on l'expédiera vendre sur les routes. Ils vont l'adorer. On va aller attaquer le Midwest. Vous allez être notre arme secrète, Rip.

— C'est moi qui conduis, d'accord ? dit Mary.

— C'est au tour d'Izzy de partir en tournée. Et tu viens juste de m'accompagner dans le Mississippi.

— Mais elle conduit pas.

— Tu peux y aller, Mary, intervint Isabelle. J'ai largement assez de travail. Et des livres à lire.

— Notre Izzy va entrer à Yale, annonça Edith avec fierté.

— Il faut qu'on arrive à vendre un sacré paquet de papillons pour qu'Izzy puisse apprendre plein de trucs sur tous ces Européens déprimés, remarqua Joe.

— Et je vous en remercie, dit Isabelle en rougissant.

— Joe, tu as eu ta chance, coupa Edith.

— Je sais. Je ne me plains pas. J'apprends tous les jours.

— Cela dit, lire ce n'est pas travailler, n'est-ce pas, Iz ?

La plupart des réflexions de Mary étaient destinées à démolir les fantaisies de Joe ou bien à déstabiliser Isabelle.

Elle en voulait vraiment à sa sœur, et j'ai senti très tôt qu'elle en rajoutait à cause de moi.

— Ça te va, Iz ? demanda Joe.

— Ça me va.

Je regardai tour à tour Isabelle, puis Mary-Anne, puis Joe. Cette configuration ne me déplaisait pas. Non plus qu'à Mary-Anne, apparemment.

— Vous retrouver tout seul avec mon frère pendant aussi longtemps, vous n'y tenez pas, souligna-t-elle. Tous ces mots qui jaillissent en cascade de ses lèvres et qui ne veulent pour la plupart rien dire… Vous avez besoin de quelqu'un pour interpréter ces conneries.

Joe eut un rire, les insultes entre frères et sœurs lui passaient largement au-dessus de la tête. Mais l'effronterie de sa sœur cadette parut troubler Isabelle, qui se mit à servir de l'eau pour canaliser son agitation.

— Vous êtes déjà allée en Europe ? demandai-je à Isabelle.

— Pas encore. J'aimerais bien. Joe pense que je trouverais ça trop décadent, et les gens trop cyniques.

— C'est un continent plus vieux, il a donc de quoi être davantage cynique.

— Peut-être faut-il simplement plus de temps à l'Amérique pour devenir cynique, remarqua Isabelle. Pour connaître d'abord le déclin.

— Je ne vois pas l'Amérique décliner. Même si elle décline, elle rebondit toujours.

— Oh, vous allez le voir, le déclin, répliqua Isabelle.

— Mais vous verrez aussi les merveilles, rétorqua Joe. De telles merveilles que vous en pleurerez comme un bébé.

— Je suis impatient de voir ça.

Edith repoussa son assiette, signifiant ainsi que le repas était terminé.

— Je vais me coucher. Où mettez-vous notre invité ?

— Dans la chambre de Ceelee, répondit Isabelle. Ceelee peut dormir avec moi.

— D'accord. Tu devrais lui montrer où c'est.

— Ceelee peut peut-être le faire, intervint Mary. Izzy doit étudier. N'est-ce pas, Izzy ?

— D'accord, ça m'est égal.

Si le fait d'être dépossédée de son rôle de chaperon auprès de moi dérangeait Isabelle, elle n'en montra rien, mais dès ce premier jour, ma présence attisa la discorde entre les deux sœurs.

Edith se leva alors, et me cloua du regard :

— Eh bien, nous sommes heureux de vous avoir ici, Rip ; mais n'oubliez pas : si vous merdez, je vous tuerai.

Chapitre 5

Où je plane avec Mary et où elle me dit des choses

Celeste me montra mes quartiers. Cette petite chose intrépide saisit ma main et m'embarqua à sa remorque, me mitraillant de questions, tel L'Enfant d'éléphant de Kipling.

— Je suis adoptée. Vous savez ce que c'est ?

— Oui.

— M'man Edith m'a choisie au milieu d'une centaine d'enfants. Elle dit qu'elle m'a prise pasque j'avais l'air futée. Vous croyez que j'ai l'air futée ?

— Tu as l'air. Tu l'es.

— Je connais les noms d'une centaine de papillons. Mon préféré, c'est le papillon de la reine Alexandra, pasqu'il est vert, grand et rare. Joe dit que quand j'aurai dix-huit ans, il m'en donnera un, et si je le vends, je pourrai m'acheter ma maison à moi avec. On en a cinq, ce qui est plus que le musée à Washington.

La chambre de Celeste se trouvait tout en haut de la demeure, sous les avant-toits, et on y accédait par un escalier de bois brut. Les murs de sa chambre étaient tapissés de ses propres dessins.

— C'est moi qui les ai tous faits. Vous aimez dessiner ?

— Je serais incapable de dessiner, même si ma vie en dépendait.

Elle se mit à rire.

— C'est rigolo.

Il s'agissait de portraits aux têtes énormes et détaillées sur des corps réduits à des bâtons.

— Vous pouvez deviner qui c'est ?

Je pris mon temps pour les identifier les uns après les autres en donnant leurs noms :

— Voyons voir… (Un homme. Qui remplissait toute la page. D'énormes lunettes et un sourire. Un papillon posé sur la tête et un autre dans une main tendue.) Je reconnais celui-là. C'est Joe.

— Oui.

— Et là… (Une femme. Les cheveux remontés en chignon. De grands yeux et de longs cils. Une main pressant un livre contre sa poitrine. L'autre bras tendu comme Julie Andrews dans *La Mélodie du bonheur*.) Isabelle ?

— Oui, oui !

— OK. Et là c'est… (Une femme. Une poitrine exagérée. Une taille de poupée Barbie. Un grand nez. Une cigarette. Un chapeau de cow-boy.) Mary-Anne ?

— Je me suis pas bien débrouillée avec son visage. Laquelle vous trouvez qui est la plus jolie ? me demanda Celeste. Mary ou Izzy ?

Je scrutai un moment les deux sœurs et finis par poser le doigt sur Mary.

— Izzy dit que c'est mieux d'être plus joli à l'intérieur. L'homme regarde l'extérieur, mais Dieu, lui, regarde à l'intérieur. Vous connaissez cet hymne ? On le chante au catéchisme.

Celeste se mit à chanter, accompagnant l'hymne de gestes de la main :

— « L'homme regarde l'apparence extérieure, Dieu regarde au cœur » (main tendue vers l'extérieur ; main sur la poitrine, et on recommence).

Le sentiment était noble – et j'aurais dû en tenir compte – mais la « beauté intérieure » pouvait attendre.

— Et ça, qui est-ce ? (Une femme. Sourire chaleureux, yeux brillants et grands cheveux jaune d'or. Amicale. Un carton de pizza. Un pistolet.)

— M'man Edith, bêta !

Par simple élimination, j'en avais déduit qu'il s'agissait d'Edith, mais il n'y avait aucune trace de sa difformité ; ou bien Celeste était gentille, ou bien elle ne la voyait tout simplement pas. Ou bien elle voyait « à l'intérieur ».

— Pourquoi a-t-elle un pistolet ?

— Pour le croque-mitaine.

Celeste passa au portrait suivant.

— C'est qui ?

J'identifiai aisément Elijah à sa casquette de base-ball et son visage colorié de brun. Et je déduisis sans me tromper que le portrait d'un homme noir aux cheveux argent devait être celui du Vieux Clay. Il y avait un double portrait des chiens, Nancy et Ronnie, l'air aussi adorables que des chiots. L'autoportrait de Celeste la représentait comme une petite fille dans sa robe caractéristique, debout au sommet d'une montagne, sous un ciel abritant simultanément le soleil, la lune et les étoiles.

— Ce doit être toi.

— Oui, oui !

— Ceelee – laisse notre invité, à présent ! Il est l'heure de se coucher.

C'était Isabelle, du pied de l'escalier.

— Je crois qu'Isabelle te demande, Ceelee.

— Vous restez combien de temps ? Pour toujours ?

— Ma foi, c'est long, ça.

— Ceelee ?

— J'arrive !

— Merci de me laisser ta chambre.

Isabelle glissa la tête par l'embrasure de la porte.

— Ceelee ? Laisse tranquille notre invité, maintenant. Je vous ai apporté une serviette, dit-elle en se tournant vers moi. Il y a des toilettes au bas de l'escalier. Ne faites pas attention à la couleur de l'eau, c'est simplement de la rouille.

— Merci.

Je regardai Isabelle. Elle avait effectivement des cils épais et sombres autour de petits yeux en amande. À mon avis, les petits yeux sont toujours plus jolis.

— Enfin, bon. Si vous avez trop chaud, il y a un ventilateur dans le placard, là. Viens, Ceelee. Dis bonne nuit à Mr Jones.

Ceelee me serra contre elle pour me souhaiter bonne nuit, et l'espace d'un instant, j'espérai qu'Isabelle en ferait de même. Au lieu de cela, elle m'adressa un petit salut et sortit, refermant soigneusement la porte derrière elle.

Une fois seul dans ma chambre, j'eus l'impression – que je conservai au cours de ces premières semaines avec les Bosco – de me demander si j'avais véritablement rencontré ces gens, ou bien si leurs excentricités et leurs grotesqueries étaient la preuve de ce que je me trouvais encore plongé dans un rêve alambiqué commencé aux Kaaterskill Falls. Pour contrer ce sentiment, je pensai écrire quelque chose, partager un peu de ce qui se passait avec quelqu'un là-bas au loin, avant que cela ne s'évapore ou que je me réveille ! Je récupérai au fond de mes affaires le bloc de papier à lettres par avion que ma mère m'avait donné. « Tu m'écriras, Llew ? » « Oui, maman, bien sûr. »

Mais à l'exception d'un coup de fil à mon arrivée à New York, je n'avais communiqué avec personne à la maison. Je restai assis là, coincé pendant plusieurs minutes sur « Chère maman », suffisamment longtemps pour que la chaleur de ma main tache le papier et m'oblige à recommencer sur une feuille propre. Impossible de me décider sur l'adresse à indiquer – celle de tante Julia ou de Joe Bosco – et je finis par adopter un compromis : « Catskill Mountains ». Quant à la date, eh bien, j'ignorais littéralement quel jour nous étions, donc encore plus la date, j'inscrivis donc « Soirée », ce qui me paraissait énigmatique et digne d'un écrivain. Mais lorsque j'entamai ma lettre, je me sentis comme un homme qui écrivait avec les pieds. Je me retrouvai incapable de décrire avec précision ce que j'avais effectivement fait. Je déchirai une autre page, recommençai pour la troisième fois et finis par accoucher d'une de ces lettres que je déteste, semblable à celles de ma sœur Fran : compétente, pleine d'informations, mais ne disant rien des sentiments réels, et n'offrant aucune réflexion originale. Mécaniquement, consciencieusement, je passai en revue les choses que ma mère aimerait savoir : comment j'allais, comment allait sa sœur, les endroits que j'avais vus. Mais ce que je voulais vraiment expliquer – le phénomène que représentaient Butterfly Joe et son exotique famille – se refusait à toute explication. Je me contraignis à ne pas dépasser une page, avec la promesse d'une plus longue missive à venir, créant la sensation pas complètement trompeuse d'une certaine improvisation. Sans nouvelles de moi depuis des semaines, ma mère ne pourrait qu'être ravie, tout en demeurant ignorante de ce qui se passait en réalité. Arrivé au bout, je me surpris à signer Rip plutôt que Llew, y ajoutant des parenthèses et une explication : « Mon nouveau surnom ». Je pliai la feuille et la glissai dans une enveloppe par avion que je refermai, inscrivant le nom de ma mère sans celui de mon père pour la première fois de ma vie. Alors que je rédigeais mon adresse d'origine – un acte banal que je trouvai étrangement difficile, comme si je m'inquiétais de me retrouver transporté en arrière rien qu'en écrivant les noms –, Mary-Anne entra sans frapper.

— Salut.

— Salut.

— Tu as de l'herbe ?

— Oui. Bien sûr. C'est OK ? Je veux dire, ça n'ennuie pas ta mère ?

— Elle fume elle aussi quelquefois. Pour la douleur.

Je fourrageai dans le désordre pour retrouver mes Kent et ma boîte à pétards. Je posai ensuite la boîte sur le coffre à jouets et me mis à rouler un joint.

— Joe fume ?

— Joe déteste que je fume. Il est innocent à ce point.

— Et Isabelle ?

— Tu plaisantes ?

Mary s'allongea sur mon lit et vit mon carnet sur la table de chevet à côté du bloc de papier à lettres.

— Joe dit que tu as écrit un poème à propos de moi.

— Eh bien, oui, je t'ai mentionnée.

— Tu pourrais peut-être en écrire encore un autre à propos de moi. Je peux rester allongée là et quand tu auras terminé, tu me le liras.

J'allumai le joint et pris une longue et profonde taffe avant de le lui passer. J'effectuai tous les gestes en accord avec l'idée, ramassant mon carnet et un stylo avant de m'asseoir dans un fauteuil en face d'elle, comme si je la dessinais, ce qui en un sens, était vrai : j'essayais de faire son portrait. La peau plus foncée que celle de ses frères et sœurs, Mary avait quelque chose d'amérindien. Difficile de croire qu'elle puisse être la sœur d'Isabelle. Elles ne différaient pas simplement par l'apparence, les manières, le goût et le comportement ; elles paraissaient appartenir à des époques différentes.

— Tu t'en es bien tiré avec M'man. Il y a des gens qui ne peuvent pas rester dans la même pièce qu'elle. Joe t'a raconté comment elle avait eu ses cicatrices ?

— Oui, dans l'incendie.

— Je n'étais pas née quand ça s'est passé. J'étais à l'intérieur de son corps. Ils ont dit que j'étais un bébé du miracle. Quelquefois, quand je m'approche trop près d'une flamme, je crie. Quand j'ai trop chaud, il faut que je me plonge dans l'eau. C'est pour ça que je vais au lac, ici. Pour éteindre le feu. Comme le lac de feu dans la Bible. Je ne crois pas à toutes ces balivernes. L'enfer. Le ravissement. Tu connais le ravissement ? C'est quand les justes sont enlevés vers le paradis. Et les méchants abandonnés derrière. J'aimerais bien que Jésus se dépêche un peu, qu'il embarque tous ces gens croyants et qu'il me laisse en paix mener ma vie tranquillement.

— Qu'est-ce que tu veux en faire, de ta vie ?

— J'ai des plans. J'aime conduire. Le stock-car. J'aime aller vite. Comme Shawna. Shawna Robinson. Ça va être la première femme à gagner les séries nationales de la NASCAR, l'association des courses de stock-cars. Quand j'étais plus jeune, je voulais être danseuse. Tu veux me voir danser ?

Elle se leva et effectua des pirouettes parfaites, le joint entre les lèvres.

— Tu es bonne.

Ce n'était pas de la flatterie.

— Quand j'étais petite, je voulais être ballerine, et quand j'ai pris des leçons, le prof a dit que j'étais douée. Mais on déménageait sans arrêt, et les leçons étaient chères. Je crois que dans une vie antérieure, j'ai été reine, dit-elle en mâchonnant ses cheveux. Un genre d'Égyptienne. Ou un truc comme ça. Une de ces tribus des temps anciens. Ça ne t'arrive jamais d'avoir l'impression que tu n'es pas à ta place ? Par exemple, que ta famille n'est pas ta famille ?

— Quelquefois, je le souhaiterais.

— Tu as fini, avec ton poème ?

— J'ai un vers. Mais ce… laisse-moi continuer.

— Tu as une petite amie en Angleterre ?

— Plus maintenant.

— Tu as été avec beaucoup de filles ?

J'« avais été » avec deux.

— Cinq.

Elle se retourna et tendit la main pour retirer de ma chemise un fil de coton imaginaire.

— Tu préfères Isabelle à moi ?

— Je vous connais à peine l'une et l'autre.

— On n'a pas besoin de connaître quelqu'un pour savoir si c'est la personne avec laquelle on a envie d'être. Ça vient plus tard, ça, non ?

Je prenais plaisir à ce moment, à écouter ses platitudes *girly* de fumeuse de cannabis, à la regarder exécuter des pirouettes et des arabesques parfaites (à mes yeux) ; je ne voulais pas penser à Isabelle. Isabelle faisait appel à ce que ma mère appellerait mes « instincts les plus élevés », agissant comme une douche froide sur mes intentions.

— J'ai vu comment tu lui parlais. Mais elle ne te laissera pas entrer. Elle se réserve. Et à moins que tu ne croies en Jésus-Christ Notre Seigneur, tu ne l'auras pas. Alors, je suppose qu'il ne reste que moi.

Mary portait un short et un T-shirt qui exposait son nombril éversé. Le duvet de son ventre se redressait, la brise faisant naître la chair de poule sur sa peau aussi lisse qu'une table de salle à manger sur laquelle je mourais d'envie de dîner. Une jambe levée comme une voile, l'autre droite, vers l'extérieur, toutes deux non rasées, de manière touchante. Je sentais la fumée de la skunk, le shampooing et la naphtaline. Et elle. Elle me passa le joint. Je tirai une nouvelle longue bouffée de condamné à mort.

— Elle ne croit pas au sexe avant le mariage. Moi, je dis que le sexe, c'est quand on en a envie.

— Je suis d'accord.

— Ça te dit de me baiser ?

— Oui. (Impossible de trouver assez rapidement une autre répartie.)

— Je te laisserai me baiser à une condition.

Je me sentis au-dessous de tout, mais il fallait que je sache :

— Laquelle ?

— Tu n'essaies pas avec Isabelle. Jamais.

Il suffit parfois d'une interdiction pour alerter sur ce que l'on désire vraiment. Je voulais Mary-Anne de tout mon corps, mais tenais néanmoins à conserver un peu de mon âme pour Isabelle.

— Jure-le.

— Le jurer ?

— Jure que tu n'essaieras pas de coucher avec elle.

— Je… c'est idiot.

— Jure !

— OK, je jure.

— Qu'est-ce que tu jures ? Dis-le !

— Je n'essaierai pas de coucher avec Isabelle.

— Sur ta tête.

— Sur ma tête !

Les conditions générales de notre future union à présent garanties, nous achevâmes le joint en silence.

— On ne peut pas le faire sous le toit de ma mère. On trouvera l'occasion sur la route.

Ah, quelle offre, quelle promesse ! Viens, la Route, qu'on s'envoie en l'air ici ! Nous allions parcourir le pays comme des Bonnie and Clyde sexy, à faire du commerce et l'amour.

— Alors, avec combien de garçons tu as été ?

— Une dame ne dit pas ce genre de choses.

— Vraiment ? Et pourquoi pas ? Moi, je t'ai dit avec combien de filles j'avais été.

— C'est différent.

— Pourquoi ?

— Parce que.

— Allons ! Un ? Trois ? Dix !

— Je ne suis pas une gourgandine !

— Alors, aucun ?

— Va te faire foutre ! répliqua-t-elle en me balançant un coup de son pied nu.

À voir sa réaction, on aurait cru qu'il était pire d'être vierge que gourgandine.

— OK. Ce n'est pas un jugement de valeur. De toute façon, ni l'un ni l'autre n'a d'importance.

Mais la chose en avait aux yeux de Mary. Plus que je ne le comprenais à ce moment-là. Elle se retourna et s'assit, ses cheveux tombant de chaque côté de son visage, comme un joli rideau ne laissant visible que la moitié de ses yeux, de son nez et de ses lèvres.

— Tu t'es déjà fait un plan naphta ? demanda-t-elle. Tu mélanges des boules de naphtaline avec du vernis et du tabac, tu te fais une super-défonce, et ça te donne des rêves dingues. Les rêves de la naphtaline sont les meilleurs. T'as rien vu si tu t'es pas fait un plan naphta. Quand je suis défoncée à la naphtaline, je peux te raconter plein de trucs… à propos de l'avenir. De ton avenir.

Le mélange paraissait effroyable, mais je ne voulais à aucun prix lui déplaire ni avoir l'air d'une mauviette. Elle m'enjoignit de continuer mon poème et me laissa pour aller chercher les accessoires. Je restai assis là avec mon érection intacte, douloureuse contre ma cuisse. Je me levai pour tenter de la dissiper en marchant. Des visions de Mary et moi dans un motel en train de satisfaire notre désir ne se révélant pas d'une grande aide, je me mis à imaginer Isabelle assise en train de lire un roman russe, perchée sur le côté de son étroit lit de camp métallique de célibataire. Mary revint au bout de cinq minutes avec l'équipement. En guise de pipe à eau, elle portait un bocal en verre en forme d'ampoule, des boules de naphtaline dans un sachet en cellophane et du vernis à ongles. Elle s'agenouilla par terre et entreprit d'élaborer sa mixture avec la dextérité d'une pro. Elle recouvrit chacune des boules de vernis et les fit tomber dans le bocal. À l'aide d'un morceau de papier, elle les enflamma et se mit à faire cuire les vapeurs. Les émanations s'avérèrent d'un jaune rosé, l'odeur de chewing-gum du vernis masquant celle, répugnante, de la naphtaline. Ensuite, elle repoussa ses cheveux d'une main et se pencha, le bocal dans l'autre main, guidant le goulot vers sa bouche, qui recouvrit le rebord. Puis elle me passa le bong improvisé et j'inhalai les vapeurs. C'était comme de respirer l'essence de vieilles armoires et de la coiffeuse de ma grand-mère. Dans un premier temps, je ne discernai aucun impact.

— Mon nombril ne t'ennuie pas ?

— Il est mignon. On n'en voit pas beaucoup de saillants.

— Je le déteste.

Elle tripota son ombilic protubérant, le cerclant de son index, puis l'enfonçant et le maintenant là.

— J'avais l'habitude de le rentrer avec mon doigt et d'essayer de le faire tenir à l'intérieur. M'man dit que c'est parce que je suis née dans une urgence pas naturelle, et qu'ils ne l'ont pas bien coupé. Ils s'inquiétaient davantage d'elle, avec ses brûlures.

Elle leva le doigt, et son nombril jaillit, se redressant de nouveau. Il ressemblait à un mamelon pâle, et j'avais envie de le sucer.

— La plupart des gens ont le nombril rentré. Je parie que tu en as un de rentré.

Elle tendit le pied et souleva ma chemise de ses orteils, révélant l'orbite de poils autour de mon propre nombril creux. Elle laissa ensuite retomber son pied et caressa presque la braguette de mon jean. J'aurais voulu l'interroger davantage à propos de l'incendie, et à propos de son père, mais me trouvais incapable de poursuivre quelque intention que ce soit au-delà de l'instant où elle me traversait l'esprit.

— J'aime bien ça, de faire changer ton corps sans même y toucher. Comme à la cascade. Quand tu es allé faire ce plongeon.

Il me fallait récupérer une certaine maîtrise des événements.

— Pourquoi as-tu pris mon livre, ce jour-là ?

Elle écarta ses cheveux d'une chiquenaude, l'air en colère.

— Je n'ai pas pris ton livre.

— Joe dit que si.

— C'est ce qu'il t'a dit ?

— Oui.

Elle eut un sifflement de désapprobation, mais son indignation paraissait assez convaincante.

— Cet enfoiré ! C'est lui qui a pris ton livre, pas moi.

— Mais… il n'aime pas les livres.

— Joe ? Il a lu plus de livres que n'importe qui que je connaisse. Même Isabelle. Mais je vais me venger. Il t'a vraiment raconté ça ?

— Aucune importance. Il m'a rapporté le livre. Simplement, c'est bizarre qu'il t'en ait rendue responsable. Pourquoi ne pas juste dire qu'il l'avait pris, cela ne m'aurait pas gêné.

— Ne sois pas débile, c'est évident.

— Pourquoi ?

— Pourquoi ? Parce que mon frère est un putain de fils de pute menteur, voilà pourquoi !

Je ne considérais pas Joe comme un menteur ; un baratineur, un exagérateur, un embobineur, un camelot – mais pas un menteur. L'idée déconcertante que je m'étais trompé du tout au tout sur Joe coïncida avec le premier impact du bong. Je commençai à percevoir ma respiration, et je fus convaincu de pouvoir distinguer mon pouls – sur mon poignet. Mary revêtit cette qualité chamanique et primitive qu'elle avait eue lorsque je l'avais découverte la première fois à la cascade.

Je déclarai :

— Je me sens un peu bizarre.

— Tu as l'air bizarre.

— Non, c'est toi qui as l'air bizarre.

— Non, c'est toi qui as l'air bizarre.

Quelque chose était en train d'arriver à Mary. Le narcotique me révélait ce que j'étais incapable de distinguer à l'état de sobriété. C'était comme si je voyais au-delà de son allure extérieure, jusqu'« en son cœur » ; là, je voyais un cœur de feu, consumé de passions, de rejets, de jalousies et de manipulations grossières.

— Je peux voir ton avenir, annonça-t-elle.

— Je ne veux pas le connaître.

— Je peux voir ton avenir, répéta-t-elle sans m'entendre, pour une raison quelconque. Tu sais ce que je vois ?

La fumée sortait de sa bouche, et ses mots paraissaient faits de cette même fumée. Comme une ponctuation magique, les volutes se mêlaient à ses paroles. Elle s'adressait à moi par signaux de fumée, elle avait retrouvé une sorte de technique ancestrale originelle.

— Tu vas aller loin. Mais il y aura des ennuis. Je vois de la fumée. Et du feu.

— Ne me dis rien, j'ai le droit de refuser de savoir.

Elle m'effrayait. Son débit ralentissait, comme la voix d'un 45 tours passé sur 33 tours, et sa tessiture de soprano rauque prenait des accents de plus en plus profonds.

— Ne parle pas comme ça, poursuivis-je. Parle normalement.

Elle me sourit et mâchonna les cheveux qui lui tombaient sur la bouche.

— Ne te mange pas, lui dis-je. Qu'arrive-t-il à ton visage ?

Elle se leva, puis j'allai parler à un homme de l'autre côté de la pièce.

— Qui êtes-vous ? lui demanda-t-elle.

L'homme était mon père. Il la mit en garde, lui disant de ne rien avoir à faire avec moi. Que j'étais un fainéant. Un parasite. Une déception.

— Ce n'est pas vrai, protestai-je.

— Ce n'est pas vrai, renchérit Mary. Rip ira loin.

— Ce n'est pas son vrai nom, objecta mon père.

— Je me sens changer, dit-elle. Et toi, tu le sens déjà ? Est-ce que tu changes ?

— Non. Je t'aime comme tu es.

Elle se détourna et leva lentement les bras pour ôter son haut. Son dos brun noisette était parfait, mais elle portait des ailes à la place des omoplates. Dépourvues de plumes, comme des ailes de papillon très fines. Ensuite, elle se retourna et révéla le reste de ses métamorphoses : un nez transformé en trompe, une pulpe labiale à la place de la bouche, des antennes en guise d'oreilles. Elle me fixa de ses deux grands yeux à facettes et demanda :

— Tu as déjà baisé un papillon ?

Chapitre 6

Où je me réveille dans une maison vide, et où j'éprouve une méchante surprise

Des papillons de papier bleu tournoyaient dans la chaleur. Il régnait une odeur de boules de naphtaline et de feu de bois. J'avais une soif d'enfer. La bouche sèche, une langue énorme et pâteuse, et un goût ignoble en travers de la gorge. J'éprouvai le trouble à s'éveiller dans un lit inconnu. Puis, dans une prise de conscience floue, je me souvins : je dormais dans la chambre d'une petite fille adoptée du nom de Celeste, qui faisait partie d'une famille incluant deux sœurs, l'une que j'admirais, l'autre que je désirais. Celle que je désirais était venue dans ma chambre la veille au soir, et nous nous étions défoncés ensemble ; elle m'avait dit qu'elle pouvait lire l'avenir, et que je m'acheminais vers les ennuis. Ensuite, elle... elle s'était transformée en papillon !

Je me redressai, me giflai et secouai les bajoues. La cause de ma confusion (et de la métamorphose de Mary) gisait par terre, le verre taché des vapeurs que nous avions inhalées. Au fond, reposaient les boules de naphtaline vernies et brûlées, semblables aux œufs diaboliques d'une quelconque créature mythique. J'allai prendre une douche pour me débarrasser des coagulations de la nuit.

L'eau se mit à couler marron, exactement comme Isabelle m'en avait averti. Après la douche, je me lavai les dents debout devant la glace, prenant la pose qui m'était familière quand je me trouvais beau : légèrement penché de partout – la tête, la bouche, les sourcils – et une moue de côté. Mon nouveau nom me revint, et je m'entraînai à le répéter, comme un acteur s'exerçant avant de monter en scène. « Bonjour. Je m'appelle Rip Van Jones. Rip. Van. Jones. Van Jones. Ripvanjones. J'ai là quelque chose dont je pense qu'il va vous plaire. » Cette nouvelle itération améliorée de ma personne, qui me regardait dans le miroir embué, me plaisait bien. Il y avait toujours eu chez Llew un abîme de crédibilité entre ses ambitions et sa capacité à les réaliser ; il avait toujours été affligé d'une indécision paresseuse et d'une tendance à la procrastination. Rip avait l'apparence de quelqu'un qui non seulement irait loin, mais allait en plus y arriver. Ayant établi qui j'étais, je m'habillai et partis à la recherche d'âmes et de subsistance.

Sur le palier, je m'arrêtai devant une chambre à coucher jonchée de vêtements féminins. Une couette avait été froissée en boule à une extrémité du lit. Sur le mur, au-dessus de la tête de lit, était collé un poster qui affichait en caractères à motif cachemire en spirale *Si ça fait du bien, vas-y*. Il y avait une commode dont les deux tiroirs supérieurs pendaient, débordant d'habits ; une coiffeuse drapée de bijoux et de bimbeloterie ; et un mur tapissé d'idoles découpées dans des magazines. Ce devait être la chambre de Mary. La suivante était bien rangée, et peu décorée. Il y avait un chaste lit d'une personne fait, un secrétaire avec des livres et une étagère croulant sous les exemplaires des revues *Entomologist's Review* et *Butterfly Monthly* ; deux Tolstoï et un Dostoïevski sur la table de chevet. Dans un coin de la pièce, reposaient des boîtes d'entomologie, des flacons de mise à mort et des filets, y compris ce qui avait l'air d'un antique filet à papillons, une bande de mousseline tendue entre deux piquets. La chambre d'Isabelle ? La pièce à l'extrémité du palier ne comportait pas de lit, juste un matelas par terre. Pas même un oreiller. Le mobilier se composait uniquement d'une chaise sur laquelle était drapée une veste en étamine rayée bleu et blanc. Une grande valise ouverte pleine de vêtements fourrés pêle-mêle était posée dans un coin. À côté du matelas, il y avait une petite Bible des Gédéons rouge lue et relue, de celles qu'on trouve dans les tiroirs des motels. D'ailleurs, la pièce avait l'air d'abriter quelqu'un qui ne restait jamais longtemps au même endroit et était parti sur les chapeaux de roues. Joe.

Dans la cuisine, je découvris les restes d'un petit déjeuner absorbé quelques heures auparavant : un bol entamé de céréales Golden Grahams, au lait jaune miel et granuleux ; une cafetière et une gaufre à moitié mangée noyée de sirop d'érable. Je finis la gaufre, me sentant aussi coupable que Boucles d'Or, me versai un mug de café froid et repartis à la recherche des ours.

La fabrique était vide, la ligne de production interrompue par une rangée de boîtes en verre ouvertes attendant d'y voir montés leurs papillons et scellés leurs couvercles. Il n'y avait personne non plus dans le Centre opérationnel, même si sur la carte de l'Amérique – cette Amérique que Joe voulait conquérir et que je voulais découvrir – un mug de café avait été abandonné sur le Massachusetts, ainsi que des épingles, qui semblaient laisser penser que quelqu'un avait ébauché un itinéraire vers l'ouest. La porte de la bibliothèque qui abritait la Collection était ouverte. Mais au lieu d'y trouver des bibliothèques et des livres, j'échouai au milieu d'un canyon de meubles en acajou à vingt tiroirs de plus de deux mètres de haut. J'ouvris un tiroir, qui glissa avec aisance en silence sur une garniture de feutre. Il contenait une boîte de papillons tachetés de vert, aux ailes antérieures couleur crème et aux ailes postérieures ornées de spirales rouges. L'introduction de tant de couleurs dans cet espace sombre constituait un choc plaisant, comme si je venais de dénicher un tiroir plein de bijoux (d'ailleurs, je n'allais pas tarder à découvrir que certains de ces spécimens avaient autant de valeur que des pierres précieuses). Je laissai le tiroir ouvert et en tirai un autre. Un carton – à l'inscription cursive en pattes de mouche – indiquait le nom de l'espèce. *Essaea batesii* bleu-jaune. Il y avait là un système en contradiction avec le reste de la poésie chaotique de la famille. Une main et un cerveau plus ordonnés que ceux de Joe se trouvaient derrière tout ça. J'ouvris un autre tiroir, qui contenait un *Asterope* saphir. Encore un autre. Des papillons primitifs encore plus grands et plus éblouissants, aux énormes abdomens jaunes, aux ailes vertes et bleues. Alors que les fantômes éclatants de papillons morts illuminaient la pièce, leurs couleurs miroitant derrière le verre, j'éprouvai le sentiment qu'ils voulaient que quelqu'un – moi ! – les libère ! Puis les tiroirs se mirent à grincer. Le phénomène était si effrayant et le timing si extraordinaire (plus tard, Isabelle m'expliquerait qu'il s'agissait de la chaleur dilatant le bois) que je les refermai et me retirai de la pièce, me parlant à voix haute, me dédoublant pour créer de la compagnie :

— Tout le monde est peut-être sorti.

— Alors, pourquoi ne vas-tu pas regarder ?

— Oui. Bonne idée. Je vais aller jeter un œil.

— Oui, vas-y.

L'intérieur de la maison était tellement obscur que j'éprouvai un choc en découvrant qu'il faisait beau dehors. La Cadillac de Joe n'était plus là, non plus que le pick-up Ford qui avait été garé près des remises à côté de la Chuick. Je décidai de remonter le chemin pour voir si la famille n'était pas allée au lac que Mary avait mentionné, mais lorsque celui-ci apparut, je constatai que ses eaux étaient aussi lisses qu'un miroir, aussi sombres que du teck et dépourvues de naïade. L'idée de crier : « Il y a quelqu'un ? » me traversa, mais la crainte de n'entendre que ma propre voix en écho m'en empêcha. Demander à un paysage vide s'il y a quelqu'un est chose risquée.

Je rebroussais chemin en direction de la maison lorsque j'aperçus les chiens – Nancy et Ronnie – qui reniflaient un peu partout, et qui n'étaient pas attachés ! Je poursuivis ma marche en priant pour qu'ils ne me voient pas ; mais les chiens ont toujours l'art de vous voir alors que vous n'y tenez pas. À la seconde où je piquai un sprint, je saisis du coin de l'œil la tache noire floue des animaux à ma poursuite. Impossible de regagner la maison avant qu'ils ne me rattrapent, je déviai donc en direction de la Chuick, et j'atteignis celle-ci alors que Nancy (le doberman) se trouvait à quelques bonds derrière moi. La portière était fermée à clé, je tirai sur la poignée, et la chienne se jeta sur ma jambe. Je lui expédiai un coup de pied de l'autre, l'atteignant durement à l'œil. Quelques secondes plus tard, Ronnie (le rottweiler) vint me planter ses crocs dans les fesses. J'effectuai une poussée bizarre en m'accroupissant, et cramponné à la poignée de la portière, je soulevai les deux pieds de terre, les expédiant dans l'arrière-train de Ronnie, le forçant à reculer. Je roulai sur le capot puis grimpai précipitamment sur le toit. Nancy (la plus intelligente des deux) se précipita à l'avant de la voiture et s'efforça de bondir dessus. Elle réussit à atterrir les quatre pattes sur le capot, mais sans parvenir à s'accrocher, glissa sur le côté en grattant, gémissant de frustration. Je me dressai sur le toit déformé de la voiture. Ces chiens étaient acharnés ! Ils firent peut-être trente ou quarante tentatives, leurs griffes bousillant la peinture de la carrosserie. Mais ils n'arriveraient pas à m'atteindre, et une fois que je compris cela, j'entrepris de les narguer : « Allez, cinglés de chiens ! Ha, ha, ha ! Vous ne pouvez pas m'avoir ! Ha, ha ! Rar ! Raaaar ! Raaaaaaaar ! Je suis le Roi du Château ! Et vous êtes de sales gredins ! » Dressé sur son arrière-train, les pattes avant sur la vitre de la portière, Ronnie balançait ses babines retroussées à quelques centimètres de mes pieds, claquait des mâchoires, aspergeait les alentours de bave. Quelle situation embarrassante, si un des membres de la famille Bosco me voyait, je me souviens avoir pensé ! C'est alors que, sans aucune raison apparente, les chiens s'interrompirent, se retournèrent et s'éclipsèrent en direction des remises. Je fus tellement soulagé et déséquilibré par l'adrénaline que je persiflai : « Awww, allez, les chiens ! Vous avez peur de moi, maintenant ? » Mais ils continuèrent à trotter vers les remises, où j'aperçus un homme qui leur parlait d'un ton calme mais ferme, leur indiquant du doigt un piquet de métal et une chaîne. Une fois les chiens bien attachés, l'homme se dirigea vers moi – l'imbécile sur le toit – avec un air de perplexité amusée.

— Je crois que vous pouvez à présent descendre de là, monsieur.

Il était vêtu d'une salopette bleu foncé sur une chemise à carreaux, un chapeau de feutre étroit et blanc repoussé en arrière sur ses cheveux gris contrastant avec sa peau noire. Sous ses yeux, des cernes de désenchantement aussi plissés que des papiers pliés, et il avait une voix douce en mal de vivre. Je me refusai à bouger en dépit de ses propos rassurants. Je voyais les chiens debout sur leurs pattes arrière, tirant sur leur lien, toujours animés de leurs fantasmes canins, prêts à me sauter à la gorge.

— Joe m'avait dit qu'ils seraient enchaînés.

— Ils le sont, maintenant.

Le cœur battant, les jambes tremblantes, je descendis, et glissant du capot, je glapis à la douleur de la morsure.

— Vous vous êtes fait mordre ?

— Oui.

— Il faudrait y jeter un coup d'œil. Seigneur, les chiens ont sacrément abîmé la voiture.

Il frotta les éraflures d'un doigt humide.

— Heureusement qu'ils ont pris la nouvelle belle voiture. À propos, je suis Clay. Vous devez être Mr Rip, non ?

— Oui.

Mon nouveau nom devenait mon nom à la vitesse de l'éclair, c'en était sidérant.

— Ça fait mal ?

— Maintenant que j'y pense, oui.

Mes fesses me brûlaient ; mes jambes tremblaient de façon visible.

— C'est l'adrénaline. Vous étiez comme un dément, là-haut.

Savoir qu'il avait vu et entendu mes délires sur le toit était aussi pénible que les pulsations de mon postérieur. Je le suivis au-delà des remises jusqu'à une cabane en bois isolée, à côté d'une longue serre encombrée de plantes et dont les panneaux étaient rendus opaques par la buée. J'aperçus un éclair volant bleu électrique. Puis un autre.

— Des papillons ?

— Mmh mmh. C'est la ferme des morphos bleus. Cette année, on a eu un bon rendement. Presque mille. Mais Miss Edith n'est pas sûre que ça vaille tout le boulot. Joe dit que ça rapporte plus d'argent que d'élever du bétail. Moi, je suis entre les deux. Le jury n'a pas fini de délibérer.

Il y avait devant la porte d'entrée de la cabane de Clay un paillasson qui affichait *Home sweet home*. À l'intérieur, un Zedbed, une lampe tempête, un réfrigérateur, un réchaud à gaz de camping et une armoire. Les seuls autres ornements étaient un livre de poche d'Harold Robbins et un portrait signé d'un joueur de football américain.

— Je sais qu'on vient tout juste de faire connaissance, mais vous allez devoir baisser ce pantalon et me montrer vos fesses.

La douleur surpassait maintenant l'inhibition ; je défis donc ma ceinture et les boutons de ma braguette, et laissai glisser mon jean jusqu'à mes chevilles, grimaçant lorsque le tissu accrocha la blessure. Je relevai ensuite mon caleçon sur ma fesse pour permettre à Clay de regarder.

— Ça n'a pas transpercé. Mais au cas où, il faut vous désinfecter. Attendez.

Il alla chercher quelque chose dans l'armoire.

— Voyons voir… quand ce sera la fin de tout, j'ai tout ce qu'il faut là-dedans…

L'armoire de Clay servait pour partie de garde-manger, d'armoire à pharmacie et de trésor de guerre ; un entrepôt conçu pour la Fin des Temps. Il fourragea à l'intérieur, trouva une bouteille d'un liquide pourpre et de la gaze. Il détrempa la gaze avec le liquide, puis me fit me redresser bien droit.

— Ça va faire mal.

J'anticipai le feu de l'astringent en inspirant à fond. La douleur fut retardée de quelques secondes, mais lorsqu'elle arriva, je grognai. C'était comme s'il venait d'appliquer une brûlure sur une brûlure. Je dus me pencher pour m'appuyer à la table.

— OK. Ne bougez pas. Je vais vous chercher du Tylenol.

Il retourna à son trésor de guerre. Y trouva des antalgiques. Il ouvrit un robinet, emplit un verre d'eau marron et me le tendit avec les comprimés.

— Ces chiens n'oublieront pas votre tête de sitôt. Ni votre derrière.

J'avalai les comprimés en songeant que ce qu'il m'aurait vraiment fallu, c'était quelque chose contre l'embarras. Il alla chercher dans le réfrigérateur du thé glacé, que je n'aimais pas en temps normal. Mais je le bus à grands traits, laissant l'horreur du goût me distraire de la douleur.

— Où sont-ils tous ?

— À l'église.

Bien entendu : nous étions dimanche. Depuis que Joe était venu me chercher, j'avais vraiment perdu toute notion du jour, de la date, ou même de l'époque dans laquelle je vivais.

— Ils y sont tous allés ?

— Miss Edith y tient beaucoup.

— Mary aussi ?

— C'est la règle de la maison. Sauf pour moi, ajouta-t-il avec un gloussement. Une fois, Miss Edith m'a emmené à son église, mais j'ai eu l'air d'un renard dans un poulailler. Une musique tellement sinistre qu'elle vous flanque des envies de suicide. Que le Seigneur me pardonne. Moi, j'aime que ma religion soit enjouée, c'est plutôt les Assemblées de Dieu, des chrétiens évangéliques pentecôtistes. Je lui ai expliqué ma façon de penser, et en fin de compte, elle a compris. Je vais aussi à mes propres réunions, aux Alcooliques anonymes de Hancock. Je n'ai pas touché une goutte d'alcool depuis dix ans.

— Depuis combien de temps connaissez-vous la famille ?

— Pas loin de dix ans. Miss Edith m'a accueilli le 5 juillet 1977. J'ai commencé à retrouver mon indépendance le lendemain d'Independance Day. Il ne se passe pas une journée où je ne remercie le Seigneur pour elle. Je me fiche de ce que pensent les gens. Ou de ce qu'ils disent. C'est une sacrée bonne femme. Ce que le feu lui a fait, ça aurait achevé la plupart des gens. Elle a élevé une famille à elle toute seule. Elle a monté une affaire. Après ce qu'elle a fait pour moi, je ne peux pas dire un mot contre Miss Edith.

Ces louanges me parurent un peu trop vivement offertes. Un « mais » flotta ensuite quelque part dans le silence, un silence que je laissai s'installer un peu.

— Joe m'a raconté comment il… vous avait trouvé.

— Oh, je dois aussi remercier Joe. Ce garçon m'a sauvé la vie.

Clay fit une moue de côté et siffla lentement, une note haute puis une note basse.

— À l'époque, j'étais tellement soûl que je me suis pris une chambre au Plaza. En fait, c'était la benne d'un camion poubelle. Joe m'a tiré de là et m'a ramené à la maison. Même à ce moment-là, ce garçon était plus costaud qu'un homme adulte. Miss Edith a accepté de me prendre à la condition que je renonce à l'alcool et que je les aide avec le business des papillons. C'était à l'époque où ils vivaient dans le Michigan. Et je travaille pour eux depuis tout ce temps. Ils ont des défauts, comme nous tous. Mais ils ont fait preuve de bonté à mon égard, et la bonté est la seule devise qui compte dans cette vie. Bref.

Pourquoi est-ce qu'il vous a amené ici ? D'habitude, Joe ne recueille pas de gens avec des références. Je veux dire, du genre éduqué. La plupart de ceux qui atterrissent ici ont des ennuis, d'une façon ou d'une autre. Ils sont désespérés et dans le besoin. Vous êtes désespéré et dans le besoin, Mr Rip ?

— Non. Je ne crois pas. Il m'a proposé un travail. Il veut que j'aide à développer l'entreprise. La faire passer à l'échelon supérieur.

— Ça ressemble tout à fait à Joe. Tout doit passer à l'échelon supérieur. *Ain't no mountain high enough*, aucune montagne n'est assez haute… il vous a promis la terre entière ?

— Il a dit qu'il me montrerait l'Amérique.

— Eh bien, c'est un début. Pourvu que vous délayiez tout ce qu'il dit avec trois litres d'eau salée, vous vous en sortirez. Mais je suppose que vous savez déjà ça.

— Est-ce que je commets une erreur ? En travaillant pour lui ? Je dois m'inquiéter ?

Clay me regarda et réfléchit quelques secondes, pris entre la loyauté due à la famille et la courtoisie vis-à-vis d'un étranger.

— Il faut simplement que vous sachiez ce qui vous attend. Joe est un ouragan humain avec un cœur d'or. Il est fort, et il a de l'énergie – doux Jésus, une telle énergie qu'elle est impossible à réfréner ; si vous trouviez un moyen de maîtriser celle-ci, vous pourriez alimenter une ville entière. La loi naturelle est incapable de le contenir, et les lois humaines, eh bien, elles lui sont comme les barreaux d'une prison. Il est impossible de lui dire ce qu'il doit faire. Où il doit aller. Ou bien qu'il vous dise où il va ! Par exemple, vous savez où il est à cet instant ?

— Vous avez dit qu'il était à l'église, avec les autres, non ?

— Mon Dieu, non ! Il est banni de l'église de Miss Edith. Il est parti hier soir.

— Hier soir ? Vous savez où ?

Clay se mit à rire.

— Il a pas dit. Il dit jamais. Il a toujours un deal en train. Il pourrait tout aussi bien être en rendez-vous avec le roi de Siam, ou alors en train de déjeuner avec un vagabond. Il a pu aller à la chasse aux papillons. Même quand il a une destination, il en trouve une autre en cours de route.

— Il ne m'a pas du tout mentionné qu'il partait où que ce soit. Il aurait pu me le dire. Étant donné que c'était mon premier jour.

— N'en faites pas une affaire personnelle. Mr Joe ne peut pas rester plus d'une journée au même endroit sans devenir fou. Une fois, il est parti chercher des pièces détachées pour la voiture, un truc de ce genre. À Albany. Ensuite, on a appris qu'il était dans les Blue Mountains de Jamaïque, à la recherche d'un fruit bizarre pour en faire des confitures. Il va vous parler de tout, sauf de l'essentiel. Et il ne donne jamais la même réponse aux gens. À moi, il annoncera qu'il va à Washington. À Miss Edith, qu'il ramène la voiture. Il a probablement dit à ses sœurs qu'il allait faire des courses à l'épicerie. Et il raconte probablement au Seigneur qu'il est parti chercher une âme perdue. Où qu'il soit, ce n'est pas là où il a dit qu'il allait. Jusqu'au jour de sa mort, il se baladera sans avoir à répondre à personne.

Voilà qui n'était guère rassurant. L'approche spontanée de Joe – « Je n'ai de comptes à rendre à personne » – était une chose tout à fait belle et singulière, sauf lorsque vous étiez celui à qui il ne rendait pas de comptes. Mais au moins, Clay décrivait un Joe que je reconnaissais. C'était la même montagne, mais sous un angle légèrement différent.

— Pourquoi Joe a-t-il été banni de l'église ?

— Il s'est lancé dans un débat avec le pasteur. En plein milieu du sermon. Il fait ça tout le temps. Un de ces jours, ils vont le lyncher.

— Je croyais que Joe avait la foi ?

— Oh, oui. Il ne se passe pas un seul voyage sans qu'il ne vienne au secours d'un enfant perdu ou abandonné quelque part. Ou bien qu'il ne donne jusqu'à son dernier dollar. Sans la foi, il constituerait un danger pour lui-même et pour tous les autres. Mais il a ses propres convictions sur ce qui est vrai et ce qui ne l'est pas. Sur ce qui appartient à l'homme et ce qui appartient à Dieu. Il suit son propre culte, dont il est le seul fidèle. En l'absence d'un père pour lui faire voir les choses autrement, il a appris très jeune à se former sa propre opinion. Vous comprenez, il est allergique à toute autorité masculine. Il est impossible de lui imposer quoi que ce soit. Il ne respecte pas beaucoup les hommes. Ce qui n'est pas très surprenant, étant donné l'exemple que les hommes lui ont donné. Mais je suppose que vous savez déjà tout ça.

Je suppose que vous savez déjà tout ça. Clay ne cessait de répéter cette phrase, puis me lançait un regard interrogateur, comme pour voir ce que je savais ou pas, pour voir jusqu'où j'avais pu m'aventurer dans les confidences de la famille. En dépit de son numéro de « serviteur loyal et fidèle », Clay m'avait tout l'air d'être capable de vendre la mèche.

Je pris mon air le plus ingénu.

— Il a fait allusion au fait que son père est parti quand il était jeune. Mais qu'ils ne parlent pas de lui. Qu'on l'appelle l'Innommable.

— Mmh mmh.

Clay me contempla en plissant les yeux.

La mèche commençait à s'allumer. Je continuai d'attiser la flamme.

— Il m'a raconté que son père était entomologiste. Qu'il était tout le temps parti. Qu'il a laissé cette incroyable collection de papillons rares. Qu'il préférait les insectes aux humains.

J'étais certain que Clay brûlait de me raconter ce qu'il savait. Ce que l'on sait des gens qui nous sont proches est bien souvent le seul pouvoir dont on dispose sur eux, notre seule garantie dans cette vie. Et Clay se demandait s'il allait dépenser celle-ci.

— L'avez-vous jamais rencontré ?

— Non. C'était un grand manitou dans le monde des insectes. Mais il avait un…

Clay s'interrompit, décidé à en rester là.

— Il avait un quoi ?

Il secoua la tête en se morigénant :

— Ça suffit, Clay Cornélius Beauregard, ça suffit !

Il s'éloigna de moi, ramassa la bouteille de thé glacé et rangea l'armoire. Il continua de se réprimander. L'écho d'une voiture et les aboiements de ces foutus chiens empêchèrent toute révélation supplémentaire.

— Ce doit être eux qui reviennent de l'église. Tout bien lavés de leurs péchés pour une nouvelle semaine. On devrait y aller.

— Vous ne voulez pas y aller d'abord, vous assurer que les chiens restent attachés ?

— J'y vais.

— Ne leur racontez pas, vous voyez… ce que vous avez vu. Je veux dire, la façon dont j'ai réagi.

— Votre gigue de *banshee* déchaînée ? fit-il avec un rire. Ne vous inquiétez pas. Les secrets sont bien gardés avec Clay.

Il partit devant, et je lui laissai suffisamment de temps pour être certain que personne n'avait libéré les chiens. Je l'observai à travers la petite fenêtre de la cabane tandis qu'il accueillait la famille, ouvrant la portière passager à Edith, tel un chauffeur, lui tendant le bras pour qu'elle s'appuie dessus. Y avait-il davantage que de la déférence dans son accueil ? Il ne faisait pas tout à fait partie du personnel ; il ne faisait pas non plus tout à fait partie de la famille. Il semblait plutôt amical, même si la façon dont il avait abruptement cessé de parler du père de Joe était étrange. Cette interdiction de toute conversation à propos de cet homme était prise très au sérieux, et j'aurais peut-être dû la respecter. Mais comme chacun sait, plus on impose une interdiction, plus la tentation est grande de la transgresser.

Chapitre 7

Où je n'ai pas le dernier mot et où ma gratification est différée

— Vous avez flanqué des coups de pied à mes chiens ? Hé, espèce de foireux ! Vous avez frappé mes chiens ?

Je venais dc m'asseoir sur le coussin gonflable que Clay m'avait donné pour soulager la brûlure de la morsure. J'avais soigné mon entrée, en partie pour attirer la sympathie, mais également pour apaiser toute inquiétude à propos des dégâts infligés à la Chuick par les griffes des chiens. Isabelle et Clay servaient le déjeuner. Assise à l'extrémité de la table, Edith me fixait de son unique œil. Elle portait un bandeau de pirate sur l'autre, les mains tendues, paumes vers le ciel, la bouche (que le Seigneur n'avait pas le moins du monde lavée de ses péchés) ouverte, feignant l'indignation. Mary, Elijah et Celeste m'observaient, dans l'attente de ma réponse. Seule Isabelle continua de servir la nourriture, évitant résolument de me regarder ou de regarder sa mère.

— Clay dit que vous leur avez donné des coups de pied en les injuriant. Vous les avez traités de tous les noms. Et Clay ne ment pas.

Je comprends que la loyauté vis-à-vis de la maison supplante toutes les autres, mais cette petite trahison fut décevante. De toute évidence, Clay ne constituait pas un réceptacle de confidences aussi sûr qu'il avait cherché à me le faire croire. Et je ne pouvais m'empêcher de penser que pour commencer, c'était lui qui avait libéré ces chiens.

— Je... je ne sais pas, Mrs Bosco. Tout s'est passé si vite. J'essayais simplement de me défendre.

— Ces chiens ne feraient pas de mal à une mouche. Vous avez dû les provoquer. Vous êtes à peine là depuis une journée et vous maltraitez mes animaux ? En plus, vous démolissez ma propriété. Cette voiture va avoir besoin d'une nouvelle couche de peinture.

Les traits de Celeste se contorsionnèrent, elle gronda, les doigts transformés en griffes, et se mit à imiter mes divagations sur le toit de la voiture avec une justesse atroce. « Rar Rar Rar ! Cinglés de chiens, cinglés de chiens, rar, rar, rar ! » Clay leur avait fait un compte rendu tout à fait saisissant de ma performance.

— Ils m'ont attaqué, Mrs Bosco. Je suis désolé pour la voiture, mais je n'avais pas d'autre lieu où me réfugier.

Le silence tomba dans la pièce. Tenir tête à Edith était peut-être une idée neuve et révolutionnaire.

Celle-ci s'essuya la bouche avec une serviette et me fixa de son œil étincelant.

— Voilà ce que j'aimerais savoir, moi. Leur morsure était-elle pire que leurs aboiements ?

Il y eut un nouveau long silence. Puis elle pouffa, de la même façon que Joe lorsqu'il éprouvait un amusement enfantin ; Mary et Elijah se mirent bientôt à rire eux aussi, tous à mes dépens. Dieu, quelle hilarité je provoquais chez eux ! Je reconnus ma défaite en levant les mains et me joignis aux rires. Mon empressement à accepter les mauvais traitements sans broncher était le prix à payer pour être accepté au sein de cette famille. Sans aucun doute, les futures générations de Bosco se souviendraient un jour du *Conte du postérieur de Rip*.

— Sérieusement. Comment va votre derrière, Rip ? demanda Edith, radoucie.

Je me dandinai sur l'anneau en caoutchouc.

— Il va… bien, merci. (Et pour faire bonne mesure, j'ajoutai :) Vous voulez le voir ?

Voilà qui me fit gagner la partie.

Elijah recracha sa bouchée de nourriture dans son assiette, applaudissant des deux mains, incrédule. Mary, qui aimait à penser qu'elle avait le monopole du toupet, parut sincèrement impressionnée par cette audace. Edith marqua une nouvelle pause, puis darda le doigt sur moi, comme si elle poignardait l'air, l'œil pétillant.

— Fils. De. Pute. Tu iras loin, Rip. Tu iras loin.

Quel fabuleux soutien. (Le deuxième de sa catégorie en moins de vingt-quatre heures.)

Seule Isabelle demeura au-delà de mes pouvoirs victorieux d'autodérision. Depuis le retour de l'église, elle était restée silencieuse, et ne m'avait manifesté aucune sympathie pour l'attaque des chiens. Elle était toujours dans sa tenue du dimanche, et bien qu'un manque d'intérêt pour la mode soit tout à fait louable, elle ne faisait vraiment aucun effort pour se mettre en valeur. Avec son chemisier qui lui aplatissait les seins et un chignon un peu trop serré, elle paraissait délibérément vieux jeu. Comme si elle s'efforçait d'être l'exact contraire de sa sœur. Comment Edith avait-elle engendré deux créatures aussi différentes ? Tels le feu et l'eau.

— Tu n'as pas trop chaud avec ces vêtements ? s'enquit Mary.

— Au moins, je porte des vêtements.

J'avais fait la connaissance d'Isabelle tout juste depuis la veille, mais la remarque me parut anormalement tranchante.

Mary se drapa dans la critique de sa sœur comme dans le manteau de la victoire, savourant sa désapprobation avec un sourire satisfait.

— Tu peux t'habiller comme une gouvernante de je ne sais pas trop quelle époque – mais on est en 1987, pas 1887. Au cas où tu ne l'aurais pas remarqué.

— C'est juste indécent, Mary.

— Tu veux dire que j'ai l'air d'une pute ?

— Je n'ai pas dit ça.

— Jésus aimait les putes. Le pasteur l'a dit aujourd'hui. Tu n'as pas prêté attention ? Et peut-être que notre invité pourrait être juge de ce qui est OK ?

Mary portait un débardeur délavé sans soutien-gorge, et ses seins rebondis remplissaient facilement l'étoffe, débordant sur les côtés ; elle avait également le short en jean coupé le plus court qu'il soit possible de porter. Cela me paraissait tout à fait décent. Tout à fait assez pour Jésus ; et tout à fait assez pour moi. Mais, en bon garçon toujours désireux de plaire à tout le monde, je ne tenais pas à me retrouver pris dans cette querelle. J'accouchai donc d'un haussement d'épaules diplomate du genre « Tous les goûts sont dans la nature », accompagné de signes conciliants à l'adresse des deux sœurs :

— Ce qui paraît confortable, je suppose. « Si ça fait du bien, vas-y. »

Mary me foudroya du regard. *Lâche*. Elle était d'humeur impitoyable.

— C'est le corps que Dieu m'a donné. Je suis terriblement et magnifiquement bien faite.

Tous les Bosco étaient capables de citer les Écritures quand le besoin s'en faisait sentir ; même ceux qui n'en croyaient pas un mot.

— Tu ne devrais pas te moquer, reprocha Isabelle.

Mary continua de se moquer.

— C'est la vérité. Mon corps est un temple.

Elle redressa sa nef et fit saillir ses transepts pour le prouver.

— Alors, pourquoi le malmener en fumant ?

— Je fume à peine. En tout cas pas des cigarettes, rétorqua Mary en me lançant un nouveau regard perçant.

— Tu vois ce que je veux dire. Si tu dois fumer, ne le fais pas dans la chambre de Ceelee.

Sur ces mots, Isabelle vira au cramoisi, car la réprimande s'étendait à moi. Je captai enfin. Quel idiot j'étais ; j'en avais mis du temps, à comprendre ce qui se passait ! Ce n'était pas vraiment le fait que Mary fume dans la chambre de Celeste (Mary fumait tout le temps) qui contrariait Isabelle ; c'était que Mary fume avec moi, dans ma chambre. Elle se fichait des tenues légères de Mary (Mary ne portait que ça la plupart du temps) ; en revanche, l'effet que cette légèreté avait sur moi lui importait. Elle était de toute évidence au courant de la visite de Mary dans ma chambre, et désapprouvait notre pow-wow nocturne ; elle était simplement trop polie ou gênée pour l'exprimer directement. Ou bien trop orgueilleuse pour laisser voir qu'elle pouvait être jalouse de mes intentions envers sa sœur. Oui ! *C'est ça*, me dis-je. Isabelle est d'humeur maussade parce que je lui plais et qu'elle est déçue que je me sois déjà laissé séduire par sa sœur plus éhontée. Compatissant, je m'efforçai de l'intégrer à la conversation.

— Ça s'est bien passé à l'église ?

Elle continua de fixer son assiette, découpant sa viande en bouchées minuscules et prenant un temps démesuré pour les mastiquer, de façon à ne pas être obligée de parler. Naturellement polie, ne pas me répondre demandait à Isabelle beaucoup d'efforts. Une Mary trop sûre d'elle s'engouffra dans le silence.

— Ce pasteur est vraiment un connard. Il adore tellement s'écouter parler. Joe a raison : pourquoi est-ce qu'on va à l'église et qu'on est obligé d'écouter un type tout seul parler aussi longtemps ?

— J'aime bien le pasteur Jennings, intervint Edith en manifestant son intérêt. Il est mieux que l'autre Face de rat. Vous vous souvenez à quel point il faisait durer les choses ? Il parlait pendant une heure, et ses trois points commençaient par la même lettre, encore et encore, comme si on était des gamins. Au moins, Jennings se cantonne en dessous de la demi-heure.

— Vous avez des églises en Angleterre ? demanda alors Elijah.

La conception qu'entretenait Elijah de l'Angleterre comme un pays primitif ne disposant de rien d'autre que des rudiments de l'existence paraissait profondément ancrée.

— Évidemment, qu'ils ont l'église en Angleterre, Eli, répondit Edith. L'Angleterre est un pays chrétien, n'est-ce pas ?

— Plus vraiment, répondis-je. Je ne connais pas grand monde autour de moi qui croie en Dieu.

— Mais vous croyez en Dieu, n'est-ce pas, Rip ? demanda Celeste, inquiète.

— Je ne sais pas.

Cela me parut la déclaration la plus honnête que j'aie pu faire depuis pas mal de temps.

— C'est stupide, asséna Celeste.

— Là d'où je viens, les gens pensent que c'est stupide de croire en Dieu.

— Eh bien, ça aussi c'est stupide.

Je regardai Isabelle, désireux de la voir participer. Je devinais ses pensées : « *Ce n'est pas à toi que je donnerai mes perles, espèce de cochon. Tu te crois intéressant, tu penses avoir de l'intelligence et de la profondeur, mais tu n'es qu'un opportuniste superficiel, et que tu aies succombé au numéro de séductrice attrape-mouche de ma sœur le prouve bien. Et à présent, tu racontes n'importe quoi à propos d'un sujet que tu ne connais pas et dont tu te fiches.* »

— Tes parents ne t'ont pas élevé dans la crainte du Seigneur ? me demanda Edith.

— Ils n'étaient pas pratiquants. Ma mère dirait qu'elle est quelqu'un de spirituel. Mon père n'a jamais eu la foi. Jusqu'au jour de sa mort. Il a même demandé qu'il n'y ait pas de cérémonie religieuse à son enterrement. Il ne voulait pas que Dieu ait le dernier mot.

— Bravo, dit Mary, davantage par provocation que par conviction.

— Mary-Anne croit être athée, expliqua Edith comme s'il s'agissait d'un engouement passager.

— Je sais ce que je pense, rétorqua celle-ci.

L'athéisme de Mary me paraissait ressembler davantage à une rébellion émotionnelle qu'à un rejet intellectuel, mais qu'Edith ne semble pas s'en soucier me surprit. En dépit de la présence obligatoire à l'église, elle faisait preuve de laisser-faire pour ce qui concernait les croyances de ses enfants. Elle-même avait été élevée dans la religion catholique (Joe à propos des catholiques : « Bon sang, ces gens transforment une simple instruction en repas »), et même si sa propre foi « ne tenait qu'à un fil très mince » (selon ses propres termes), elle voulait que ses enfants disposent des munitions nécessaires pour continuer la discussion dans un sens ou dans l'autre. Avec pour résultat que la famille était tout à fait instruite en matière de religion, et tout aussi à l'aise pour débattre de l'ontologique que de l'entomologique, comme j'allais m'en apercevoir.

— Alors, quel était le sujet du sermon ? insistai-je.

Je regardai de nouveau Isabelle, décidé à la faire intervenir dans la conversation avant la fin du repas.

Mais Mary saisit de nouveau l'argument au vol :

— Adam et Ève, et lequel des deux était coupable.

— Lequel était coupable, d'après toi, Rip ? demanda Edith.

Je n'avais pas vraiment réfléchi au sujet, mais j'en savais suffisamment, et si j'avais bien retenu quoi que ce soit de mon éducation coûteuse, c'était comment faire mousser un minimum de connaissances pour laisser croire que j'en savais beaucoup plus et raconter ce qu'on appelle en général des conneries.

— J'ai toujours eu un peu de peine pour Adam et Ève, déclarai-je comme si j'avais porté toute ma vie le poids de cette tristesse pour nos plus vieux ancêtres.

Isabelle prit une profonde inspiration. Elle leva légèrement des yeux élargis. Elle était en train de mordre à l'hameçon.

— Oh ? remarqua Edith. J'ai toujours pensé que si ces couillons s'étaient contentés d'écouter le Seigneur, on ne serait pas dans cette merde.

— Ma foi, ça paraît un peu sévère, rétorquai-je, ayant trouvé mon argumentation. Dieu leur a enjoint de ne pas faire quelque chose, mais quand quelqu'un vous dit de ne pas faire quelque chose, d'une certaine façon, il vous y invite.

Edith médita cette réflexion, l'air seulement à moitié impressionnée.

— Hmmmmm. Donc… tu es en train de dire que Dieu les a tentés ?

— Eh bien… oui. D'une certaine façon.

Isabelle poussa un soupir – du genre que pousse un professeur qui vit un long calvaire, quand toutes les tentatives pour aider un élève idiot à saisir un concept simple ont échoué.

— Mais ils étaient libres de leur choix, déclara-t-elle.

À présent, elle était impliquée !

Je renvoyai immédiatement la balle :

— Mais si Dieu savait qu'ils allaient prendre la mauvaise décision, il n'aurait jamais dû les laisser faire.

— Si on n'est pas libre de prendre la mauvaise décision, alors ce n'est pas de la liberté.

Sa voix se brisa un peu à ces mots, et son teint blafard, toujours pas remis de son altercation avec Mary, s'était maintenant couvert de marbrures sur le cou, autour de son col à volants. Elle n'était pas bâtie pour la confrontation ni pour faire la maligne. C'était quelqu'un de sérieux dénué de légèreté, qui ne se querellait que lorsque le sujet lui tenait à cœur. Ce qui était le cas.

— Vous voulez dire que le désir est une mauvaise chose ?

— Non. C'est ce que vous désirez qui compte.

Je sentis quelque chose de chaud se frotter contre mon mollet. Le pied de Mary, qui me communiquait : « Tu es à moi, souviens-toi de ce que tu désires, et souviens-toi de ta promesse. »

Isabelle me regarda enfin, et l'espace d'un bref instant, je me sentis transparent. Elle m'avait coincé, mais l'orgueil intellectuel est trop voisin de l'impertinence, et il m'était impossible d'en rester là.

— Je pense qu'ils étaient curieux. Qu'ils testaient les limites. Ils cherchaient la connaissance. Comme les enfants. Et ils ont été punis de leur curiosité.

— Ils n'ont pas été punis de leur curiosité, objecta Isabelle, d'une voix toujours légèrement frémissante de nervosité, mais cramponnée à son orthodoxie avec une détermination en acier trempé. Ils ont placé leur foi au mauvais endroit.

L'argument paraissait raisonnable, et peut-être même vrai. De nouveau coincé, je lui lançai ce que mon éducation avait de mieux à m'offrir :

— En définitive, on ne peut pas faire confiance à quelque chose qu'on ne peut ni voir, ni prouver.

Cette déclaration demeura quelques secondes sans réponse, et un sourire narquois de Mary laissa entendre qu'elle pensait que j'avais porté à sa sœur un coup fatal.

— Mais la foi, c'est précisément cela, contra Isabelle. Faire confiance à quelque chose qu'on ne voit pas et qu'on ne comprend pas complètement. La plupart des gens croient à des choses qu'ils ne comprennent pas – ou ne voient pas.

— Comme quoi ?

Isabelle me regarda, sincèrement surprise.

— L'amour, par exemple ?

Elle laissa ce « Allez vous faire foutre » théologique planer quelques secondes, pour voir si j'avais quelque chose à dire. Comme ce n'était pas le cas, elle se leva et se mit à empiler les assiettes. Une fois qu'elle eut quitté la pièce, Edith regarda Mary :

— Qu'est-ce qui lui prend ?

— C'est une coincée.

— Pourquoi tu étais odieuse avec elle ?

— Je ne l'étais pas. Elle n'aime peut-être pas qu'on la mette au défi comme ça. Elle se croit tellement maligne. Tu lui as montré, Rip. Tu l'as sacrément bien remise à sa place.

Mary me lança un clin d'œil, comme si nous avions remporté une victoire, mais c'était Isabelle qui avait eu le dernier mot. Et un bon mot. Pendant que Mary me caressait le mollet et que je lui rendais son clin d'œil, mes pensées s'envolaient hors de la pièce à la suite de sa sœur plus intelligente. *Je te convaincrai*, me dis-je. Mais pour l'instant, j'étais prêt à gober le mensonge que le serpent avait soi-disant introduit dans le monde : que les ténèbres sont intéressantes et la lumière ennuyeuse, et que tout savoir, c'est la liberté. Sur ce plan-là, Joe avait raison : la Mauvaise Théologie peut vous emmener sur le mauvais chemin.

* * *

Joe n'avait rien dit à personne de l'endroit où il avait bien pu partir, mais personne ne semblait s'en soucier à part moi. En gros, le message était que les volettements fantaisistes de Joe faisaient partie de sa personnalité, et que je devais m'y habituer ; pour ma propre santé mentale, il était préférable de ne pas fixer Joe dans un emploi du temps précis ou un lieu particulier ; il ne tarderait pas à appeler, me rassura Isabelle. Le téléphone était le cordon ombilical par lequel il était encore relié à sa mère. Le fait est qu'il appela trois jours plus tard. Nous étions tous en train de travailler dans la fabrique, à préparer une commande de cinquante boîtes pour un fleuriste de Bangor, dans le Maine. Assise sur son « trône » à l'extrémité de la table de fabrication, Edith prit l'appel sur son téléphone portable, et il fut instantanément évident qui se trouvait au bout du fil.

— Bon Dieu, où es-tu ?

Elle pressa un bouton pour que nous puissions tous entendre la réponse de Joe. Non que cela soit nécessaire. Joe hurlait toujours au téléphone, comme s'il avait besoin de crier pour surmonter le bruit de la foule dans une soirée déchaînée.

— M'man ! Tu m'entends ?

— Ouais : trop haut et trop fort !

— Devine d'où je t'appelle !

— Je me fiche pas mal que tu appelles de la Grande Muraille de Chine. Tu devrais être ici, à travailler, et pas à batifoler.

— À Dollywood ! Le parc d'attractions de Dolly Parton. C'est un super-endroit de sérénicité, M'man. Je faisais le plein dans le New Jersey, et j'ai rencontré un type qui construit des parcs d'attractions. C'est lui qui a fait Dollywood, et quand il a vu mes boîtes, il m'a dit qu'il fallait que je rapplique là-bas vite fait.

— Là-bas où ?

— Attends, il faut que je tourne.

— Là-bas où ?

— L'État des Volontaires.

— Rappelle-moi lequel c'est.

— Le Tennessee ! Il m'a dit que Dolly adorait les papillons. Elle a fait cette chanson, tu sais, « Love is like a butterfly, soft as gentle, and that's no lie, da de da ». Elle a dans l'idée de faire une serre à papillons dans le parc. Il m'a dit d'aller me renseigner. Et de fil en aiguille, je me suis dit qu'on devrait faire un parc à thème et l'appeler « Le Monde des papillons » ! Ce serait comme un croisement entre Disney World et la Smithsonian Institution, tout ça enveloppé dans une « expérience divertissamante ».

— Non mais, tu me crois plus crétine qu'un dingo ! Personne n'a envie d'un parc sur les papillons ! Qu'est-ce que tu manigances ?

— M'man, s'ils ont fait un parc d'attractions pour une chanteuse de country, ils peuvent bien en faire un pour les papillons. Dolly va adorer ça.

— Et comment est-ce que tu vas payer pour cette idée ridicule ? Pour l'instant, j'ai des factures pour ces coups de fil que tu n'arrêtes pas de passer ; on a des boîtes à fabriquer et à vendre. J'ai besoin que tu reviennes ici te concentrer sur la réalité.

— M'man, tu n'auras plus à te préoccuper de tout ça dans très peu de temps. Je travaille sur un deal tellement énorme que tu pourras te contenter de regarder la télé toute la journée.

— Ça suffit, maintenant !

— Et comment se débrouille Rip ? Il apprend les ficelles du métier ?

— Il nous l'a joué pontifiant à propos de choses auxquelles il ne connaît rien. Et il s'est fait mordre par les chiens.

— Non ! Ha ! Vraiment ? Passe-le-moi. Il s'est fait mordre ?

— Le Roi des conneries veut te parler. Ne le laisse pas raccrocher. Je n'en ai pas fini avec cette andouille.

J'allai prendre le récepteur, debout à côté d'Edith.

— Salut, Joe.

— Vous vous êtes fait mordre ! C'était Ronnie ? Ou bien Nancy ? Je parie que c'était Ronnie.

— Exact.

— Oh, bon Dieu, lui, c'est un phénomène. Comment ça va, là-bas ? Tout le monde vous aime ?

— Euh… bien sûr. Sauf les chiens.

— Ha ! Vous avez fait la connaissance de Clay ?

— Tout à fait. Il m'a sauvé d'une mort certaine.

— Clay sait y faire. Il vous a montré la ferme des morphos ?

— Je les ai vus à travers les vitres. Mais pas très bien.

— Est-ce qu'Isabelle vous a montré la Collection ?

— Pas encore.

— Il faut que vous la voyiez ! Que vous sachiez tout à son propos. Et dites à M'man qu'on a besoin de cent boîtes pour notre voyage dans l'Ouest. Et à Clay qu'il nous faut des boîtes de démonstration. Quand je rentre, je veux que vous soyez prêt à prendre la route, Rip. On a des affaires à faire.

— Ce sera quand ?

— Ça ne va pas tarder, maintenant. Je vous appellerai. Apprenez les noms de tous les papillons que nous vendons. Il y a vingt-six espèces principales que vous devez connaître. Je veux qu'on soit super-préparés, il faut que vous appreniez ces noms. Parfaitement. Rip, il faut vous préparer à votre présentation comme un astronaute de la NASA en route pour Mars.

— OK, répondis-je, pas sûr que la NASA expédie réellement des astronautes sur Mars.

— Il faut que j'y aille.

— Votre mère veut…

Je rendis le combiné à Edith, mais Joe n'était plus là.

Même si la désertion de Joe à mon égard m'agaçait, les journées où il fut absent me laissèrent le temps de m'insinuer dans les bonnes grâces de la famille et d'apprendre les ficelles du métier – ce qui entrait complètement dans le plan chaotique de Joe, je le compris plus tard. Le matin, je participais à la construction des boîtes entomologiques. Le travail sur la chaîne de production me donnait l'impression d'être partie intégrante des choses et unissait tout le monde autour d'un but : Elijah scellait la boîte au pistolet à silicone, Celeste disposait les fleurs, Isabelle montait les papillons et Edith collait les étiquettes en latin sur le socle ; pour ma part, j'emballais les boîtes dans des cartons, puis Mary et Clay scellaient les cartons pleins et les emportaient à l'entrepôt. C'était véritablement une production familiale, et si ces cadeaux n'étaient pas toujours « faits main avec amour », ils étaient néanmoins, ainsi qu'Edith aimait à le proclamer :

« Made in America par des mains américaines ;
pas par des machines dans des pays étrangers. »

Mon travail consistait à ranger les boîtes dans des cartons rembourrés de pages déchirées d'exemplaires du *National Enquirer*, et parfois je m'interrompais pour lire un gros titre de mon meilleur accent anglais standard – « Le fils de Ryan O'Neal dit : mon père est un monstre », « Comment devenir riche en un an : 42 tuyaux faciles pour vous mettre des milliers de dollars dans la poche » – un petit cinéma qui parut plaire à tout le monde. Je commençai également à apprendre les noms – anglais et latins – des papillons que j'allais vendre. Pendant que nous construisions les boîtes, Elijah et Celeste brandissaient de temps en temps un papillon pour me tester. Je mémorisai les prix – de gros et de détail – de quatre dimensions de boîtes différentes, et des variations suivant les États : dans quelques coins de Nouvelle-Angleterre, on ajoutait 25 %, dans d'autres coins du Sud, on réduisait de 25 %. On m'apprit comment faire un argumentaire à des fleuristes par rapport aux boutiques cadeaux (les fleuristes étaient plus aimables – de tous les commerçants, c'étaient eux qui avaient le travail le plus agréable – et bien mieux quand on avait besoin de liquide rapidement, mais ils achetaient en général moins de boîtes que les boutiques cadeaux) ; et puis, il y avait une règle d'or : « Ne jamais vendre sa salade à un guignol » (quelqu'un dépourvu de l'autorité pour acheter). Ou bien, ainsi que l'exprimait Edith : « Garde ta salive pour celui qui signe le chèque. »

Au bout de quelques jours, je connaissais tous les noms des papillons et les phrases d'accroche qui m'aideraient à les vendre, et me sentis prêt à prendre la route. Mon désir de partir ne provenait pas uniquement de l'envie de vendre ou bien de voir l'Amérique. La grande proximité physique avec Mary était une torture exquise, que la promesse de la satisfaction sur la route ne refroidissait guère, et qu'elle ne faisait pas grand-chose pour soulager. Les températures ne firent que grimper toute cette semaine-là ; cette chaleur suintante et irritante des Appalaches qui vous fait rêver de douches froides, de rivières de montagne et de rut sauvage. Aphrodisiaque et opiacée, elle ralentissait tout et faisait tout gonfler. La fabrique était dépourvue d'aération, et les odeurs de fleurs séchées, de colle et de produits chimiques mêlées à cette passion refoulée me laissaient avec une migraine lancinante. Je m'efforçais de briser la résistance de Mary ; je lui disais ce que je voulais faire de son temple affreusement bien fait. Je lui murmurais des douceurs grossières : « J'ai envie de toi », « Je n'ai jamais rencontré quelqu'un comme toi », « Tu es si belle ». Quand on se trouve dans un état de désir délirant insatisfait, les déclarations empruntées à la romance de bas étage vous viennent facilement. Un après-midi, je lui demandai de me montrer où nous allions sur la carte du Centre opérationnel, de façon à être seuls. Nous étions penchés sur la carte des États-Unis, moi à un bout, elle à l'autre. Je fis glisser mon doigt de l'est à l'ouest, vers les États chauds, vers elle. Mary était penchée sur la carte depuis le Canada, ses seins cascadant jusqu'au Montana par-dessus le 49e parallèle, les coudes plantés sur l'Alberta et le Manitoba, ses adorables bras lisses et cuivrés descendant le long des montagnes Rocheuses et des Badlands. Elle me regardait faire courir mon doigt depuis les Catskills le long d'un trajet approximatif en direction de l'Ouest, épelant les noms à voix haute. Elle tendit la main et se mit à faire glisser son propre doigt à travers la Californie, le long de l'Interstate 80. Nos doigts se rencontrèrent quelque part dans le Nebraska, où je fis remonter le mien sur l'arête de sa main, puis le long de son bras jusqu'à son épaule et enfin à ses lèvres. Elle entrouvrit la bouche, et je glissai mon doigt à l'intérieur. Elle serra ma main et mordit légèrement le doigt déjà coincé. Mon cœur tambourinait comme celui d'un oiseau en cage.

— On ne peut vraiment pas trouver un endroit où faire ça dans cette grande vieille ruine ?

— Je te l'ai déjà dit. Pas sous le toit de M'man. Elle me tuerait. Et ensuite, elle te tuerait, toi. Ne t'inquiète pas, tu ne vas pas tarder à m'épingler.

— Mais où ? demandai-je, ramassant une épingle et la brandissant au-dessus de la carte. Ici ? dis-je en plaçant la tête d'épingle quelque part au-dessus de la Pennsylvanie. Ici ? fis-je plus à l'ouest, vers l'Iowa.

— Ça dépend.

— De quoi ?

— Du nombre de papillons que tu vends. Il faut d'abord que tu en aies vendu deux cent cinquante.

— Tu as changé les termes de notre contrat.

— J'ai le droit.
— Et pourquoi ça ?
— Le fournisseur fixe le prix.
— Je croyais que c'était la demande qui fixait le prix.
— Tu crois être le seul à avoir envie de moi ?
— Tu as un petit ami ?
— Deux cent cinquante boîtes.

Jamais un représentant de commerce n'a eu de meilleure motivation pour atteindre ses objectifs.

Chapitre 8

Où Isabelle me montre la Collection et où Edith me met dans le droit chemin

Je n'avais guère revu Isabelle depuis notre clash théologique. Elle avait tendance à se rendre à la fabrique avant que je ne sois levé, à faire sa part, puis à passer dans la bibliothèque pour continuer de travailler sur la Collection. J'étais certain de l'avoir contrariée, et en dépit de l'avertissement de Mary, déterminé à regagner son approbation, en partie pour satisfaire mon besoin d'être aimé, mais également parce qu'elle avait eu le dessus, et que je n'aurais pas de repos tant que je ne me serais pas expliqué de façon plus sûre. Je pris pour excuse la nécessité de voir la Collection, assez sournois pour attendre que Mary s'absente (emmenant sa Camaro Z28 au circuit automobile de Watkins Glen) avant de demander à Isabelle de me la montrer. Elle se trouvait dans sa chambre, à un bureau installé dans une alcôve. Les rayons du soleil illuminaient le carré où elle était assise. Elle avait l'air tout à fait dans son élément. Or, lorsqu'on voit les gens dans leur élément, tels qu'ils doivent être, c'est à ce moment-là qu'ils sont d'ordinaire le plus séduisants, et à cet instant, Isabelle constituait un tableau parfait. Ses cheveux étaient relevés, mais de longues mèches noires pendaient sur un cou pâle et fin propice aux baisers. Elle était si concentrée qu'elle demeurait inconsciente de ma présence sur le seuil. Je frappai doucement au battant pour ne pas l'effrayer.

— Désolé de vous interrompre.

Elle leva les yeux sur moi, puis les baissa de nouveau rapidement sur sa tâche. Était-elle encore en rogne, ou bien juste préoccupée ? Je n'aurais su le dire.

— Je me demandais si le moment ne serait pas opportun pour voir la Collection.

— Oh…

— Mais on peut faire ça une autre fois.

— Je dois juste finir de monter ces deux-là. J'en ai pour quelques minutes.

Un étaloir était posé sur son bureau, sur lequel elle fixait les ailes d'un papillon à l'aide de languettes de papier. Une petite rainure sur l'étaloir permettait de disposer l'insecte à l'intérieur de telle façon qu'il ne soit pas écrasé, et que ses ailes se déploient naturellement. Concentrée, la mâchoire tombante et l'extrémité de sa langue pointant sous sa lèvre supérieure, elle écarquillait puis plissait alternativement les yeux pour accompagner les minuscules mouvements nécessaires à l'installation du papillon sans l'abîmer.

— Où avez-vous appris à faire cela ?

— *Instructions pour l'établissement d'une collection* du naturaliste anglais du dix-huitième siècle Benjamin Wilkes. Vous pouvez me passer cette loupe ?

Je lui tendis l'instrument et elle scruta son œuvre.

— Combien de temps faut-il pour chaque papillon ?

— Si tout va bien, peut-être cinq minutes pour l'épingler et le coller. Puis quelques jours pour le laisser sécher.

— Ça a l'air délicat.

— Je le fais à l'ancienne, en épinglant les ailes antérieures en arrière, de la façon naturelle. Les collectionneurs d'aujourd'hui disposent le dorsum – le dos – perpendiculairement pour exposer davantage des motifs des ailes postérieures. Mais je préfère cette méthode-ci, elle est plus naturelle. En fait, c'est l'ancienne méthode anglaise. Celle que préférait… mon père.

Il y eut une hésitation imperceptible avant la mention de son père, mais elle l'articula. Le mot qui commençait par « P ».

Les deux papillons étaient petits mais brillants, rayés avec des taches turquoise sur des ailes d'un noir de velours.

— Qu'est-ce que c'est ?

— *Ideopsis vulgaris*, un mâle et une femelle.

— Comment pouvez-vous les distinguer ?

— Dans ce cas précis, celui qui est un peu plus joli est le mâle. Ils sont plus faciles à reconnaître dans la nature, car les mâles patrouillent en général dans des limites fixes, tandis que les femelles vont où elles veulent.

— À l'inverse des membres de cette maison ?

Ma pique contre Joe la fit sourire.

— Mon père se spécialisait dans la région néotropicale. Celle qui abrite les espèces les plus colorées et spectaculaires. De même que quelques-unes des plus rares.

— Ils ont donc été pris il y a vingt ans ?

— Oui.

— Ils ont l'air tout nouveaux.

— Ces petites enveloppes ont un côté pratique miraculeux, expliqua-t-elle. Autrefois, on se contentait de presser les papillons entre les pages des livres, comme les fleurs. Mais les spécimens ne duraient jamais. Dans ces enveloppes, ils se conservent indéfiniment, aussi longtemps que vous pouvez éviter les nuisibles. C'est le plus gros défi auquel sont confrontés la plupart des lépidoptéristes.

— Il ne vous arrive pas de vous ennuyer ?

— C'est quand je prépare les papillons que je réfléchis le mieux.

— Et aujourd'hui, vous avez eu de bonnes idées ? demandai-je sans aucune arrière-pensée, ce qui ne l'empêcha pas de rougir.

— Oh… un peu de tout. Et de rien. Je… non. Je tente de décrocher une bourse pour Yale. Et je dois pour cela écrire un essai de cinq mille mots.

— Sur quel sujet ?

— Ça ne vous intéresse pas.

— Mettez-moi à l'épreuve.

— C'est… eh bien, encore davantage de théologie, j'en ai peur. Je compare et j'oppose les différentes expressions de la foi dans les romans de Tolstoï et de Dostoïevski.

— Vous m'en direz tant.

(J'avais vu *Les Frères Karamazov* et *Anna Karénine* sur sa table de chevet. À la vue de ces livres, j'avais momentanément envié sa vie intérieure, celle que j'avais moi-même échangée il y a peu contre les plaisirs expérimentaux promis par Joe.)

— Je ne me suis pas encore plongé dans les Grands Russes. Alors, Tolstoï ou Dostoïevski ?

— Oh, je serais incapable de choisir ! Je les admire tant tous les deux.

J'avais devant elle le sentiment d'être tellement superficiel. Elle voulait pénétrer dans la tête des grands romanciers russes, et moi, dans la culotte de sa sœur.

— Alors, quelles sont les différences ? En une phrase. Épargnez-moi de lire ces énormes cale-portes.

— Eh bien… vous devriez les lire. Si la littérature vous importe et que vous entretenez des aspirations à l'écriture. En une phrase, c'est difficile à dire. Tolstoï est excellent dans la vision panoramique, et la prose semble couler si facilement, avec une telle élégance. Les idées de Dostoïevski se déversent avec moins de vernis mais davantage de passions. Et il pénètre un peu plus profondément dans le côté tourmenté de ses personnages. Ce sont tous les deux des hommes de foi, mais à mon avis, leurs réponses aux demandes du christianisme sont très différentes. Ce que je soumets dans mon essai.

— Allez-y.

— Eh bien… vous tenez vraiment à le savoir ?

— Oui.

Combien l'ange de mes meilleurs instincts se réveillait en sa compagnie !

— OK. D'accord. À mon avis, la foi de Tolstoï était plus théorique, déiste et en fait hétérodoxe, alors que celle de Dostoïevski était plus intime, centrée sur le Christ et orthodoxe.

— Tolstoï, Mauvaise Théologie, et Dostoïevski, Bonne ?

— Ha ! Joe pourrait l'exprimer de cette façon. Mais il est difficile d'avoir une certitude sur ce que croient réellement les gens. Même ceux qui sont capables de s'exprimer bien mieux que les autres. Ce que les gens écrivent ou même disent n'est pas toujours un témoignage exact. J'ai presque terminé.

J'étais heureux d'attendre là, à l'observer en train de coller soigneusement les ailes des papillons tout en parlant de Dieu et de grands écrivains, ou bien de la troisième étape de la transformation des *papilios*. Mary avait raison : Isabelle était en décalage, non seulement avec sa génération mais avec notre époque impudente, vantarde, préoccupée de son besoin de satisfaction immédiate (« Si ça fait du bien, vas-y »). Mais cela la rendait tellement originale. Et il était plus facile d'apprécier les qualités du calme d'Isabelle lorsqu'elle n'était pas assise à côté de sa sœur plus bruyante.

— En réalité, je voulais m'excuser si je vous ai offensée d'une quelconque façon l'autre jour, lui dis-je. Lorsque nous discutions de religion. J'ai fait preuve de désinvolture.

— Je suis désolée si je me suis montrée un peu véhémente.

— On m'a appris à avoir une opinion sur tout – y compris sur ce que je ne connais pas. Je ne voulais pas vous fâcher.

— Merci de me le dire. J'avais la tête ailleurs.

— En Russie ?

— En Russie. Mais en d'autres endroits aussi.

L'idée de me trouver dans ces autres endroits – quels qu'ils puissent être – en sa compagnie me plaisait bien.

— Je trouvais que Mary était méchante avec vous, et je ne voulais pas que vous puissiez penser que j'étais d'accord avec elle.

— Mary adore ne pas être d'accord avec les gens. C'est sa façon de résoudre les problèmes. Elle essayait sans doute de vous impressionner. Je crois qu'elle s'est entichée de vous. Et vous semblez vous être entiché d'elle.

Isabelle s'exprima sans la moindre trace de l'envie que je la soupçonnais de ressentir – que Mary avait sous-entendue. J'eus un rire pathétique et faux.

— Vraiment ?

Ma surprise feinte déclencha un changement de couleur soudain et profond sur les traits d'Isabelle : un violet de mortification.

— Pardonnez-moi, c'était présomptueux de ma part.

— Non. Elle est… séduisante. Fougueuse. Elle a une forte personnalité. Mais je n'ai pas de sentiments pour elle – pas de cette façon. Je suis néanmoins flatté.

Y eut-il une lueur de soulagement dans ses yeux ? Si ce pouvait être le cas !

— Mary peut donner l'impression d'être une jeune femme sûre d'elle-même et libérée, mais en réalité, c'est une jeune fille mal dans sa peau. Plus vulnérable qu'on ne pourrait le penser.

Je me sentis de nouveau transparent, mes intentions mises à nu. J'y voyais un discret avertissement. Protégeait-elle sa sœur, ou moi ? Ou bien elle-même ?

— Je n'ai pas de vues sur elle, si c'est ce que vous voulez dire. Elle n'est pas mon genre.

J'ai un peu honte de mon opportunisme froid de caméléon. Pour me garder le champ libre, j'étais prêt à mentir à la vitesse de l'éclair. Prêt à rabaisser les deux sœurs pour les jouer l'une contre l'autre : en présence d'Isabelle, Mary était une nymphette en manque ; lorsque j'étais avec Mary, Isabelle était une prude pieuse.

— Quelqu'un peut-il vraiment appartenir à un genre ? remarqua-t-elle. Peut-être dans les romans. Nous donnons des noms à des catégories, mais chaque créature vivante est par essence unique.

Une fois encore, j'avais été remis à ma place, dans ma petite flaque. Avec Isabelle, j'étais confronté à une épreuve (à laquelle j'échouais toujours) : le défi de l'inaccessible. En sa compagnie, je devais réellement m'améliorer.

— Je… suppose que nous créons des genres par commodité. Parce que la vie est trop courte pour découvrir la nature profonde de quelqu'un.

La réflexion parut lui plaire.

— Oui. Toute catégorisation est un raccourci. Je pense que c'est la raison pour laquelle j'ai choisi les arts plutôt que la science. La taxonomie relève bien plus de notre besoin de classifier les choses que de les comprendre. Si ce n'est davantage. Vous pensez sans doute que moi aussi, j'appartiens à une catégorie. Je le vois bien. Ce n'est pas grave. J'avoue avoir fait la même chose avec vous.

— Et à quel genre j'appartiens ? lui demandai-je.

— Oh.

— À ce point-là ?

— Vous êtes… un charmeur. Malin. Un jouisseur, peut-être.

— Merci.

— Je pense que vous cherchez à « vous faire tout à tous ».

— Quelqu'un qui cherche à plaire à tout le monde ?

— Vous me trouvez insolente ?

— Non. C'est tout à fait vrai.

Je ne suis pas certain d'avoir apprécié le genre qu'elle avait défini. Le charme est une qualité équivoque. Il implique une certaine beauté et une intelligence émotionnelle, mais requiert de la rouerie, et la rouerie est mi-ange, mi-démon. Être malin, c'est super à l'école et dans les dîners, mais cela suggère une absence de profondeur, et ce n'était pas le genre d'aval intellectuel que j'espérais. Quant à jouisseur… eh bien, je ne pouvais pas vraiment le nier : j'étais un hédoniste. Le plaisir était mon véritable but, et le plaisir aux dépens des autres une part nécessaire de cette philosophie.

Sur le chemin de la bibliothèque, je décidai de faire comme si je voyais pour la première fois la pièce et ses trésors, pour lui laisser le plaisir de me la montrer. (En bon individu cherchant à plaire à tout le monde.)

— Ces meubles de rangement sont incroyables. Étaient-ils déjà là lorsque vous êtes arrivés ?

— Joe a trouvé un ébéniste spécialisé dans un endroit du nom de Hancock, une communauté *shaker*. Nous avons vendu quelques spécimens rares pour les payer. Mais cela en valait la peine.

Isabelle ouvrit un tiroir.

— Je suppose qu'il y a un système de classification ? demandai-je.

(Quel taxonomiste serait capable de résister à une telle question ?)

— Oui. Mon père utilisait un système standardisé spécialement conçu pour enregistrer le lieu, la fréquence, les étapes primaires et les numéros de série dans la Collection de chaque insecte qu'il capturait. Chaque petite enveloppe qu'il envoyait comportait ces informations. Et il prenait note du moindre spécimen attrapé dans ses carnets de notes. Il avait un faible pour les aberrations. Nous avons ici des espèces qui ne se trouvent même pas à la Smithsonian.

Mais les merveilles de la Collection – « Une des plus extraordinaires au monde », apprendrais-je plus tard – étaient perdues à mon œil inculte : les papillons me paraissaient merveilleux mais guère plus jolis ou brillants que ceux que nous allions bientôt vendre dans les boutiques cadeaux et chez les fleuristes le long de la route ; je me trouvais pourtant ravi d'être instruit en compagnie de cette conservatrice. Isabelle était assez sensible pour ne me montrer que les spécimens les plus marquants, y compris le merveilleux et légèrement effrayant ornithoptère de la Reine Alexandra, qui fait partie – avec le porte-queue de Corse, le porte-queue Homerus et le machaon de Luzon – des Quatre Grands plus rares et plus précieux papillons du monde.

— Nous avons l'ensemble des dix-neuf papillons de l'Annexe I. C'est-à-dire ceux dont le commerce est une infraction pénale. À l'époque, ce n'était pas un problème. Mais les humains sont avides. Les espèces se meurent.

— Alors, comment se fait-il que votre père ne les ait pas lui-même installés ?

— Il n'a jamais eu le temps. Il travaillait dans des endroits éloignés, et s'était spécialisé dans les très grands spécimens. Il expédiait à la maison les raretés, en attendant d'avoir le temps de les monter et de les encadrer. M'man les plaçait dans sa « malle à collections ».

— Celle qu'elle a tirée des flammes ?

Isabelle acquiesça.

— Elle a payé le prix fort pour ça.

— Elle savait qu'ils étaient d'une valeur inestimable. Nous n'avons compris à quel point que ces dernières années.

Isabelle se dirigea vers le fond de la pièce et fit glisser deux tiroirs.

— En cas de nouvel incendie – voilà ceux qu'il faut embarquer.

À mes yeux, ils ressemblaient aux morphos bleus élevés dans la ferme, qui constituaient l'article le plus populaire de l'entreprise.

— Des morphos bleus ?

— Presque. Mais avec un petit quelque chose en plus.

Je les examinai sans rien discerner de particulier ou de spectaculairement différent, sinon un petit appendice entre les ailes.

— Ce sont des morphos bleus à cinq ailes. Une nouvelle espèce. À notre connaissance, ce sont les uniques spécimens au monde. Ils ont pendant longtemps été considérés comme un mythe, un fantasme, une sorte de Moby Dick des cieux. Des rumeurs à propos de leur existence flottaient dans les couloirs et les tiroirs des grands musées, dans les conventions de grands collectionneurs. Mais personne n'en détenait un seul, n'en avait jamais vu un seul. C'est alors que mon père a trouvé ceux-ci. Vingt-quatre spécimens.

L'étiquette indiquait : « *Morpho wolffii* ».

— *Morpho wolffii* ? *Wolf* ? Comme un loup ?

— Wolff est le nom de famille de mon père. Après leur divorce, M'man a repris son nom de jeune fille, et nous avons fait de même.

— Cela ne semble pas vous gêner de parler de lui. Je pensais que son nom était tabou.

Elle ne répondit rien.

— Je suppose que vous ne vous souvenez pas de lui.

— J'ai le vague souvenir d'un homme barbu aux cheveux longs, en short et sandales. Je me souviens de la malle. C'était comme un coffre au trésor. Quand on l'ouvrait, le chatoiement des couleurs vous éblouissait. Même à l'intérieur des enveloppes. C'étaient presque tous des papillons provenant de la jungle, aux coloris vifs et éblouissants. En plissant les yeux, on pouvait s'imaginer que la malle était pleine de saphirs et de rubis, de diamants et d'émeraudes.

— Vous… regrettez de ne pas l'avoir connu ?

— Ce qui est fait est fait. Quelquefois, quand je monte des papillons, je songe que je me rapproche de lui, d'une certaine façon, mais je ne suis pas certaine de ce qu'ils me disent à son propos, sinon que les papillons l'obsédaient, qu'il voyageait énormément, et qu'il était méticuleux. J'admire de lui ce côté-là. La voir partir sera triste.

— Partir ?

— Joe pense avoir trouvé un acheteur pour l'ensemble de la Collection. Cela dit, ce n'est pas la première fois qu'il le prétend. Voilà des années qu'il essaie de conclure le « Big deal » – celui qui changera tout. Mais cette fois-ci, il a l'air sûr de lui.

— Cela vous ennuie ? Après tout le travail que vous y avez consacré ?

— Ce serait bien que nous n'ayons pas à courir après l'argent en permanence. Que nous cessions de tirer le diable par la queue. Un gros poids pèse sur les épaules de Joe, mais il ne le montre pas toujours. Et ça ne sert à rien d'avoir tout ça dans des tiroirs, sans que personne puisse les voir.

— Quelle pourrait être sa valeur ?

— Je l'ignore. Joe pense qu'elle est énorme. Mais il est difficile de savoir si les chiffres qu'il cite sortent uniquement de sa tête ou ont une réalité ; ils me paraissent un peu trop élevés.

— C'est de quel ordre ?

— Je ne sais même pas.

— Allons…

— Il y a un an, il a vendu un ensemble des Quatre Grands à un collectionneur japonais pour cinquante mille dollars.

— Seigneur ! Alors… l'ensemble de la Collection…

— Ce pourrait être énorme.

— Mais vous n'avez pas l'air tant que ça emballée.

— Si cela ne tenait qu'à moi, je les donnerais à la Smithsonian.

— C'est noble de votre part.

— Oui, mais comme dirait M'man, « la noblesse ne paye pas ces putains de factures ».

L'imitation de l'accent nasillard et rauque et des jurons de sa mère était étonnamment ressemblante et rassurante : la loyauté ne l'aveuglait pas, et son sens de l'humour n'était pas mort. Et lorsque Isabelle jurait, c'était plus rare et tout aussi beau qu'un ornithoptère de la Reine Alexandra !

— Et Mary ?

— Je ne crois pas qu'elle s'en soucie. Elle n'a jamais fait preuve d'aucun intérêt pour les papillons.

Isabelle se mit à remonter le canyon d'acajou, fermant ses magnifiques tiroirs qui glissaient en silence.

— Avez-vous jamais éprouvé l'envie de voir votre père ? Pendant tout ce temps ?

Elle ne répondit ni oui ni non, mais je pris cela pour un oui.

— Il y a quelques années, je lui ai écrit. Quand j'avais seize ans. Je ne sais pas très bien ce que je recherchais. Je postais mes lettres aux bons soins de Princeton. C'était idiot. Je partageais des détails ordinaires et joyeux de ma vie.

— Pourquoi idiot ? Cela me paraît parfaitement naturel.

— Mon problème consistait à rester honnête avec M'man, qui comme vous le savez, ne consent à admettre aucune mention de mon père, et encore moins une correspondance avec lui. Je respectais encore sa position. Et celle de Joe aussi. Mais Joe conservait des souvenirs de notre père, moi pas. J'étais curieuse d'en apprendre davantage. Je ne m'en suis pas moins sentie infidèle en écrivant ces lettres, et en demandant à Clay de les poster pour moi.

— Vous a-t-il jamais répondu ?

Isabelle hésita.

— Isabelle ?

— Au bout du compte, M'man l'a découvert.

— Comment ?

— Clay le lui a dit. M'man arrive en premier sur son échelle de loyauté. M'man m'a dit que tant que je serais sous son toit, ou bien jusqu'à vingt et un ans, je ne pouvais rien avoir à faire avec lui.

— Et quand aurez-vous vingt et un ans ?

— À l'automne.

Sans prévenir, Mary apparut à cet instant. Je fus certain qu'elle nous avait espionnés.

— Izzy t'a montré les véritables amours de sa vie ?

Mary ne portait qu'un slip et un T-shirt, les cheveux noués sur le côté. Sa pique était dirigée contre sa sœur, mais cette tenue me visait, moi. Isabelle referma le tiroir et quitta la pièce, peu disposée à rajouter de l'huile sur ce feu-là.

— M'man veut te voir.

— À quel propos ?

— Elle n'a pas dit.

— Dans quelle humeur est-elle ?

Mary haussa les épaules.

— Difficile à dire. Elle pourrait te tirer dessus tout autant que t'embrasser. Apporte-lui un thé glacé, ça la calmera.

Elle se tenait dans l'embrasure de la porte. Elle leva sa jambe brune en travers, me barrant la sortie.

— Souviens-toi de ce que tu as juré.

— Je m'en souviens.

* * *

Je partis voir Edith sans appréhension. Elle s'était un peu adoucie à mon égard ces derniers jours ; ma franchise et la façon que j'avais de tourner ma propre personne en dérision marchaient bien auprès d'elle. J'étais convaincu de ma capacité à séduire des gens de tempéraments différents, même les plus récalcitrants. Elle avait dû entendre le grincement du plancher, car elle lança « Entrez » avant même que je ne frappe. À cause de ses problèmes de jambes, elle passait presque tous les matins dans son vaste lit à baldaquin aux quatre colonnes sculptées, qu'elle utilisait comme bureau, étalant autour d'elle factures, commandes et notes. Adossée à plusieurs oreillers, on aurait dit la reine en son domaine. Les aménagements et luminaires d'origine étaient demeurés intacts dans la pièce. La seule anomalie consistait en une grosse télévision installée sur un coffre à l'extrémité du lit. Elle regardait d'un œil un soap sentimental tout en assurant les tâches administratives. Je posai le thé glacé sur la table de chevet et demeurai là, sans savoir quoi faire ensuite. Elle continuait d'alterner entre la télévision et la paperasse.

— Mrs Bosco ?

— Personne ne m'appelle comme ça, sauf la compagnie du téléphone, et ce ne sont pas mes amis. Rien qu'en leur parlant, ils vous pompent du fric. Appelle-moi Edith, ou bien rien du tout.

— Je vous ai apporté un thé glacé.

— Assieds-toi.

Il n'y avait pas de siège dans la pièce, sinon la banquette rembourrée de la fenêtre en saillie. De l'autre côté du lit était installé un étroit lit de camp. Isabelle m'expliquerait plus tard qu'elle venait dormir là les nuits où les frayeurs de l'incendie tenaillaient sa mère, lui lisant des psaumes ou bien des articles du *National Enquirer* jusqu'à ce qu'elle s'endorme.

— Je ne vous importunerai pas, dis-je en me perchant à l'extrémité du lit, à quelques centimètres de ses pieds.

Elle portait une robe de chambre en soie par-dessus un chemisier. Une courtepointe recouvrait ses jambes. Son orthèse de jambe était appuyée contre le bas de la table de chevet, sur laquelle s'empilaient des *National Enquirer*. Un tas de correspondance tout juste ouverte reposait sur ses genoux. De ses ongles semblables à des amandes couleur pourpre, elle brandit une lettre, et se mit à lire :

— « Chère Mrs Bosco, Re : votre demande pour un prêt datée de » bla-bla, « nous regrettons de vous informer que votre demande a été rejetée… » bla !

Elle roula le papier en boule et l'expédia en direction du panier de basket installé au bout du lit.

— Enculés de Chase Manhattan Bank ! Ces gens chient du fric, mais il n'y en a pas un qui nous aiderait. Enfoirés d'enculés !

J'apprécie les jurons autant que n'importe qui, mais l'utilisation par Edith du mot « enculé » me coupait à chaque fois le sifflet. Elle s'en servait comme d'autres disent « mince ! », et sa progéniture – dans laquelle j'inclus une Isabelle qui ne jurait jamais – n'avait que rarement l'air choqué.

— J'aimerais pouvoir dire qu'on n'a pas besoin de ces gens. Mais ce n'est pas le cas. Impossible de satisfaire aux commandes que nous recevons à moins d'obtenir un prêt. On est toujours à la traîne. Pas loin de couler. Comme disait Abraham Lincoln : « Il y a trop de cochons pour les tétines. » Non mais, regarde-moi ces factures !

Edith s'empara de la facture de téléphone détaillée, et la brandit comme s'il s'agissait d'un rat bien vivant.

— Voilà encore un exemple, avec ce téléphone de voiture ! Trois cents dollars d'appels au Wyoming ? Putain, il y a qui, dans le Wyoming ? Je me dis que Joe a peut-être fondé une famille là-bas, ou un truc dans ce goût-là.

Elle se pencha pour prendre son thé glacé. Pour boire, elle devait appuyer le rebord contre sa lèvre et pencher la tête pour empêcher le liquide de goutter. Elle le reposa et renifla, un étrange sifflement s'échappant de sa narine reconstruite. Elle me fixa, et je me préparai à une nouvelle « épreuve ».

— Encore la bouche ouverte ? Il faut à peu près une semaine pour s'habituer à moi. Après ça, plus aucune excuse.

Je réprimai un rire avec une grimace.

— Pardon.

Elle reprit une goulée de thé.

— Mettons les choses au point. Je ne crois pas une seconde que ce business t'intéresse ni que tu aies envie d'être représentant en papillons. Inutile de faire semblant. Tout ça constitue pour toi une expérience. Que cela marche ou pas, tu t'en fiches. Tu peux t'amuser et rentrer chez toi. Mais moi, cela m'importe. Et c'est important pour cette famille. C'est notre gagne-pain.

— Il est dans mon intérêt que vos affaires marchent, Edith. Ce qui est bon pour vous est…

— Garde ça pour la route. Je travaille déjà avec un roi des boniments, cela me suffit, je n'ai pas besoin d'un autre. Je sais qu'il n'est pas facile d'être franc avec quelqu'un qui vous paye, mais je te paye pour que tu sois franc.

Ma carrière dans les papillons en étant toujours au stade de la chrysalide, il paraissait grossier de faire remarquer que je n'avais pas encore été payé, ni que les conditions de ma rémunération n'avaient même pas été discutées. Les termes de notre « transaction », déterminée par Joe ce premier jour, étaient « être bien payé », avoir « une voiture » et voir « ce fabuleux pays », sans que j'aie pour l'instant vu la couleur d'aucun d'entre eux. Cela dit, je n'avais pas évoqué le sujet. La famille m'avait accueilli chez elle, et l'aventure m'attendait. J'étais nourri, j'avais un toit au-dessus de ma tête, et je vivais une expérience. Être payé pour ma franchise était une idée qui me plaisait tout à fait. Jusqu'ici, cela s'était avéré la meilleure politique vis-à-vis d'Edith, et la méthode la plus susceptible de me servir à ses yeux.

— Avant que mes jambes ne m'en empêchent, j'ai probablement fait vingt fois le tour de la terre à vendre ma marchandise. J'ai bâti cette entreprise à partir de rien, j'en ai fait ce qu'elle est, et je refuse que qui que ce soit – et surtout pas Joe et ses idées à la mords-moi-le-nœud – la foute en l'air. Ton boulot consiste à le garder dans le droit chemin.

Elle s'empara d'une facture sur une pile différente, qu'elle me montra, pincée entre le pouce et l'index.

— Tu vois ça ?

Le papier à en-tête portait le nom de Bangor Floral.

— C'est un renouvellement d'une chaîne de fleuristes dans le Maine. Ils commandent fidèlement tous les trimestres depuis dix ans. Cinquante boîtes. Si on en a cent comme ça, on s'en sort. Ce genre de gens, c'est notre gagne-pain. Maintenant, si on obtient A & P ou J.C. Penney, ils vont vouloir des droits exclusifs, et on sera obligés d'arrêter de vendre à tous ces braves gens. On devra échanger toute cette loyauté et cette bonne volonté contre un grand groupe anonyme qui se fout pas mal de nous et qui nous extorquera jusqu'au dernier *cent*. C'est un gros risque. Et même si nous obtenons d'eux une commande, on ne sera peut-être pas capables d'y répondre. Nous sommes une entreprise mono produit, comme Coca-Cola. Et on ne fout pas la recette en l'air. Bien entendu, Joe veut foutre cette recette en l'air. « Se divertisifier », quel que soit le mot qu'il utilise. Mais il n'a pas réfléchi. Il ne fait jamais de calculs. Il est trop occupé à balancer des dollars dans la nature, comme des confettis. Et à accoucher d'idées farfelues. On a ici un bon petit business, qui nous a permis d'avoir tous un toit et de quoi manger, et qui va permettre d'envoyer Isabelle à l'université. S'il l'avait voulu, il aurait pu y envoyer Joe également. Mais il avait d'autres idées. Et ces derniers temps, il s'est pris la grosse tête. Il pense pouvoir vendre la Collection pour un paquet de fric, et il en a tiré l'idée qu'il pouvait se comporter comme s'il l'avait déjà vendue. En allant s'acheter des costumes chics ou en louant des Cadillac. Quand il a du liquide entre les doigts, il le dépense. Ou bien il le refile à un clodo en se prenant pour un grand philanthrope. Il a en tête de bien se conduire avec les gens et avec Dieu, mais ce n'est pas compatible avec la bonne gestion d'une entreprise. J'ai besoin de quelqu'un pour garder un œil sur lui. Je n'en ai qu'un seul !

Avec son œil unique, Edith n'en voyait pas moins très bien. En haut, en bas, en avant – et en arrière ! À vingt pas, elle distinguait l'ombre de quelqu'un de fiable de celle d'un charlatan. Je pense que pour l'instant, elle me faisait confiance ; mais au long terme, elle ne faisait confiance à personne, et bien que ce soit là une façon de vivre cynique, cela signifie que vous avez raison plus souvent qu'à votre tour.

— Tu es là parce que j'ai enjoint à Joe d'aller embaucher quelqu'un de raisonnable. D'éduqué. Quelqu'un d'intelligent mais ni trop original ni susceptible d'aller monter sa propre affaire. Qui ferait ce qu'on lui dit de faire et qui respecte la loi. En d'autres termes, quelqu'un de différent de Joe. Tu es censé être ce type. Donc, lorsque tu iras démarcher, garde-le sur l'autoroute, tiens-le éloigné des ennuis et des distractions ; particulièrement des églises et des pasteurs. Et garde un œil sur l'argent. Tu peux faire ça ?

J'acquiesçai de la tête. Même si m'entendre dire que j'avais été recruté pour mon bon sens et mon manque d'originalité blessait mon ego et mon amour du mystère. Je n'étais engagé ni pour mon charme, ni pour ma voix, ni même mon intelligence, ni à cause du timing fortuit des dieux ; mais pour guider Joe sur une voie raisonnable, et rendre compte de ses « manigances ».

— Et s'il vend la Collection ?

— J'aimerais *vraiment* qu'il les vende, ces petits enfoirés. Je n'ai aucune affection pour eux. Mais il y a des années que Joe dit qu'il a un acheteur pour cette foutue collection, et je n'ai encore vu personne débarquer cigare au bec. Le problème de Joe, c'est qu'il a en lui un côté de son père. Ces derniers temps, je vois bien trop de lui en Joe. Je le vois en Isabelle aussi. Ça, c'est impossible à nier. Son cerveau. Son besoin d'ordre. Ça vient de lui. Mais récemment, j'ai vu chez Joe ces mêmes traits que je n'aime pas.

Edith me regarda, pour s'assurer que je comprenais bien.

— Et quels sont ces traits ? demandai-je, m'efforçant de paraître indifférent, de peur de laisser échapper le moment.

— Une tendance à disparaître quand on a besoin de lui. Mes enfants ont plus souvent vu le bleu de Palos Verdes que leur père. Soit dit en passant, il s'agit d'un papillon disparu. C'est donc une plaisanterie de ma part. Tu sais où il se trouvait quand Joe est né ? Dans une forêt tropicale au Venezuela. Où il était quand Isabelle est née ? À une convention d'entomologistes. À la naissance de Mary, il était parti.

Elle s'interrompit, inspira puis expira le souvenir.

— De ce que m'en a dit Isabelle, j'ai retiré l'impression d'un homme obsessionnel.

— Obsessionnel est encore très loin du compte. Qu'est-ce qu'elle a dit d'autre ?

— Pas grand-chose. Le sujet… paraissait la mettre mal à l'aise.

Elle me regardait à présent ; son bel œil vert plus acéré qu'un détecteur de mensonges. Peut-être était-ce là la véritable raison de ma convocation. Ce n'était pas pour discuter de l'entreprise, des balades de Joe, mais pour vérifier ce que ses enfants m'avaient dit de son ex-mari. Tel un dictateur paranoïaque, Edith avait besoin de maîtriser la narration.

— On ne parle pas ici d'un individu normal. J'avais l'habitude de dire pour plaisanter qu'il préférait les insectes aux gens – mais il s'est avéré que ce n'était pas une plaisanterie. Il était aussi déterminé qu'une fourmi. Je suis enceinte et il m'abandonne avec deux gamins pour partir en Amérique du Sud, parce qu'il prétend être sur le point de faire une énorme découverte scientifique. Au bout de plusieurs mois de silence, il appelle pour me dire qu'il a eu une révélation. *Il a peut-être fait sa découverte !* je me dis. Mais non. Il m'annonce qu'il part. Qu'il n'est pas fait pour être un mari ou un père, et que le travail exige tout de lui. Alors, il part. Il ne communique plus qu'une seule fois avec moi. Environ un mois après l'incendie. J'étais toujours confinée au lit, Mary sous respirateur artificiel. Il m'appelle. De Bogotá. Je parviens à peine à respirer. Tu sais quelle est sa première question ?

Je lui fais signe de continuer.

— « Ils sont en sécurité ? » Et moi, je crois qu'il parle des enfants. Je lui réponds : « Oui, ils sont en sécurité. » Il me dit : « Tous ? » Et je lui réponds : « Oui, tous », toujours convaincue qu'il me parle des enfants. À ce moment-là, il dit : « Ceux dans la malle aussi ? Les aberrations ? » Et je comprends : ce n'est pas des enfants qu'il s'inquiète. Et puis, il y a ce long silence. Je me dis que nous avons été coupés. Et à ce moment-là, j'entends un faible « oh, mon Dieu ». Et je suis prête à jurer qu'il pleure. Pas de soulagement du fait que sa femme et ses enfants soient encore en vie, mais parce que l'œuvre de sa vie a failli partir en fumée. Et à cet instant, je sais que tout est terminé. Je ne peux pas laisser mes enfants dans cet environnement. Aucune découverte scientifique ne justifie ce genre de comportement. Même la découverte d'un foutu papillon parlant ne justifie pas ça.

Edith s'interrompit, ouvrit la bouche et inspira une goulée d'air, le souvenir de l'incendie et du respirateur artificiel provoquant une réaction physique. Elle se marmonna quelques paroles de réconfort, comme si elle avait encore besoin de justifier la décision prise toutes ces années auparavant. Qui aurait pu lui reprocher de vouloir que ses enfants n'aient rien à faire avec un tel homme ? Un homme qui estimait davantage les insectes que sa propre progéniture ?

— Il n'a jamais essayé de les contacter ? De les revoir ?

— Pourquoi cela ? Quand il était là, il n'y tenait pas. Lorsqu'il m'a appris qu'il partait, je lui ai dit que moi vivante, il ne reverrait jamais ses enfants. Il a accepté. Pas parce qu'il éprouvait de la culpabilité ou du respect – parce qu'il s'en fichait.

— Et vous ne l'avez jamais revu depuis ?

Elle se pencha pour atteindre sa table de chevet, et fit apparaître un pistolet. Il s'agissait d'un petit « pistolet de dame », du genre qu'une femme fatale pourrait glisser dans son sac à main avant un dîner.

— Je l'ai acheté pour me défendre. Après son départ. Mais la vérité, c'est que je m'en servirais si je le voyais aujourd'hui. Sans aucune hésitation.

— Et si… s'il avait changé ? S'il exprimait des remords ?

— Pour avoir des remords, il faut un cœur humain. Et il n'en a pas, parce qu'il n'est pas humain.

Qu'Edith partage ses souvenirs douloureux était flatteur. J'étais assez vaniteux pour penser que c'était parce qu'il y avait en moi quelque chose d'intrinsèquement sensible et fiable. Je n'en voyais pas moins qu'elle s'assurait de ce que j'entende l'histoire clairement, de crainte que quelqu'un d'autre ne me la raconte de travers. Toutes ces années où Edith avait maîtrisé la narration de l'histoire, sa véracité n'avait fait qu'augmenter au fur et à mesure de sa répétition, et par toute absence de remise en question. Ses cicatrices, reproches quotidiens, témoignaient de la culpabilité absolue de l'accusé. Néanmoins, en dépit de tout cela, il me semblait que ces cicatrices ne racontaient pas tout. Uniquement les fragments qu'elle voulait bien présenter au monde. Je croyais à la franchise d'Edith sur la plupart des sujets – papillons, business, religion – mais en ce qui concernait son mari, je ne pouvais m'empêcher de penser que « la dame proteste un peu trop », ainsi que le disait la reine Gertrude à son fils Hamlet.

Chapitre 9

Où Joe revient avec une nouvelle recrue et des nouvelles d'un deal qui change tout

Joe rentra à l'instant où l'orage éclatait, dispersant les tensions électriques dans la maison et apportant avec lui « la brise fraîche de l'*optitude* », la promesse de vastes horizons venue de l'Ouest et des nouvelles d'un deal qui changeait la vie. Nous étions tous réunis dans la fabrique lorsque retentit dans l'allée le crissement des pneus, accompagné d'un braillement de musique country assourdissant. Il s'était écoulé une semaine depuis qu'il était parti sans dire à personne où il allait, et deux jours de plus que ce qu'il avait annoncé lorsqu'il avait appelé en claironnant qu'il venait d'avoir un « sacré meeting de top niveau ». Je commençais à comprendre qu'il existait un lien entre le niveau d'éclat et de distraction que créait Joe lorsqu'il rentrait et la quantité d'efforts de réconciliation nécessaires pour effacer toutes les contrariétés engendrées par ses absences brutales et inexpliquées. Son arrivée ce jour-là comportait beaucoup de « Tada ! ». Et depuis mon « briefing » par Edith, j'étais plus vigilant sur ses tours de passe-passe. Dès le claquement de la portière, je me jurai de ne pas me laisser distraire par quelque lapin blanc sorti de son chapeau, par ses contes de deals qui constituaient des tournants de l'existence, ou par ses odes à la gloire des merveilles naturelles de l'Amérique qu'il s'apprêtait à nous servir. J'avais bien l'intention de lui extorquer des réponses précises sur les lieux où il s'était rendu et ce qu'il avait fait.

Si les absences de Joe vous faisaient enfler le cœur de scepticisme, lorsqu'il était là, il possédait cette capacité à oblitérer tous les doutes que vous pouviez entretenir à son égard par la seule force de sa « Joe-esse ». Lorsqu'il pénétra dans la cuisine, il apparut dans toute sa splendeur naturelle, sa chemise trempée de pluie collée à la peau, les muscles de ses épaules et ses pectoraux saillants à en éclater, ses lunettes embuées remontées sur le front. Toutes les irritations accumulées s'évaporèrent. Il portait un carton avec des trous d'aération, de ceux utilisés pour les animaux de compagnie, qu'il tendit à hauteur de son épaule, juste hors de portée de Celeste qui sautait pour regarder dedans en demandant : « Qu'est-ce que c'est ? Laisse-moi voir ! » Joe rayonnait de l'assurance que la chose dans le carton suffirait à nous faire pardonner et oublier, quel que soit le nombre de griefs que nous entretenions à son égard. Il était comme l'aventurier qui, en dépit du fait qu'il est parti cinq fois plus longtemps qu'il ne l'avait dit, et qu'il a commis au cours de l'aventure toutes les sortes de crimes abominables possibles, a découvert le diamant qui justifiait tout cela. *Maudit Joe Bosco*, songeai-je. *Je me fiche de la nature de tes manigances. Tu m'as manqué !*

— Salut à vous, chasseurs de papillons !

— Montre-moi, montre-moi, Joe, supplia Celeste en montant sur une chaise pour distinguer l'intérieur de la boîte.

Joe gloussa, excité par procuration de nous faire découvrir ce qu'il savait nous avoir apporté.

— Qu'est-il arrivé à ton visage ? demanda Mary.

Au milieu de tout ce tralala, je n'avais pas remarqué l'entaille au-dessus de son sourcil, ornée d'une suture adhésive, et la légère contusion de sa pommette.

— Un sconse. J'ai freiné tellement à mort que je me suis cogné dans le rétro.

« Sconse, mon cul » s'afficha sur les traits de Mary, mais nous étions tous maintenant bien trop hypnotisés par le carton pour insister là-dessus.

— OK. Il faut que vous soyez silencieux, dit-il en posant le carton sur la table. Ne vous agglutinez pas autour.

Il retira le couvercle et recula.

— Mesdames et messieurs, je vous présente… Jimmy Carter.

C'était un oiseau. De la taille d'un corbeau, mais dépourvu de plumes et l'air d'un oisillon, à l'exception du bec – en forme de crochet et l'air redoutable. L'oiseau leva la tête et ouvrit ce bec, attendant de la nourriture. Joe s'empara d'un morceau de pizza qu'Elijah avait laissé dans son emballage, et le fit tomber dans le jabot du volatile.

— Vous savez ce que c'est ?

— Un bébé dinde, fit Celeste.

— Non !

Je n'avais pas la moindre idée de ce que cela pouvait être. C'était aussi laid qu'un dodo et aussi désarmé qu'un agneau, sauf qu'il mangeait comme une créature née pour dévorer. Son bec était monstrueux.

— Est-ce que c'est un… corbeau ?

— Nan.

— Un urubu, dit Clay.

— Presque.

— C'est ce putain d'oiseau d'emblème national.

Edith était restée à coller les étiquettes des noms latins sur les socles des boîtes entomologiques, et ne s'en laissait pas conter.

— Ouais, M'man ! Descends ! Tu as gagné une voiture ! C'est un aigle d'Amérique, un petit pygargue à tête blanche orphelin. Il est pas mignon ? Je l'ai trouvé près de la Batavia Kill. Posé au milieu de la route.

— On a déjà assez de canards boiteux comme ça par ici ! lança Edith.

Celeste jeta un nouveau morceau de pizza au volatile. Lorsqu'il mangeait, on voyait plus clairement quel genre d'oiseau il allait devenir.

— C'est un petit enfoiré affamé. Il a besoin d'être nourri en permanence. Je crois bien qu'il a pris à peu près une livre par jour. Clay, tu penses que tu peux bricoler un poulailler à Jimmy Carter ? Il faut de l'obscurité, et une trappe pour le nourrir.

— On peut essayer.

— Je ne file pas la moindre miette à ce petit salopard, décréta Edith.

— Tu n'auras pas besoin. Il va venir avec nous, sur la route. On va aller le libérer dans le massif du Grand Teton, dans le Wyoming.

— Tu rentres à peine d'une de tes vadrouilles, et tu te vantes déjà de la prochaine ?

— N'ayez crainte, car je suis porteur de nouvelles d'une grande optitude, déclama Joe, rayonnant, d'un rayonnement qui paraissait sincère. On a un acheteur pour la Collection.

— Ça y est, ça recommence.

— Non, cette fois-ci, il faut me croire. J'ai rencontré ce type, qui est acheteur pour un collectionneur privé qui vit dans le Wyoming. Il dit que son patron est un des hommes les plus riches d'Amérique. Il est en train de construire un musée baptisé « Le musée de l'extinction », plein d'espèces qu'on ne trouve plus sur la planète, depuis le brontosaure jusqu'au bleu de Palos Verdes. Je lui ai montré les photos de la Collection. Il m'a dit que de toute sa vie, il n'avait jamais vu des bestioles comme ça. Et quand je lui ai parlé des aberrations, il ne m'a pas cru.

— Alors, on est deux.

— C'est sérieux, là, M'man. Cette fois-ci. C'est vrai. Je lui ai montré l'échantillon. (Joe transportait sur lui ce phénomène en permanence, comme une sorte de carte d'assurance/de crédit/de visite d'urgence.) Ce type a été tellement super-impressionné qu'il a appelé son client. Je lui ai demandé qui c'était, mais il n'a pas voulu me le dire. Il était super-mystérieux. Il l'appelait juste Le Magicien. Parce que personne ne peut le voir. Il n'a même pas voulu me dire son nom. Juste que c'est une espèce de type hyper-secret et reclus, dont il se trouve qu'il détient la plus grande collection privée de papillons au monde. C'est les Rothschild, Riley, Bretherton et Margaret Fontaine réunis, Iz. Le « John Paul Getty des collectionneurs de papillons ». Il m'a invité chez lui dans le Wyoming !

J'observais Isabelle pendant cette annonce. Ses sentiments mitigés se lisaient clairement dans ses yeux baissés et ses petits signes de tête : résignation mêlée de gratitude, scepticisme nécessaire vis-à-vis de Joe, mais désir d'être contente pour lui.

— Tu as parlé argent avec ce Magicien ? demanda Edith.

— Les trillionnaires ne parlent pas d'argent, M'man.

— Alors, pourquoi est-ce qu'il ne vient pas voir la Collection de ses propres yeux ? intervint Mary, exprimant ma pensée.

— C'est une espèce d'ermite. Apparemment, il ne sort jamais. Il vit dans une tente à oxygène. Il ne prend jamais l'avion. Il a peur d'attraper une maladie.

— Dans ce cas, pourquoi est-ce qu'il est prêt à te rencontrer ?

— Ha ! Parce que j'ai ce qu'il a pas !

— Et la Smithsonian, Joe ? intervint Isabelle.

— J'ai essayé. J'ai pris des photos et quelques spécimens. J'ai rencontré le Gardien de l'Entomologie. Un type qui a vu plus de bestioles que la plupart des gens sur cette planète. Tu sais ce qu'il a dit ? « Mr Bosco, vous avez là une collection tout à fait stupéfiante. Avez-vous pensé à la léguer à la Nation ? » Je me suis dit : *Léguer. Ça m'a tout l'air d'un mot chicos pour la récupérer gratos.* Je lui ai dit qu'il nous fallait quelque chose en échange pour des objets d'une telle valeur. Il m'a annoncé qu'ils avaient un plafond. Une façon chicos de dire qu'ils ne payent pas grand-chose. Et que le plafond était de dix mille dollars. Alors, je lui ai dit que le plafond n'était pas assez haut. Qu'avec juste quelques coups de téléphone, pour un seul papillon, je pouvais obtenir dix mille dollars. Le Gardien est devenu glacial avec moi. « L'argent ne peut pas tout acheter, Mr Bosco ! », il m'a dit. Je lui ai dit, non, mais ça peut vous acheter une série d'ornithoptères de la Reine Alexandra quand ça vous chante ! Après ça, il s'est énervé contre moi.

— Comment ce collectionneur du Wyoming a-t-il fait sa fortune ? demanda Isabelle.

— OK. Je lui ai dit que je ne voulais pas vendre à un oppresseur du pauvre peuple, non plus qu'à un trafiquant d'armes ou un pétrolier. Ce type m'a dit que son client avait hérité son argent de son grand-père qui était un pétrolier. Mais son client, m'a-t-il rassuré, est un Philanthrope avec un grand « P ». Il soutient tout un tas de causes environnementales, le sauvetage des baleines, des tigres de Sibérie, des forêts tropicales. C'est un homme qui veut sauver la planète des mauvais traitements de l'humanité, il paraît. Il veut réparer les destructions de son père. Il construit son musée à l'écart des villes et de la mer. Au cas où il arriverait quelque chose au monde. Comme une guerre nucléaire. Ou un second déluge. Je me suis retenu de lui dire que c'était de la Mauvaise Théologie, parce que Dieu avait promis que plus jamais il n'inonderait la terre. Il m'a l'air d'une de ces personnes qui se sentent coupables de tout ce qu'elles ont entassé et veulent s'amender de tous ces trucs accumulés et de tous ces gens qu'elles ont piétinés.

Je voyais déjà Edith ranger l'histoire de Joe dans la bibliothèque aux conneries, avec toutes les autres biographies exagérées de sa composition. Vivre aux côtés d'un exagéreur en série pendant de longues périodes vous disposait à cesser d'écouter. Joe était le garçon qui criait : « Aux loups ! Des milliers d'entre eux ! » J'avais inconsciemment commencé à faire ce que m'avait conseillé Clay : diviser par dix tout ce que disait Joe, puis à nouveau en deux pour faire bonne mesure. J'étais certain que ce Magicien – comme son célèbre homonyme d'Oz – ne se révélerait que fumée et aboiements ; un petit bonhomme stupide tirant sur des leviers pour actionner la machinerie des effets spéciaux nécessaires à le faire paraître davantage qu'il n'était en réalité. Même selon les critères de Joe, tout cela avait l'air fantastique.

— Quand ce type sera capable de transformer tes âneries en or, alors, je fêterai ça. Mais pour l'instant, j'ai une putain d'entreprise à faire tourner. Et une lettre d'huissier.

— M'man, pendant que tu t'inquiètes de quelques fleuristes à Bangor qui nous achètent trois bolorias des prés, moi, j'essaie de nous monter un vrai deal.

Tous les deux glissèrent alors sans effort dans les chamailleries. Edith rappela à Joe (peut-être pour la millième fois) qu'elle avait créé cette affaire quand il était encore au berceau, et qu'elle s'était pas mal débrouillée sans avoir à louer des Cadillac avec téléphone de voiture ou des Rosbifs pour développer le business (à cet instant, j'étais toujours, sinon l'ennemi, en tout cas une partie du problème, une extension et une sorte de pom-pom girl pour les baguenaudes de Joe) et organiser des rendez-vous avec des Magiciens à Dollywood. Joe répliqua qu'il n'était pas au berceau, il avait onze ans, et que s'il ne lui avait pas fabriqué cette boîte à l'époque, ils n'auraient jamais créé l'entreprise. Il défendit mon recrutement en affirmant que j'avais déjà aidé au business. Mes manières éduquées faisaient une différence. Edith riposta que, pour aller au charbon, mes manières éduquées ne vaudraient pas un pet de lapin. Joe lui dit que bientôt, ils n'auraient plus besoin d'aller au charbon. Elle lui renvoya le fait qu'ils étaient en retard pour le loyer et que les banques leur refusaient des prêts. En dépit de tous ces hurlements, Edith avait besoin d'un bon coup de gueule en guise de médicament. Il fallait qu'il continue à faire des choses énervantes pour qu'elle puisse fulminer encore davantage. Et Joe avait besoin de sa colère contre lui pour affirmer son irresponsabilité de frondeur. C'était comme une saignée, où Joe jouait le rôle de l'apothicaire fournissant les sangsues. Joe et elle ressemblaient davantage à un couple chamailleur qu'à une mère et son fils. L'un après l'autre, le reste d'entre nous quitta la pièce, les laissant à leurs querelles nécessaires et éternelles.

Un peu plus tard, alors que nous nous préparions pour le voyage vers l'Ouest, je décidai d'attaquer Joe à propos du Magicien, de Jimmy Carter, et de l'entaille au-dessus de son œil.

— C'était vraiment un sconse, Joe ?

— Bien sûr.

En réalité, Joe était un très mauvais menteur. Lorsqu'il mentait, c'était tellement évident, comme s'il tenait à vous montrer qu'il mentait. Il vous suffisait de démasquer le premier mensonge, et il avouait tout.

— OK. C'étaient des baptistes.

— Des baptistes ?

— Je me suis fait casser la figure par des baptistes. En Virginie. Ils n'ont pas aimé que je pose des questions au pasteur. Celui-là, il prêchait un évangile de prospérité sur cette terre, en le justifiant avec des citations des Écritures par-ci, par-là – même le Diable est capable de ça. Et les fidèles de sa congrégation – qui m'avaient l'air d'avoir bien réussi dans leurs costards – approuvaient de la tête et répétaient Amen au moindre de ses pets. Le pasteur déclarait qu'il avait une Mercedes, que c'était un cadeau et une récompense de Dieu et qu'il n'avait pas honte de l'affirmer. Il a dit qu'un travailleur méritait son salaire. Et ses fidèles, qui avaient tous l'air d'avoir de bons salaires, étaient d'accord. Il a dit qu'il accomplissait un travail important, plus important que n'importe quel PDG, et qu'il devait être payé en conséquence. À ce moment-là, j'ai levé la main et je lui ai demandé s'il pouvait m'apporter des éclaircissements, combien il était payé en tant que pasteur de cette église ? C'est à ce moment-là qu'ils y ont trouvé à redire et qu'ils m'ont jeté dehors. Ces quatre types m'ont embarqué sur le parking, escorté jusqu'à ma voiture. Ils voulaient que je me défende. Alors je leur ai tendu la joue. Et il y en a un qui a mordu à l'hameçon ! Ils m'ont mis en taule pour une nuit.

— Ils vous ont mis en prison pour avoir harcelé un pasteur, c'est pour ça que vous avez mis aussi longtemps à rentrer ?

— Rip, j'ai travaillé à monter ce deal, croyez-moi. Et ça, c'était juste pour une nuit. Mais ça en valait la peine. Rien que pour voir la tête de ces baptistes quand j'ai interrompu le pasteur en plein discours. Qui racontait qui était juste et qui ne l'était pas. Et que lui était un véritable chrétien, et comment il allait tout droit au paradis ! Je ne pouvais pas faire autrement ! Il fallait que j'interrompe ça. Parce que c'est exactement ça, la théologie qui est en train d'achever ce pays.

— Mais pourquoi vous donnez-vous la peine d'aller à l'église, Joe ?

— C'est de la nourriture, Rip. Et comme dans n'importe quel restaurant, si le plat est mauvais, vous le renvoyez. Les pasteurs sont des serveurs qui distribuent la bouffe divine – en tout cas, c'est ce qui devrait être. Et ils vous servent un truc indigeste, ou tellement riche et exceptionnel que ça vous donne envie de vomir, et que vous le renvoyez. Mais ils ne devraient pas faire payer le repas, parce qu'il leur a déjà été donné par quelqu'un d'autre. Et pour certains d'entre eux, ils font payer cher. Voilà pourquoi il faut poser des questions.

Je m'aperçus soudain que nous étions seuls tous les deux. Il était tellement rare d'être en tête à tête avec

Joe ; il y avait toujours quelqu'un d'autre dans le sillage – un chaperon, un compagnon, un enfant abandonné, une sœur, un animal errant. J'étais certain qu'il avait toujours un plan pour éviter les questions qui pouvaient survenir. Je profitai de l'occasion.

— Votre mère m'a parlé de votre père. De ce qui s'était passé.

— C'est vrai ?

— Oui.

— Eh bien, c'est le signe qu'elle vous fait confiance.

— Sa version était légèrement différente de la vôtre. Je n'avais pas compris à quel point votre père était… affreux.

— Elle en rajoute ! Les gens donnent toujours des versions différentes de la même histoire. Vous devriez savoir. Vous, un écrivain. Regardez les Écritures. Ça ne veut pas dire que ça n'est pas vrai.

— Votre mère m'a demandé de garder l'œil sur vous, Joe. Elle pense que vous préparez quelque chose. Il faut être franc avec moi.

Il se gratta les mains. Celles avec lesquelles il m'avait dit qu'il avait tiré sa mère des flammes.

— Vous croyez que Le Magicien veut réellement les aberrations ?

— Tout à fait, Rip. Dans le monde des lépidoptéristes, ce sont les anomalies qui valent le plus. Mais on parlera de ça quand on sera sur la route. On aura tout le temps d'échanger nos biographies. De dénouer tous les trucs emberlificotés selon votre bon plaisir. Quand on sera à mille kilomètres de M'man, ajouta-t-il en chuchotant, je vous raconterai tout ce que vous avez besoin de savoir. Je vous le promets. Maintenant, laissez-moi vous montrer où on va.

Joe m'emmena au Centre opérationnel. Devant la carte de l'Amérique, il ouvrit grand les bras, paumes tournées vers le ciel, comme un prédicateur se lançant dans un sermon :

— Le monde se divise en deux sortes de gens, Rip. Ceux qui ont des boîtes entomologiques et ceux qui n'en ont pas. Vous, mon ami, vous serez le porteur de bonnes nouvelles, le pêcheur d'hommes et de femmes qui amènera les gens au royaume des papillons. Chaque ville avec une église, un McDonald's, une station-service et une école, aura un magasin qui vend des papillons. Nous allons répandre la bonne nouvelle des *Papilios* à travers le pays. Nous allons le transformer en une nation de lépidoptéristes. Nous allons établir notre empire de beautés ailées, notre corne d'abondance des couleurs. Nous ne nous arrêterons pas tant que nous n'aurons pas bâti sur cette terre le Royaume des Papillons.

Je crois qu'une des raisons pour lesquelles les pasteurs attiraient Joe était qu'il reconnaissait en eux des âmes sœurs. C'était un évangéliste, endurant avec acharnement et même entrain l'ignorance grossière des âmes pas encore sauvées tandis qu'il prêchait son Évangile entomologique. Et aussi ridicules qu'aient pu être ses paroles, Joe me fit croire de nouveau.

— Vous êtes prêt à vendre, Rip ?

— Je crois.

— Prêt à vendre, Rip ? brailla Joe comme un sergent-major braillant sur une section, attendant une réponse hurlée.

— *Yessir !*

— J'ai dit : prêt à vendre ?

— *Yes, sir !* Je suis prêt, m'sieur.

— Oh… je le sens. On va prendre ce pays d'assaut. Tu vas déchirer, Rip. On va vendre comme des malades. Et tu vas conquérir. Avec ton charme, des histoires et ton talent de vendeur. La vente, ce sont des histoires, et les histoires, c'est la vente. Pour vendre quelque chose, tu dois être un sacré raconteur d'histoires. Tu dois évoquer des images devant les yeux des gens. Leur donner de l'espoir. Et si tu veux comprendre ce pays, Rip, tu dois vendre. Quand tu vendras, tu comprendras. Le langage de cette nation, c'est le commerce. Et tu vas apprendre à le parler couramment. Détenir quelque chose que veulent les gens, ou dont ils ont besoin, ou bien quelque chose dont ils ignoraient avoir besoin : voilà la beauté de la chose. Et quand ton produit a vraiment de la valeur, une signification, une vérité et une beauté (c'est toi qui l'as dit !) il n'y a rien de mieux. Et pendant que nous serons occupés à cela, tu expérimenteras tant de splendeurs, tu découvriras tant de merveilles que tu te diras que tu étais fou d'avoir jamais envisagé de refuser mon invitation. Mais la navigation n'est pas de tout repos. Nous sommes comme des pêcheurs. Nous partons en mer dans notre barque de métal, espérant rapporter dans nos filets des ventes, dans des ports différents, traversant un pays tellement énorme que tu te croiras au milieu de l'océan. Il y aura des tempêtes. Des requins. Et même des pirates. Mais si nous jetons nos filets, nous les attraperons, Rip ! La mer regorge de poissons. Dee, dee, dee. Des poissons pour toi et des poissons pour moi.

Il serait facile de voir en Joe une sorte de pom-pom girl du Rêve américain. Mais je crois qu'il s'était simplement emparé des tropes du Rêve, qu'il avait réduits en purée afin d'en tirer un discours de motivation gonflé à bloc pour se faire avancer. Pour survivre et s'en sortir, il lui fallait parler la langue de la positivité battante. Je mis un moment à comprendre que derrière toutes les fanfaronnades, le « réussir » (financièrement, commercialement) n'était pas son but, et que la seule partie du Rêve qui lui importait (si même vraiment le Rêve a un rapport avec cela), c'était la liberté qu'elle pouvait lui acheter, la possibilité de continuer à bouger, à « randonner sans rendre de comptes à personne ».

Je baissai les yeux sur la carte de l'Amérique. C'était une terre assez grande pour Joe. Assez grande pour satisfaire toutes nos illusions. Un Don Quichotte pouvait y réussir, voyager sans entrave à travers les plaines sur une longue distance avant de rencontrer le moindre doute ou bien se faire traiter de fou. Je voulais étreindre cette terre, et j'étais certain qu'elle voulait m'étreindre à son tour. J'étais disposé à me montrer crédule, à croire ce qu'elle pourrait me dire, à ses impossibles possibilités et ses principes grossiers. Je contemplais tous ces merveilleux États aux noms si évocateurs, pleins de signification élémentaire, de souvenirs de choses que je m'étais contenté de rêver sans les avoir encore expérimentées – et ils m'appelaient : « Viens me voir, Rip, disait le Colorado. Mes sommets sont plus élevés que tout ce que tu as jamais vu. » « Non, c'est moi que tu veux voir, disait le Wyoming. Mes montagnes sont plus belles, mes prairies plus vertes, mes parcs plus spectaculaires. » « Par ici, plus haut ! disait le Montana. Où les cieux sont plus vastes et les rivières plus propres. » « C'est dans mes plaines ondoyantes que tu veux venir ondoyer », disait le Dakota du Sud. « Non, au Sud, petit », chuchotait un Tennessee à la voix rauque.

J'arrive, l'Amérique. J'arrive !

— J'ai droit à un café ?

— Il n'y a pas de service en chambre ici.

— Où est Larson ?

— Larson ?

— Mon gardien.

— Ça n'est pas mon problème. Je suis le shérif adjoint White. Le shérif m'a demandé de prendre la relève. J'ai lu votre déclaration à ce jour. Ou bien je devrais peut-être dire votre « livre » ? Vous avez une façon de vous exprimer sacrément enjolivée. Et bon sang, qu'est-ce que vous vous répandez.

— Le shérif m'a dit d'être exact.

— Écrire tout ça avec tous ces détails ne me portera pas à vous croire davantage que s'il n'y avait que quelques mots. Alors, pourquoi ne posez-vous pas ce crayon, pour me raconter pourquoi vous l'avez fait, et on pourra comme ça s'économiser quelques forêts tropicales.

— Je vous l'ai dit : ce n'est pas moi. Mais je suis parti du principe que juste écrire : « Je ne l'ai pas fait », ça ne le ferait pas.

— Oui mais, quelqu'un l'a bien fait, Mr Jones.

— Vous avez vraiment lu ma déclaration ?

— Je l'ai lue, et vous n'êtes pas aussi honnête que vous le pensez. Simplement parce que vous avez couché ça sur le papier,

comme ça. Vous avez déjà montré que vous pouviez être un menteur de première quand vous vouliez obtenir quelque chose. En utilisant la mort de gens toujours en vie pour arriver à vos fins. Si un type peut sortir un mensonge éhonté comme ça, il est capable de mentir à propos de n'importe quoi. Qu'est-ce qui nous dit que quoi que ce soit de ce que vous racontez est vrai ?

— Je suis honnête à propos du mensonge. Vous n'allez pas me dire que vous n'avez jamais menti ?

— Bien sûr, mais certains de ces mensonges sont de taille.

— Je les ai reconnus.

— Écoutez. Moi, je suis un type du genre : « Il s'est passé ça, et puis ensuite ça. » Je me fiche de vos opinions sur l'Amérique ou de ce que vous fabriquiez avec votre bite ; même si je dois avouer que la façon dont vous avez manœuvré ces sœurs est impressionnante. Vous vous êtes drôlement joué d'elles.

— Ce n'était pas aussi simple que ça.

— Oh, mais je crois que si. Ce qu'il vous fallait, c'était tout le buffet, tout ce dont vous pouviez vous empiffrer. Je ne vous en tiens pas rigueur. Un jeune homme doit jeter sa gourme. Mais quelquefois, pour ça, il utilise de la mauvaise graine. Et on dirait bien que c'est ce que vous avez fait.

— Qu'est-ce que vous voulez dire ?

— Eh bien, Mr Jones, je ne crois pas que tous ces mots puissent vous justifier. Ou même aider les gens à comprendre votre cas. Moi, je ne marche pas.

— Il n'est pas question de marcher – ou pas – ici. Je veux livrer un récit véridique.

— Eh bien, je ne suis pas certain de vous faire confiance, Mr Jones. Non plus qu'à cette tombe que vous écrivez.

— Ce tome.

— Comme vous voulez. Avec cette déposition, vous vous condamnez tout seul.

— Pourquoi ?

— J'ai noté combien de fois jusqu'à présent vous affirmez avoir éprouvé l'envie de tuer quelqu'un. À six reprises. Et en parlant de cinq personnes différentes.

— C'est une figure de style.

— L'avez-vous tué ?

— Joe ?!

— Avez-vous jamais eu envie de tuer Joseph Bosco ?

— Vous plaisantez.

— Répondez à la question, Mr Jones.

— Évidemment ! Qui n'en aurait pas eu envie ? Mais en avoir envie et passer à l'acte, ce n'est pas la même chose. Vous le savez bien.

— Avez-vous jamais menacé de le tuer – face à face, ou bien en présence de quelqu'un ?

— D'une façon de parler, j'ai tué Joe une fois. Mais pas deux. Et pas comme vous le croyez. Tout le monde dans cette famille passait son temps à menacer de tuer quelqu'un.

— Tout le monde dans cette famille ?

— Edith. Joe. Mary. Surtout Edith, et pratiquement tous les jours.

— À propos de Mrs Bosco, il semble qu'elle et vous ayez été à couteaux tirés.

— Je… Nous nous sommes disputés. Mais je ne l'ai jamais menacée comme ça. Peut-être l'ai-je pensé.

— Pourquoi ne me parlez-vous pas de ça *?*

— Mary l'a emprunté. Pour le voyage vers l'Ouest. Sa mère a dit « que toute femme devrait avoir une arme ».

— Il y avait vos empreintes dessus.

— Parce que je l'ai manipulé.

— Mr Jones. Je crois savoir pourquoi vous avez fait ça. Vous n'avez pas obtenu ce que vous vouliez, et vous vous êtes assuré qu'ils n'auraient pas ce qu'ils voulaient.

— C'est absurde. Tout ça est vraiment ridicule.

— Vous avez l'air en colère.

— Bien sûr, je suis en colère ! Je suis détenu ici sous de fausses accusations.

— Parce que vous êtes la seule personne qu'on ait retrouvée sur la scène du crime. Quelqu'un qui avait un motif raisonnable pour faire ce qu'il a fait. Et qui reconnaît même y avoir pensé. Ça ne me paraît pas si ridicule.

— Vous déformez mes propos. Ou vous faites exprès de les comprendre de travers.

— Comment croyez-vous que tout cela va finir, Mr Jones ? Vous croyez que vous pouvez simplement écrire la fin que vous voulez ?

— Je vais écrire ce qui s'est passé.

— Ma foi, de la façon dont je le lis, ça ne va pas bien se terminer pour vous.

III

Ô mon Amérique !
Les rêves furent doux, d'abord.
Les rêves qu'on rêve
Tout éveillé quand on imagine
Une idylle vers laquelle s'envoler,
une toison d'or à découvrir.
Des ailes me poussèrent, et je traversai votre terre
Mi-morpho bleu, mi-homme-enfant.
Je pris la route inévitable
Le destin manifestement à portée de main,
Les signes étaient bons
(Ceux que je vis
Les autres de mauvais augure, je les ignorai).
Étendue devant moi
Bras et jambes grands ouverts
Sur le dos, complètement
Canyons, vallées, et la mer au final,
Une terre à palper et sentir, avec laquelle coucher.
Et tout cela, je le fis.

Chapitre 10

Où Joe, Mary, Jimmy Carter et moi partons pour l'Ouest

Nous partîmes à la première heure – Joe, Mary et moi – avec la Chuick bourrée à craquer de papillons pour « quatre mille kilomètres » et un pygargue à tête blanche baptisé Jimmy Carter. À sept heures, Joe vint battre le réveil à mes oreilles : « Debout là-dedans ! Ce monde magnifique nous appartient, à toi et moi ! » Il nous fallait prendre de l'avance sur le reste de l'Amérique, assurait-il ; tout le long du bord de mer, à l'est, les gens qui avaient quelque chose à vendre étaient en train de se réveiller, et il nous fallait les battre de vitesse à l'ouverture des portes des magasins.

— Seul le lève-tôt ne se gaufre pas, Rip !

Nous prîmes un énorme petit-déjeuner composé d'œufs au bacon – et de gaufres – comme si c'était là notre dernier repas avant bien longtemps. Brandissant le paquet de gaufres Hungry Jack, Joe nous débita un petit discours sur la beauté toute simple qui présidait à la fabrication parfaite d'un objet unique.

— Tu vois ça, Rip ? Ces types de Hungry Jack, ils étaient comme nous, avant, avant de devenir une marque connue. Ils avaient un produit fait maison, qu'ils vendaient localement. Ils faisaient du bon business parce que tous les gens qui l'essayaient l'aimaient. Ils auraient pu continuer comme ça, sans problème. Mais un jour, un acheteur d'une chaîne nationale l'a goûté, et maintenant, ils vendent dans toutes les épiceries du pays.

— La différence, c'est que les gens ont envie de gaufres, trancha Mary, faisant éclater le ballon des fantasmes de Joe, comme toute vraie sœur devrait le faire.

— L'homme ne vivra pas de gaufres seulement, répliqua Joe, le T-shirt oint de sirop d'érable.

Nous avions chargé la Chuick d'autant de boîtes entomologiques qu'il était possible (environ cent vingt mélangées dans le coffre et deux autres douzaines sur une moitié de la banquette arrière). Mary s'était plainte que nous ne prenions pas la Cadillac, mais Edith avait gagné la discussion sur le fait qu'il fallait la rendre. Nous n'allions pas tarder à tous conduire des Cadillac, avait décrété Joe. Pour ma part, je trouvais que la Chuick était un vaisseau plus approprié à nos aventures : fidèle, fiable et authentique. La Chuick était l'exemple rare d'un objet prétendument unique qui l'était effectivement. Tandis que nous nous dirigions vers la voiture, Celeste suppliait Joe, se cramponnant à sa jambe, l'obligeant à marcher comme un géant boiteux :

— Laisse-moi venir, Joe. Laisse-moi venir !

Joe transportait trois filets à papillons à manches repliables et son ridicule attaché-case en faux lézard aux serrures à combinaison, qui contenait un assortiment « de voyage » de morphos bleus à cinq ailes pour Le Magicien.

— Je t'emmènerai l'année prochaine, Ceelee, promis. Cet hiver, on fera Disneyland.

— Tu avais promis ça la dernière fois. Monsieur Rip, dites-lui de m'emmener.

— Cela ne dépend pas de moi, Ceelee. Mais ça fait beaucoup de conduite, tu t'ennuierais, et en plus, avec Jimmy Carter et les boîtes entomologiques, il n'y a de la place que pour trois personnes.

— Punaise, c'est pas juste.

— Tu dois aller à l'école, Ceelee, poursuivit Joe en posant son attaché-case pour soulever la petite fille. J'ai besoin que tu sois plus maligne que tout le monde. Pour quand tu seras la première femme noire présidente des États-Unis.

Mary, qui s'était déjà attribué la place à l'arrière, était perdue dans l'écoute de son walkman. Jimmy Carter se trouvait à côté d'elle dans la boîte que Clay lui avait fabriquée, à lattes de bois, avec un couvercle coulissant et une litière de *National Enquirer* déchirés, ainsi l'emblème national pouvait faire caca sur toutes les célébrités de la nation, comme l'avait souligné Joe. J'emportais le plus petit de mes deux sacs de voyage avec un peu de linge de rechange. Joe, quant à lui, partait avec sa seule tenue sur le dos : pantalon de toile, chemise à manches longues sans col et mocassins noirs. L'attaché-case constituait son seul bagage.

— Tu n'as pas d'autres vêtements, Joe ?

— J'en achèterai quand j'en aurai besoin.

Isabelle fit son apparition, cheveux dénoués, habillée moins strictement qu'à l'habitude. Qu'elle paraisse sous son jour le plus séduisant alors que je m'apprêtais à partir, c'était un coup classique.

— M'man veut te voir, Joe.

— Un jour, elle finira par me laisser partir tranquillement, répondit-il en posant les trois filets à papillons sur la plage arrière avant de s'éloigner.

Qu'allait-il se passer maintenant ? Y aurait-il un contretemps de dernière minute ? Mon désir de partir, de voir le pays et de démarrer mon aventure sur la route était à présent tellement puissant. Je me sentais comme une flèche tendue sur un arc, prête à filer jusqu'au-delà du Mississippi.

Clay apparut, porteur d'un gros Tupperware.

— C'est au cas où vous auriez besoin de fabriquer des boîtes en vitesse. Si vous vendez plus rapidement que prévu, ou bien si vous en cassez. Vous avez le matériel pour cinquante boîtes, si nécessaire.

Le récipient en plastique contenait un tube de silicone, des morceaux de verre de 15 cm x 10 cm, une centaine de spécimens différents, des étiquettes et du bois flotté.

— Vous pouvez garder ça. Au cas où vous vous referiez mordre, ajouta-t-il en me tendant le coussin à hémorroïdes.

— Merci, Clay, dis-je en lui serrant la main.

— Prenez soin de vous là-bas.

On entendait Edith et Joe se hurler dessus. Je regardai Isabelle.

— Elle ne le laisse jamais partir sans une bonne dispute. Elle est décidée à ce que ses poussins restent des poussins. C'est toujours son P'tit Joe.

Je tendis la main, qu'elle me prit en retour et serra. La sienne était petite, blanche et froide, mais sa poigne était ferme. Au dernier moment, je me décidai à l'embrasser sur la joue. Comme font les gens timides, elle baissa la tête au même moment, avec pour résultat que je lui embrassai le front, donnant à ce baiser davantage de signification que je n'en avais l'intention ou qu'elle ne le voulait.

Je lui souhaitai bonne chance pour l'écriture. Elle me souhaita bonne chance pour la vente.

— J'espère que le collectionneur s'avérera… authentique, dit-elle. Et que le voyage vous soit miséricordieux.

Joe dégringola les marches.

— OK, en selle !

— Tout va bien ?

— *Yeah !* Tout va bien. Elle m'a fait les adieux habituels : « Va te faire voir ! J'espère te voir mort. Ne t'attends pas à me retrouver ici à ton retour. Pourquoi est-ce que tu pars ? C'est une perte de temps. Tu es pire que ton père. » Elle n'aime pas que je m'en aille, c'est tout.

Lorsque je montai dans la voiture, Mary me foudroya du regard.

— « Bonne chance pour l'écriture », ricana-t-elle en imitant mes adieux à Isabelle.

Jimmy Carter s'agitait, piaillait et grattait à l'intérieur de sa boîte, sentant le changement. Joe démarra la Chuick et le gargouillis du moteur V8 résonna comme un son plein de promesses ; un bruit qui disait : « On va voir du pays. »

— À la revoyure ! lança Joe à Isabelle à travers la vitre en se penchant devant moi.

Nous nous éloignâmes, et Celeste se mit à courir à côté de la voiture, bondissant sur ses minces jambes de gazelle, ses pieds semblant à peine toucher le sol. Isabelle agita la main, et je lui rendis son salut, éprouvant le sentiment d'un lien entre nous. Et puis j'aperçus Edith, debout telle une sentinelle à la fenêtre de sa chambre. Elle nous observa tout le long du chemin jusqu'au virage, jusqu'à ce que nous disparaissions de sa vue.

La Route ! Je marchais dans les traces de pneus de milliers d'hommes et de femmes – représentants de commerce, desperados, prédicateurs, shérifs, poètes ; les cupides, les tristes, les optimistes, les fous. La Route n'était plus à présent celle que les récits des autres avaient empruntée, mais la mienne, et elle promettait une sorte de salut, c'était mon Messie de l'Asphalte. La Route était un éventail de possibilités infinies. Les itinéraires qu'on peut emprunter, les gens qu'on peut rencontrer, le timing de tout cela et l'éventualité des variations les plus subtiles menant à des issues complètement différentes la rendent si intense et mystérieuse…

J'étais devenu partie prenante du drame américain quintessentiel : la route qui vous fait partir de rien et vous mène à la fortune par le truchement du bagout. Partout sur le territoire, des centaines et des milliers d'entrepreneurs virevoltaient jusqu'au siège d'une quelconque gigantesque société, ou bien jusqu'à un magasin dans un centre commercial, l'œuvre de leur vie dans une valise, priant pour que leur voix ne se brise pas, que leurs comptes soient bons, et que la coupe de leur tenue soit bonne. Même si les statistiques nous enseignaient qu'un seul des vingt-cinq articles démarchés ce jour-là allait se vendre, nous ne doutions pas que notre cargaison incapable de voler serait l'élue. De tous les papillons rêveurs attirés par les flammes brûlantes du Rêve américain, nous serions les seuls à traverser les flammes sans nous brûler. Ou quelque chose dans ce goût-là.

Je me sentais plein d'euphorie, jeune homme débordant de santé dans le plus grand pays du monde libre, en compagnie de gens intéressants et peu communs, avec la perspective imminente d'une satisfaction sexuelle et un moyen de gagner de l'argent qui nous permettrait de poursuivre éternellement nos aventures. Mes pensées se bousculaient vers l'Amérique que je m'apprêtais à voir, les ventes et l'amour que j'allais faire (j'étais à deux cent cinquante boîtes de cette extase-là). Je voyais Mary dans le rétroviseur extérieur, ses gambettes brunes à travers la banquette, qui se vernissait les ongles des pieds avec une grande concentration, s'efforçant d'anticiper les cahots et les virages (y a-t-il quoi que ce soit de plus mystérieux et séduisant qu'une femme en train de se maquiller en voiture ? Non, cela n'existe pas) ; elle fredonnait sur un air de son Walkman, son casque semblable à un serre-tête dans ses cheveux raides qui tombaient sur son visage en une parfaite symétrie fortuite.

Si chacun de nous demeura seul avec ses pensées pendant les premiers kilomètres, dès que nous eûmes quitté le périmètre du Catskill Park, quelque chose se dissipa. (Cet endroit distillait vraiment une sorte d'enchantement qui se brisait dès que l'on se trouvait hors de portée.) Lorsque nous rejoignîmes l'autoroute, Joe sortit de lui-même et hurla : « La Route ! La Route ! La Route ! » Il y avait devant nous un pont en caisson métallique, et Joe ralentit à son approche.

— Écoutez ça, dit-il.

Dès que la voiture atteignit le pont, les pneus se mirent à émettre une mélodie distincte, que Joe modifiait en accélérant et en décélérant. Il jouait du pont à l'aide de la voiture comme d'un gigantesque diapason. À peine l'ouvrage franchi, l'air s'interrompit, ou plutôt, il redevint ce qu'il avait toujours été mais qu'on ne remarquait pas nécessairement tant qu'il ne s'arrêtait pas. Joe pointa le doigt sur son oreille.

— Vous entendez ça, maintenant ?

On aurait dit un grésillement de radio ou bien le flot précipité d'un ruisseau.

— La route émet des sons. Et des routes différentes émettent des sons différents. Et le temps fait changer la mélodie. La chaleur fait crier les pneus. La pluie les fait chuinter – quelle sonorité ! Le bruit d'une voiture qui roule sous la pluie, Rip, c'est le plus beau du monde. J'aimerais qu'il pleuve maintenant, que tu puisses l'entendre. Mais quelquefois, néanmoins, il faut être prudent. Car cela vous berce, vous endort. Et je me suis endormi deux fois au volant – une fois au Kansas, et ensuite dans le Nevada. Ce vrombissement ressemble à une ligne de basse. Tu entends ça ?

Je tendis l'oreille, et il était là, le flot du ruisseau, juste derrière le ronronnement du V8 de la Chuick.

— Je l'entends.

— Le chant de la route.

Il se mit à tambouriner sur le volant, à agripper celui-ci et le tordre, puis il se lança dans une de ses chansons. Joe serinait des chansons au volant – un effroyable abâtardissement de mélodies populaires et de paroles à moitié comprises mêlées à ses propres mots. Il y en avait une, qu'il entonnait sur l'air de « Yankee Doodle », qu'il prétendait être son hymne à la vente ; son air générique. Le premier couplet ressemblait à ça :

« Achèterez-vous tous mes papillons
Des quatre coins du monde ?
Je vous les ai épinglés pour que vous les voyiez
Combien croyez-vous qu'ils valent ? »

Et le refrain disait :

« Cinq pour cinquante dollars,
Dix pour soixante-quinze.
Prenez-en avec des fleurs,
Pour nous aider à rester en vie ! »

Tout le long du chemin jusqu'à Ithaca, nous répétâmes cette chanson.

Ulysse était né à Ithaque, et que ma première tentative de vente se déroule dans un endroit baptisé en hommage à un voyageur si estimé me parut de bon présage. Un cynique pourrait rire de cette idée, mais je n'éprouve aucune difficulté à voir un équivalent homérique dans mes propres tribulations et le business de la vente. Le démarchage et les difficultés du placement, l'humiliation et le rejet, la remise en question quotidienne de l'intégrité et du goût, la combinaison d'humilité et de confiance en soi nécessaire au représentant de commerce auraient mis à l'épreuve l'astucieux Ulysse tout aussi durement que n'importe quelle sirène, Cyclope ou harpie. Joe affirmait (et je le soutiendrais) que les représentants de commerce étaient les véritables héros de cette époque, partant par tous les temps, couvrant de grandes distances, risquant corps et âme, affrontant chaque jour loin de leurs bien-aimés l'humiliation, le rejet, la misère ; affrontant plus de tentations, de démons, de monstres et de raclées que le héros ordinaire – tout ça pour arriver à joindre les deux bouts. Cette Ithaque-là (30 000 habitants) était une ville universitaire élégante et civilisée, bâtie autour de la pointe la plus méridionale de l'un des Finger Lakes, peuplée (d'après Joe) par des gens éduqués plutôt à gauche, ouverts à la nature et à une vue plus poétique du monde. De l'avis de Joe, c'était le segment démographique idéal pour un vendeur de papillons débutant qui avait besoin de déplier ses ailes.

— Ils vont boire tes paroles, affirma-t-il.

— Tu vas le faire démarcher ici ? s'étonna Mary, apparemment surprise du choix de la ville.

— Bien sûr, pourquoi pas ?

— Tu n'as même pas encore réussi à t'y implanter, toi.

— Aucun d'entre nous n'a réussi. Rip constitue notre arme secrète.

— Qui est le meilleur vendeur de la famille ? demandai-je.

— M'man, répondit Mary comme si le fait était indiscutable.

— Nooonn ! protesta Joe.

— Allons, Joe, elle a toujours vendu plus que toi.

— Et son… ? interrogeai-je en dessinant un cercle dans les airs devant mon visage.

— Ou bien les gens ont pitié d'elle, ou bien ils ont trop peur pour la chasser, expliqua Mary. Ces temps-ci, elle ne pratique pas tellement. Mais elle a toujours fait son argumentaire sobrement, sans chichis. Pas comme Joe. Joe prétend être le meilleur, mais il parle trop.

— Je décroche les deals, Mary. Tu le sais.

— Tu mets dix mots là où il suffirait d'un. Et ce ne sont pas tous des mots que les gens connaissent.

— J'ai ma méthode. Tout le monde a sa propre méthode.

— C'est ça. Pour emporter la vente, Joe n'est pas avare d'élucubrations. Quelquefois, à l'entendre, on nous croirait la famille la plus tragique de toute l'Amérique.

— N'écoute pas ses réflexions super-négatives, Rip ! protesta-t-il, quoi que je ne sois pas bien sûr qu'il ait accordé une quelconque importance à sa réputation de représentant de commerce.

— Et Clay ?

— Clay est bon, mais le fait qu'il soit noir n'aide pas – particulièrement dans cette partie du monde. Elijah est trop timide.

— Isabelle ?

— Isabelle ! fit Mary en ricanant. Elle serait incapable de vendre quoi que ce soit, même si sa vie en dépendait.

À vrai dire, je trouvais cela admirable – être incapable de vendre – mais je n'en dis rien à Mary.

— Et toi ?

— Je peux, si nécessaire. M'man pense que les femmes sont meilleures vendeuses que les hommes, parce que les hommes racontent des conneries et ne disent jamais la vérité. M'man voudrait que je vende plus, mais je n'aime pas ça. J'ai l'impression de me vendre moi-même. Mais j'aime conduire. Je conduis bien.

— C'est vrai.

Joe se gara, et Jimmy Carter se mit à criailler et gratter dans sa boîte derrière.

— Je crois qu'il a déjà besoin de nourriture, remarqua Mary. Tu as du blé, Joe ?

Elle retira ses écouteurs qu'elle posa sur sa jambe et se pencha dans l'espace entre les sièges avant. Joe lui tendit dix dollars d'un rouleau de billets qu'il gardait dans sa chaussette.

— Vois si tu peux lui avoir du poisson. Le poisson est son régime naturel.

— J'ai besoin d'argent pour de la teinture.

— De la teinture à cheveux ?

— Je pensais passer au bleu.

— Alors, fais-toi du bleu morpho ! Ça, ce sera de l'image de marque.

Joe lui donna dix dollars supplémentaires. Mary me souhaita bonne chance :

— Deux cent cinquante boîtes, dit-elle avant de me lancer un clin d'œil et de se mettre en quête de poisson cru et de teinture bleue.

Le fleuriste se trouvait au centre-ville, dans la zone piétonne (chose que Joe considérait comme un témoignage d'arrogance élitiste et une restriction à la liberté du commerce, puisque cela signifiait être obligé de se garer plus loin et marcher quelques pâtés de maisons). La nervosité m'envahit brusquement. Et si je n'étais pas du tout doué pour ça ? J'avais fait du démarchage par téléphone, avec succès ; mais c'était une expérience anonyme ; le refus était désincarné et impersonnel.

— Tu ne me montres pas d'abord comment faire ?

— Rip, la seule façon de savoir si on sait monter à cheval, c'est de monter à cheval. Je serai juste derrière toi. Je me tiendrai tranquille. Je ferai comme si c'était toi le patron. Je me contente de porter les choses pour toi. Je ne prononcerai pas un mot. Si besoin est, dis-leur que j'ai un problème d'élocution. Que je suis muet.

Tout en marchant, il continua de me préparer et de me houspiller.

— Il faut très vite décoder les signes, Rip. Ton interlocuteur est-il heureux ou triste ? Aime-t-il son travail ou pas ? Est-il républicain ou démocrate ? Athée ou croyant ? Ou ni l'un ni l'autre. Est-ce que je dois en faire des tonnes sur le côté scientifique ? Ou bien le côté business ? Ou alors, vont-ils préférer la version « contre vents et marées » ? Dois-je démarrer avec le morpho bleu ou bien commencer par la malachite ? Tu vas sentir tout ça très vite. Tu vas apprendre rapidement quand mettre la gomme ou bien lever le pied. N'oublie pas de sourire. Tu as une de ces têtes qui a l'air un peu ronchon au repos. Essaye d'avoir l'air un petit peu plus enjoué, tu vois. En ce monde, un sourire factice vaut mieux qu'un froncement de sourcils honnête.

Je tentai un sourire.

— Montre-nous un peu de dents. On doit voir tes dents.

— Elles sont jaunâtres.

— Aucune importance. Impossible de sourire sans montrer les dents. Et tu ne peux pas vendre sans un sourire.

J'ouvris la bouche pour offrir un large sourire, de toutes mes dents.

— Purée, fit Joe avec une grimace. Tu n'utilises jamais de fil dentaire ? Rip, tu dois te servir de fil dentaire. OK. Ferme la bouche le plus possible. Sauf quand tu parles. Il faut qu'on arrange ça. Un écrivain peut peut-être s'accommoder de dents pourries, mais un représentant de commerce doit avoir une dentition parfaite. C'est une évidence. Et si tu peux faire un sourire un peu moins… tu vois… si tu pouvais sourire de l'intérieur. De l'intérieur… un sourire sincère.

— Sourire ne me vient pas naturellement. Je ne peux pas faire semblant.

— OK. Mais il faut apprendre, Rip. Tu dois sacrifier ton orgueil au nom de la vente. Pour faire fortune, tu dois être prêt à faire le bouffon. Feindre pour vaincre. Et souviens-toi, chaque argumentaire doit être un poème. Ou bien une histoire. Ton speech doit donner vie aux papillons. Les faire s'envoler. Et prends bien soin d'admirer leurs marchandises avant de vendre la tienne. Et n'oublie pas de les complimenter sur leur apparence. Pas seulement les femmes. Les hommes aussi – « Monsieur, j'aime cette chemise. Je me demandais si moi aussi je n'allais pas me laisser pousser un bouc. Cela demande-t-il beaucoup d'entretien ? Vous faites beaucoup d'exercice ? Vous devez faire quatre-vingt-dix kilos au développé couché, non ? » Ce genre de trucs. Et fais-les parler de leurs produits. Aie l'air intéressé. Laisse-leur te montrer leur enthousiasme pour ce qu'ils font. Oh, et si tu peux obtenir un nom, ou bien voir leur nom sur un badge, sers-t'en. Je te le certifie, les gens adorent qu'un étranger prononce leur nom. C'est un pouvoir magique. N'aie pas peur de procéder à des petites variations dans ton histoire. Il faut toujours servir du pain frais. Et pour finir, quoi que tu fasses, ne jamais…

— … vendre sa salade à un guignol.

— Bravo ! On t'a bien appris la leçon.

Kris's Flower Shop se tenait en sandwich entre une librairie et un restaurant végétarien. Le magasin n'avait rien d'un château ni d'une forteresse imprenable, mais j'eus l'impression que j'allais pénétrer sur le champ de bataille. Mon estomac papillonnait davantage que tous les papillons réunis dans la boîte que transportait Joe. Je le répéterai encore et encore : partout dans le monde, il y a des gens au front, qui montent à l'assaut, qui vont encore une fois à la brèche, tout ça au nom de la subsistance. Et je les salue tous, car chaque tentative de vente abrite en son sein la possibilité de l'échec, du refus, et une sorte de mort.

— Tu crois que j'ai l'air assez professionnel ?

— Je serais capable de t'acheter un cheval estropié.

Je me redressai, rentrai un pan de ma chemise dans mon jean et coiffai mes cheveux en arrière. Je m'étirai la bouche, m'imaginai dans la peau d'un gagnant habile et charmant, et pénétrai dans la boutique.

L'odeur qui allait me devenir familière au cours des jours et des kilomètres qui m'attendaient m'assaillit. L'agrégat d'effluves de fleurs chez un fleuriste est une puanteur doucereuse, limoneuse, une senteur tellement puissante, primitive et sexy, au début. Le magasin semblait vide. Il était à peine neuf heures, et nous étions très certainement les premiers ce jour-là. De la musique classique s'échappait de quelque part dans le feuillage. Je réprimai un éternuement.

— Je peux vous aider ?

Une voix féminine désincarnée s'éleva derrière le comptoir. Une femme se redressa, encore rouge de s'être penchée. Elle tenait une poignée de rubans qu'elle se mit à nouer en forme de nœuds papillon. Elle parlait sans lever les yeux sur moi, mais semblait déjà savoir que je n'étais pas un client. Je lui adressai mon plus beau sourire et pris mon plus bel accent anglais, entre le présentateur de journal télé et l'acteur shakespearien – une basse grandiloquente et fleurie. Il me paraissait approprié de me montrer fleuri chez un fleuriste.

— C'est magnifique. Une… irréfragable cathédrale florale.

Je n'emploie jamais le mot irréfragable – à l'évidence prétentieux – mais j'étais nerveux. Il sortit néanmoins, telle la crête d'une véritable marée d'effluences mielleuses.

— Je n'ai jamais vu un assortiment aussi éblouissant. Vous avez un magasin magnifique. Parfaitement magnifique. Vraiment. Le plus beau que j'aie jamais vu. Jamais. Vous avez de quoi être fière.

— Je ne fais que travailler ici.

— Eh bien, vous travaillez dans un beau magasin.

— Eh bien, je peux vous assurer que ce n'est pas une partie de plaisir, rétorqua-t-elle. Vous vendez des assurances-vie, un truc de ce genre ? poursuivit-elle avec un hochement de tête vers ma mallette de démonstration, jetant un regard soupçonneux à Joe.

Elle me regardait comme si je m'apprêtais à la cambrioler, et comme si Joe constituait une sorte de menace criminelle. La partie n'allait pas être facile. Son accent et son attitude trahissaient son origine new-yorkaise.

— Non, non, pas du tout. Je… je m'appelle… Mr Jones, et voici mon assistant, Mr Bosco. Nous travaillons pour « Le Monde des papillons », une entreprise spécialisée dans la vente d'articles cadeaux pour les fleuristes.

Son badge indiquait « Anthony ».

— Anthony. Quel joli nom.

— C'est « Anth », on prononce le « th ».

— Ah. Là d'où je viens, c'est un…

— Un prénom d'homme, je sais. Mon père voulait un garçon. J'ai toujours été pour lui une déception. Alors, qu'est-ce que vous essayez de vendre ?

— Eh bien, Anthony… j'ai là quelques échantillons, si je peux vous les montrer.

Je levai la mallette pour la poser sur le comptoir.

— Pas là.

— Pardon.

— Mettez-la là, s'il le faut, dit-elle en désignant une chaise. Vous avez intérêt à ce que ce ne soit pas des assurances-vie.

— Non. Il s'agit d'un article qui apporte beaucoup plus de positivité à votre vie, intervint Joe, souriant à sa propre réplique.

Jusqu'ici, il s'était montré très mesuré.

— Alors, qu'est-ce que c'est ? J'ai du travail.

— Ce sera plus facile si je vous le montre.

Je posai la mallette et l'ouvris. Elle était aménagée pour abriter trois boîtes de quinze centimètres sur dix avec chacun de nos papillons les plus populaires (fritillaire, machaon et morpho bleu), quelques planches d'échantillons montrant les tailles différentes et une brochure « à laisser sur place » avec davantage d'exemples.

— En gros, nous avons… eh bien… vous pouvez voir… ils parlent d'eux-mêmes, je suis sûr que vous en serez d'accord.

— Il est mort ?

— Il s'agit d'un *Morpho peleides* – plus communément appelé le morpho bleu.

— Il est réel ?

— Tous nos papillons sont réels, madame.

— Vous l'avez attrapé vous-même ?

— Eh bien… celui-ci vient du Brésil…

— Vous les tuez ?

— Non, non, bien sûr que non. Simplement, nous… ils sont tous assommés. Je veux dire, endormis. De la façon la plus humaine possible.

— Humaine ? Comment ça ?

— Nous utilisons… c'est une sorte de… c'est indolore.

— Vraiment ? Être endormi et ne plus jamais se réveiller ? Seigneur ! C'est sinistre. Vous êtes quoi – une espèce de tueur de masse ?

Joe s'éclaircit la gorge, comme s'il s'apprêtait à venir à la rescousse de mon pitch en pleine déconfiture. La situation n'aurait pas pu être pire. J'étais incapable de me détendre, d'être moi-même. J'étais en train de la laisser décider de la direction de mon argumentaire, et je me concentrais sur l'aspect le moins séduisant et néanmoins inévitable du produit. Même à mes propres oreilles, j'avais l'air condescendant. Condescendant et un peu bizarre. Plus crucial encore, j'étais en train d'essayer de vendre à un guignol. J'aurais dû tout de suite demander à voir le propriétaire, et au lieu de cela, je m'employais à creuser ma propre tombe.

— Nous aimons à penser que nous prolongeons l'existence du papillon moyen. Nous leur donnons une vie au-delà de leur première vie, pour ainsi dire.

— Vous avez jamais demandé à un papillon ce qu'il en pensait ?

— Les papillons ont une durée de vie très courte. Certains ne vivent pas plus de quelques semaines. Ainsi, d'une certaine façon, nous leur offrons…

— Raison de plus pour ne pas les assassiner pour un gain financier. Seigneur ! Je n'ai vraiment pas besoin de ça.

— Madame, dis-je, la panique me faisant passer en pilotage automatique, assénant les faits appris par cœur les semaines précédentes. Aucune cruauté n'intervient dans le processus d'élimination… de la capture… des papillons. Tous les papillons que nous vendons sont agréés pour le commerce. Ils proviennent tous de fournisseurs réputés…

— Alors, c'est quelqu'un d'autre qui les tue ?

Je regardai Joe. Il fournissait un effort monumental pour ne pas éclater de rire.

La femme se jouait de moi, s'efforçait délibérément de m'humilier. Elle était immunisée contre mes charmes ou ceux de mon accent. Peut-être se vengeait-elle d'une certaine façon de son boulot merdique, de ce qu'elle travaillait pour quelqu'un d'autre. Elle ne me laissait pas en placer une.

— Anthony, le propriétaire du magasin est-il disponible ?

— Il est à Barbuda.

— Barbuda ?

— En vacances.

La sonnette de l'entrée tinta. Anthony regarda derrière moi, et à cet instant, un sourire radieux et jusqu'à présent invisible éclata sur son visage. Un homme entra, portant une plante qu'il avait choisie sur un présentoir extérieur ; il la posa sur le comptoir interdit sans qu'aucune objection ne s'élève de la part d'Anthony. La transformation de celle-ci était profonde et alarmante. Elle était à présent tout charme dehors. Elle avait trouvé quelque part un sourire, absolument éblouissant. (Peut-être tous les Américains ont-ils une petite boîte de sourires qu'ils transportent en permanence pour se les coller comme de fausses moustaches lorsqu'ils en ont besoin.) Même son accent devint plus accueillant. C'était tout un spectacle, et elle mettait vraiment le paquet sur l'amabilité dont elle faisait preuve à son égard, en un cirque éhonté et honteux conçu pour me mortifier.

— Une acanthe. Pour Maria ?

— Oui. C'est notre anniversaire.

— Dans ce cas, vous ne croyez pas que vous devriez ajouter quelques fleurs ? On a des promotions aujourd'hui.

— Elle adore les iris.

— Nous avons des violets et des jaunes. Un bouquet ou deux ?

— Je vais en prendre un de chaque.

J'avais envie de la tuer, pour sa ségrégation sans complexe et son dédain absolu. Tandis qu'elle enveloppait les fleurs, l'homme nous jeta un coup d'œil, à moi puis à Joe. Enfin, son regard s'attarda sur le morpho bleu sur la mallette de démonstration.

— Waouh ! s'exclama-t-il. Il n'est pas vrai, n'est-ce pas ?

— Si, répondis-je. C'est un morpho bleu.

— Cette couleur… elle a l'air faux.

Ce type profondément irritant, à qui j'avais envie d'expédier des coups de pied, n'avait pas tort, d'une certaine façon : le morpho bleu avait l'air artificiel, avec ses nuances de bleu et de gris métalliques et chatoyantes, l'interférence des effets de ses écailles réfléchissantes

(Isabelle m'avait appris cela). Mais je ne lui dis rien de tout ça. Il ne méritait pas de savoir. Il quitta la boutique sous une parade virtuelle de « À bientôt ! » et « Saluez les machins et les machins », comme si nous étions là chez le plus sympathique fleuriste de toute l'Amérique. Une fois la porte refermée, le sourire de la femme glissa brusquement, comme une fausse moustache, tombant sur le sol où il rejoignit mon argumentaire défunt. Elle eut une grimace du genre « je vous l'avais bien dit » et tendit les mains vers le morpho bleu.

— Monsieur, vous pouvez me croire sur parole. Personne ici n'a envie d'un papillon mort dans son salon. Ils devraient voler en liberté, et pas être enfermés dans ce tombeau de verre. Leur existence est suffisamment brève, n'est-ce pas ?

Le pire, c'est que je n'étais pas loin d'être d'accord avec elle.

Le silence volontaire de Joe trouva finalement son terme. Tout en remballant la mallette, il entreprit de la remettre en place sur un certain nombre de points :

— M'dame, je vois bien que vous n'appréciez pas nos marchandises. Mais soyons clairs : les fleurs que vous vendez sont en train de mourir d'une mort lente. Vous avez tranché leur existence au nom d'un but, mettre un peu de joliesse dans la vie des gens. Et si vous croyez qu'un papillon se la coule douce et mène la belle vie à voleter en liberté, à papillonner de fleur en fleur, laissez-moi vous détromper. C'est une existence horrible : il y a des prédateurs dans tous les coins, des oiseaux qui vous pourchassent, des gens qui vous pourchassent. Des voitures qui vous écrabouillent sur leur calandre. Vous savez combien des œufs pondus par les femelles arrivent au stade adulte ? Deux pour cent. Vous pouvez regarder cet insecte et penser : « Comme il est mignon. Quelle vie magnifique ! » Mais la société des papillons est cruelle, tout simplement cruelle. Cannibalistique, incestueuse, les jeunes papillons se font agresser sexuellement, les petites chenilles bouffent leurs frères et sœurs pour essayer de se transformer en chrysalides, ou bien elles se font envahir par les ichneumonidae, qui pondent leurs œufs dans la chenille, et si vous êtes une femelle, vous vous faites violer au berceau avant même d'avoir déplié vos ailes par des mâles en chaleur prêts à tout. Je vous assure, sincèrement, il y a des papillons pour lesquels la mort est préférable.

Chapitre 11

Où Joe me montre comment vendre et où Mary pense que nous sommes suivis

L'échec et l'humiliation de mon pitch de débutant me donnaient envie de me rouler en boule dans un coin pour y mourir. Avoir quelque chose à vendre, un objet qui soit loin d'être déplaisant, que votre succès à le vendre soit corrélé à votre talent à vivre l'expérience que vous désirez, et que quelqu'un rejette en bloc cet objet (et vous en même temps), eh bien, c'est une expérience dévastatrice.

— Je ne suis peut-être pas fait pour ça, Joe.

— Mais non, allons, Rip ! Pas d'abattement. Là, tu ressembles à l'ancien Llew Jones. J'aurais pu intervenir, mais c'était une bonne leçon. Avant même d'y pénétrer, je savais que ce magasin serait une perte de temps. Je ne voulais pas te le dire, mais je n'ai jamais vendu une seule boîte à Ithaca. Je voulais juste voir si tu en étais capable. Et que tu commences par un échec. Comme ça, tu sais ce que tu dois faire. Ne te frappe pas. Elle n'aurait jamais changé d'avis. Ces gens de gauche au cœur de pierre qui pensent avoir trouvé le salut dans le yoga et le muesli, je te jure qu'ils sont plus figés dans leurs habitudes que les péquenauds. Abraham Lincoln lui-même aurait pu entrer dans la boutique, elle l'aurait envoyé paître.

— OK, mais c'est toi qui fais la suivante. Il faut que je voie comment tu t'y prends.

— Je vais en faire deux pour toi, mais ne prête pas attention à ma méthode. Il faut que tu trouves ton propre style, Rip. Et ce n'est qu'en passant à l'acte que tu le trouveras.

Nous abandonnâmes Ithaca derrière nous dans un nuage de poussière, et poursuivîmes notre route.

Mary se mit à me taquiner sur mon échec, mais ses moqueries avaient plus à voir avec le report de notre union qu'avec mes défauts de commercial. Au cours des quelques kilomètres qui suivirent, nous exécutâmes à l'insu de son frère un pas de deux plein d'allusions.

— Combien de boîtes tu as vendues là, Rip ?

— Zéro.

— Deux cent cinquante boîtes, ça paraît drôlement loin.

— Je compte qu'on le fera avant l'Ohio, affirmai-je.

Mary sourit et jeta un regard dans le rétroviseur pour voir si Joe comprenait quoi que ce soit. Il était en train de nourrir Jimmy Carter et paraissait ne pas avoir conscience du sous-entendu. (Cette candeur de Joe était une chose que j'admirais. Je la trouvais rassurante. C'était même une des raisons principales pour lesquelles je lui faisais confiance.) Mary poursuivit ses taquineries. Me mettant à l'épreuve.

— Tu peux attendre jusque-là, Rip ?

— Oh, je peux attendre. Mieux vaut faire bien que trop vite.

— Mais ne pas faire du tout, c'est pire.

— Ce serait vraiment dommage. Mais je vais y arriver.

— Je commence à me demander si tu as ce qu'il faut pour ça.

— Hé, allons, Mary ! C'était la première tentative de Rip, et je ne suis même pas sûr que M'man elle-même aurait pu convaincre cette bonne femme. Rip va s'en sortir.

— J'espère bien.

— Il a intérêt.

Joe me montra la marche à suivre chez un fleuriste à la sortie d'une petite ville près des Finger Lakes. Après un préambule flatteur (d'une fausseté transparente à mes yeux et mes oreilles) sur la beauté du magasin, adressé à un Ken à l'air réticent (« Ken, c'est vraiment la plus belle boutique de fleuriste que j'aie jamais vue dans le nord de l'État de New York, et même peut-être sur toute la façade atlantique ») et une requête – accordée – de montrer à Ken un article susceptible de « rehehausser » cette beauté (comme si c'était possible !), Joe posa la mallette de démonstration sur le comptoir et se mit à construire la pyramide qui formait la scène, les accessoires et le décor de son récit. Il étala les boîtes, ce qui mit en évidence ses cicatrices, et j'attendis le « comment j'ai sauvé M'man des flammes ». Pour l'effet dramatique, Joe marqua un temps d'arrêt, ainsi que pour laisser Ken admirer la tour de couleurs chatoyantes devant lui. Puis il prit le porte-queue orange qu'il avait placé au sommet de la pyramide.

— Avant qu'un jaguar ne tue mon père dans les jungles d'Amérique du Sud, entama-t-il, celui-ci m'a appris les noms de tous les papillons. Et le premier, c'était celui-ci. Le porte-queue orange. *Papilio thoas*. N'est-il pas joli ?

La mort du père de Joe ainsi que ses circonstances constituèrent un choc (et très franchement, une nouveauté pour moi), mais elles eurent pour effet immédiat de créer la pause respectueuse dans laquelle Joe s'engouffra pour déverser son histoire. Ken prit l'échantillon en main, hésitant sur la réaction à tenir : pris entre « oui, c'est vraiment une jolie chose » et « je suis désolé pour votre père, mais je vous en prie, racontez-m'en davantage sur le jaguar ».

— C'est le dernier souvenir que je conserve de lui : il tenait un porte-queue orange, exactement comme celui-ci, disant : « Si les gens prenaient le temps de regarder les papillons, le monde serait meilleur. »

Joe s'interrompit de nouveau, laissant le détail pertinent faire son effet. Il me raconta plus tard qu'il appelait ça « tester les degrés de compassion ».

— Monsieur, je pense que votre père avait raison. Je suis désolé d'apprendre qu'il a... a-t-il... que s'est-il passé là-bas...

— Eh bien, cela remonte à loin. Mais au moins, il est mort en faisant ce qu'il aimait. Dans l'habitat de sa créature favorite. C'était assurément un homme exceptionnel. À tous les niveaux. Il ne me reste que quelques souvenirs que je chéris.

Une nouvelle pause.

Le commerçant était maintenant à la fois respectueux et non dépourvu de curiosité, l'état parfait dans lequel devait se trouver un acheteur.

— Vous voyez, c'était un entomologiste éminent. Un professeur. Toujours quelque part au fond de la jungle à la recherche de nouvelles espèces. Le groupe de papillons connus sous le nom de *Morphidae*, une famille des néotropiques qui comprend des papillons aux couleurs spectaculaires, était son obsession particulière. Il a écrit des livres là-dessus. Ma maman disait en plaisantant qu'il préférait les bestioles aux gens. Ha ! Elle n'en était pas loin ! Enfin, revenons à nos moutons. Un jour, j'avais cinq ans, il se trouvait en Colombie, à la recherche du morpho bleu à cinq ailes. (Joe désigna la boîte du morpho bleu standard dans la pyramide.) C'est une aberration super-rare de ce papillon-là. *Morpho peleides*. Pour vous, le morpho bleu, monsieur. Il était parti depuis des mois. Un jour nous avons reçu un appel du consulat des États-Unis à Bogotá, qui nous a appris son décès. Il y a de cela maintenant vingt ans.

Par déférence envers les morts, l'homme s'empara soigneusement de la boîte, conscient qu'il se trouvait à un cheveu d'une grande rareté tout autant que d'une tragédie touchante.

— Mais il nous a légué un héritage, poursuivit Joe. Le pur amour des papillons. Ce dont je le remercie quotidiennement. Il m'a emmené assister à la migration du grand monarque. J'ai grandi entouré de papillons – les *Troides* verts d'Australie, les malachites d'Amérique du Sud, les papillons lune indiens ; les petits cordonniers grecs bleus du Venezuela, et celui-là, le morpho bleu – notre numéro un des ventes. Un cousin de cette aberration à cinq ailes pour laquelle mon père a littéralement perdu la vie.

— C'est une couleur très séduisante. Elle paraît presque…

— Irréelle ! Je sais. C'est ce que tout le monde dit. Mais ce bleu est le grand stratagème du morpho. Un effet d'optique. Un jeu de lumière, comme le ciel lui-même. Il n'est pas bleu, en réalité. Mon papa ramenait des spécimens rares. D'une grande valeur. Mais celui-ci – bien que tout à fait commun – était mon favori. Et je me souviens que lorsqu'il m'en a donné un – dans un petit cadre –, j'ai éprouvé ce sentiment étrange dont je pense que tout amoureux des papillons l'éprouve, l'envie de le garder et tout à la fois de le relâcher. Et j'avais également cette puissante envie de le partager avec d'autres personnes. Que les gens voient à quel point il était magnifique. C'est la raison pour laquelle j'ai créé cette entreprise. Le désir de donner naissance à un rêve, celui de mettre un papillon dans chaque foyer de ce pays. Et c'est parce que je suis à la poursuite de ce rêve que me voilà devant vous aujourd'hui.

Joe leva le morpho bleu à la lumière.

— On pourrait dire que nous maintenons en vie le souvenir de mon père.

Joe pleurait ! Il ruisselait de larmes véritables.

— Il m'a appris que les papillons transcendent la politique. Et les frontières. Je veux dire, lorsqu'un monarque vole jusqu'à Mexico, peu lui importe d'avoir franchi la frontière d'un autre pays, non ? Voilà ce que m'a appris mon père.

Je ne saurais dire avec certitude ce qui l'emporta, de l'attraction de l'homme pour l'objet ou de sa sympathie pour l'histoire de Joe ; mais le pitch entamé avec peu de chances de réussite se conclut sur vingt boîtes payées cash.

En revenant vers la voiture, plus riches de cent cinquante dollars, je ne pus m'empêcher de demander :

— Bon sang, Joe ! Tu as pris de sacrées libertés, là.

— Voyons, Rip, ça s'appelle la licence poétique. Tu devrais le savoir ! Il pourrait très bien être mort. Je ne sais pas. Je veux dire, il pourrait tout aussi bien. On n'a jamais eu de ses nouvelles. J'ai raconté et re-raconté cette histoire tellement de fois que je ne me souviens vraiment pas de la vraie version. Et je ne crois pas que ça ait une quelconque importance, tant que le deal se fait.

— Tu ne te sens pas… mal à l'aise ? De raconter ça ? Ça n'est pas… déshonorer les morts, ou un truc de ce genre ? Et tes souvenirs.

— Je fais ce que je veux des souvenirs de mon père, puisque je n'en ai quasiment aucun. C'est mon histoire, Rip. J'en fais ce que je veux.

— Et tes larmes, elles étaient fausses ? Tu m'as bien eu, moi aussi.

— Quelquefois, quand je suis emporté dans mon pitch, je suis tellement absorbé que je serais incapable de le dire. C'est comme si j'étais dedans. Écoute, Rip, si tu commences à parler à quelqu'un de quelqu'un qu'il n'a jamais rencontré, à lui raconter quelle personne extraordinaire c'était, à lui énumérer ses exploits, il ne va être que modérément intéressé. Raconte-lui que cette personne est morte, et d'une façon héroïque ou tragique, alors, il prête assurément l'oreille. Un décès, ça met vraiment de l'huile dans les rouages. Essaye donc.

Toutes les familles se racontent des légendes. Celle de ma propre famille, c'est que mes parents étaient un couple fidèle et heureusement marié, que nous formions tous un noyau intime, brillant, sociable, mais au moins, nous nous en sommes tenus à une narration unique et cohérente. Avec Joe, les légendes étaient légion. En matière d'argumentaire de vente, il remplissait selon son bon plaisir les lacunes de son passé. Et parce qu'il exprimait les faits et la fiction avec une conviction égale, les mélangeant sans anicroche dans un tel torrent de mots et d'énergie, il était quelquefois difficile de discerner la vérité du conte. Je ne crois pas que Joe ait été menteur, parce qu'une fois lancé, il était tellement à fond dedans qu'il y croyait. Ce n'étaient pas des larmes de crocodile ; il éprouvait les émotions. Mais il se conduisait à l'égard de son passé comme un anarchiste absolu. Dans un des pitchs, il pouvait commencer en parlant du jour où il avait vu son premier papillon (il avait cinq ans, il en avait dix, c'était un porte-queue orange, c'était un morpho bleu). Il avait quelquefois plusieurs frères et sœurs ; il était fils unique, petit garçon solitaire obsédé par les papillons ; quelquefois, la famille vivait dans le Michigan, à d'autres (si cela convenait) en Californie. Il aimait commencer son discours par cette réplique : « Le premier papillon que j'aie jamais vu était mort. Et cela a changé ma vie. » Quelquefois, il tendait les mains, pour que le commerçant puisse voir les cicatrices, lui pose des questions, et il lui racontait alors (avec une réticence feinte) comment il avait sauvé M'man des flammes. D'autres fois, il parlait du jour où ils avaient appris que son père avait disparu, ou bien était mort (en Colombie, à Bornéo et même une fois au Congo !) ; peut-être avait-il sept ans à l'époque, ou bien douze. Son père était souvent le héros de ce récit entomologique. Le Grand Lépidoptériste américain qui avait disparu dans la jungle sud-américaine, qui n'était jamais revenu, et en mémoire de qui l'entreprise avait été créée. Si c'était là la façon de Joe de dealer avec le père qui les avait abandonnés, je ne peux rien y trouver à redire.

Un peu plus tard, Joe se mit en quête d'une personne à qui faire don de son argent tombé du Ciel. Mary conduisait mais observait Joe qui comptait la recette de la journée.

— Combien ?

— Quatre cents dollars.

Joe prit quarante dollars, et se mit à examiner les alentours.

— Qu'est-ce que tu cherches, Joe ?

— Quelqu'un à qui faire l'aumône.

— Ne fais pas d'aumône, Joe. On pourrait avoir besoin de tout ce fric.

— Mary, tu sais que c'est une sale façon de penser. On donne toujours des aumônes.

Comme nous passions devant une rangée de boutiques, Joe cria :

— Là ! La vieille dame.

Une vieille femme nettoyait à la serpillière le sol d'une cantine. Mary se gara. Joe bondit et alla donner à la dame les quarante dollars. D'abord déconcertée, elle finit par prendre l'argent, après s'être fait prier.

— Joe, est-ce raisonnable ? lui demandai-je. Donner de l'argent dont on a besoin ?

— Bien sûr que c'est raisonnable, répliqua-t-il. Cet argent n'est pas à nous. Ce sont les Prémices, Rip. Tu dois offrir les premiers fruits de ta terre. Le Seigneur nous le rendra. Tu verras. Maintenant, on peut aller manger.

Je pris tout d'abord la philanthropie aléatoire de Joe comme une autre forme de diversion, un plan conçu pour lui permettre de garder ses distances ; mais elle était sincère. Edith avait raison : Joe était trop dangereusement généreux et financièrement prodigue pour faire un homme d'affaires prospère.

Mary s'arrêta à un drive Taco Bell.

— J'adore le Taco Hell, plaisanta Joe avant de déguiser sa voix à l'interphone pour essayer d'obtenir un burrito supplémentaire au comptoir.

Ayant réussi à embrouiller la fille à l'interphone, nous récupérâmes notre nourriture et reprîmes la route. Avant de distribuer le repas, Joe récita un des bénédicités de sa composition. Il parlait à son Dieu avec une familiarité et une irrévérence choquantes, même aux yeux de qui n'y voyait que des sottises. On m'avait appris à être gêné par les démonstrations de foi religieuse, et c'était en général le cas, mais je ne ressentis jamais cela avec Joe. Son Dieu comique et extravagant paraissait inclusif et accessible.

— Seigneur, terrasse nos ennemis, particulièrement cette salope à Muesliville (je plaisante). Sérieusement. Merci pour cette fausse bouffe mexicaine. Qu'elle soit une bénédiction pour nos corps. Garde-nous des hémorroïdes.

Il mastiqua une bouchée avant de poursuivre, jouant encore un peu sur la corde théologique (à mon intention, je pense).

— Merci d'être avec nous à présent, par votre esprit, plutôt que d'être juste mort et pas ressuscité, ni rien de plus qu'un homme de bien avec quelques bonnes idées, mais en fait, Dieu lui-même descendu sur terre ! Je veux dire, si vous n'êtes pas Dieu, alors mieux vaut cesser de faire semblant. Et merci pour le fait de n'avoir rien à faire pour gagner notre salut. Vous l'avez fait pour nous. Pas de cerceaux à travers lesquels être obligé de sauter. Passer son temps à se lever, s'asseoir, parler bizarrement, avoir des types en robe ou tripoter des grains de chapelet, payer ou faire la charité, rien de tout ça ne nous apportera le salut – parce que vous l'avez fait ! Oh ! là, là ! Pardonnez-nous les licences poétiques que nous prenons avec les histoires et les citations. Et merci pour mon nouvel ami qui est venu travailler avec nous, même s'il ne croit pas une seconde en vous et trouve cette prière embarrassante. Seigneur, aidez-le à vendre à la prochaine boutique que nous trouverons. Laissez-le se détendre et prendre son envol. Et je prie pour qu'avant la fin de notre voyage, vous ayez changé ses manières athéistes, peut-être en l'aveuglant temporairement de façon à ce qu'il puisse voir – juste pour quelques jours, assez longtemps pour le faire vraiment réfléchir ! A… Men.

— A… Men.

Mary donna quelques tacos à Jimmy Carter. Le volatile national était resté indolent toute la journée.

— Joe, je m'inquiète pour lui. Il ne va pas bien.

— C'est un prédateur majeur. Il a besoin de calories.

L'odeur de la nourriture ramena Jimmy Carter à la vie, et il réclama sa nouvelle livre de chair. Lorsqu'il mangeait, on savait ce qu'il était : un des plus grands prédateurs au monde et le symbole de son pays le plus puissant. Son énorme bec adulte ouvert en une constante exigence, « à manger à manger à manger ».

Le volatile national engloutissait bruyamment crackers, chips, pain et même trognons de pomme.

— Regardez-le ! Il grandit tellement vite. Je jurerais qu'il a grandi depuis la dernière fois qu'on l'a vu il y a une heure. C'est un vrai de vrai patriote, affirma Joe. Il est capable de manger n'importe quoi.

Quelque part le long de la rive sud du lac Ontario, Mary annonça qu'elle pensait que nous étions suivis. Joe m'avait demandé si je pouvais nommer les Grands Lacs. J'en avais trouvé trois. Il m'avait donné l'acrostiche qui permettait de se souvenir des cinq : « Homes » : Huron. Ontario. Michigan. Érié. Supérieur.

— Ne regardez pas tous en même temps, insista Mary. Cette Plymouth Grand Fury nous file.

Étendant son grand bras sur le dossier du siège de Mary, Joe s'efforça de jeter subrepticement un coup d'œil.

— J'adore ces Plymouth, dit-il. Et elle est d'une jolie couleur. Couleur tisseuse de mimosa.

— Joe, je suis sérieuse. Il est derrière nous depuis Syracuse.

— Il va peut-être là où nous allons.

Je me tournai sur le côté pour regarder.

Il y avait au volant de la Plymouth verte un homme avec des lunettes de soleil qui conduisait avec ce froncement de sourcils neutre adopté par tous les conducteurs lorsqu'ils sont concentrés. Difficile de dire s'il nous suivait ; le problème, c'est qu'une fois convaincu qu'une voiture vous suit, elle vous suit. J'éprouvai à cet instant une légère alarme, mais semblable à une alerte incendie dans une usine désaffectée à l'autre bout de la ville, que tout le monde ignore et dont vous avez l'impression qu'elle ne sonne plus au bout d'un moment. Si j'avais pris le temps de rester tranquille assez longtemps, j'aurais peut-être remarqué que la sonnerie se poursuivait, prévenant les gens de quitter le bâtiment à toute vitesse !

— Ma petite sœur, cette herbe te rend paranoïaque.

— Va te faire foutre, Joe.

— Quelqu'un pourrait avoir une raison de nous suivre, Joe ? demandai-je, appréhendant un peu la réponse.

— Tu rigoles ! coupa Mary. Au moins un millier de personnes auraient envie de se lancer à ses trousses pour le buter.

— Ma foi… j'ai abandonné sur mon passage des gens que j'ai pu fâcher, Rip, admit-il avec un peu trop de fierté. Des pasteurs, des commerçants. Les impôts. Et tu me connaîtras par les papillons morts laissés dans mon sillage, Rip ! Ralentis, on va lui faire des signes.

Mary leva le pied et, instantanément, la Plymouth disparut au carrefour suivant.

— Tu vois. Il sait qu'on sait, déclara Mary.

Et ce fut tout. J'oubliai l'incident. Jusqu'à la fois suivante.

— C'est un moment Kodak ! claironna Joe lorsque nous franchîmes les limites de Rochester, une ville de taille moyenne sur le lac Ontario, patrie des appareils photo Kodak.

Nous fîmes halte devant le George Eastman Theater pour que je puisse prendre une photo de Joe et Mary sur mon petit Olympus. Joe se mit à délirer sur le grand entrepreneur et fondateur de la célèbre entreprise :

— George Eastman était un représentant de commerce itinérant avant d'en arriver là, Rip. À battre le pavé, sans relâche. On ne finit pas avec un théâtre à son nom sans avoir beaucoup battu le pavé.

Je me souviens de l'enseigne du magasin où nous effectuâmes ensuite une vente, parce que ce fut la scène de mon premier succès. Il s'agissait d'un fleuriste du nom de Rigby Bluff's. La femme derrière le comptoir me mit immédiatement à l'aise avec un sourire aussi accueillant que les bras d'un fauteuil au coin du feu.

— Monsieur, je peux vous aider ?

À Ithaca, j'avais échoué à déployer mes armes majeures – ma voix, mon charme. Je m'en étais tenu de façon rigide au script, et plus j'avais été contrecarré, plus j'avais eu l'air de débiter mon laïus appris par cœur. Je décidai de suivre les conseils de Joe : être moi-même, laisser le produit parler de lui-même, et inventer tout ce qui me passait par la tête. Tout le monde sait qu'un argumentaire est une sorte de mensonge ; ce qui se trouve derrière, c'est le cri du cœur de tout un chacun : aime-moi, accepte-moi, donne-moi quelque chose pour survivre à cette journée !

— Bonjour, madame. Je m'appelle Mr Jones. Et voici mon associé, Mr Bosco. Nous sommes spécialisés dans la fabrication d'articles pour fleuristes, et si vous disposez de quelques minutes, je serais ravi de vous montrer ce que nous proposons.

— Vous avez un accent charmant. Vous devez venir d'Angleterre.

— Oui. (Oui !)

— Eh bien, nous sommes toujours intéressés par de nouveaux produits pour le magasin.

— Certains objets ont besoin d'explications, mais je crois que les nôtres parlent d'eux-mêmes. Lorsque vous les verrez, je pense que vous tomberez d'accord pour dire qu'ils rendent toute parole superflue.

— Rendre les paroles superflues. Ça me plaît. Marge ? Il y a là un monsieur qui a quelque chose à nous montrer.

Qu'un produit est beau lorsqu'il est déjà sous l'éclat d'un regard approbateur ! Lorsque je dépliai la mallette d'un coup sec, les couleurs s'envolèrent, et après cela, les tiroirs-caisses s'ouvrirent pour ainsi dire tout seuls.

— Oh, ils sont magnifiques !

— Ce n'est là qu'une sélection, dis-je en élaborant la pyramide comme Joe me l'avait appris. Nous avons vingt-six espèces différentes.

Marge apparut, s'essuyant les mains sur son tablier :

— Oh, qu'ils sont jolis.

Je déroulai lentement la litanie des noms. Joe ajoutait les noms latins pour faire bonne mesure et expliquait de quelle zone faunistique ils provenaient.

— Nous nous efforçons d'insuffler poésie et beauté dans la vie des gens, c'est comme cela que nous nous voyons. Je pense que la simple contemplation d'un papillon peut apporter un peu de paix à l'âme de quelqu'un.

— C'est tellement vrai.

Je me servis ensuite de la seule véritable citation de ma connaissance incluant des papillons.

— « Ainsi nous passerons la vie à prier, et à chanter, et à conter de vieux contes, et à rire aux papillons dorés. »

— C'est... eh bien, c'est magnifique, monsieur.

— Malheureusement, je ne peux guère m'en attribuer le mérite. C'est de William Shakespeare.

— Ma foi, rien qu'à l'entendre, on a le cœur qui chante. Je vous en prie, continuez. Avec Shakespeare, ou n'importe quel autre.

Ce fut le début de mes journées de fausses citations.

— Bien. Je crois que c'est William Wordsworth qui a dit... « Il y a dans l'humanité une âme semblable à un tulle palpitant à la recherche de la lumière, tel un papillon au mois de juin. »

— Vous peignez un splendide tableau, monsieur.

— Si seulement... Nous le devons à Mr Wordsworth, madame.

Le Wordsworth apocryphe scella la transaction. Ce fut un début modeste – dix petites boîtes, cinq de taille moyenne et une réduction – mais c'était cent quatre-vingt-quinze dollars en liquide, et ma première vente de novice. La sensation qu'elle me procura fut aussi exaltante que n'importe quelle scène pastorale ou poème à propos d'une scène pastorale dont je puisse me souvenir. Je donnai à Joe le rouleau de promesses présidentielles vert, noir et blanc, et une euphorie inattendue me submergea. J'avais convaincu quelqu'un de se séparer de son argent en échange de quelque chose que j'avais et qu'il n'avait pas. La douce addition des papillons + poésie + charme + courage + baratin = dollars. Nous regagnâmes la voiture, Joe rayonnant :

— Qu'est-ce que j'avais dit ? Pour chaque Ithaca, il y aura une Rochester, Rip. C'était superbe. Tout ce que tu as appris est en train de porter ses fruits.

— J'ai tout inventé, Joe.

— Et qui le saura ?

— Je voulais être poète ; mais je suis peut-être représentant de commerce.

— C'est la même chose, Rip. La même chose !

Notre journée de travail achevée, nous atteignîmes en début de soirée Buffalo, aux chutes du Niagara. Mary conduisait, Joe était assis devant, et je me penchais entre eux deux, comme un gamin entre ses parents, impatient de découvrir cette merveille naturelle. Nous prîmes la route panoramique du côté américain des chutes. Un panneau d'affichage vantait des promenades en hélicoptère à cent dollars par personne.

— Allons-y, déclara Joe.

— Non, Joe !

— Allez ! On va voir les chutes à la façon de Jimmy Carter.

— On a trois cent cinquante dollars. Il ne nous resterait plus que cinquante dollars.

Mary et moi parvînmes à le convaincre de renoncer, usant de l'argument que nous n'aurions plus d'argent pour un motel. À la place, nous optâmes pour la promenade en bateau, prenant le dernier *Maid of the Mist* de la journée. Mary était mignonne avec son ciré et son suroît bleu, le visage constellé de gouttelettes de mousse et d'écume de l'Ontario. Joe hurlait comme un possédé, les embruns se mêlant sur son visage aux larmes que les grandes beautés naturelles faisaient toujours naître chez lui. J'avoue que la merveille naturelle que constitue le Niagara ne me fit pas pleurer. Si vous ne l'avez jamais vue, que cela ne vous en décourage pas ; mais l'émotion que je ressentais à la vue de ces eaux rugissantes n'était rien comparée à celle que j'avais éprouvée quelques heures auparavant en vendant pour presque deux cents dollars de papillons.

Joe insista pour continuer à conduire jusqu'à ce que nous trouvions une chambre pour moins de vingt dollars. Il se montrait prodigue à un point démentiel pour les grosses choses – voitures, balades en hélicoptère et aumônes – mais aussi économe qu'une fourmi pour les petites – essence, motel, vêtements et nourriture. La lutte entre le gamin pauvre qui avait grandi avec très peu et appris à faire durer un dollar, et l'individu maître du monde et de tout ce qu'il abritait était chez lui perpétuelle.

Nous dénichâmes un motel baptisé The Western Promise. Chambres à partir de quinze dollars. C'était un alignement de logements en rez-de-chaussée avec une réception à une extrémité, une place de parking en biais devant et un néon de bienvenue. Il aurait pu se trouver n'importe où en Amérique, mais c'était mon premier motel, et par là même spécial.

La chambre disposait de deux lits doubles queen size. Joe s'installa par terre. Mary opta pour le lit à côté de la salle de bains, moi celui près de la fenêtre. Tandis que Mary allait prendre une douche, Joe retira ses chaussures, se dépouilla de ses habits pour rester en sous-vêtements, s'allongea sur le lit avec la télécommande sur le ventre et zappa sur les chaînes de télévision. Il trouva un documentaire d'histoire naturelle sur les ours en Alaska.

— Le parc national de Denali. Ça, c'est quelque chose, Rip. J'ai vendu des boîtes à Anchorage.

Documentaires animaliers et télévangélistes étaient ses émissions favorites. Il regardait les premiers pour l'émerveillement et ce qu'il en apprenait ; les seconds pour le divertissement et par une sorte de curiosité professionnelle. Il pouvait suivre un documentaire sur les tigres de Sibérie ou sur un récif de corail les yeux écarquillés, avec un sentiment d'urgence, et pleurer sans vergogne devant les images. Mais rien ne le fichait davantage en boule qu'un télévangéliste réclamant des dollars. Après avoir un moment observé les ours, l'ennui le gagna et il zappa jusqu'à trouver ce qu'il cherchait.

— *Praise The Lord Ministries*, le talk-show des évangélistes. Ces gars-là sont des escrocs born again, régénérés, de la pire espèce, Rip. Regarde et instruis-toi.

À l'écran, un prédicateur en costume pimpant se tenait devant une piscine, dans ce qui ressemblait à un parc à thème. « Nous profitons d'un bon moment ici en Floride, disait-il. Nous tenons à remercier tous ceux d'entre vous qui ont passé ce coup de fil pour devenir partenaires de la foi de *Praise The Lord*. Je veux que vous louiez le Seigneur, louez-le maintenant – dans votre maison. »

Joe ne portait pas de jugement quand des gens irréligieux se conduisaient mal – ce qui m'allait tout aussi bien – mais haïssait l'immoralité chez les croyants et se démenait pour la dénoncer.

Le numéro de téléphone apparut à l'écran. Joe s'empara du combiné de la chambre et composa la ligne extérieure. En l'espace de quelques secondes, il fut connecté !

— *Heritage USA* ? Bonjour. Oui, je vais bien. Et que Dieu vous bénisse également, Cheryl. Dites-moi, Cheryl. J'aimerais devenir partenaire, mais je voudrais m'assurer que vous prenez la carte de crédit. Génial… mais d'abord, j'ai besoin de savoir une chose. De l'argent que je vais donner, quel pourcentage va au pasteur Joel et quel pourcentage va aux pauvres ? Mmh mmh. Oh. Vraiment ? Quatre-vingt-dix pour cent. OK… allons-y. Un million de dollars. Le numéro de la carte. OK, c'est… quatt, trooo, seroseee. C'est bon ? OK. C'est troisssansseisse brr. Désolé, je ne vous entends plus… Cheryl ? Pardon, vous avez bien dit oui au million de dollars ? Je ne vous entends… vous… très mal.

Il raccrocha.

— Apparemment, ils n'en ont pas besoin.

— C'est cruel, Joe.

— Profiter de pauvres qui n'ont pas de jugeote et dépenser cet argent en Mercedes et soins capillaires est cruel.

— Je pensais que tu croyais à tout ça.

— Ça n'est pas l'Évangile, Rip. Sais-tu quel est le grand désastre de notre époque ? À l'exception de l'abîme entre les riches et les pauvres ? Que l'événement le plus significatif de l'histoire universelle et la meilleure nouvelle que l'humanité ait jamais reçue aient été détournés par des loups. C'est devenu cette chose complètement dévoyée. La Mauvaise Théologie tue les gens, Rip. Je dois y faire quelque chose. Le monde n'a pas besoin de religion, Rip, mais de révélation. Il faut apprendre la différence.

La colère du juste de Joe atteignait son summum lorsqu'il était question des croyants – « ceux qui sautent sur commande à travers les cerceaux », comme il aimait à les appeler – et en particulier des « loups qui les ont égarés ». À ses yeux, ces pourvoyeurs d'un Évangile luxueusement coiffé et vêtu étaient les principaux responsables du crime sur la Terre, bien au-dessus des trafiquants de drogue, des politiciens fourbes ou des voleurs capitalistes. C'étaient là les types (presque toujours des hommes, remarquait-il) qui avaient le plus à répondre de tout, étant donné ce qu'ils étaient censés croire et savoir. Dans son esprit, ils s'étaient emparés de quelque chose qui leur avait été donné gracieusement, l'avaient dévalorisé, et faisaient maintenant payer les gens pour ça. Je ne croyais à aucun Évangile, gratuit ou pas, mais j'étais convaincu que l'indignation de Joe était authentique et justifiée.

Mary émergea de la douche en slip et débardeur, les cheveux teints en bleu.

— Ce n'est pas le bleu du morpho bleu, remarqua Joe. C'est violet.

— Ils sont encore mouillés.

Joe alla à son tour procéder à ses ablutions. Mary s'allongea sur le lit tandis qu'il utilisait son fil dentaire tout en chantonnant.

— Combien de boîtes tu as vendues, maintenant ?

— On a dû en vendre cinquante.

— Mais *toi*, tu en as vendu combien ?

— Quinze, peut-être.

— Ça peut prendre encore quelques jours. Peut-être des semaines.

Je mentis :

— Je peux attendre.

Joe réapparut.

— Rip, voilà une sacrée journée. On devrait faire les lacs. Se diriger vers Cleveland et ensuite, quand tu auras été vraiment baptisé, on te lâchera sur l'Iowa (qu'il prononçait Aïe-Ouais). Le milieu de l'Amérique du milieu. Si tu arrives à fourguer ta marchandise là-bas, tu la fourgues partout.

Il prit un oreiller qu'il posa sur le sol moquetté. Il s'allongea et joignit les mains en prière, comme un enfant. Et il récita effectivement une prière – tout à la fois révérencieuse et irrévérencieuse, comme d'habitude –, remerciant Dieu pour cette journée, pour les ventes, pour les gens de gauche au cœur de pierre, les télévangélistes diaboliques, les motels miteux et moi, puis il ferma les yeux, se mettant à ronfler en l'espace de quelques minutes, mugissant comme un soufflet de forge. C'était un miracle qu'il dorme aussi bien. Comme un homme sans aucun problème et sans rien sur la conscience.

Mary et moi demeurâmes étendus là un moment, à l'écouter respirer.

— Il dort quelquefois dans un lit ?

— Je ne l'ai jamais vu le faire. Il dit que la plupart des gens au monde n'ont pas de lit, donc lui non plus.

Mary se trouvait à portée de main, étendue là telle une baie, un havre, toute tranquille, lovée et attirante. Les lumières de la route formaient des quadrilatères dans la chambre, et une ombre sur le toit filtrait à travers le rideau et le store. C'était plein de l'atmosphère que j'avais espéré trouver. Électrique. Sordide. Anonyme.

— Tu penses à me baiser ?

— Chhuutt !

— Il ne t'entend pas. Une fois, il a dormi pendant une tornade.

Sa tête reposait sur la paume de sa main inclinée sous son oreille. Je regardai Joe allongé sur le sol, son grand torse qui se soulevait et s'abaissait, calculant de combien de temps nous pourrions disposer si nous faisions une tentative.

— On va… voir la piscine ? Fumer une cigarette ?

— D'accord.

Nous sortîmes donc pour aller nous asseoir sur les chaises longues en plastique au bord de la piscine ; je roulai un joint, et écoutai le bruit des voitures qui passaient dans la nuit – un son plein de triste désir et de sexe.

— On pourrait le faire ici, non ?

— Un deal est un deal.

La dope s'avéra un utile traitement préventif, me ramollissant de corps et d'intention. Mais alors que la dope me calmait, le regard vitreux et d'une médiocrité béate, elle rendait Mary paranoïaque. Sa plus grande angoisse refit surface.

— Tu n'as envie de moi que pour ça, dit-elle en étendant les jambes pour me montrer toute sa silhouette. Une fois que tu m'auras eue, tu passeras à Isabelle, je le sais.

— Isabelle ne m'intéresse pas.

— Tu avais l'air intéressé, à parler bouquins et conneries du même acabit.

— Elle est… ce n'est pas mon genre, Mary. Je n'éprouve rien pour elle. Elle est trop sérieuse. Trop honnête et croyante. J'aime les esprits libres. Tu es un esprit libre.

— Je suis intelligente, aussi. Simplement, d'une autre façon. Isabelle utilise son esprit. Moi, j'utilise ça.

— Vous êtes tout aussi dissemblables que le soleil et la lune. Difficile de croire que vous soyez sœurs.

— Peut-être qu'on ne l'est pas.

— Comment ça ?

Elle haussa les épaules.

— Comment comprendre que je ressemble à Pocahontas alors qu'Isabelle ressemble à Anne de *La Maison aux pignons verts* ? M'man dit que papa était rarement dans les parages quand je suis née. Comment M'man est-elle tombée enceinte de moi alors qu'il était dans la jungle en Amérique du Sud pendant presque neuf mois ? Fais tes calculs.

Elle étira sa bouche, comme pour tenter de se réveiller, de revenir sur terre. Elle se gifla. J'aurais dû en rester là, mais la curiosité l'emporta.

— Qu'est-ce que tu veux dire ?

— Je dis que dalle. Je me contente de supposer. Ça ne t'arrive jamais de te demander si tes parents sont vraiment tes parents ? Moi, j'y pense beaucoup.

La question ne m'avait jamais traversé l'esprit, et pourtant j'aurais quelquefois aimé avoir un autre père. Ou bien que mon père soit différent.

— Isabelle m'a montré une photo de lui. Dans un livre qu'il a écrit. Il a l'air d'un connard. Les cheveux et la barbe en bataille, comme s'il s'en fichait. Ce qui n'est pas le cas. Ça ne me ressemble pas.

— Où est-il en ce moment ?

— En enfer, j'espère.

— Tu n'es pas curieuse ? De savoir à quoi ressemble ton père ?

— On ne peut pas l'appeler mon père. Pour être un père, il faut être là. Il voyageait à travers le monde à la poursuite de bestioles, puis il a disparu. Écoute, il se foutait pas mal de nous. Il n'a même jamais été là à aucune de nos naissances.

On aurait dit Edith s'adressant à moi. Et brusquement, la même puissance de prohibition paternelle coupa court à ce type de question.

— Tu devrais cesser d'insister sur le sujet. Tu pourrais récolter une morsure.

— C'est déjà fait.

Mary s'empara soudain d'une serviette dans laquelle elle enfouit la tête, et se mit à crier. Lorsqu'elle abaissa la serviette, ses traits formaient un patchwork de peur et de culpabilité – mais également de soulagement. D'avoir partagé un lourd fardeau, peut-être ? Car c'est sans doute là ce que sont les secrets : des poids légers qui s'alourdissent au fur et à mesure du non-dit. C'était là la justification de mon insistance. Amener les gens à partager leurs secrets procure une immense satisfaction. Vous avez l'impression d'être utile, en les poussant à s'en décharger ; qu'ils partagent une confidence vous flatte ; et puis, vous éprouvez le frisson lubrique à la révélation du secret ! Je pensais aider à faire remonter les choses à la lumière. En réalité, j'étais un papillon de nuit imbécile voletant trop près de la flamme.

— Tu as intérêt à ne rien dire de tout ça à M'man, ni à personne.

— À quel propos ?

— À propos de ce que je pense avoir un père différent. Tu dois me promettre.

— Bien entendu.

Et pour la seconde fois, je fis à Mary une promesse que je ne tiendrais pas.

— Je me sens sacrément fatiguée. Je vais me coucher.

Je dus faire une tête de chien battu, car elle me répéta ses conditions :

— Deux cent cinquante boîtes, et je suis à toi.

Elle effectua une pirouette vertigineuse au bord de la piscine, puis rentra.

Lorsque je regagnai la chambre, ils dormaient tous les deux. J'effleurai l'épaule nue de Mary.

— Tu dors ?

Elle ne répondit pas. Dormait-elle ? Ou bien faisait-elle juste semblant ?

Je m'allongeai sur mon lit, bruissant d'une nouvelle conjecture. Que Mary soit d'un autre père paraissait logique – pas seulement à cause des différences physiques –, cela expliquait aussi le désir d'Edith de maîtriser le récit.

Il me semblait percevoir le grondement lointain des chutes du Niagara derrière le bruit de l'air conditionné et le ronflement satisfait de Joe. Je contemplais les formes projetées par la lumière des phares qui passaient, j'écoutais les bruits différents émis par les véhicules. Je sortis mon carnet et tentai de sublimer mon désir toujours inassouvi en rédigeant quelques lignes à propos de mon premier jour sur la Route, ainsi qu'une Ode au Niagara, filant une métaphore mal dissimulée.

« L'eau chute près d'ici
Divise un comté en deux
Ne fait qu'un pays
De toi et moi
Le sang bat ici
Alors toi et moi
Faisons un seul pays
De deux… »

Au bout d'environ dix minutes, je reposai mon carnet. J'observai Mary un moment. Elle se retourna, respirant par saccades et hoquets surpris. Elle était plus jolie dans son sommeil, peut-être parce que là, elle n'avait aucun soupirant à tenter d'impressionner. L'air conditionné lui donnait la chair de poule. Elle paraissait beaucoup plus jeune. Isabelle avait raison. C'était une petite fille dans un corps de femme. Mais combien je désirais ce corps. Juste avant de sombrer dans un sommeil agité, je fis mes prières :

— Seigneur, faites-moi vendre ces boîtes, vite.

Chapitre 12

Où je trouve ma voix
et où Joe est arrêté

Nous profitâmes d'un riche filon de ventes au cours des quelques semaines qui suivirent. J'en ai la preuve car je pris note de la moindre des transactions, griffonnant les montants à côté de mes poèmes dans mon carnet, qui devint une sorte de registre de concupiscence. Nous fîmes halte dans des boutiques cadeaux à Erie (cent vingt dollars [que des morphos]), à Conneaut (« très joli, mais non merci »), un grand magasin de fleurs à Cleveland (trois cent cinquante dollars et une nouvelle commande garantie, ainsi qu'une spectaculaire citation inexacte de Winston Churchill). Joe vendit à Toledo et Fort Wayne, et je tirai cinq cents dollars de Remington et Peoria, Indiana, après quoi, Joe et moi nous payâmes des costumes chez J.C. Penney et des cravates assorties à la couleur de nos papillons favoris. Joe insista sur le fait que tout lépidoptériste devait avoir un favori, même si celui-ci changeait au fil du temps. C'était également utile en matière de collectionneurs. Le papillon préféré d'un collectionneur était en général celui qu'il n'avait pas. Je choisis le machaon émeraude et Joe prit un nœud papillon à pois dont il prétendit qu'il reproduisait les couleurs et les motifs de son favori du moment (il en changeait tous les mois), le voilier vert.

Je surmontai mes inhibitions quant à l'invention d'anecdotes, suivant l'exemple de Joe (et de tout le monde) en racontant tout ce qui s'avérait nécessaire pour remporter la vente. Il était agréable de se jeter dans l'atmosphère libératrice de l'imagination, et d'avoir des auditeurs suspendus à mes lèvres, convaincus de la moindre parole ; c'était tellement plus simple que de s'en tenir au script de quelqu'un d'autre, d'autant qu'il était plus difficile de contester un baratin dénué de faits. Pourvu qu'elles soient assénées avec assurance, on pouvait toujours donner une apparence de véracité aux statistiques : « 85 % de nos clients sont susceptibles de voter républicain » ; « 67 % des femmes ont tendance à privilégier les boîtes doubles » ; « l'Indiana a le troisième plus grand nombre de lépidoptéristes enregistrés des États-Unis ». En règle générale, les femmes semblaient préférer les citations aux tonalités poétiques et littéraires ; les hommes appréciaient les vérités rassurantes et documentaires de l'histoire et de la politique. Mon accent était une bénédiction pour les deux, et dans certains magasins, j'avais l'impression que j'aurais pu dire n'importe quoi, j'aurais vendu quelque chose. Et plus nous voyagions vers l'Ouest – où mon accent paraissait plus exotique –, plus mes pouvoirs de persuasion grandissaient. Nous citâmes de travers au cours de ce voyage assez de poètes, de politiciens et de prophètes pour faire battre des montagnes. Quelquefois, Joe s'arrêtait au beau milieu de son argumentaire pour me regarder et demander : « Qu'est-ce que disait Abraham Lincoln, déjà, Rip ? » Et je répondais un truc du genre : « Le battement des ailes d'un papillon apaise le cœur querelleur des hommes. » Ou bien, j'en étais à la moitié de mon pitch et je me retournais vers lui : « Joe, qui a dit : "Mieux vaut le bleu brillant de l'empereur à points bleus que tous les habits de l'empereur de Chine" ? Mark Twain, non ? » « Nan. Confucius. » Nous prenions plaisir à élaborer pour nos articles tout autant que pour nous-mêmes les affirmations les plus extravagantes. Et quand l'un d'entre nous s'empêtrait, l'autre prenait le relais.

Lorsque nous traversâmes la frontière pour pénétrer en Iowa, j'avais atteint mon objectif secret de ventes, et Joe et moi avions mis au point une sorte de numéro de duettistes, qu'il avait baptisé « les Frères Voltige ».

À la frontière, Joe annonça notre arrivée avec un petit discours sur « l'État Œil de faucon », « le parfait condensé » de l'Amérique provinciale. L'État baromètre parfait, et pas seulement pour les élections. Lorsque J.C. Penney voulait savoir si un produit allait se vendre dans le reste du pays, ils le testaient en Iowa : « Vous le vendez en Aiway, vous le vendez en Americay », disaient-ils avec l'accent. Juste avant midi, nous pénétrâmes dans une ville appelée Centerville. Un nom qui ne ment pas. On aurait dit le centre de quelque chose, géographiquement, culturellement, politiquement. Les extrêmes étaient à gauche et à droite, mais là, c'était le milieu parfait du milieu. Pour atteindre le centre, on remontait en voiture une succession rassurante de fast-foods et de concessionnaires de matériel agricole, des jardins avec des balançoires et des carillons à vent, et de gigantesques drapeaux américains flottant sur des mâts, au cas où on aurait oublié dans quel pays on se trouvait. Et des églises. Des tas d'églises. Centerville n'avait pas l'air d'une ville où on pouvait s'attendre à rencontrer des ennuis, à moins de les apporter soi-même.

— Regarde, Rip. Les gens qui vivent ici ont réalisé le parfait paradis du bonheur tel qu'il est inscrit dans notre bien-aimée Constitution, comme notre droit fondamental à le rechercher.

Joe ne pratiquait pas vraiment le sarcasme, mais dans sa bouche, c'en était un. Le troisième élément de la Déclaration d'indépendance – le droit inaliénable de l'homme à la recherche du bonheur – était un autre de ses « dadas », en même temps que le droit du citoyen américain à porter les armes et le dévoiement des Évangiles. Il considérait comme fadaises l'affirmation de la Déclaration d'indépendance selon laquelle le Créateur avait donné à l'humanité certains droits inaliénables – la vie, la liberté et la recherche du bonheur.

— Les deux premiers, ça se tient, Rip. Mais le troisième, c'est sans aucun doute une tranche de Mauvaise Théologie. Du même acabit que prétendre qu'un enfant non baptisé serait damné, ou que les seuls à aller au paradis sont les bonnes âmes qui se plantent dans un bâtiment pendant une heure chaque semaine, ou encore que le seul endroit où on puisse localiser le créateur de l'univers, c'est dans un morceau de pain distribué par un prêtre.

Pour ma part, le droit inaliénable à la recherche du bonheur me paraissait une bonne idée, et j'étais satisfait de ce que n'importe quel gouvernement protège ma capacité à rechercher ledit bonheur. Mais Joe voyait vraiment cela comme une sorte de mal institutionnalisé. « Le bonheur est-il ce pour quoi le Créateur nous a faits ? Le Créateur a-t-il vraiment fait de ça un droit ? Et comment un gouvernement peut-il protéger un tel droit ? Ce sentiment fait qu'un tas de gens courent après le bonheur et se plaignent quand quelqu'un – en général le gouvernement – ne le leur donne pas. C'est insensé. Et ça engendre toutes sortes de rejetons malfaisants, du genre le Rêve américain, le développement personnel et la philosophie du « Si ça fait du bien, vas-y ».

Je fais preuve de paresse lorsqu'il s'agit d'évaluer les opinions politiques des autres. Je me vois comme quelque part au centre, et ce centre est intrinsèquement raisonnable, bon, tolérant, et a quelque chose à voir avec la liberté (même si, lorsque je pense à la liberté, elle est plutôt du genre qu'on associe au plaisir qu'à l'éthique). Je voyais Joe comme « religieux » (un terme qu'il détestait), aussi partais-je du principe qu'il était d'une certaine couleur et teinte politique. Lorsque je l'ai rencontré, je l'aurais épinglé à ma droite. J'aurais dit parti républicain, donc rouge, plouc ; défenseur acharné de la liberté individuelle, du droit de dire ce qu'il voulait et d'aller où il voulait ; porteur d'une arme et chrétien du genre à pointer les autres du doigt. Et pourtant. Et pourtant, il ne chantait vraiment pas avec cette congrégation. Pas du tout. Il avait dès le premier jour déjoué ma « catégorisation », et continuait de le faire. Comme moi, il se fichait de la politique ; pas par indifférence paresseuse, contrairement à moi, mais par une conviction solidement ancrée sur qui ou quoi menait véritablement le monde, sans parler des États-Unis.

Tout se déroulait bien lorsque nous nous garâmes dans le centre de Centerville, sur une vaste place où s'élevaient de part et d'autre des rangées de boutiques.

Nous nous dirigeâmes vers un fleuriste au milieu de la place. Nous avions à peine franchi le seuil qu'une femme au comptoir pointa le doigt droit derrière nous sur la porte.

— Pardon, monsieur. Mais vous voyez le panneau.

— Non, madame. Je ne l'ai pas vu. Quel panneau ?

— « Pas de vente à la criée ». Je ne sais pas ce que vous avez comme marchandises dans cette boîte, mais vous ne pouvez pas entrer avec ça. Nous ne sommes pas ce genre de ville.

— Ma foi, je ne m'y connais pas en vente à la criée, madame. Mais je suis représentant de commerce. C'est comme ça que je gagne ma vie. À vendre les babioles de la création de Dieu. Et je soupçonne que c'est également comme cela que vous gagnez votre vie.

— Les représentants sont les bienvenus. Mais pas les vendeurs à la criée.

— Je ne suis pas bien certain qu'il y ait une différence, madame. Je sais qu'un vendeur à la criée est quelqu'un qui parcourt le pays en vendant des produits dont il fait la réclame en criant, comme on peut s'y attendre, mais ainsi que vous pouvez le voir, je parle ici tout à fait calmement.

— Monsieur, vous devez partir.

— C'est un triste jour que celui où un homme ne peut pas montrer ses marchandises sans qu'on lui prête une oreille équitable, madame. Je veux dire, nous sommes tous ici des vendeurs. Après tout, vous dites bien à une cliente : « Madame, seriez-vous intéressée par ces azalées ? Monsieur, il y a là un désherbant parfait pour les rosiers. » Est-ce si différent de ce qui se passe ici ? Laissez-moi vous montrer.

Joe posa la mallette de démonstration sur le comptoir et sortit deux boîtes pour construire la pyramide.

La femme se pencha et pressa quelque chose derrière le comptoir. Joe se lança avec agitation :

— Ce sont tous des produits de la nature, madame, alors pourquoi pas nous ? Les fleurs et les papillons entretiennent une relation commerciale. Les papillons ont besoin de l'énergie du nectar produit par la fleur pour attirer les pollinisateurs. Lorsque les fleurs échangent avec les papillons, elles sont à la recherche d'un partenaire commercial malin. Nous sommes dans le même type de business : celui qui consiste à prendre la nature et à la réemballer pour des gens qui désirent ardemment un peu de beauté dans leurs existences.

— Vous en avez terminé, monsieur ?

— Oh, non ! Je viens à peine de commencer.

— Nous sommes très clairs sur le fait que nous ne vendons rien à quelqu'un qui vient de la rue.

— Mais comment pourrais-je entrer ici, à moins de venir de la rue ?

— Monsieur, je n'aime pas votre ton. Vous vous montrez agressif. À moins que vous ne quittiez les lieux, je vais être obligée d'appeler le shérif.

— Madame, je ne suis pas le moins du monde agressif.

Pour être juste, Joe n'était pas agressif, mais à la place de cette femme, dépourvue de l'avantage de connaître Joe, d'avoir profité de son côté plus doux, avec ses bontés cachées et ses actes de charité spontanée, on pouvait au mieux le prendre pour un imbécile, et au pire, pour un imbécile fou et dangereux. Joe était déterminé à la remettre dans le droit chemin, même s'il était clair que ni lui ni personne ne la détourneraient de son opinion.

Un homme fit son apparition à l'arrière du magasin.

— Il y a un problème, Betsy ?

— Ces messieurs sont des vendeurs à la criée, Mr Dean.

Joe leva les mains, geste conciliant inhabituel de sa part.

— Nous sommes simplement des représentants de commerce d'une parfaite honnêteté, monsieur. Nous faisons ce que nous avons le droit de faire. Notre grand président Lincoln lui-même n'a-t-il pas dit : « Refusez à un homme le droit de vendre, et vous lui refusez l'air qu'il respire » ?

Il me regarda, en quête de confirmation.

— Tout à fait, assurai-je.

— Je ne saurais dire si Mr Lincoln a prononcé ces paroles, monsieur, répondit l'homme. Mais vous ne pouvez pas vendre sans prendre de rendez-vous.

— OK. Puis-je prendre rendez-vous ?

— Pas comme cela, monsieur. Je vous en serais reconnaissant, si vous et votre ami quittiez les lieux, sinon, je vais être obligé d'appeler le shérif.

— Eh bien, je ne crois pas que ce soit possible, affirma Joe.

L'homme décrocha le téléphone et se mit à composer un numéro. Je devais sauver les meubles, me dis-je. Ou tout au moins sauver Joe de lui-même, et par extension, moi-même.

— Joe ? Monsieur. Madame. Tout va bien. Mon ami – mon assistant fait preuve de beaucoup de passion pour notre produit, et il aimerait vous le montrer, mais il n'y a aucune raison d'appeler la police. Joe ? On s'en va ? On respecte leur position ? Je suis sûr qu'ils ont une raison d'avoir ces règlements. À Rome, fais comme les Romains ?

L'homme suspendit les doigts au-dessus des touches noires du téléphone, prêt à signer la trêve. Mais Joe ne parut pas m'entendre. En dépit de la futilité de la cause, il poursuivit son soliloque (car c'était devenu cela) :

— Partout dans ce pays, les gens ont acheté nos boîtes entomologiques, de Poughkeepsie à Buffalo. À l'heure où je me tiens ici en train de parler, J.C. Penney envisage de nous inviter à venir présenter nos articles. Cependant, il semble que j'aie mis le pied dans une partie de l'Amérique qui n'est pas l'Amérique, mais un petit pays en son sein, où la liberté n'a pas d'importance. Où se protéger l'emporte sur la liberté.

— Pour la dernière fois, je vous demande de sortir, monsieur. J'appelle le shérif.

— Vous devriez savoir, je pense, que vous portez un jugement qui vous condamne dans votre propre préjudice.

— Allô ? Le bureau du shérif ?

— Je veux vous donner une chance de vous racheter.

— Nous avons un trouble à l'ordre public.

— Joe ! On peut laisser tomber ?

— Non, Rip. Ce mot de vendeur à la criée est forgé par des gens qui veulent regarder les pauvres de haut. Qui pensent leur être supérieurs, d'une certaine façon. Ce sont les pauvres qui doivent sortir crier de toutes leurs forces pour se faire entendre au milieu de tout le puissant commerce qui anime ce pays.

— Oui. Bonjour, ici Pat Dean, de Floral Heaven. Nous avons un problème.

— Monsieur ? dis-je en venant me planter devant Joe. Je vous en prie. Nous allons partir. Joe ?

Je rangeai les boîtes dans la mallette que je refermai d'un coup sec. Je m'éclaircis la gorge, m'efforçant de faire comprendre mes intentions à Joe. Mais il était énervé, à un point que je n'avais jamais vu. S'agissait-il vraiment là d'un problème de définition d'un mot ? Ou bien – ainsi que Clay l'avait laissé entendre – était-il incapable de gérer l'exercice de l'autorité masculine ?

— Je comprends que vous travaillez dans une ville qui se pense au-dessus du reste de l'Amérique. Qui regarde probablement de haut les pauvres Blancs qui vivent dans les Appalaches, d'où je viens moi-même. Je comprends que vous n'ayez peut-être pas pensé à ce que nous pouvons trouver beau, nous autres. Mais notez bien ce que je vous dis. Plus tard, vous vous souviendrez du jour où vous avez refusé la possibilité de vendre un article qui apporte beaucoup de joie à des milliers d'Américains, à des messieurs qui ne vont pas tarder à diriger une des entreprises au développement le plus fulgurant d'Amérique…

— Joe ! Allons-y !

— Je veux vous donner une chance. Je vais vous laisser cette brochure d'information. Si vous veniez à vous repentir cette nuit et à vous réveiller en songeant : « Qu'ai-je donc fait ? » Appelez ce numéro et commandez quelques boîtes. Heureusement pour vous, je crois en un Dieu miséricordieux.

J'attendis que nous ayons regagné la voiture avant de l'engueuler :

— Bon sang, Joe, qu'est-ce que c'était que ce cirque ? Ils n'étaient même pas vraiment impolis. C'était tellement… superflu.

— Ils me refusaient le droit de gagner ma vie. Il faut s'élever contre cela.

— Qu'est-ce que tu as encore fabriqué ? demanda Mary.

— J'ai défendu ma position.

— Ils t'ont accusé de vente à la criée ?

— Ils ne connaissent pas la définition, affirma Joe.

— Comment le sais-tu, Mary ? demandai-je.

— Il fait tout le temps ça. Ça ne t'aide pas d'un iota, Joe. Pas cette fois-ci.

— Cette fois-ci ? répétai-je.

Nous n'avions même pas atteint l'extrémité de la grande rue qu'une voiture de police avec un agent à l'intérieur apparut derrière nous, et émit un « wooo » de sa sirène. Joe ralentit à hauteur du panneau de limite de la ville et se mit à chantonner ses dee-dee-dee de manière agaçante, comme si tout ça n'avait aucune importance. L'agent apparut à la fenêtre de Joe et lui fit signe de l'ouvrir. La vitre côté conducteur de la Chuick était cassée, aussi Joe abaissa la vitre arrière, me laissant parler à sa place :

— Désolé, monsieur l'agent, la fenêtre est coincée. Il faut qu'on la fasse réparer.

Le policier jeta un coup d'œil à l'intérieur et s'adressa à Joe :

— Descendez de voiture, monsieur.

— « S'il vous plaît », ce serait bien, monsieur l'agent.

Il y eut un silence. Quel genre de policier allait-ce être ? me suis-je demandé, je m'en souviens. Le genre à la gâchette facile, ou bien celui qui avait l'habitude des connards ? J'étais tellement en colère contre Joe que j'ai pensé, je m'en souviens : « Je vous en prie, faites que ce soit le premier ! »

— Je vais vous le demander encore une fois. Descendez de voiture, monsieur.

— Juste un « s'il vous plaît », monsieur l'agent. Rien qu'une petite politesse.

— Joe ! C'est quoi, ton problème ?

L'agent desserra la patte de son holster.

— Allons, Joe, plaidai-je. Ça n'en vaut pas la peine. Il est... Joe ? Allons !

— Rip, quelquefois, la liberté exige le sacrifice d'une protestation.

Apparemment, Joe avait l'intention de franchir le plus rapidement possible le pas qui séparait une contravention mineure pour infraction à la circulation de la chaise électrique. Il était assis là, inflexible, « défendant sa position ». L'agent s'écarta de la voiture pour parler dans son talkie-walkie. Je saisis le mot « renfort ».

— Joe. Tu ne peux pas... juste...

— Épargne ta salive, intervint Mary, que la situation ne semblait pas départir de son flegme, comme si elle avait déjà vu tout ça. C'est le connard le plus têtu de la création.

— J'ai juste demandé un « s'il vous plaît », et il a ouvert son holster. Il sait que je vais coopérer, mais il refuse uniquement à cause de son orgueil de défenseur de la loi, gonflé du sentiment de pouvoir que lui confèrent son arme et son badge. Ici, je suis un parasite.

J'ouvris la boîte à gants, à la recherche de mon passeport. Les mains tremblantes. Je remarquai une arme – le pistolet qu'Edith avait donné à Mary. Ce qui avait eu l'air sexy avait maintenant l'air dangereux.

Je descendis de voiture.

— Rip ! Qu'est-ce que tu fous ? lança Joe en tendant la main pour m'arrêter.

Le policier tira son arme.

— Haut les mains, monsieur !

Elles étaient déjà levées.

— Monsieur l'agent, je m'excuse vraiment pour mon ami. Il est bouleversé. Il a les idées embrouillées. Je me porte garant de sa personnalité. Il ne se conduit pas comme ça, d'habitude.

Le talkie-walkie émit un bourdonnement, et l'agent le porta à ses lèvres.

— Renfort sur la grande rue. On a un niveau 2. Monsieur, mettez les mains sur la voiture.

Niveau 2. Bordel, qu'est-ce que c'était que le niveau 2 ?

— Monsieur, posez les mains sur le toit, face au véhicule.

— Bien sûr, monsieur l'agent.

— Vous avez vos papiers, monsieur ?

— Ils sont dans mon sac, monsieur l'agent. Mon passeport. Là, devant.

J'avais vu ces scènes une centaine de fois au cinéma, et la personne arrêtée paraissait toujours tellement cool, insouciante. Mais l'idée de la criminalité est bien plus attrayante que la réalité. Je posai les mains sur le métal brûlant du toit de la Chuick, et sentis un filet d'urine tiède couler dans mon Fruit of the Loom.

— Vous aussi, madame.

Mary sortit, mains en l'air, et les plaça obligeamment sur la voiture, debout à côté de moi.

— Il nous fait un Texas.

— Qu'est-ce que c'est, un Texas ?

— Il s'est fait accuser de vente à la criée, et il a sorti à la propriétaire que quand il serait président, il veillerait à ce que son magasin soit le premier à être fermé pour avoir violé ses droits. Ils l'ont gardé en prison une semaine. M'man a dû conduire jusque là-bas et le faire relâcher elle-même.

— Pourquoi tu n'interviens pas ?

— Parce qu'il ne le mérite pas. Il est trop orgueilleux. J'espère qu'ils vont lui flanquer une raclée et l'enfermer pour de bon.

Joe restait assis devant, aussi implacable qu'un bison. J'avoue que, comme Mary, j'aurais voulu qu'ils lui foutent une dérouillée, le jettent en prison et le laissent pourrir là. L'espace de quelques secondes d'un voile rouge, je priai pour qu'ils le tuent, vraiment.

Une autre voiture de police arriva – les renforts. En dépit du jour tombant, le second agent portait des lunettes de soleil. Il demanda au premier de vérifier l'immatriculation de la voiture. Quel cortège de délits et de crimes allait en surgir ? J'avais mal au cœur. Dans quoi m'étais-je fourré ?

Le second policier paraissait plus détendu et leva une main apaisante en direction du premier, qui ne devait pas être beaucoup plus vieux que moi. Heureusement pour Joe, il fut immédiatement capable de discerner que Joe était davantage un crétin qu'un danger.

— Que se passe-t-il ici ?

— Le conducteur refuse de coopérer, monsieur.

Le second policier se dirigea vers la portière passager, l'ouvrit et se pencha.

— Nous avons un problème, monsieur ?

— Nous avons un problème, monsieur l'agent, mais il a une solution facile et simple.

— Et quelle serait celle-ci ?

— Un peu plus de politesse de la part de votre collègue aurait pu empêcher cette… escalade.

— Puis-je voir vos papiers… s'il vous plaît ?

— Voilà ! Bien sûr, monsieur l'agent. Puis-je ? fit Joe en désignant la boîte à gants.

— Allez-y.

Cette scène-là aussi, je l'avais vue : l'agent qui demande les papiers est le prélude à, soit le conducteur démarre en trombe, soit il tire une arme contre le policier, ou le frappe, ou lui raconte des craques.

Joe tendit ses papiers au policier, qui me jeta un coup d'œil avant de regarder la carte d'identité de Joe.

— Si vous pouviez descendre de voiture, s'il vous plaît.

— Mais bien entendu, répondit Joe.

— Nous avons reçu une plainte, selon laquelle vous vendiez des marchandises à la criée, et ensuite vous avez insulté la commerçante, et l'avez menacée.

— J'ai simplement demandé à cette femme de m'expliquer la différence entre un représentant de commerce et un vendeur à la criée. Connaissez-vous la différence, monsieur l'agent ?

— Eh bien, je pense qu'un vendeur à la criée est enclin à ne pas disposer d'une autorisation de vente.

— C'est une bonne hypothèse, monsieur l'agent, mais ce n'est pas le cas. Il n'y a aucune différence, sinon que, techniquement, un vendeur à la criée est quelqu'un qui transporte ses articles avec lui. Qu'il s'agisse de savon, d'assurances-vie ou de bibles. Vous êtes donc en train de me dire que vous arrêteriez quelqu'un pour vente de bibles ?

L'agent héla le premier policier, occupé avec son talkie-walkie :

— Agent Flynn, vous avez procédé aux vérifications ?

Ça ne se présentait pas bien : une plainte pour atteinte à la paix publique menant à un passage à tabac, un véhicule bizarre avec un drôle de chargement et d'équipage : un grand clown, un petit type européen, une fille aux pieds nus, un pygargue à tête blanche dans une cage (une arme dans la boîte à gants), une centaine de papillons morts dans le coffre.

— Qu'est-ce que c'est que cette voiture ?

— Ma foi, Monsieur, elle est de ma propre création. Un croisement entre une Chevrolet et une Buick, que j'appelle une Chuick.

— C'est vraiment le kilométrage exact ?

— On approche du million, monsieur ! Et je me permettrai d'ajouter que tout au long de ces kilomètres au volant, je n'ai jamais été confronté à ce genre de traitement, pour ce qui est après tout le droit ordinaire de chaque Américain. Le jour où, dans ce pays, vendre ses marchandises sera considéré comme un délit, sera le jour où meurt l'Amérique, monsieur l'agent. Un jour douloureux. Apocalyptique.

Qu'est-ce que disait Nathaniel Hawthorne, déjà, Rip ? « Si un homme ne peut pas vendre, il est perdu » ?

Je me refusai à corroborer.

— C'est de la bière, que vous avez là ?

— Elle est à moi, monsieur l'agent.

Il hocha la tête.

— Elle devrait être enveloppée dans un sac en papier brun.

— Désolé, monsieur. Je viens d'Angleterre.

Le second policier aperçut alors Jimmy Carter sur le siège arrière.

— C'est un oiseau ?

— Oui, monsieur l'agent. L'emblème national de cette grande nation. Nous avons l'intention de le libérer au Grand Teton. Je redoute ce qu'il pourrait penser de cette situation, monsieur l'agent. Il doit se dire : « Suis-je véritablement l'emblème d'une nation qui arrête les gens parce qu'ils s'efforcent de vendre leurs marchandises ? » Peut-être l'Amérique a-t-elle besoin d'une autre sorte de symbole. J'ignore ce qui pourrait être plus approprié. Sans doute une chose qui dévore ses propres enfants, peut-être ? Comme… une araignée.

— Monsieur, pouvez-vous ouvrir le coffre, s'il vous plaît ?

Le second policier semblait désireux de jouer le jeu de la politesse de Joe, et celui-ci coopérait. Il ouvrit le coffre. L'agent regarda à l'intérieur.

— Vous avez une licence pour vendre ça ?

— Monsieur, je n'en ai pas besoin. Sauf dans certaines villes où on enfreint les droits du peuple. Comme Lubbock, Texas. Ou Centerville, Iowa.

Le policier examina une boîte qui contenait un spectaculaire *Helichonius charithonia* aux taches vertes.

— Ma femme aimerait ces trucs-là.

Chose incroyable, Joe se mit à lui vendre :

— Eh bien, prenez-en un pour elle, monsieur l'agent. Je vous le fais au prix de gros.

— Où vous procurez-vous les papillons ?

— Chez les fournisseurs officiels. Celui-ci provient d'une ferme au Costa Rica. Et nous avons notre propre petit élevage, aussi.

Le premier policier, qui avait regagné sa voiture, ayant étiré le cordon noir en spirale de sa radio aussi loin que possible, nous rejoignit.

— Immatriculée au nom d'Edith Bosco. Pour adresse, une boîte postale dans l'État de New York.

L'agent rendit à Joe ses papiers d'identité.

— Bien. Vous êtes libre de repartir. Pourvu que vous vous absteniez de vendre dans ce comté.

Joe secoua la tête.

— Ça, je ne peux pas vous le promettre, monsieur l'agent.

L'homme le regarda.

— Vous voulez dire que vous allez démarcher ? Ou que vous en avez l'intention ?

— Ma foi, monsieur, c'est la même chose. Je vais et j'en ai l'intention.

— Alors, je suppose que vous ne me laissez pas le choix.

— Je ne peux tout simplement pas vous le promettre, monsieur. Nous avons besoin d'argent pour l'essence et la nourriture.

— Si vous me dites que vous allez démarcher dans le comté de Richmond, alors je dois vous arrêter sur-le-champ.

— Très bien.

Le second agent soupira.

— Alors, tournez-vous et posez les deux mains sur le toit de la voiture, s'il vous plaît, monsieur.

Joe obtempéra avec un sourire.

— Bien sûr, monsieur l'agent.

L'homme lut ses droits à Joe, puis le fouilla.

— Écartez les jambes.

Il lui demanda ensuite de se retourner, avec un s'il vous plaît et un merci, et lui demanda de tendre les mains, qu'il menotta.

— Monsieur l'agent, je dois vous dire que vous avez donné un bon exemple à votre collègue ici présent.

Je me tournai vers Mary, la suppliant d'intervenir. Elle secoua la tête en signe de refus.

— Je vais devoir vous demander de m'accompagner au poste, Mr Bosco. Je vous inculpe de vente de marchandises sans autorisation et d'atteinte à la paix publique. Vous êtes sûr de vouloir ça ?

— Je ne crois pas qu'il y ait eu ici de véritable paix à laquelle porter atteinte, monsieur l'agent. Ce n'est qu'une paix assurée par l'autorité. Et ça, ce n'est pas du tout la paix.

Joe dut se plier en quatre pour parvenir à se glisser à l'arrière de la voiture de police.

Nous les suivîmes au poste, où nous fûmes obligés de patienter une heure, le temps du processus d'inculpation de Joe. Il finit par émerger, toujours souriant, comme si tout cela n'était qu'une magnifique expérience.

— Ils vont m'héberger pour la nuit. Un privilège qui va coûter cinq cents dollars.

— Cinq cents dollars !

— La caution.

Nous avions trois cents dollars.

— Vous prenez les cartes de crédit ? demandai-je à l'employé de service.

— Non, que du liquide.

— Nous avons besoin de vendre des boîtes entomologiques. À quelle distance se trouve le prochain comté ?

— Bloomfield est à environ quarante-huit kilomètres. Mais à cette heure-ci, les magasins seront fermés.

— Qu'est-ce qu'on va faire, Joe ?

— Demain à la première heure, vous devez partir. Simplement, assurez-vous de vendre dans une ville qui respecte la Constitution des États-Unis.

— OK.

Je m'adressai à l'adjoint du shérif :

— Y a-t-il dans le coin un motel aux tarifs raisonnables ?

— Il y a un Ramada sur la grande rue. Si vous retournez en direction de l'est, il y a des motels meilleur marché. Et de là, vous pouvez demain poursuivre en direction de Bloomfield.

— Combien de temps allez-vous le garder ?

— Jusqu'à ce que quelqu'un paye.

Chapitre 13

Où je découvre que Mary n'est pas celle que je croyais

Des nuages noirs s'amoncelaient au loin. On pouvait distinguer les éclairs, mais sans entendre de tonnerre. Mary et moi regagnâmes la voiture à l'instant où la pluie commençait à tomber. Une grosse pluie chaude et généreuse, à l'américaine, qui se mit à tambouriner du jazz sur le toit. Nous demeurâmes assis à écouter la mélodie, tandis que nos souffles embuaient les vitres.

— Un de ces jours, Joe va se faire tuer, dis-je. C'est un miracle qu'il ne soit pas déjà mort. Qu'est-ce qui vient de se passer, là ? On aurait dit qu'il voulait se faire arrêter.

Mary haussa les épaules.

— Il n'aime pas qu'on le traite de haut. Cette commerçante a dû le regarder comme si elle se croyait supérieure. C'est son sang de péquenaud. Sûrement.

— Mais ce n'était pas le cas ! Pas vraiment.

— Écoute, mon frère est cinglé. Tu n'as pas encore compris ça ?

Joe était différent. Mais il n'était pas fou. Je distinguais une méthode dans son excentricité : à mes yeux, tout ça était une sorte de cinéma destiné à produire un certain effet ; il savait parfaitement ce qu'il faisait, j'en étais certain.

Je pense que nous réalisâmes tous les deux au même moment que l'incarcération de Joe = consommation imminente.

— Tu dois en avoir vendu deux cent cinquante, à présent.

Nous regagnâmes l'autoroute, pour nous arrêter au premier motel venu, qui s'appelait Park Plaza Court. Des colonnes doriques en plastique ornaient les deux côtés de la porte de la réception – un décor héroï-comique de mon ersatz d'odyssée. Avant que je n'aille prendre une chambre, Mary me tendit une rondelle de cuivre épais.

— Passe-la à ton annulaire. Au cas où ils nous obligeraient à prendre deux chambres. Par ici, les gens pensent encore qu'il faut être mariés pour prendre une chambre double. Je la mets quand je voyage avec Joe. Comme on ne se ressemble pas, les gens ne croient pas nécessairement que je suis sa sœur.

Je laissai Mary me glisser l'anneau au doigt, puis me préparai à aller enregistrer les nouveaux mariés. Je tremblais tellement d'anticipation que j'allais éprouver toutes les peines du monde à inscrire mon nom. Un mois d'excitation sexuelle s'apprêtait à prendre fin. J'attrapai l'attaché-case à Gros Deals de Joe avec les aberrations et récupérai une nouvelle fois mon passeport, avisant le Walther.

— Tu veux le pistolet ?

— Nan.

— Tu sais t'en servir ?

— Je suis américaine.

La femme de la réception portait un badge doré sur lequel était écrit Tammy McCarthy en lettres noires.

Elle me demanda mon numéro de passeport et le nom de jeune fille de ma mère, et me fit signer le registre. Je nous inscrivis en tant que Mr et Mrs R. Van Jones.

— C'est un nom hollandais ?

— Je viens d'Angleterre, répondis-je, peu désireux de m'expliquer sur la provenance de mon nouveau nom.

Mais justement, alors que je n'y tenais pas, ma nationalité s'avéra un sujet de grande fascination et un prétexte à Miss McCarthy pour énumérer son ascendance, en remontant jusqu'à son arrière-grand-père à « Aberdeen, Écosse ». Elle me dessina son arbre généalogique sur le papier à en-tête du motel. Je hochai la tête aussi poliment que possible, et me prêtai à ses platitudes à propos de l'Angleterre et de la reine, et de comment mon pays serait toujours un ami particulier de l'Amérique. Elle mit ensuite une éternité à trouver une clé accrochée à un bloc de bois gros comme une brique en guise de porte-clés.

— C'est juste pour que vous ne partiez pas avec. Ça m'a quelquefois coûté jusqu'à trois cents dollars par an en clés non retournées.

Je retrouvai Mary sur la banquette arrière, en train de mettre à Jimmy Carter une litière toute neuve de *USA Today*.

— Tu as eu une chambre ?

— Chambre 19, dis-je en agitant la clé. Encore un signe.

— Qu'est-ce que tu veux dire ?

— Eh bien, tu as dix-neuf ans.

— C'est quoi, ton problème avec les signes ? Tu es plus superstitieux que Clay. Qu'est-ce qu'on fait de Jimmy Carter ?

— On peut le laisser là. Et venir le voir plus tard, peut-être.

— Il est sacrément silencieux depuis un moment.

— Il sera très bien.

Nous laissâmes Jimmy Carter avec des crackers et de l'eau. La chambre dans laquelle nous pénétrâmes ressemblait à n'importe quelle chambre de motel, mais c'était précisément cette fonctionnalité homogène et cet anonymat qui la rendaient plus sexy que n'importe quelle autre du Ritz ou d'un Grand Hôtel. Les fantômes de nuits de luxure étaient tangibles sur les courtepointes marron des deux lits doubles et le papier tontisse, constellé de ce qui ressemblait à des papillons de nuit écrasés. Nous n'étions pas le premier, ni même le centième couple à pénétrer dans cette pièce dans l'intention d'y trouver l'extase, mais j'aurais parié que peu d'entre eux avaient connu un désir accumulé aussi longtemps que nous. Je refermai la porte et nous nous embrassâmes. Elle me repoussa contre le battant, dressée sur la pointe des pieds, se pressant contre moi avant de briser l'étreinte et d'aller tester l'élasticité du lit le plus proche. Je la rejoignis, et nous nous embrassâmes de nouveau ; mais de nouveau, elle s'écarta pour examiner le décor de la chambre, et plus particulièrement le tableau accroché au mur entre les lits. Il représentait un convoi de chariots défilant sur une piste de terre rouge à travers un canyon, toute la scène baignée dans un coucher de soleil excessivement orangé.

— Tu crois que c'est censé être l'Arizona ?

Je regardai la toile, m'efforçant d'y voir la même chose qu'elle, frustré de la diversion.

— Peut-être. C'est juste un Ouest fantasmatique.

C'était une peinture effroyable.

— Je l'aime bien, déclara-t-elle.

Le tableau n'avait strictement aucune valeur, et l'appréciation qu'elle en avait aurait constitué une raison largement suffisante pour tout arrêter là, mais le désir sexuel l'emporte à chaque fois sur la compatibilité. Je vis son intérêt pour le décor comme une stratégie pour m'allumer encore davantage (oh, ma capacité à interpréter les signes !). J'entrepris de lui embrasser le cou, décidé à maîtriser la suite des événements, mais lorsque je m'efforçai de la faire reposer sur le lit, elle raidit les bras et me tint à distance.

— Qu'est-ce qui ne va pas ?

— Rien. La porte est fermée à clé ?

— Oui.

— Tu es sûr ?

J'allai vérifier, et mis la chaîne pour faire bonne mesure. Je regagnai le lit et repris mes travaux d'approche, qui – pour être franc – ne se passaient pas bien. Lorsque je tentai de la déshabiller, elle écarta d'un claquement de main mes doigts qui manœuvraient les boutonnières. Elle semblait avoir peur.

— Qu'y a-t-il ?

— Rien.

Elle secoua la tête puis ajouta :

— Je l'ai encore jamais fait.

— Oh.

Ma réaction trahit une véritable surprise et déception. De la façon dont elle se comportait et s'exprimait, de cette allure animale fanfaronne et décidée, il paraissait inconcevable qu'elle n'ait jamais pratiqué. Cela dit, si j'avais eu les idées claires, si j'avais réfléchi avec mon cerveau et pas avec mes entrailles, je n'aurais pas manqué de l'interpréter comme la bravade que c'était et l'insécurité affective dont Isabelle m'avait prévenu. Cette assurance, cette aisance physique innée que j'avais vue à la cascade et dont j'avais été témoin dans ma chambre chez eux : tout cela était une apparence, un cinéma que tant de filles se sentent obligées de faire au bénéfice de garçons en chaleur comme moi.

— Quand tu m'as demandé, je n'ai pas voulu te le dire.

— Il n'y a pas de quoi être gênée. C'est… bien.

La virginité est peut-être prisée et révérée dans certaines cultures, mais ce n'est pas ce qu'on cherche quand on s'attend à une gratification purement physique. La virginité s'accompagne de responsabilité, et je ne me sentais pas responsable. Je voulais du danger sauvage et obscène avec quelqu'un d'encore plus sauvage, obscène et dangereux que moi. Je refusais de devoir trop réfléchir ou expliquer quoi que ce soit. Je voulais du sexe sans aucun engagement, oublieux, irréfléchi et irresponsable.

— J'ai été tout près de le faire. Mais c'était un garçon de ferme qui voulait juste pouvoir raconter à ses copains qu'il avait baisé une fille. Et ils auraient été plus impressionnés s'il avait baisé un cochon. On a batifolé, mais je l'ai fait descendre juste avant d'arriver au « terminus », Grand Central Station. Je n'allais pas aller jusqu'au bout avec lui. Ce n'était pas le bon.

Je retirai tendrement une mèche de cheveux coincée entre ses lèvres. Je me gargarisai de l'implication que je pourrais être le Bon. À la vérité, je ne tenais pas à être le Bon. Pas avec Mary. Mais qu'elle puisse le penser me flattait. Je lui affirmai qu'il était important d'aller jusqu'au terminus pour la première fois avec la bonne personne. Je la rassurai sur le fait qu'avec moi, elle était en de bonnes mains, et que jamais je n'irais baiser un cochon, ou d'ailleurs n'importe quel autre animal. J'ajoutai – tel un gentleman – que nous n'étions pas obligés d'aller jusqu'au terminus. On pouvait descendre à Poughkeepsie, ou Yonkers, ou même Harlem, si elle ne se sentait pas d'aller au bout. Mais elle affirma qu'elle voulait aller jusqu'au terminus, et que j'étais celui qui allait l'y emmener.

M'ayant consacré comme son déflorateur, elle se pencha vers moi et m'attira d'une main passée derrière ma tête. Elle m'embrassa, d'un somptueux baiser fluide. Ensuite, elle se leva et ôta ses vêtements, jusqu'à se retrouver nue debout devant moi, telle que Dieu l'avait créée, mais peut-être pas là où Dieu voulait qu'elle soit. Je l'avais déjà vu nue – ce premier jour aux chutes d'eau – mais là, c'était différent. Une voix me soufflait de ne pas monter dans ce train. Mais je l'ignorai. Elle parut interpréter ma réaction d'admiration muette comme de l'hésitation, car elle me demanda :

— Tu es sûr que tu as envie de moi ?

— Oh, mon Dieu, oui. J'ai envie de toi. Maintenant. Demain. Pour l'éternité.

J'aurais promis des éternités pour cinq minutes de plaisir !

— Tu as ce qu'il faut ?

Je n'avais rien. Je n'avais absolument pas réfléchi à tout cela. La réflexion est antagonique de l'hédonisme.

— C'est OK. Jouis comme un catholique.

Nous fîmes l'amour avec une urgence animale. Je m'inquiétais de ce que l'excitation de la longue attente ne me précipite vers une conclusion rapide et décevante ; mais je crois que sa virginité, la responsabilité qui accompagnait la prise de celle-ci, la pression qui m'obligeait à être performant et à placer la barre très haut pour ses futurs amants, en même temps que la terreur de la féconder, tout cela obligeait l'esprit à se concentrer, atténuait le désir refoulé, en tout cas assez longtemps pour me faire honneur et lui procurer satisfaction. Je jouis comme un catholique. De peu.

Ensuite, je demeurai allongé sur le dos, et elle couchée sur le côté, un bras en travers de mon torse et la tête sur mon cœur ; son corps exhalait un bouquet puissant, complexe, et légèrement repoussant. Le brouillard mental de la lubricité se dissipant, je pris davantage conscience (immédiatement, suggérerais-je) de tout ce qui ne convenait pas chez elle (mais que j'avais ignoré dans ma poursuite de cette gratification), et la certitude absolue que ce rapport sexuel avait été une erreur m'envahit. Bien que je n'accorde aucune signification – légale ou spirituelle – à ce genre de choses, j'éprouvai le sentiment que je m'étais lié à elle d'une façon primitive sur laquelle il était impossible de revenir, ce qui allait lui donner des « droits » sur moi, et qu'à un moment donné, sans aucun doute celui où j'en aurais le moins besoin, elle allait exercer ces « droits ». Elle était là abandonnée entre mes bras, plus passive et apaisée qu'elle ne l'avait jamais été, et trop docile pour que je me sente à l'aise. Je voulais retrouver la Mary insolente et légère. Mais elle était tendre et gentiment vulnérable, dirais-je. J'attrapai les cigarettes et, de la façon consacrée, lui demandai si cela avait été bien pour elle.

— C'était… différent.

Différent, ça n'annonçait rien de bon.

— Différent bien ? Différent mal ?

— Différent. De ce que j'avais imaginé.

— Comment avais-tu imaginé ça ?

Je pris une cigarette, qu'elle déclina. Elle savourait un moment capital de son existence.

— C'était bien, mais… comme si tu n'avais pas été là. Et que je n'étais pas là.

— Oh, je peux t'assurer que j'étais bien là.

— Non, je veux dire… tu étais… on devenait une seule personne.

— Oh. OK.

— Tu sais que quand un papillon mâle fertilise une femelle, son sperme la bouche, pour qu'elle ne puisse pas s'accoupler avec un autre ?

— Heureusement que nous ne sommes pas des papillons.

— Tu crois que tu as joui un petit peu à l'intérieur ?

— J'espère… que non. Je suis descendu à Yonkers, ou Harlem, enfin, quel que soit l'avant-dernier arrêt.

— Mais il y a ce petit peu qui sort avant que tu jouisses. Ça peut suffire pour tomber enceinte. C'est ce que m'a dit M'man. Elle m'a dit d'être sûre de faire porter un préservatif au type.

Je ne voulais pas penser à Edith, ni à Edith disant ça à Mary, ni à mes petites giclées pré-éjaculation mettant Mary enceinte. Ni à ce qu'elle soit bouchée pour que personne d'autre ne se serve d'elle. Je voulais dormir. Je voulais sombrer dans un profond sommeil dont je me réveillerais pour me trouver quelque part ailleurs, où je n'aurais pas fait l'amour à Mary ni créé ce genre de lien avec elle.

— Imagine, si j'étais enceinte, que tu rentres en Angleterre en laissant derrière toi un gamin sans jamais savoir que tu l'as eu. Et puis que tu le rencontres des années plus tard, quand il aurait dix-neuf ou vingt ans, qu'il soit en visite en Angleterre.

J'imaginai tout à fait, et cette vision ratatina tout : mon âme, ma queue, ma capacité à rester éveillé.

— Qu'est-ce que tu ferais ?

— Si tu tombais enceinte, ou si je rencontrais mon enfant dans vingt ans ?

— Si je tombais enceinte ?

— Je… Ça ne t'arrivera pas.

— Mais si c'était le cas ? Là, maintenant. Est-ce que tu voudrais que j'aie le bébé ?

Bien sûr que non. J'étais un gamin égoïste de vingt-trois ans qui venait d'avoir un rapport sexuel avec quelqu'un de physiquement enchanteur, mais complètement inadapté à ma personne. Ces trucs de filles d'épreuves de loyauté n'étaient pas drôles. Tout ce que je voulais, c'était du plaisir sans conséquence, et dormir.

— Je ferais ce que tu voudrais. C'est ton corps.

Mary me renvoya mon sophisme.

— Sauf quand c'est *toi* qui le veux.

La tête de Mary reposait toujours sur ma poitrine, et son bras était maintenant collé à ma peau.

— Je suis soleil ou bien lune ?

— Hein ?

— Tu as dit que j'étais aussi différente d'Isabelle que la lune du soleil. Laquelle suis-je ?

— La lune.

— Tu veux dire qu'Isabelle est plus sexy que moi ?

— Je dis que tu es plus… mystérieuse.

Elle s'assit et s'enroula dans la couverture comme dans un poncho.

— Je ne plaisantais pas en disant qu'on a un père différent. Je pense que oui.

J'entrepris de rouler un joint.

— Tu penses, ou tu sais ?

— J'ai une théorie. Maintenant que je suis là avec toi, et M'man à plus d'un millier de kilomètres, j'en suis encore plus convaincue.

Je songeais : *Ne me dis rien qui me rapproche encore de toi ou qui me rende redevable à ton égard d'une quelconque façon* ; mais aussi : *Oui, dis-moi, parce que je dois savoir ce qui se passe dans cette famille, et parce qu'il est merveilleux de voir révéler des secrets*. La curiosité est une force tout aussi puissante que le désir.

— Continue.

— Une fois, il y a quelques années, à Thanksgiving, M'man s'est vraiment soûlée. J'avais seize ans. Elle était furax contre moi parce que je m'étais fait prendre en train de fumer de l'herbe à l'école. Même si elle-même aimait en fumer de temps en temps avec moi. Elle s'est mise à me raconter que, quand notre père était parti en expédition, il lui était arrivé de se sentir vraiment seule. Un soir, elle était même allée dans un bar, en quête de compagnie. J'ai eu l'impression qu'elle essayait de me dire quelque chose.

— Qu'elle avait eu d'autres hommes ?

— Peut-être. Ou peut-être qu'elle était sortie avec un homme qui était peut-être « mon » père. Elle a décrit ce type qu'elle avait rencontré. Un camionneur apache. Pourquoi elle aurait fait ça ?

— Tu lui as demandé ? Si peut-être… tu vois ?

— Elle serait capable de me tuer si je lui posais une question pareille. Mais après qu'elle m'a dit ça, je n'ai pas arrêté d'y penser.

— Elle éprouvait peut-être le besoin d'avouer quelque chose.

— C'était plus que ça. J'en étais sûre.

— Tu en as jamais discuté avec Joe ?

— Je lui ai dit ce que M'man m'avait raconté. Il m'a soutenu qu'elle était juste bourrée, que c'était l'alcool qui parlait. Je lui ai demandé franchement s'il pensait que peut-être j'étais d'un père différent. Il n'y avait qu'à nous regarder pour savoir qu'on était frère et sœur, il m'a affirmé. Il trouve qu'on a la même forme de nez – ce qui est vrai, même si ce nez est – était – comme celui de M'man avant l'incendie. Il m'a dit de ne pas parler comme ça. Alors, j'ai oublié. Mais ensuite, tu y as fait allusion, et je me suis remise à cogiter. Et cette idée ne me quitte plus l'esprit. Il faut que je sache pour de vrai. Parce que sinon, à moins de savoir, je ne sais pas qui je suis.

Je lui pris la main.

— Ça ne change rien à qui tu es.

Elle retira sa main.

— Tu crois que je suis folle ?

Non, je ne le croyais pas. Son histoire et sa théorie paraissaient plausibles. Je veux dire, il suffisait de la regarder ! Mais j'étais fatigué. Je voulais passer à autre chose, m'endormir. Je pris une nouvelle longue taffe. Je n'avais pas les idées bien en place au moment où cela s'avérait nécessaire.

— Ta mère a peut-être eu une liaison, ça ne veut pas dire que tu sois d'un autre père.

— Peut-être. Pourquoi est-ce que j'éprouve ces trucs ? Cette idée que je suis différente ? Je le sais quand je suis au volant. Mon père était peut-être bien vraiment un chauffeur de camion. Je suis une conductrice. D'où est-ce que ça vient ? Personne ne m'a appris ça. Et puis, quelquefois, je me dis que j'ai juste imaginé ça. Ou bien je pense que ça n'a peut-être pas d'importance. Mon père est, soit un camionneur solitaire, soit un entomologiste cinglé qui se fiche pas mal de tout le monde. Quelquefois, je me demande à quoi ça peut ressembler, d'avoir un enfant qu'on n'a jamais rencontré. Peut-être que ça n'a pas d'importance. Il se fiche de mon existence. Ça signifie qu'il ne peut pas me rejeter. Ce doit être pire pour Joe de connaître notre père. De penser qu'il est là quelque part, à vivre sa vie comme si tu n'existais pas. Ça doit faire du mal. Je crois que c'est pour ça que Joe est comme ça. Je crois qu'il essaie de prouver quelque chose à quelqu'un qui se fiche complètement de lui. Mais je ne sais pas ce que je ferais, si j'étais Joe et que je le rencontrais. Sûrement, je le tuerais. À moins que M'man ne le tue d'abord. Mais, ne même pas être sûre qu'il soit mon père, ça me plaît. Ça veut dire que je suis libre. Pas comme Joe. Ni Isabelle. Ils pensent à lui. De façons différentes. Isabelle avec la Collection, Joe à essayer d'impressionner les gens. Mais moi, rien ne m'oblige à impressionner qui que ce soit. Il ne m'a jamais connue et je ne l'ai jamais connu.

Elle expliqua tout cela avec une ingénuité tout à fait touchante.

— Tu écoutes ce que je te dis ?

— Je réfléchis.

J'aurais dû laisser les choses en l'état, mais j'ai tendance à me mêler de ce qui ne me regarde pas.

— Pourquoi ne le détermines-tu pas avec certitude ?

— Et comment puis-je avoir une certitude ?

— Eh bien, tu pourrais faire un de ces tests sanguins.

J'ignore pourquoi je dis ça à Mary. Il s'agissait davantage d'une stupidité somnolente post-coïtale que d'un désir de connaître la vérité.

— Ça marche comment ?

— Je ne sais pas exactement. Ils peuvent tester la filiation. Ils prennent du sang de tes frères et sœurs et les comparent entre eux.

— Il faudrait que Joe ou Isabelle donnent leur sang, et ils ne le feraient jamais.

— Isabelle ?

— Tu crois qu'elle le ferait ?

— Je crois que oui, dis-je. Si la vérité lui importe.

— Elle ne veut pas faire de vagues.

— Et si je demande à Joe ?

— Tu ferais ça ?

— Je lui poserai la question demain.

— Promis ?

— Oui, je promets.

Je le fis parce qu'il ne me coûtait rien de le dire et que je voulais dormir. Mais plus tard, étendu les yeux fermés, j'étais pourtant bien réveillé. J'étais exactement ce qu'Isabelle me soupçonnait d'être : un hédoniste prêt à profiter de sa sœur immature pour un plaisir fugace en ignorant les conséquences ; prêt à encourager un fantasme enfantin, pour lui donner le sentiment d'être désirée. Si le désir pour Mary m'avait dans un premier temps rendu aveugle aux séductions plus subtiles d'Isabelle, il m'avait aussi empêché de voir les meilleures qualités de Mary, qu'il me convenait de considérer sous un angle particulier (réducteur). Peut-être était-elle égocentrique et un peu trop sciemment effrontée, mais c'était sans doute un numéro, et pour être juste à son égard, un numéro que j'avais encouragé. Une vague de regret me submergea, semblable à une fatigue, une tristesse impossible à expliquer. J'étais certain d'avoir commis une erreur, mais il est facile de faire preuve de sagesse une fois qu'on a baisé.

Nous nous réveillâmes à onze heures, l'heure de libération de la chambre passée. Miss McCarthy se tenait là où je l'avais laissée, derrière la réception. Je lui tendis le porte-clés ridicule mais efficace et m'excusai de notre retard.

— Ne vous en faites pas, Mr Van Jones. Le panneau dit dix heures par sécurité. Mais à dire vrai, la femme de ménage vient à midi. Et si des jeunes mariés ne peuvent pas faire la grasse matinée, où va-t-on ?

Je réglai sur mes propres deniers, prenant note mentalement d'avertir Joe que je ne pouvais pas continuer à financer ses aumônes et ses cautions.

— J'espère que vous avez bien dormi, Mr Van Jones ?

Il paraissait déplacé de lui répondre que j'avais en fait passé une mauvaise nuit pleine de rêves perturbants qui amalgamaient trois terreurs basiques : mettre enceinte Mary, être surpris par Edith, puis être traqué et chassé par le père apache de Mary.

— Comme une bûche, répondis-je, expression qui la fit sourire et que je dus répéter.

— Et j'espère que votre jolie mariée a dormi – comme une bûche également ?

— Nous avons tous les deux dormi comme des bûches, Miss McCarthy. Comme tout un bûcher.

— Bien. Vous avez épousé là une très jolie dame, Mr Van Jones. Je vous souhaite un excellent voyage.

J'acceptai le compliment de la part de ma nouvelle épousée et remerciai Miss McCarthy. Juste avant d'atteindre la voiture, je retirai la rondelle de mon annulaire et annulai notre mariage de douze heures.

Mon ex-femme m'attendait déjà au volant, prête à vendre le montant de la caution en papillons et à libérer son frère. En l'espace d'un arrêt, nous réunîmes la somme. À notre premier essai, une boutique cadeaux dans un centre commercial à presque cinquante kilomètres de Centerville, Mary conclut un deal de trois cents dollars. Ce fut la seule fois que je la vis vendre, et elle le fit sans tapage mais avec beaucoup de charme. Je distinguai tout à fait Edith dans la façon dont elle brilla et flirta dans l'échange initial. Alors que nous regagnions la voiture avec un rouleau de billets verts, elle me regarda :

— On pourrait laisser tomber ce fils de pute, tu sais.

L'idée était séduisante : Mary et moi prenant la route à travers l'Amérique, tels des Bonnie and Clyde sexy, faisant l'amour et des ventes partout où il nous plaisait, vivant des papillons pour le restant de nos jours. Le problème, c'est que Mary n'aurait pas été mon premier choix en matière de compagne, et le sentiment de regret ne m'avait pas quitté d'un iota. Au contraire, le changement qui s'était opéré en elle – une sorte de douce assurance ouverte, presque l'hypothèse que nous étions maintenant ensemble – me montrait encore plus clairement que nous n'étions pas faits pour une liaison, et que je devais travailler à une sorte de stratégie de dégagement avant qu'elle ne me fasse enfiler un véritable anneau.

Mais j'avais semé une graine (mon Dieu, par pitié, pas ce genre de graine) qui s'était transformée en idée en l'espace d'une nuit. Ses pensées avaient cheminé un peu trop loin sur une route bien précise, dans une direction que j'avais encouragée.

— Tu as raison, Rip. Il faut que je sache qui est mon père. Ou qui il n'est pas. Je vais faire un de ces tests sanguins. Et il faut que Joe et Isabelle les fassent également. Ça, ce sera le point difficile. Tu peux peut-être m'aider en la matière. Mais le point le plus difficile, c'est M'man. Là aussi, tu peux peut-être m'aider. Elle t'aime bien. Tu veux bien m'aider ?

— Bien sûr.

— Le problème, c'est Joe. On ne peut rien cacher à M'man, Joe lui raconte tout. Elle le tient en laisse.

— Vraiment ? Joe ?

— Il la joue libre comme l'air, mais en fait, elle le cloue au sol. Pourquoi crois-tu qu'il l'appelle tous les jours ?

— Tu te sentirais mieux si tu savais ? Je veux dire : quelle serait la meilleure issue ? Que tu sois du même père, ou pas ?

— Je ne le saurai qu'une fois au pied du mur. Mais je pense que tu devrais en parler.

Nous arrivâmes vers midi au bureau du shérif. Mary attendit dans la voiture pendant que j'entrais avec l'argent liquide, remplissais la paperasse et réglais la caution. Joe se trouvait dans sa cellule, évangélisant avec entrain le gardien de service quant aux habitudes des papillons. Il émergea, impénitent, se vantant d'avoir converti le shérif à sa façon de voir concernant la signification de la vente à la criée, le problème des armes et la liberté comme « Le Paradoxe américain ». Il offrit au service du shérif un morpho bleu en souvenir de lui ; ils nous offrirent une escorte policière jusqu'à la frontière de l'Appanoose County, où le shérif nous adressa un coup de sa sirène et où Joe lui répondit par un grand signe d'amitié.

— Putains de fêlés de province ! hurla-t-il avec son large sourire.

Chapitre 14

Où je défie Joe à propos du passé tandis que nous cheminons à travers l'océan de terre

Une fois Joe libéré, nous nous dirigeâmes vers le nord, à travers des vallées boisées, des champs de maïs et de soja, des abris à cochons et à bétail, puis vers l'ouest à travers la prairie de plus en plus plate. Joe ne formula aucune excuse pour le hiatus coûteux et irritant que sa posture entêtée avait provoqué. Au lieu de cela, il improvisa sur le fait que l'Iowa était l'État le plus fertile d'Amérique, et que plus un sol était fertile, plus sa population était arriérée, bien qu'à mon avis, ce n'ait été que l'expression de son dépit à s'être fait arrêter par des habitants de l'Iowa qui me paraissaient gens plutôt raisonnables et aimables.

— L'Amérique, c'est une melting-tarte, Rip, m'asséna-t-il en jouant sur l'expression « melting-pot ». Il faut tout enfourner. Les pygargues à tête blanche. Le génocide indigène. Les merveilles naturelles. Le compromis des trois cinquièmes, qui comptabilisait un esclave à trois cinquièmes d'un homme libre. La Route. Les arrestations arbitraires.

Après Des Moines, le paysage demeura identique jusqu'au Nebraska, où il se débrouillait on ne sait comment par apparaître encore plus plat et désolé, avec une ligne d'horizon si distante qu'on pouvait s'imaginer apercevoir la courbe de la Terre. Joe déclara que pour voir celle-ci, il fallait que le plat s'étende sur deux cent soixante-dix kilomètres sans aucun obstacle (fait que je n'ai pas encore vérifié, mais auquel je crois). À la frontière de l'État, nous bifurquerions vers le nord, traversant Sioux City pour continuer jusqu'à Sioux Falls, Dakota du Sud, dont Joe affirmait que c'était le point le plus éloigné de la mer de tous les États-Unis. Il avait baptisé la plaine « l'océan de terre », et prétendait que plus on s'éloignait du véritable océan, plus on éprouvait la sensation d'être en mer.

Ce fut au milieu de cette mer – au point où nous étions le plus loin de tout arrêt, de toute distraction potentielle ou possibilité de fuite – que je décidai d'attaquer Joe sur la question de la filiation de Mary. Nous étions en fin d'après-midi, le moment le plus chaud de la journée. Joe conduisait, Mary était installée devant, et moi derrière. La radio marchait, mais avec les fenêtres ouvertes, le bruit extérieur noyait la musique. (Joe disait que la température devait atteindre 37 °C pour qu'il mette l'air conditionné.) Le coude légèrement dehors, la main ouverte, doigts écartés, je saisissais l'air jusqu'à avoir l'impression de tenir dans ma paume une balle dure et lourde. J'avais réfléchi à l'idée que Mary ait pu être conçue au cours d'une baise dans un relais routier. La chose me paraissait véridique : les différences physiques entre Isabelle et elle étaient indéniables, les traits de personnalité également ; si on y ajoutait les longues absences du mari d'Edith, la semi-confession alcoolisée de celle-ci des années plus tard, le choix de Joe de croire sa mère par loyauté et par une conviction mal placée de devoir protéger Mary… Je me montai la tête tout seul jusqu'à l'indignation. J'éprouvais de la colère envers Edith pour sa gestion de l'histoire, et j'étais énervé que Joe ait pu être le gardien de son secret. Je n'avais pas peur de Joe ; tout le temps que je passai avec lui, pas une seule fois je ne redoutai d'atteinte à mon intégrité physique, même lorsque la situation devint tendue. C'était un ange, mal adapté à la violence, en dépit de sa grande force et de ses tendances erratiques. Il était toujours prêt à se lancer dans des discússions ridicules, à ce que les gens disent franchement ce qu'ils pensaient, et parfaitement rodé à la confrontation avec ses sœurs, les commerçants, la police, à tous ceux qui croisaient son chemin, en fait. Mais alors qu'il m'est très facile d'affronter quelqu'un sur un terrain abstrait, philosophique, culturel ou politique, je suis un lâche lorsqu'on en vient à l'émotionnel et au personnel, même (et peut-être encore davantage) quand je pense avoir raison. J'avais grandi en tournant sans faire de bruit autour de mon père, que je craignais, et avais adopté l'approche de « la-tranquillité-à-tout-prix » vis-à-vis des différends émotionnels, prenant toujours le chemin le moins cahoteux pour régler une dispute. Mais je me retrouvais à présent dans le rôle du chevalier errant, et j'avais prêté serment à Mary de me lancer dans la bataille pour la défendre. Nous nous trouvions à mille six cents kilomètres d'Edith, sur une plaine plate comme la main, avec un Joe contenu. C'était maintenant ou jamais.

En passant devant une église isolée, nous aperçûmes un groupe en deuil vêtu de noir réuni dans un cimetière, dont je me servis pour enchaîner sur le récit des obsèques de mon père, comment il avait préféré être incinéré plutôt qu'enterré, et comment la tâche de la dispersion des cendres m'avait échu parce que ma mère tremblait et s'inquiétait de ce que le vent nous rabatte ses restes dessus. Je leur racontai que je n'avais pas été proche de mon père, et à quel point j'avais éprouvé peu de tristesse de sa disparition. De là, j'embrayai sur le fait qu'un père présent n'était pas nécessairement un bienfait dans l'existence, et que ma vie aurait pu être plus facile (bien que techniquement impossible) sans lui. Je demandai à Joe s'il éprouvait la même chose, il me répondit que oui, et c'est alors que je pris le taureau par les cornes.

— Joe, je peux te demander quelque chose ?

— N'importe quoi, Rip.

— Ça peut paraître bizarre, mais je regarde Mary, et puis toi et Isabelle, et il m'est difficile de croire que vous soyez de la même famille, à cent pour cent.

Joe émit le même bruit que lorsqu'il m'avait pour la première fois parlé de son père : un grognement plaintif, comme un animal à l'agonie. Il me sembla distinguer au fond une tristesse authentique et une lassitude, mais lorsqu'il parla, il y avait cette fois-ci une imperceptible pointe de colère, et la colère – vous pouvez me croire – était une émotion très rare chez Joe.

— Oh, c'estpasvraaiii. Mary ? Tu t'es répandue sur ces vieilles inepties. Allons, allons ! Bon Dieu ! C'est pas possible d'aller raconter des trucs pareils aux gens. Ça n'est pas juste. Pas juste. C'est réglé.

— Pas pour moi.

— Tu ne peux pas dire des trucs pareils.

— Joe, tu racontes des tas de trucs. À propos de ton passé. Pour vendre.

— C'est différent. Ça, c'est du business ; ça ne fait de mal à personne.

J'intervins :

— Pour être juste, c'est moi qui ai abordé le sujet, Joe. J'ai remarqué que j'avais du mal à croire que Mary et Iz soient sœurs, étant donné qu'elles sont tellement comme le soleil et la lune ; à partir de là, j'ai insisté, jusqu'à ce que Mary me confie ce que ta mère a mentionné à propos d'une brève liaison.

— M'man a jamais raconté un truc pareil. Mary t'a soufflé à l'oreille des spéculations, Rip. De pures spéculations.

— C'est un fichu mensonge, et tu le sais, Joseph Bosco ! répliqua Mary en croisant les bras comme pour s'empêcher de se déchaîner contre lui. Elle l'a dit et elle le pensait !

— C'est n'importe quoi. N'importe. Quoi. Honte à toi, Mary. Tu peux pousser dans cette direction tant que tu veux, ça ne rendra pas les choses vraies. Honte à toi.

— Honte à toi d'être son larbin.

— Je suis pas un larbin.

— Tu lui obéis au doigt et à l'œil depuis des années. Tu la laisses faire ce qu'elle veut.

— Voyons, Rip ! Tu vois ce que tu as fait ? Tu as provoqué ici une rébellion.

— Avoue que ta mère peut être un peu tyran, Joe. Je sais qu'elle a travaillé dur ; je sais que c'est une femme bafouée et injustement traitée ; je sais qu'elle a souffert – mais elle n'est peut-être pas complètement franche à propos du passé.

— Parce qu'elle cache quelque chose, asséna Mary.

— M'man n'est pas l'ennemi dans cette histoire. Que ce soit bien clair. Et il n'y a qu'une rumeur. Une moche rumeur.

— Une rumeur que M'man a lancée elle-même ! Alors qu'elle avait trop bu.

— Oh… c'est… je ne peux pas y croire. C'est… eh bien, je suis choqué et surpris… déçu, Rip. Vraiment. Qu'une personne comme toi, éduquée, sensible, se laisse embobiner comme ça. Ça n'est tout simplement pas vrai. Tout simplement pas. On ne devrait plus parler de ça, parce que ça va créer des ennuis. Point final.

— C'est vraiment un connard, lâcha Mary en se tournant vers moi et me parlant comme s'il n'existait pas. Il refuse de voir les choses en face. Il déblatère sur la Bonne Théologie et la Mauvaise Théologie. Mais refuser de connaître la vérité, c'est de la Mauvaise Théologie.

— Tu n'en sais rien. Tu n'en sais rien, Mary.

— Tu ne crois pas que ce soit possible, Joe ? De ce que tu m'as dit des absences de ton père, et même ta mère qui m'a raconté à quel point ils étaient malheureux, et…

— Stop ! Peut-être que ci, peut-être que ça. On ne parle pas de ça ! Je n'en parle pas… la la la… dee dee dee.

Joe enchaîna sur ses dee-dee-dee destinés à noyer le poisson, et nous écoutâmes sa gaieté factice, refusant de parler. Il se donna beaucoup de mal pour faire croire qu'il n'y avait pas de problème, mais je voyais bien qu'il était troublé. Au bout d'encore quelques kilomètres, Joe sauta du coq à l'âne, mais j'ignorai la question qu'il me posa à propos de l'Europe. J'avais choisi mon camp – pour l'instant. Sur ce sujet, j'étais avec Mary. C'était la première fois qu'il naissait un véritable antagonisme entre Joe et moi.

— Dites donc, regardez-moi ça, fit-il brusquement.

— Non, Joe ! objecta Mary, qui avait compris ce qui se passait.

— Pourquoi pas ?

— Ne fais pas ça.

— Allons-y !

— Non, Joe ! fit-elle en posant une main sur le volant. On n'a pas la place, et il faut parler de ça !

— Si, on a la place ! Tu as la place derrière, Rip ?

Le sujet de cette querelle était assis un peu plus loin sur le bord de la route. Je n'élevais aucune objection au fait de ramasser des autostoppeurs – c'était partie intégrante des aléas de la Route – mais je ne pouvais m'empêcher de voir là un nouveau tour du Chat chapeauté ; de penser que Joe créait une nouvelle diversion pour échapper à toute discussion supplémentaire sur Edith. Avec un étranger dans la voiture, il nous serait difficile d'enquêter sur des affaires privées.

— Bien sûr, répondis-je, fâché d'être encore une fois contrecarré.

Sans attendre l'avis de qui que ce soit, Joe avait déjà ralenti et se préparait à faire halte juste avant l'autostoppeur.

— C'est peut-être un connard, suggéra Mary.

— Mais c'est peut-être aussi un ange. « N'oubliez pas l'hospitalité ; car, en l'exerçant, quelques-uns ont logé des anges, sans le savoir. » En plus, il peut peut-être nous donner de l'argent pour l'essence.

— Il a l'air d'un connard.

L'ange/connard était assis sur une caisse de Coca en plastique rouge retournée, le pouce et la main du stop à peine à la verticale. On aurait dit qu'après des heures de tentatives, il avait perdu tout espoir de jamais se faire embarquer. Ou bien il était très cool, ou bien il n'avait pas compris que nous nous étions arrêtés pour lui, car il demeura assis là en train de fumer. Lorsque Joe klaxonna, il se leva et tira une dernière bouffée de sa cigarette avant de l'écraser, puis balança son sac sur son épaule et marcha vers nous d'un pas nonchalant. Il n'avait aucune intention de se presser pour qui que ce soit.

— Ce type pourrait changer notre vie. Tu n'en sais rien. Pense aux rafimications infinies !

Je tirai Jimmy Carter au milieu de la banquette arrière maintenant libérée des boîtes entomologiques en surplus.

L'autostoppeur brandit son sac et désigna le coffre du doigt.

Joe se pencha en travers de Mary :

— Grimpe, mon vieux ! On a un coffre plein, tu vas devoir garder ton barda sur tes genoux.

Le type monta et se laissa tomber sur le siège de l'autre côté, amenant avec lui une bouffée de parfum et de tabac.

— Merci. Waouh. C'est un oiseau ?

— Voici Jimmy Carter, dis-je. Un pygargue à tête blanche, ou aigle d'Amérique.

— C'est autorisé, ça ?

— Tout ce qu'il y a de plus légal, et pas royal, comme aigle, plaisanta Joe. Je m'appelle Joe, et voici ma sœur Mary.

— Demi-sœur, trancha Mary.

— Et voici Rip. Il vient du pays de Galles.

— Mark.

Je serrai la main de l'autostoppeur, moite d'avoir attendu dans la chaleur de cette journée. Mark adressa un signe de tête à Mary, qui refusa de le saluer. Jusqu'à preuve du contraire, c'était un connard. Pour moi, il n'en avait pas l'air. C'était un bel homme d'environ vingt-huit ou vingt-neuf ans, avec de l'expérience et très décontracté, et je fus immédiatement sur mes gardes, pressentant la compétition. Je n'étais plus l'individu le plus exotique de la voiture.

— Il y a longtemps que tu attends, Mark ?

— Vous étiez la soixante-quatrième voiture.

— Eh bien, il n'y a pas de hasard dans l'univers. Le superstitieux ici, c'est Rip. Il va te trouver une signification à ce nombre soixante-quatre. Où vas-tu, Mark ?

— Rapid City. Puis au final, L.A.

— D'où viens-tu ?

— New York.

— Sans blague ! Nous aussi, on est de New York. C'est-à-dire, de l'État. Au nord, dans les Catskills.

— Hippies et ploucs, c'est ça ?

— C'est ça. Mais dans quelle catégorie tu nous mets ? demanda Joe en adoptant ses plus belles inflexions de plouc stupide, nous jouant son numéro de « demeuré et fier de l'être ».

Je crois qu'il nous en voulait encore, à Mary et à moi, et s'efforçait d'une certaine façon de se venger. L'auto-stoppeur regarda tour à tour Joe puis moi, puis ses yeux s'attardèrent sur Mary – bien trop à mon goût. Il cherchait à nous faire coïncider avec la galerie de suspects stéréotypés qu'il avait en tête.

— La voiture me souffle plouc. Mais aucun plouc ne voyage aussi loin de chez lui. Je pencherais pour hippie.

À la vérité, il ne devait pas très bien savoir avec qui il était monté en voiture.

— Et vous, les gars ? Où allez-vous ? demanda-t-il comme si la question ne l'intéressait pas beaucoup.

Il avait cet air qu'affichent certaines personnes – l'air de « ma vie est tellement plus intéressante que la vôtre, j'en suis tout à fait satisfait, et quoi que vous fassiez ou ayez fait, cela ne me menace guère, mais je pose quand même la question ».

— Dans le Wyoming.

— Plaisir ou affaires ?

— Moi, je ne compartimentalate pas ces choses-là, Mark. (Même si Joe avait vraiment tendance à embrouiller les mots, je crois qu'il le faisait quelquefois délibérément pour pousser ses interlocuteurs à le sous-estimer.) Notre business est toujours un plaisir pourvu qu'il nous permette de vagabonder à notre guise. Je veux dire, ça n'est du travail que si on a envie de faire autre chose.

Mark daigna esquisser un petit sourire.

— C'est vrai. Et quelles sont donc vos affaires ?

Pas les tiennes, eus-je envie de lui répliquer. À quel point j'étais devenu possessif de mon expérience. Je refusais que quelqu'un du monde extérieur vienne briser l'enchantement.

— Rip va te montrer ça.

À contrecœur, je soulevai la mallette de démonstration et l'ouvris sur mes genoux. Sans savoir pourquoi – peut-être était-ce la bouffée de sophistication qui provenait de Mark –, je me sentis gêné à l'idée de lui présenter les papillons, parce que après tout, lorsque je m'attardais à y réfléchir, vendre des papillons pour gagner sa vie était étrange, et j'étais bien certain que quelle que soit l'occupation de Mark, elle serait bien plus cool. Je lui tendis une boîte qui contenait une malachite.

— Waouh, fit-il, même s'il s'agissait plutôt d'un « je pensais que ce serait plus super » que d'un « waouh » réellement impressionné.

— Vous faites ça pour de vrai ?

— Pour de vrai, répondit Joe sans discerner aucune critique ni sentiment de supériorité dans la question. C'est comme une devise. On vend des papillons et on continue à voyager. À expérimenter les joies et les merveilles de cette vie.

— Équation intéressante. Dites donc, j'ai une sacrée soif. Je me taperais bien une bière.

Je n'avais pas touché à une seule bière ni à aucun alcool, depuis ma rencontre avec Joe. Non que cela m'ait gêné, mais à présent, d'un coup, j'en voulais une comme si j'en avais été mort d'envie tout ce temps. Il y avait un pistolet dans la boîte à gants, mais pas de bière.

— Mark, tu es dans un véhicule sans alcool, mais il y a là un Coca chaud.

— Quel genre de pays interdit la bière en voiture, mais pas une arme ? demandai-je, essayant de me montrer spirituel et d'impressionner notre passager.

— Un pays qui veut tirer droit ? suggéra Mark, rapide à la détente.

Joe se mit à rire, de façon un peu trop enthousiaste, et remua le couteau dans la plaie en ajoutant :

— Voilà une vivacité qui pourrait nous servir, Rip.

Je tendis la bouteille de deux litres à Mark, qui en engloutit un quart sans vergogne. Je remarquai qu'il dévisageait Mary tout en déglutissant. Il la reluquait de façon ouvertement lubrique, et je fus scandalisé du peu d'empressement qu'il mettait à le dissimuler. Il est plus difficile de discerner sa propre hypocrisie – Jésus et Joe avaient raison sur ce point – mais j'étais jaloux, non pas pour Mary mais pour moi. Mark était cool d'une façon que j'enviais. Il faisait preuve d'une économie de mouvements et de paroles ; comme s'il avait étudié les westerns, ou quelque chose de ce genre, appris toutes ses manières dans les films. Il n'était pas instigateur de la conversation, mais pas par timidité ; je crois que c'était calculé, pour nous faire galoper. De façon énervante, Joe lui facilitait la tâche avec son moi non moralisateur exaspérant. En fait, il se montrait bien trop aimable avec un type qui, à mon avis, affichait une supériorité arrogante et le sentiment qu'il avait droit à ce qu'on le conduise quelque part, alors qu'il n'avait pas encore gagné ce droit, étant donné qu'il venait tout juste de nous rencontrer et qu'il nous en était redevable.

— Ça vous ennuie si je fume ?

— Vas-y.

Depuis que nous avions quitté les Catskills, je m'étais efforcé de ne pas trop fumer en présence de Joe. Non pas parce qu'il m'aurait demandé de ne pas le faire, mais plutôt parce que sa vitalité naturelle freinait le penchant. Lorsque j'étais seul avec Mary, l'envie revenait, et lorsque Mark alluma puis se mit à fumer un pétard à la fenêtre, je fus de nouveau attiré dans ce monde. Je ne parle pas du monde du tabagisme, juste de tout ce qui va avec : un certain degré de subversion intelligente, un avant-gardisme culturel, un sentiment contestataire qui équivaut à l'illusion de la liberté.

— Alors, qu'est-ce qui t'attend à Rapid City, Mark ?

— J'ai un ami qui a un petit rôle dans un film, qui se tourne là-bas dans les parages.

— Sans blague !

Voilà qui nous fit tous réagir. Même Mary rectifia sa position avachie. Être impliqué dans un film, de près ou de loin, se plaçait très haut sur l'échelle des trucs séduisants – liberté sans contrainte, gratification sexuelle, drogue, argent et paysages panoramiques ; être même capable d'annoncer « je connais quelqu'un dans le cinéma » conférait des super-pouvoirs bien au-delà de ce que la richesse et l'éducation pouvaient acheter. Moi qui pensais que mon existence était en ce moment la plus intéressante de toutes celles vécues en Amérique, et le voilà qui monte dans notre voiture. Qu'il aille au diable ! Mais le pire était encore à venir.

— Et qu'est-ce que c'est que ce film ?

— Un western. À propos d'un officier de cavalerie qui adopte les coutumes indiennes.

— Oh, mon Dieu ! Génial ! réagit Joe sans réfléchir.

J'étais sûr qu'il faisait ça exprès, mais il s'affichait sous son pire jour – le plus gênant, celui où il en faisait trop – quand il se trouvait avec des gens sophistiqués et cool. Je mourais d'envie de le renier complètement.

— Et dans quel métier tu es, Mark ?

— Je suis écrivain.

Ce fut comme si on venait de m'expédier un coup de poing dans le plexus solaire. De tous les gens que nous aurions pu ramasser dans ce désert plat, il avait fallu que nous tombions sur un écrivain.

Joe gloussait comme un gamin. Oh oui, tout ça le mettait en joie.

— C'est fabuleux ! Il n'y a qu'en Amérique que ça puisse arriver. On a maintenant deux écrivains dans cette voiture ! Elle est assez grande pour vous deux ? Rip ici présent veut être écrivain.

— Je suis un amateur, m'empressai-je avant que Joe n'annonce que j'étais lauréat du prix Nobel, ou un truc dans ce goût-là.

Mark ne cilla pas. Il ne me regarda même pas. Mon autodénigrement était destiné à l'attirer, par la ruse, à m'interroger sur le genre d'écriture auquel je m'exerçais. Mais non, c'était bien au-dessous de lui. Connard arrogant. Cette façon qu'il avait eue de dire « je suis écrivain », avec une telle nonchalance et un tel détachement ; j'avais envie de le tuer.

— Dites donc, qu'est-ce que c'est que cette voiture ?

— Une Chuick, engendrée par une Chevrolet et une Buick.

— Elle est super.

Personne ne t'a demandé ton avis, pensai-je. J'avais transféré ma colère à l'égard de Joe sur ce type. Mais Dieu sait à quel point je voulais savoir quel genre d'écrivain c'était, et je dus ravaler ma fierté à m'en étouffer pour lui poser la question :

— Quel genre d'écrivain es-tu ?

— À cet instant, un fauché.

Seigneur Dieu, un auteur qui pratiquait l'autodévalorisation.

— Je suis scénariste. Essentiellement. Et j'ai un roman en train.

Génial. Moi non plus.

— Scénariste, comme pour le cinéma ? intervint Joe.

— Comme pour le cinéma.

— C'est trop cool. J'ai tellement d'idées de films. Tu n'en reviendrais pas. Tellement d'histoires. Tellement. Rip va écrire un bouquin sur moi et nos pérégrinations. Peut-être tu devrais écrire le film.

— Pourquoi pas ?

— Alors, pourquoi tu fais de l'autostop ? Un supercrack d'Hollywood comme toi ? Tu devrais aller à L.A. en avion, ou au volant d'une Corvette.

— J'aime voir le pays que je traverse. On éprouve davantage de choses. En plus, on rencontre des gens, et les gens, ce sont des histoires. La plupart de mes idées me viennent simplement en traînant avec les gens. En écoutant. L'autostop, c'est génial pour ça. Chaque voyage est une histoire.

— Eh bien, tu as choisi la bonne voiture pour ça, dit Joe. J'ai des histoires à ne pas croire.

Ne fais pas ça, Joe. Ces histoires sont les tiennes – et les miennes. Ne lui donne pas tes perles. Ne va pas foutre en l'air toute la magie pour cet inconnu. On connaît à peine ce type. Il dit qu'il est écrivain, mais tu n'en sais rien. Et les écrivains sont des voleurs. Il pourrait te voler ton histoire, se l'approprier, utiliser ta vie – et la mienne – et tout gâcher. C'est mon histoire !

Trop tard. Joe se donna à cet étranger, corps et âme, lubrifiant le tout avec ses exagérations et ses élans fantasmatiques débridés. Il commença par la version la plus complète et la plus juteuse de son histoire familiale, ajoutant quelques détails que je n'avais jamais entendus auparavant ; il lui parla de la Collection d'aberrations de son père, des morphos bleus à cinq ailes, et de comment nous nous rendions dans le Wyoming avec un « papillon à un million de dollars » rencontrer un type qui s'appelait Le Magicien. Je dois louer Joe pour l'énergie et le sens dramatique qu'il insuffla à son récit. Il projetait presque virtuellement les images sur la route devant nous. On aurait dit que nous traversions en voiture ce film qu'il était en train de décrire. Le scénariste écoutait attentivement, souriant de temps en temps, interrompant quelquefois pour clarifier un point. Mais il se contenta en substance d'écouter. Il ne mettait rien par écrit, mais on devinait que son cerveau griffonnait furieusement, comme font sans doute les véritables écrivains, et qu'il était déjà en train d'élaborer l'intrigue d'un film qu'il allait présenter à Los Angeles et qu'un jour, dans un futur pas si lointain, je verrais une affiche dans l'entrée d'un cinéma de retour chez moi : *Un papillon d'un million de dollars.*

Joe conclut son histoire – dans laquelle je ne jouais que le rôle de l'Assistant anglais – sur une déclaration audacieuse, affirmant que s'il vendait la Collection au Magicien, il ferait le film lui-même et payerait Mark pour écrire le scénario. Il était facile de déduire que Joe, en guise de punition pour ma trahison qui avait consisté à mettre en doute sa propre version un peu plus tôt, se vengeait avec cette offrande téméraire et vertigineuse de l'histoire de son existence. Ma place de chroniqueur en chef venait d'être usurpée !

— Qu'est-ce que tu en penses, Mark ? Tu crois que ça ferait un film ?

Mark demeura un moment silencieux. Je voyais bien que l'énergie et l'esbroufe déchaînées de Joe le captivaient – tout comme je l'avais été –, et que comme moi, il voulait s'en approprier une partie. Mais il se comportait comme le prospecteur d'or qui prétend ne pas avoir vu la pépite dans le lit de la rivière.

— Il y a quelque chose.

— Vraiment ?

— Vraiment.

— Mais la fin doit être heureuse, Mark. La vie est une comédie. Même si elle menace tout le temps de se transformer en tragédie, elle s'achève en comédie. C'est la vérité vraie. Le problème, c'est que les gens s'arrêtent sur le côté tragique. C'est presque plus facile à accepter. On dit que les fins heureuses sont pour les imbéciles ou les fous. Eh bien moi, je suis du côté des imbéciles et des fous – et des enfants. J'en ai encore beaucoup comme ça à ton service. Là, ce n'était qu'un bref aperçu.

Mark voulait en savoir plus, surtout à propos des papillons rares, et du collectionneur que nous allions rencontrer. Il voulait aussi en apprendre davantage sur le père de Joe. Si celui-ci était encore en vie. Joe fournit à son nouveau meilleur ami et chroniqueur toutes sortes de détails (détails que j'avais essayé de lui extorquer moi-même). Ma place fut définitivement usurpée lorsque Joe invita le scénariste à nous rejoindre dans notre périple pour rencontrer Le Magicien – et même à venir dans les Catskills une fois qu'il en aurait terminé, rencontrer la famille, interviewer sa M'man, faire la connaissance d'Isabelle. Tout ce que je croyais mien était offert à ce complet inconnu qui s'empressa ensuite de remuer le couteau dans la plaie (il devait le savoir) en me demandant si j'avais un peu de monnaie pour passer quelques coups de téléphone destinés à modifier son planning et voyager avec nous. Après ça, Mark se mit quasiment à faire le casting du film de la vie de Joe, le film que Mark allait écrire.

Lorsque nous nous arrêtâmes pour prendre de l'essence, je manifestai notre besoin d'aide en matière de finances, mais l'autostoppeur, faisant sans aucun doute appel au droit non écrit de l'écrivain de ne rien payer, garda son argent dans les poches de son jean. Ils n'attendaient plus que le feu vert pour commencer à tourner son script, d'une minute à l'autre maintenant, déclara-t-il en guise d'excuse. Joe, largement habitué à dépenser la garantie de rien du tout, se montra plus que compatissant, et lui enjoignit de ne pas s'inquiéter. Il pourrait le rembourser quand ils feraient le film ! Mark partit faire la monnaie de mes cinq dollars, et Joe se lança dans un délire mystique sur la chance que nous avions eue de rencontrer Mark.

— Tu vois, Rip. Il y a une loi de l'univers qui dit que si tu gardes les yeux ouverts, tu rencontreras qui tu dois rencontrer.

— C'est un connard, répéta Mary. Et je vais lui dire ses quatre vérités.

— Mary, je t'en prie. La vérité et toi ne faites pas vraiment bon ménage.

— Je ne l'aime pas, déclarai-je. Je ne lui fais pas confiance. Il dit qu'il est écrivain, mais qu'est-ce qu'il a écrit ? Et pourquoi es-tu allé raconter tous ces trucs – à propos de ton père ? Et des morphos bleus à cinq ailes. Un type que tu ne connais ni d'Ève ni d'Adam ? Tu lui as donné tes perles, Joe.

— Oh, Rip, allons ! Il y a largement de quoi faire. Il n'y a pas si longtemps, l'étranger, c'était toi.

Pendant que Joe discutait avec l'employé, je partis acheter des cigarettes, déprimé et irritable. Mark fumait derrière, le regard perdu sur l'étendue désertique plate et herbeuse. J'allai lui demander une cigarette et nous restâmes là côte à côte, écrivain et écrivain manqué.

— Il n'est pas sérieux, n'est-ce pas ? Les papillons à un million de dollars ? C'est du flan, hein ?

— Oh, avec Joe, ce ne sont que des conneries.

— Oui, mais des conneries exceptionnelles. Et les papillons, c'est poétique. Mais le papillon à un million de dollars… ça, je pourrais m'en servir.

— T'en servir ?

— C'est un titre génial. J'ai juste besoin d'un pitch pour aller avec. Il est vraiment sérieux, sur ce truc ? Il a vraiment un papillon qui a autant de valeur ?

— Joe soutient beaucoup de choses qu'il ne peut pas prouver.

— C'est clair. Mais j'aimerais bien mettre en bouteille un peu de cette énergie débridée. Et la fille devrait faire un bout d'essai.

— Un bout d'essai ?

— Un bout d'essai. Ces pommettes saillantes. Ce teint. Toute… l'aura qu'elle dégage. C'est vraiment sa sœur ?

— C'est ce qu'il dit.

— Un truc de ouf. Gagner sa vie en vendant des papillons. Cela dit, ça fait une bonne histoire.

Je le regardai s'éloigner tranquillement. J'étais envieux, bien sûr. Mais mon irritation était également née d'une possessivité, d'une jalousie destinée à Joe et à sa vie. J'en étais arrivé à sentir que ces gens, et mes aventures – partir voir un homme appelé Le Magicien, « des papillons à un million de dollars », des contes de fées, des sœurs belles et dingues, une mère terrifiante, un père génial et fou, peut-être un autre père –, tout cela m'appartenait. Vous comprenez donc pourquoi il me déplaisait que quelqu'un débarque et les « prenne », en disant « je peux m'en servir ». Contrairement à Joe, prodigue et généreux de lui-même et de l'histoire, je ne tenais pas à partager celle-ci avec d'autres, et ce ne fut que lorsqu'il se mit à raconter tout ça à ce type que je compris à quel point je ressentais ce sens de la propriété, que ces chroniques m'appartenaient pour les écrire, et à personne d'autre. Je ne voulais pas que quelqu'un s'amène et les prenne, les raconte et les vende ; je voulais en être le narrateur et j'étais prêt à faire beaucoup – sinon tout – pour qu'il en soit ainsi.

Pendant que Mark téléphonait, je regagnai la voiture à grandes enjambées résolues. Mary était au volant, Joe à l'arrière. Il avait sorti du coffre son attaché-case pour montrer à Mark les aberrations. Je montai dans le véhicule, très calme, et lançai :

— Démarre !

Mary me regarda d'un air interrogatif.

— Je vous expliquerai. Faites-moi confiance. Démarre !

Elle mit en route la Chuick.

— Qu'est-ce que tu fais ? demanda Joe en cherchant Mark des yeux.

— Fais-moi confiance, Joe. Tu ne veux pas de ce type dans la voiture. Je t'expliquerai. Allons-y !

Mary enfonça l'accélérateur. La Chuick fila dans un hurlement de pneus, dans la cour puis sur la route. Je ne jetai même pas un regard en arrière.

— Qu'est-ce qui se passe, Rip ?

Lorsque nous fûmes à un peu plus d'un kilomètre de la station-service, je leur expliquai. Je leur racontai que tout en fumant une cigarette avec Mark, j'avais remarqué qu'il portait un petit tatouage sur l'intérieur du bras, une succession de chiffres. Je lui avais demandé ce que c'était, il m'avait expliqué qu'il avait fait de la prison, et lorsque je lui avais demandé pour quoi, il avait dit pour vol à main armée. À ce moment-là, quand je lui avais demandé s'il était vraiment scénariste, il m'avait répondu que non, mais qu'il se sentait obligé de gagner sa croûte, de chanter en échange de nourriture, en quelque sorte, aussi inventait-il un personnage différent pour chaque personne qui le prenait en stop, pour correspondre à ce qui pouvait le plus impressionner le conducteur. Lorsque nous l'avions ramassé, il avait décidé d'être scénariste hollywoodien, et avec les pièces pour le téléphone, ce n'était pas L.A. ou Hollywood qu'il appelait, mais son agent de probation à Detroit. Ce type venait de sortir de prison pour vol à main armée.

Je m'interrompis là, de peur de trop en faire (en cas de mensonge, y aller fort mais pas trop longtemps).

— Bon Dieu ! fit Joe, sidéré.

— Voilà pourquoi le morpho bleu à cinq ailes l'intéressait, Joe !

— Bon Dieu !

— Il avait probablement l'intention d'appeler un complice pour le voler. Après que tu as tout déballé.

— Je me suis trompé sur son compte, Rip. Je me suis complètement trompé.

Tandis que Joe se représentait les implications de mon monstrueux bobard, il secoua la tête, n'en revenant toujours pas, mais soulagé.

— Ouah, Rip ! Tu as sacrément bien fait.

— Quelquefois, ça paye d'être un peu cynicalistique à propos des gens, Joe.

C'est alors que Mary hurla à son frère, surmontant l'écho du vent :

— Je t'avais dit que c'était un connard !

Je crois qu'après cela, nous nous retrouvâmes tous irrités à parts égales les uns contre les autres. Joe contre moi pour avoir pris le parti de Mary. Mary contre Joe pour ne pas l'avoir crue, en ma présence. Moi contre Joe pour avoir flirté avec l'écrivain, et moi contre moi-même pour avoir fait un truc aussi dégueulasse à quelqu'un que j'aurais apprécié, avec qui j'aurais sympathisé avant d'aller faire des films avec lui, peut-être même un film qui se serait appelé *Un papillon d'un million de dollars*, si je l'avais rencontré dans n'importe quelle autre circonstance.

Le silence régna pendant plus de cent cinquante kilomètres. Même Jimmy Carter était silencieux. Trop silencieux, s'avéra-t-il.

— Jimmy ne bouge plus, dit Mary. On n'aurait jamais dû l'amener.

Jimmy Carter mourut, quelque part sur la 10.

Joe contempla le volatile tout flasque et le sortit de la boîte.

— Pauvre Jimmy. Plus kaputt qu'une livre d'animal écrabouillé sur la route.

Nous l'enterrâmes sur le bas-côté, et Joe prononça quelques mots :

— Seigneur, nous te recommandons Jimmy Carter. Pardonne-nous de ne pas avoir été plus attentifs. Je regrette que nous n'ayons pas pu le voir s'envoler librement sur le Grand Teton. Repose en paix, petit oiseau.

Il était là, le mauvais présage. Réfléchir après coup ne sert à rien (je le sais à présent !), et la clairvoyance a posteriori est particulièrement inutile. Mais j'éprouvai une sorte de clairvoyance au cours de la cérémonie, une vision de ce que je m'acheminais vers les ennuis ; des ennuis encore informes sur cet horizon lumineux qui s'étendait devant nous.

Chapitre 15

Où nous rencontrons Le Magicien et où tout change

Nous roulions depuis des heures à travers l'herbe jaunie par l'été du Wyoming, en direction du massif de Teton Range où Joe avait espéré libérer Jimmy Carter. Les descriptions poétiques de paysages ne changeront rien aux faits qui allaient se dérouler, et n'ont que peu de portée sur les événements essentiels de mon histoire, je ne m'attarderai donc pas trop sur ces montagnes. Je ne voudrais pas vous décourager de les visiter. Il n'y a rien de plus agaçant que quelqu'un qui vous décrit une chose merveilleuse que lui a découverte, et pas vous, et qui insiste pour que vous la voyiez parce que « vous n'aurez rien vécu tant que vous ne l'aurez pas vue ». Difficile de ne pas percevoir la vantardise implicite dans cette exhortation : ma vie a été plus intéressante que la vôtre. Les panoramas font peut-être cesser de battre le cœur des hommes, mais ils les font rarement changer. Cela dit, si vous n'avez pas vu le Grand Teton et son massif, essayez. C'est un sacré spectacle. Les plus belles montagnes sont toujours celles qui partent d'une base très basse, une plaine, par exemple, et c'était exactement le cas de celles-ci, s'élevant à plus de deux mille mètres tout droit du plateau. Il y a des sommets plus élevés en ce monde, mais peu d'aussi saisissants que ces immenses dents irrégulières qui apparaissent comme le premier obstacle sérieux sur votre trajet vers l'ouest à travers les plaines américaines. Le pauvre Jimmy Carter aurait adoré tournoyer et planer dans les airs ici. Au milieu de l'excitation provoquée par la mort de Jimmy, de l'abandon de l'autostoppeur, des théories de Mary à propos de son paternel, et de mon énervement contre Joe pour son refus de débattre du sujet, j'avais presque oublié que l'objectif réel de ce voyage, pour Joe, était d'aller voir un homme baptisé Le Magicien au sujet de la vente de la Collection. Tout ça paraissait tellement invraisemblable. Même de la part de Joe. Mais brusquement, il s'arrêta pour passer un coup de fil. « Ils m'ont dit d'appeler une fois qu'on serait dans le Wyoming. » La secrétaire particulière de Roth lui donna les instructions nécessaires pour trouver la maison. Elle communiqua à Joe le véritable nom du Magicien : Truman Roth III, et ledit Truman serait ravi de nous rencontrer et de voir les morphos à cinq ailes. Elle nous expliqua que l'accès de la propriété se trouvait à mi-chemin entre Dubois et le Continental Divide, la ligne continentale du partage des eaux, juste à la sortie de l'autoroute 26. Il nous fallait chercher une petite station-service Exxon, et à partir de là, compter huit kilomètres en direction de l'ouest, jusqu'à une barrière et une grille pour le bétail, avec un panneau indiquant « Hexapoda ». Lorsque nous trouvâmes la station-service, Joe se mit à chanter comme un dingue.

— « Qui veut rencontrer un trilliardaire ? Moi ! Qui veut vendre des papillons dans le désert ? Moi ! »

J'avais les cheveux quasi solidifiés par la poussière qui avait rempli la voiture, aux fenêtres ouvertes en permanence, la chemise de Joe arborait dans le dos une tache de sueur cruciforme, et je distinguais dans l'ensemble le parfum épicé de Mary ; ajoutez à cela l'odeur persistante de Jimmy Carter : notre bande empestait.

— Tu ne crois pas qu'on devrait s'arranger un peu, Joe ? Ils ne nous laisseront peut-être pas rentrer, habillés comme des clodos.

— Truman Roth III ne va pas s'intéresser à notre habillement, Rip ! Il voit probablement à longueur de journée les gens les mieux sapés, les plus éduqués et les plus intelligents ; à mon avis, il se fiche de tout ça comme de sa première chemise. Il faut nous montrer nous-mêmes. Ce qui compte, c'est l'authentiscalie. Et pas ce que nous portons, mais ce que nous apportons. On pourrait arriver dans une cavalcade présidentielle de vingt limousines noires rutilantes, en costumes de cachemire et pantalons de soie, à parler latin, et pour autant, ne pas être admis à le voir. Il n'y a qu'une chose qui puisse nous faire franchir les portes de ce paradis exceptionnel, elle fait dix centimètres de haut et quinze centimètres de large, et elle est d'un bleu divin, avec quelque chose que même l'archange Gabriel n'a pas. Voilà ce qui nous permet de pénétrer dans la salle du trône de ce trilliardaire et de lui parler d'égal à égal. Voilà ce qui nous justifie à ses yeux, Rip !

Les premières mesures de sécurité à l'entrée de ce paradis exceptionnel n'étaient pas aussi rigoureuses que ce à quoi on aurait pu s'attendre. Elles consistaient en une grille à bétail, une barrière à un seul barreau et une guérite abritant un garde hispanique mort d'ennui, en train de décortiquer des cacahuètes assis à l'ombre dans le petit abri. Une clôture à bétail de quatre-vingt-dix centimètres de haut s'étendait de part et d'autre – le Canada à un bout dans un sens, le Mexique de l'autre. Le nom du domaine était grossièrement peint sur un vieux bout de bois, avec une flèche pointant vers l'avant : « Hexapoda ».

Ce qui fit glousser Joe.

En approchant de la grille à bétail, Mary énonça ce que je pensais :

— Pour moi, ça ne ressemble pas à une entrée de trilliardaire.

— Tu crois qu'il a envie que tout le monde sache où il vit en flanquant un mur et des grilles luxueuses ?

Joe dut ouvrir la portière pour s'adresser au garde, maudissant encore une fois la fenêtre cassée et promettant de la faire réparer.

— Nous avons rendez-vous avec Mr Roth. Je m'appelle Joseph Bosco. Et voici Mary Bosco et Rip Van Jones.

Saint Pierre n'avait pas l'air de nous attendre. Nos noms ne se trouvaient sur aucune liste.

— Attendez ici, señor.

Le garde s'écarta et se mit à parler dans son talkie-walkie. On entendit le grésillement du combiné, mais pas ce qu'il disait. Il s'exprimait à toute vitesse en espagnol.

— Si ce type est tellement riche, pourquoi est-ce qu'il vit comme un cow-boy ?

— Je ne sais pas, Mary. Peut-être qu'il aime les chevaux. Tu crois qu'il n'a qu'une maison ? Il en a partout.

Le garde ne cessait de nous balancer des regards en coin. Sa conversation s'éternisait un peu trop à mon goût et pour la patience de Mary.

— Il n'a aucune idée de qui on est, Joe. C'est des conneries. On a conduit tout ce chemin pour que dalle.

Le garde dubitatif gesticulait en direction de la Chuick, sans aucun doute désarçonné à l'idée de devoir faire entrer un tel tas de ferraille.

— Il est vraiment en rogne.

Joe se remit à fredonner « Qui veut rencontrer un trilliardaire ». Difficile de ne pas être d'accord avec Mary, et de ne pas penser que les conneries de Joe ne nous mèneraient pas plus loin ; que nous avions atteint l'extrémité du chemin du bluffeur. Et puis, d'un seul coup, une transformation s'opéra chez le garde. Il s'interrompit en plein milieu d'une phrase, bouche ouverte, les yeux écarquillés, puis hocha lentement la tête et se retourna pour nous regarder. *Oh, OK.* Ce fut un homme neuf qui revint, tout sourire.

— Allez-y, Mr Bosco. Remontez la piste tout droit. Au bout d'un peu plus de vingt-cinq kilomètres, vous allez atteindre une seconde barrière. Vous allez passer la sécurité là-bas. Ils vous emmèneront au complexe. Buenos dias.

— Muchas gracias !

Joe salua le garde, la voiture cahota sur la grille et nous pénétrâmes sur les terres du Magicien. Nous n'étions pas au Kansas, et la route n'était pas de briques comme dans *Le Magicien d'Oz*, mais le chaume décoloré et la poussière couleur sable qui coupait en deux la prairie, avec du bétail d'un côté et des chevaux de l'autre, était presque jaune. La route se dirigeait tout droit vers les montagnes. Derrière nous, la Chuick abandonnait un delta de poussière qui consumait notre passé.

— Oh, créatures de peu de foi ! lança Joe.

— Ouais, on va voir ça, répliqua Mary.

— Tu sais qu'on dit que si l'allée d'accès à ta maison fait plus d'un kilomètre, tu es millionnaire, déclara Joe.

— On ?

— Les gens. Les gens qui disent des choses. C'est vrai. Et si ton allée fait dix kilomètres, alors tu es milliardaire.

— Ou bien cow-boy.

— Donc, si elle fait presque trente kilomètres, on peut penser qu'il s'en sort plutôt bien. Un double milliardaire. Ça doit sûrement faire un trilliardaire.

— Il n'est peut-être même pas millionnaire.

— Mary, ton cynicalisme continue de t'aveugler, et t'empêche de voir les joies potentielles et les merveilles de ce monde.

Même sans tenir compte des « calculs de Joe », Roth devait au moins être millionnaire. Que le garde ait baptisé la maison de « complexe » était prometteur, de même que les vingt-cinq kilomètres pour y accéder, mais je ne croyais toujours pas que nous allions rencontrer un type décrit par Joe comme l'un des plus riches de la planète, et propriétaire de la plus grande collection privée de papillons au monde.

— Regardez !

Joe pointait le doigt en direction de la montagne où, à mi-hauteur, on distinguait les lignes droites et sévères d'un bâtiment jailli de la roche. L'effet était étrange, comme si la montagne avait été aménagée pour s'adapter à la propriété plutôt que l'inverse. La demeure avait été construite – comme nous n'allions pas tarder à l'apprendre – dans un affleurement rocheux du Teton Range en hommage aux pueblos ancestraux des Navajos du Canyon de Chelly en Arizona. D'en bas, elle ne paraissait pas si grande que ça, parce qu'elle n'était en fait presque qu'une façade. Sa caractéristique la plus évidente était l'immense balcon en saillie. La véritable résidence devait se trouver à l'intérieur de la montagne.

— Il faut un paquet de fric pour flanquer une maison ici.

La route s'incurva jusqu'à former une sorte de rigole, comme un entonnoir naturel jusqu'à l'entrée suivante. Là, il devint indubitable que nous nous trouvions sur le domaine de quelqu'un de vraiment très riche. La clôture haute était électrifiée, et le portail en fer forgé. Il y avait deux gardes de sécurité, armes à la hanche, de part et d'autre du portail, qui s'ouvrit automatiquement à notre approche. Nous franchîmes celui-ci, et un troisième garde nous guida vers une aire de stationnement. La Chuick était sûrement le pire tacot qui ait jamais remonté cette route jusqu'au bout, mais si cela chiffonnait le garde, il n'en montra rien. Il nous demanda à tous – « Señora y señores » – de « quitter le véhicule » et nous informa qu'on allait nous transporter jusqu'à la maison. Joe dit en plaisantant qu'il n'avait pas eu le temps de faire nettoyer la Chuick, l'homme lui répondit qu'il la ferait laver, et offrit de la graisser en un rien de temps. On nous fouilla, et on nous demanda de franchir un portique détecteur de métal. L'attaché-case de Joe fut ouvert, un truc semblable à un compteur Geiger passé dessus, puis sur nous. On nous vaporisa ensuite d'un liquide, avant de nous conduire à une petite navette. Une fois à bord, Joe s'exprima haut et fort sur les périls de la fortune.

— Rip, estime-toi heureux de ne pas être assez riche pour être obligé de fouiller tes invités. L'immense fortune s'accompagne d'une grande peur. Personnel de sécurité. Clôtures électriques. Polices d'assurances. Caméras et murs. La chose même que tu croyais tirer de l'argent – la liberté – s'envole. Et puis, il y a la séparation. La distance entre toi et ton voisin augmente. Tu finis sans aucun ami. Sans communauté. Et ensuite, tu éprouves toute cette culpabilité envers les gens que tu as piétinés pour obtenir ce que tu as. Car il n'y a pas de succès sans quelqu'un de piétiné. Pas de palais élevé sans indigent rabaissé.

— Je suis d'accord, Joe. Mais ne raconte rien de tout ça à Mr Roth. Si tu veux lui vendre la Collection pour un montant décent.

— Rip, je ne suis pas un flagornateur. J'ai bien l'intention d'être parfaitement moi-même, ici.

Joe continua de nous faire partager ses opinions sur les relations économiques entre employeurs et employés et les peines de la grande fortune. Il posa quelques questions au chauffeur – Depuis quand travaillez-vous ici, avez-vous rencontré Mr Roth ? Vous paye-t-il un salaire décent ? – mais celui-ci se contenta d'un haussement d'épaules qui disait : « Je fais juste mon boulot ». À l'inverse de Joe, il vivait dans un monde où conserver son gagne-pain était plus important que de dire ce qu'on pensait.

Le trajet fut court jusqu'à « la porte d'entrée », techniquement, un ascenseur qui nous emporta à la maison. Tandis que nous montions, Joe se laissa aller à un peu d'autosatisfaction sur l'air de « je vous l'avais bien dit ». La réalité commençait à dépasser la fiction. À peine une heure auparavant, à la première barrière avec le garde mexicain, je m'étais préparé au moment de déception, à l'instant où tout ça allait se révéler un des gros bobards de Joe. Mais même Mary était impressionnée, tandis que nous grimpions au sein de la montagne.

— Ce type doit s'en sortir plutôt bien.

Nous débouchâmes de l'ascenseur dans un hall très élégant et minimaliste, où un homme en cravate et queue-de-pie nous attendait. Il s'inclina légèrement et se présenta comme Foster.

— Bienvenue à Hexapoda. Mr Bosco. Miss Bosco. Mr Jones.

Il connaissait nos noms, savait qui était qui et adressa à chacun de nous un petit salut.

— Si vous souhaitez vous rafraîchir après votre voyage, je peux vous conduire aux toilettes des invités. Puis, lorsque vous serez prêts, Mr Roth déjeunera avec vous sur la terrasse.

Foster – qui avait un léger accent écossais – affectait cet accueil égalitaire dont le meilleur personnel se doit de faire preuve pour traiter n'importe quel invité – aussi rustre ou débraillé soit-il – comme un membre de la famille royale.

Les toilettes donnaient sur la chaîne des Tetons en direction de Jackson Lake, une vue encadrée par un mur de verre tombant directement à l'aplomb des rochers et de la rivière en dessous d'une hauteur d'environ quinze mètres. Je me sentais trop crasseux pour toucher quoi que ce soit, aussi me contentai-je de me laver le visage, de me mouiller les cheveux et de les coiffer à l'aide du peigne en écaille de tortue fourni. On frappa à ma porte, c'était Mary, lavée et les cheveux relevés, mais qui portait toujours d'un air de défi son débardeur et son short, annonçant fièrement qu'elle ne se mettrait sur son trente et un pour aucun homme. Elle se dirigea vers la baie vitrée et contempla le paysage.

— Je n'ai encore jamais rencontré de collectionneur de papillons qui ne soit pas cinglé.

— Honneur à Joe, néanmoins, remarquai-je. Pour une fois, il n'exagérait pas.

— Il va y avoir une embrouille. Avec Joe, il y a toujours une embrouille.

Je la rejoignis devant la baie vitrée, et l'embrassai dans le cou. Mais elle était trop tendue pour me rendre la pareille. Depuis cette nuit au motel, elle était demeurée distante.

— Tu es toujours en colère contre lui ?

— Ce fils de pute connaît la vérité. Quand tu lui as posé la question, ça se voyait.

Joe nous appelait, et nous le rejoignîmes dans le couloir. Il s'était passé du gel sur les cheveux et paraissait rafraîchi.

— Gardons les pieds sur terre, et bouclons cette affaire.

Truman Roth nous attendait au sommet de l'escalier, au dernier étage de la maison. C'était un homme alerte, dans les soixante-dix ans. Il portait une casquette de marin, un blazer bleu roi, un pantalon, des espadrilles et des lunettes de soleil fumées mais pas complètement noires. On aurait dit un personnage d'un roman de Jules Verne, prêt à mettre les voiles dans un moyen de transport insensé amarré à flanc de montagne.

— Bienvenue à Hexapoda. Votre voyage s'est bien passé ?

— Top, Mr Roth. On a vu de sacrés paysages. La grandeur de cette nation réside véritablement dans ses merveilles naturelles.

— Je vous envie. Sentir le pays à travers le volant. Il faudrait que je refasse cela. J'en prends note.

— Vous devriez, Mr Roth. Vous devriez. Toutes ces richesses, ça ne sert à rien si on ne peut pas profiter de sa vie.

Roth marqua une pause, l'air presque peiné. Je pensai que Joe venait déjà de tout foirer. Mais Roth sourit alors :

— C'est tellement vrai, Mr Bosco, remarqua-t-il comme si Joe venait de prononcer une parole de sagesse qu'il n'avait jamais entendue. Et je vous en prie, appelez-moi Truman.

— OK, Truman. Et vous pouvez m'appeler Joe. Voici ma sœur Mary-Anne. Et mon meilleur ami et associé en affaires Llew Jones, même si on l'appelle Rip parce qu'il dort beaucoup. Rip vient du Royaume-Uni.

— Toutes mes excuses si la sécurité s'est montrée un peu zélée.

— Pas de problème. Je suis sûr que vous avez une montagne de trucs à protéger.

— Ce ne sont pas les voleurs que je crains, Joe. Non. C'est l'anthrène bigarré des tapis, qui est, ainsi que vous le savez certainement, la plaie du collectionneur. Il se débrouille toujours pour s'infiltrer. Vous savez qu'il y a en ce moment une infestation d'anthrènes bigarrés des tapis au Muséum d'histoire naturelle de Londres ? Voilà pourquoi j'abrite ma collection sous terre, en utilisant la température naturelle, l'absence de lumière et la sécheresse. Cela dit, comment ils ont pu entrer demeure un mystère. Nous pensons que la femme de l'ambassadeur de France en avait dans ses bagages. De toute façon, tout cela est futile. Les insectes finiront par avoir notre peau, Joe, vous le savez, j'en suis sûr.

— *Anrivenum sarnicus* ! répondit Joe. Ces bestioles donnent des cauchemars à ma sœur Isabelle. C'est elle qui veille sur la Collection.

Les traits de Roth s'animèrent à la mention de la Collection.

— Dont je suis très impatient de discuter avec vous. Vous avez les aberrations ?

— Les phénomènes sont dans la maison, Truman ! lança Joe en brandissant son attaché-case, dont la vue parut désarçonner Roth.

— Bien. Bien. Oui. Eh bien… je suis impatient. Mais d'abord, le déjeuner. J'aime beaucoup votre pays, Rip. Quelques-uns des plus grands lépidoptéristes viennent d'Angleterre. De quelle partie du royaume êtes-vous originaire ?

— Le pays de Galles.

— Ah, voilà qui est fascinant. Vous connaissez la Belle américaine ?

— Non.

— Ah. Il y a là une belle histoire. À poids égal, livre pour livre – ou plutôt, once pour once, devrais-je dire –, le plus grand des papillons voyageurs. Je vous montrerai cela plus tard. Mais nous devrions manger. Vous devez avoir faim.

— Tellement qu'on pourrait manger un cheval, Truman, répliqua Joe.

— Si tel est votre désir, le cheval est disponible.

Tout le monde rit. Roth sourit. Mais bien entendu, si nous avions désiré du cheval, on nous en aurait servi.

— Cela dit, nous préférons monter les chevaux, par ici. Montez-vous, Mary-Anne ?

— Je n'ai jamais essayé, Mr Roth.

— Je vous en prie, appelez-moi Truman.

— Je ne vous connais pas encore assez pour cela, monsieur.

— Mary obéit à ses propres critères, Truman.

— Appelez-moi comme il vous conviendra. Vous êtes ici d'abord en tant qu'invités, les affaires viennent en second.

— Nous sommes tous les enfants de Dieu, Truman. Je veux dire, regardez-nous. Rien ne nous sépare. Sauf peut-être quelques milliards de dollars. Et puis, vous avez des ongles plus présentables que nous.

Roth regarda ses mains et sourit. J'avais remarqué ses ongles lorsque je lui avais serré la main, qui était lisse et fraîche comme de la crème ; ils étaient immaculés, avec des lunules parfaites. Tandis que nous le suivions en direction du balcon, Mr Roth expliqua que la maison avait été conçue pour ne faire qu'une avec la montagne.

— Elle a été modelée d'après le temple funéraire de la reine Hatchepsout à Deir el-Bahari, en Égypte. Vous aimez l'art, Joe ?

— À dire la vérité, Truman, quand je regarde une œuvre d'art, je réalise que j'aurai beau la contempler aussi longtemps que possible, elle ne changera rien à ma vie. Je n'ai encore jamais vu un tableau qui puisse égaler la nature, ou une couleur qui puisse rivaliser avec l'éclat d'une malachite. J'aime la façon dont la nature s'en sort mieux.

— Ma foi, voilà qui est difficile à réfuter. Ne pouvant me permettre qu'une seule véritable obsession, j'ai limité ma collection d'art à une œuvre par siècle.

Roth possédait un objet crucial de chaque époque et de chaque culture, exposé chronologiquement, et progresser de l'entrée à la terrasse vous faisait traverser quatre millénaires d'expression artistique, à peu près au rythme d'un siècle par enjambée. Un gobelet de Suse. Un masque de cérémonie du Congo belge. Un bois gravé aborigène des esprits Mimi. La pièce favorite de Roth était un petit dessin au crayon de Rembrandt ; un autoportrait de l'artiste en vieil homme.

— Il a l'air perdu, Truman, commenta Joe en grimaçant devant le vieux. L'air de se dire : « Comment est-ce que j'ai atterri ici, dans la vitrine de ce trilliardaire, dans un pays qui, de mon vivant, n'était même pas encore à l'état d'étincelle dans les yeux des pères fondateurs ? »

Jusqu'ici, Roth paraissait bien supporter la singularité de Joe. Il rit de bon cœur à cette réflexion, et ma nervosité à l'idée que Joe allait foirer ce deal en insultant notre hôte et acheteur commença à se calmer.

Je reconnus une représentation sur un plat grec monté sur un piédestal :

— Dionysos ?

— Oui !

Roth était ravi, de même que Joe, qui me fit un grand sourire, gonflé d'orgueil d'avoir embauché un type aussi bien éduqué.

— Ce qui est décrit dans cette scène est sujet à deux interprétations. *Dionysos en bateau*. Certains pensent qu'ici, Dionysos a transformé en dauphins les pirates qui viennent de le capturer. D'autres affirment que le dieu du vin est en route pour ses propres festivités. Pour ma part, je préfère la première version. J'aime à penser que la meilleure histoire est souvent l'authentique. Vous aimez le vin, Rip ?

J'avais presque oublié le goût du vin.

— Oui. Beaucoup.

— Eh bien, je collectionne aussi le vin, mais je ne compte pas cela comme une véritable collection. Venez. Allons sur la terrasse, prendre un verre, contempler la vue. Et parler des plus belles créatures de la terre. Je veux entendre comment vous êtes entrés en possession de tels trésors.

Nous quittâmes la galerie pour déboucher sur la plateforme – ce que nous avions aperçu de la voiture – et découvrîmes le panorama. On voyait le chemin que nous avions emprunté jusqu'à la première barrière, à vingt-cinq kilomètres, où il rejoignait l'autoroute, semblable à un ruban d'argent à l'horizon. Notre destination constituait littéralement la fin du parcours. Aucune maison visible, personne, rien que des terres s'étendant jusqu'à un horizon dont Roth devait également être propriétaire, plaisanta Joe.

Foster nous apporta des cocktails. À ma connaissance, Joe ne buvait pas. J'ignore si c'était la nervosité, ou bien un besoin de faire plaisir à son hôte, mais il prit un Manhattan, qu'il lampa comme un verre de lait, se lécha les lèvres puis en prit un second sur le plateau, Foster toujours là.

— Délicieux, remarqua-t-il.

Roth parut amusé. Je pense qu'il était prêt à pardonner n'importe quoi à ce plouc pourvu d'obtenir ce qu'il voulait.

Je me souviens du déjeuner pour de multiples raisons : la vue, vertigineuse et peu propice à la digestion ; le fait que toute la nourriture servie à Roth arrivait à l'état de purée (« Un problème d'estomac. Je ne peux pas décomposer les aliments ») ; Joe un peu ivre, ce qui se produisit rapidement – en dépit de ce qu'il faisait deux fois la surface d'un homme de taille normale –, et eut un effet attachant sur sa personnalité. Les traits de son visage devinrent plus caoutchouteux et malléables. Il était indéniable que l'entente entre Roth et lui était bonne, et augurait bien de la vente, mais je me demandais si ce verre n'était pas une tactique pour nous amadouer, aussi dégustai-je lentement mon cocktail.

De façon très louable, Joe se montra sous son jour le plus « authenticulacieux » tout au long de la rencontre. J'ai toujours envié cette capacité à considérer tout le monde comme des individus de chair et de sang de valeur égale. Et Joe démontra au cours de ce déjeuner que son regard égalisateur n'était pas une pose. Même un homme qui disposait des moyens de bouleverser sa vie ne changeait rien à son plan de vol.

— Est-ce que vous aimez être riche, Truman ? Parce que depuis longtemps, je me dis que ça doit être très surfait. Que l'argent ne vous rend pas heureux. Vous voyez, juste au cas où j'en aurais pas du tout. Je peux comprendre que ça ait des avantages. Mais quand Notre Seigneur a dit qu'il était plus difficile à un riche d'entrer dans le royaume des cieux, il a bien dû vouloir dire quelque chose. Est-ce que c'est la façon de les obtenir, et puis de les avoir, ces richesses, qui vous tiennent à l'écart du royaume – à cause de tous ces pauvres qu'il a fallu écraser pour les avoir –, ou alors, vous n'entrez pas dans le royaume des cieux parce que vous avez déjà tout ce qu'il vous faut ? Ce n'est pas les richesses qui gardent le riche à l'écart. C'est le fait qu'il n'ait plus envie de rien d'autre.

De tous les gens que Joe offensait dès la première rencontre (dans une proportion de sept sur dix, je dirais), il y avait toujours celui qui le comprenait immédiatement, la personne capable de deviner qu'il y avait chez lui davantage que la masse considérable visible au premier coup d'œil, et que sa façon d'envisager l'existence pouvait ouvrir de nouvelles perspectives. J'espérais que Roth en ferait partie.

— Vous pensez que tous ces trucs de collectionneur, ça remplit un vide, Truman ?

Il y eut une petite pause. Roth affichait un air très sérieux et encore une fois désarçonné.

— Alors ça, Joe ! Vous venez de poser précisément la question qui m'empêche de dormir la nuit ! Quand j'étais enfant, je collectionnais n'importe quoi. Les timbres. Les étiquettes de fromage. Les nombres de Mersenne, les bâtonnets à cocktail. Je garde les talons de chèques, et j'ai la série complète des cartes à collectionner des joueurs des Philadelphia Phillies de 1986. Oui. Je crois que cela me donne le sentiment de maîtriser les choses. Pouvoir retirer un élément d'un ensemble et le contempler à part, cela procure une sensation extrêmement forte. Je suis capable de collectionner n'importe quoi, même si avec les papillons, c'est différent. J'ai perdu l'amour des timbres, des voitures, et même des œuvres d'art. Mais pas des papillons. (Roth s'interrompit, comme s'il avait conscience de se confesser.) Et de tous les collectionneurs, les collectionneurs de papillons sont les pires ; les plus obsessionnels. Certains vont sur le terrain afin d'attraper des spécimens recherchés et leur frotter les ailes pour les rendre impropres à la Collection pour les autres. C'est une affliction mortelle. Il existe toujours quelque chose qui vous manque. Et la pensée que quelqu'un – même vous, Joe – puisse avoir quelque chose que je n'ai pas m'est intolérable. Et puis, une fois que vous avez obtenu ce que vous désiriez, la joie de la possession s'évanouit bientôt devant la tristesse de ne pas avoir ce que vous savez être toujours là-dehors. Il existe toujours quelque chose que vous n'avez pas. Et c'est ce que je n'ai pas – qu'il vole librement sur terre, ou qu'il soit épinglé dans la collection d'un collectionneur dévoué – qui me ronge. Ce ne sont pas les anthrènes des tapis qui me tiennent éveillé la nuit, Joe. Ce sont les papillons que je ne possède pas !

Il se tut, les mâchoires crispées, et je sentis que sa chaleur initiale et sa tolérance l'avaient un moment abandonné.

— Raison pour laquelle, bien sûr, vous êtes là.

— Je dois avouer qu'il m'est doux de savoir que je possède quelque chose qu'un homme de votre goût et de votre richesse n'a pas, Truman.

Roth était probablement entouré de gens qui n'osaient jamais plaisanter, ni le défier dans quelque domaine que ce soit. Et, tel un empereur que l'obséquiosité ennuyait, désespéré de trouver quelqu'un pour lui répondre ou ne pas être d'accord avec lui, il semblait tolérer les remarques critiques non déguisées de Joe. Je crois que si Joe avait dit à Roth qu'il était le petit homme le plus laid et insipide qu'il ait jamais rencontré, Roth l'aurait néanmoins supporté. À la fin du repas, Joe gratifiait Roth de conseils financiers et lui offrait une voie à travers ses provocations.

— Les riches, ça ne me gêne pas, Truman. Mais je n'aime pas quand ils oublient les pauvres. J'espère que vous donnez un peu de cette fortune.

— Ma foi, Joe, oui. Mais pour être honnête, mes dons ont tout à voir avec l'optimisation fiscale. Ce sont mes comptables qui s'en occupent.

— Donc, ce n'est pas une décision qui vient du cœur, n'est-ce pas ?

— Non. Cela dit, vous avez raison. Je me suis toujours consolé avec l'idée que mes entreprises emploient des milliers de personnes, qui en nourrissent des dizaines de milliers d'autres ; mais ce n'est peut-être pas suffisant ?

— Je dirais que non.

— Alors, que suggérez-vous, Joseph ?

— Je pars du simple principe de la dîme de Jacob – un dixième avant impôts. Et c'est juste le plancher.

— Et si j'acquiers votre collection, vous suivrez cette loi à la lettre ?

— De A à Z !

Après déjeuner, Roth nous emmena voir sa collection, abritée dans les entrailles de la montagne. À l'entrée des galeries d'exposition se dressait une chenille sculptée grande comme un tonneau de bière, taillée dans un unique morceau d'améthyste. Il s'arrêta pour que nous l'admirions.

— Il est juste que nous honorions la chenille. Le papillon hérite de toute la publicité, mais c'est la chenille qui fait tout le travail.

— C'est tellement vrai, Truman. Je dis toujours que la chenille doit mastiquer un sacré tas de feuilles pour devenir ce qu'elle rêve d'être.

La Collection était exposée dans une galerie plongée dans la pénombre, semblable à un bowling, avec des boîtes disposées dans de simples vitrines éclairées de l'intérieur. Tout était visible, au lieu de demeurer caché dans des tiroirs, comme chez les Bosco ou dans un musée. Elle était divisée en fonction des quatre régions faunistiques et abritait toutes les espèces majeures et la plupart des mineures. La salle faisait cent mètres de long, baignée comme dans l'éclat lumineux et souterrain d'un aquarium.

— Par nécessité, la plupart des collections doivent être dissimulées. En conséquence, les papillons des musées ne sont pas les plus intéressants. Peut-être les plus colorés, mais le public ne voit en général que les insectes de seconde zone, et les joyaux de la Couronne sont conservés sous clé. Moi, je veux pouvoir tout contempler.

Joe allait de vitrine en vitrine, reconstituant la logique de l'agencement, prononçant à haute voix les noms des merveilles. Ses connaissances me surprenaient toujours, et je pense qu'elles impressionnèrent Roth.

— Un bombyx du hêtre ! Regarde ça, Rip. Il imite les crottes d'oiseau, puis les larves et la fourmi qui mange ça ! Non seulement il imite une feuille, mais regarde, il imite les trous de larves pour éloigner les autres insectes ! Nous en avons trois de ceux-là, Truman.

(Plus tard, Joe me dirait : « Il avait tout ce à quoi on pouvait s'attendre, Rip ; mais je ne cherchais pas ce qui se trouvait là ; je cherchais ce qui n'y était pas. »)

— Je vois que vous n'avez qu'une paire de Reine Alexandra, Truman. Cela dit, de très beaux spécimens. Je cherche les ailes zébrées… non.

J'ignore si Joe se montrait ingénieux, se comportant ainsi délibérément, ou bien s'il était juste un peu ivre, en tous les cas, il commençait à agacer Roth. Lorsque nous eûmes atteint l'extrémité de la galerie, celui-ci affichait un air saturnien.

— Truman, c'est merveilleux. Vraiment merveilleux. C'est comme ça que les papillons devraient être exposés.

— Je crois qu'il est temps que vous me montriez ce dont *vous* disposez, Joe.

Celui-ci avait apporté le catalogue de la Collection, qu'il tendit à Roth. Il expliqua comment Isabelle avait appris toute seule l'art de monter les papillons des années auparavant, et qu'à ce jour, ils avaient préparé plus de deux mille spécimens. Roth s'assit au caisson lumineux, admirant le travail méticuleux d'Isabelle et s'émerveillant à l'étendue, la profondeur et la rareté de la Collection Bosco. Peut-être était-ce la fluorescence, mais assis là, Roth verdissait à vue d'œil.

— Quatre porte-queues de Corse ?

— Nous avons les Quatre Grands. Cinq fois de suite.

— *Vanessa virginiensis*. Le cuivré des marais. Le bleu de Palos Verdes ?

— Oui, monsieur.

— Le porte-queue Homerus.

— Six spécimens.

— Comment avez-vous conservé votre collection ?

— De bons vieux tiroirs en acajou et des boules de naphtaline.

— Le climat des Catskills doit être désastreux pour ce type de préservation.

— Ma sœur est scrupleuse, monsieur.

— Mmm.

L'aptitude de Roth à considérer et accepter Joe comme un égal commençait à s'user jusqu'à la corde, et celle-ci n'allait pas tarder à craquer. Je voyais revenir son sentiment de supériorité et sa conviction que tout lui était dû, d'abord au coin des lèvres, où le sourire humble s'était transformé en rictus de mépris, puis dans la façon dont il s'adressait maintenant à Joe. Il n'était plus capable de dissimuler ses soupçons vis-à-vis de ce gars de la campagne arriviste, et le préjugé à peine dissimulé derrière tout ça. Je lisais dans ses pensées : « Où ce foutu plouc a-t-il trouvé ces trésors ? »

— Stupéfiant. L'éclat de cette collection est indéniable. Je crois qu'il est temps que vous expliquiez comment elle a atterri entre vos mains, Mr Bosco.

S'adresser à Joe par son nom de famille fut peut-être une véritable erreur, mais la façon dont se tenait Roth avait maintenant considérablement changé, et je ne suis pas certain que Joe l'ait remarqué. La façon de dire : « Il est temps que vous expliquiez » ! Comme si Joe avait fait quelque chose de mal en étant propriétaire de cette collection ; et la façon dont c'était « Mr Bosco », maintenant que nous approchions du terme commercial de notre visite. Je sentis monter en moi un instinct protecteur à l'égard de Joe, en même temps qu'une inquiétude à l'idée qu'il s'offusque brusquement d'être rabaissé de cette façon.

— Comment quelqu'un comme vous… a-t-il pu récupérer une telle chose ? Sans vouloir vous vexer.

— Aucun problème, Truman.

Dans cette version, Joe fit disparaître son père dans un ravin en Colombie. Il le décrivit barbu avec les cheveux longs, toujours en short et capable de parler cinq langues. Joe fit intelligemment des morphos à cinq ailes les personnages principaux de son récit, sachant que la clé du deal se trouvait là, dans ces bestioles mythiques. Au fur et à mesure que Joe parlait de son père, Roth se voûtait sous la tension, le visage grimaçant. Lorsque Joe eut fini, il n'en pouvait plus d'attendre.

— Montrez-les-moi.

Joe souleva son attaché-case à Gros Deals pour le poser sur le caisson lumineux. Et il fit durer le plaisir – encore une fois, je ne suis pas certain qu'il se soit agi d'un stratagème. Tripotant les serrures à combinaison de son attaché-case, il parut avoir oublié le code.

— Voyons... est-ce que je l'aurais changé ?

Il ronchonnait tout en manœuvrant les molettes, essayant plusieurs chiffres.

— Truman, vous n'allez pas être déçu. Quand vous les verrez. Au premier coup d'œil, ils n'ont pas l'air différents de leurs cousins à vingt dollars. Et puis ensuite, vous la voyez. La cinquième aile magique.

La tête de Roth tandis que Joe maniait les serrures ! On aurait dit que l'attaché-case renfermait un élixir de vie éternelle. Ses yeux s'agrandirent, comme s'il s'efforçait de passer le faux lézard aux rayons X pour distinguer les trésors à l'intérieur.

— Je suis sûr que c'était 3344... Mary, tu as changé... ?

C'est alors que la serrure droite cliqueta. Puis la gauche.

Lorsque Joe ouvrit l'attaché-case, il eut (miraculeusement) l'intelligence de demeurer silencieux et de laisser parler ses précieux papillons. Roth regarda à l'intérieur, qu'il fixa pendant une minute avant d'articuler quoi que ce soit. Sur ses traits s'affichait un mélange de désir vénal et d'émerveillement innocent ; l'espace de quelques secondes, ses privilèges, l'idée que tout lui était dû, l'ennui blasé du super-riche impossible à impressionner, tout ça s'évapora. Sa réaction ne fut guère plus sophistiquée que celle d'un enfant mourant d'envie de l'objet qu'il n'a pas dans la vitrine. Jusqu'à cet instant, Roth avait eu tout ce qu'il voulait en ce monde ; il l'avait entièrement ordonné et classé, tous ses vases Ming bien en rangs d'oignons. Et il y avait là quelque chose qui nous appartenait, qui n'était pas à lui et qu'il désirait. Il était redevenu à la vitesse de l'éclair l'homme dont les ancêtres avaient « piétiné » les gens pour s'emparer de ce qu'ils voulaient. La lente érosion des manières et de la gentillesse était fascinante à observer chez lui.

— Combien pour ceux-ci et pour la Collection complète ?

De façon absurde – mais peut-être était-ce une bonne chose ! – nous n'avions pas discuté sérieusement d'argent, sinon en théorie, du genre : « Si on trouve le bon collectionneur, on en tirera des centaines de milliers de dollars » ; et nous avions le précédent des cinquante mille dollars pour un ensemble des Quatre Grands. Joe inspira une grande goulée d'air, qu'il expira par les narines. Il se caressa le menton, dans une exécrable imitation de businessman impitoyable. Dans un premier temps, je pensai : *Ne fais pas ça, Joe. Pas avec Roth. Ne marchande pas.* Il n'avait jamais eu d'acheteur aussi riche et aussi bien disposé. *Il veut la Collection. Il a l'argent. Contente-toi de donner ton prix.* Mais Joe continua de caresser son menton imberbe puis, de manière inquiétante, gratta les cicatrices de ses mains. Enfin, il me regarda. Comme pour dire : « Qu'est-ce que tu en penses, Rip ? »

— Ma foi, je ne sais pas, Truman, répondit-il. J'avais un chiffre en tête.

— Dites ce chiffre.

— Je ne peux pas. Impossible de m'en souvenir.

— Un peu comme la combinaison des serrures, remarqua Roth. Donnez-moi une fourchette ?

Ou bien la tactique était brillante, ou bien Edith avait raison : Joe était un très mauvais négociateur.

Roth se disait que Joe n'en avait aucune idée, et j'étais certain qu'il pensait pouvoir profiter de ce gars de la campagne aimant Dieu, qui se contenterait de quoi que ce soit qui dépasse les quelques milliers de dollars.

— Je vous payerai cent cinquante mille dollars pour les morphos et la Collection, sujette à vérification.

Joe hochait la tête. Je voyais bien qu'il était sur le point d'accepter cette offre (à mes yeux, dérisoire).

— Eh bien… c'est un chiffre intéressant, Truman.

— Mais pas celui dont nous avions discuté, Joe, j'intervins, avant de me retourner vers Roth, décidant de prendre les choses en main. Je crois que cela doit être un million de dollars, Mr Roth. Ainsi qu'on en avait discuté, Joe. N'est-ce pas ? À la maison. Avec Isabelle et ta mère. Un million de dollars pour la Collection complète. Rien que les machaons valent cent cinquante mille dollars.

Je demeurai ensuite muet, pas par stratégie, mais de stupéfaction devant ce que je venais de sortir. Il y a des sommes plus importantes en ce monde, deux millions de dollars, par exemple, mais ça ne sonne pas comme un million de dollars, et en matière d'affaires, c'est la façon dont ça sonne qui compte. « Aujourd'hui, je me suis fait un million de dollars. » Être capable de dire ça ! Qui en a l'occasion ?

Roth ne pipa mot. Il y avait bien longtemps que le bruit émis par un million de dollars ne le défrisait plus, mais les gènes de brutes de ses ancêtres n'en couraient pas moins encore dans ses veines.

Joe se mordillait la lèvre. Oh, mon Dieu ! Il paraissait en transe. J'étais incapable de regarder Mary, mais je sentais venir son interjection. Joe s'éclaircit la gorge, et je crus qu'il allait offrir un prix inférieur à Roth !

— Votre offre est très gén…

— Un million de dollars pour la Collection complète, répétai-je. Une collection qui inclut un papillon que personne au monde ne possède, Mr Roth.

— Pour ce prix, je veux les vingt-quatre morphos à cinq ailes.

La convoitise de l'inachevé ne laisse aucune place à la pitié.

— Les vingt-quatre ? Joe ? Tu crois qu'Isabelle serait disposée à se séparer de l'ensemble des vingt-quatre morphos ?

Joe demeurait sans voix, ce qui était utile.

— Ça c'est sûr, dit Mary.

— On a promis de ne pas vendre tous les morphos à cinq ailes.

— Isabelle n'a pas le dernier mot sur le sujet, répliqua Mary.

— Et qui a le dernier mot ? interrogea Roth.

— Nous tous, dis-je. La décision doit être unanime. Et je dis un million pour tout.

— Alors ? demanda Roth. Un million de dollars, ça le ferait, Joe ?

Un million de dollars, ça le ferait. Ça devrait le faire. Un million de dollars, en général, ça le fait, pour la plupart des gens dans la plupart des situations : pour la rançon d'une petite fille kidnappée, pour le tueur à gages pour l'assassinat d'un despote, pour le gros lot d'une loterie. Oui, tout le monde a son prix, et un million de dollars, en général, ça suffit. Et pourtant, voilà que Joe – ce même Joe qui depuis des années courait pour grappiller cent dollars par-ci, soixante-dix-sept par-là –, sur le point de gagner plus d'argent qu'il n'en avait jamais rêvé (peut-être le montant exact dont il avait rêvé), restait planté là comme une momie géante.

Roth se tourna vers Foster, qui rôdait toujours si discrètement qu'on n'avait pas conscience de sa présence tant que Roth ne lui demandait rien.

— Foster, pouvez-vous aller à mon coffre, et rapporter un million de dollars en liquide ?

Foster quitta la pièce et réapparut cinq minutes plus tard avec la somme sur un plateau d'argent. C'était vulgaire mais divinement efficace. Je n'avais jamais vu un million de dollars. Néanmoins, la taille me paraissait correspondre. Roth prit une liasse de cent billets de cent dollars.

— Sentez-moi ça. Voilà une chose que m'a apprise mon grand-père : la meilleure façon de savoir si l'argent est authentique.

Nous reniflâmes tous la liasse à tour de rôle. Un paquet épais de cent billets de cent dollars, qui dégageait une odeur de derrière, un peu comme du *Vernix caseosa*. Roth tendit les dix mille dollars à Joe.

— C'est à vous. Un acompte de dix mille dollars. Vous aurez le reste une fois que mes gens auront vérifié la Collection. Nous pouvons finaliser le deal à New York le mois prochain, à une date qui vous conviendra. Et j'y ajouterai une caisse de vin pour vous, Mr Jones.

Il avait la bouche sèche ; cela s'entendait. Allait-il offrir davantage ? Sans doute pas. Il comprenait qu'il ne s'agissait pas d'argent. Il avait deviné que le million était le summum qu'aucun pouilleux ne pouvait refuser, aussi talentueux et charismatique soit-il.

— Je crois que c'est une offre excellente, Mr Roth, dis-je.

— Ça, c'est sûr, renchérit Mary.

Joe tendit alors la main. Une main ferme et solide. Et Roth mit sa paluche dans celle de Joe, et ils échangèrent une poignée de main là-dessus.

— Un million de dollars pour la Collection complète, dit Roth.

— Un million de dollars pour la Collection complète.

— Sujette à vérification.

— Sujette à vérification.

— Marché conclu.

— Marché conclu.

— Excellent.

— Amen.

— Rip ? Rip. Réveille-toi !

— Joe ?

— Réveille-toi, Rip !

— Joe ?

— Oui !

— Tu es vivant ?

— Évidemment, que je suis vivant.

— Qu'est-ce que tu fais là ?

— Je suis venu te libérer. Tu n'es pas coupable, Rip. Tu as été lavé de tous tes péchés.

— Tu es véritablement en vie, Joe ?

— Bien sûr. Sens.

— Et… nous sommes libres ?

— Au bout du compte, ils n'ont rien pu te coller sur le dos.

— Où est Larson ?

— Il m'a envoyé ici. T'apporter les bonnes nouvelles. Il a pensé qu'il me revenait de te le dire. Tu n'y crois pas ?

— Je ne sais pas. Je suis tellement fatigué.

— Tu as besoin d'un peu de résespoir.

— De résespoir ?

— Bien sûr. Ce sentiment de nouvel espoir qu'on éprouve après le désespoir. Tu as besoin d'air frais, Rip. De la Bonne

Théologie de l'eau froide et du soleil. Voilà qui va te réveiller. Et puis, on reprendra la route.

— Avec quoi ? Nous avons tout perdu. Tu as tout perdu. Dans l'incendie.

— Voilà des paroles super-négatives. On ne perd jamais tout. S'il y a bien une chose que la vie te démontre, c'est que ça revient. Tu es prêt ? Où sont tes affaires ?

— Je n'ai pas grand-chose.

— Là où nous partons, tu n'as besoin de rien…

* * *

— Mr Jones ?

— Larson ?

— C'est moi. Désolé de vous réveiller.

— Quelle heure est-il ?

— Dix heures. Je vous ai apporté du café. Et les petits pains à la cannelle que vous aimez. Plus les stylos que vous m'avez demandés.

— Merci.

— Ça va ? Vous étiez en train de rêver, là.

— Je… oui. Je rêvais de mon ami. Encore une fois.

— Butterfly Joe ?

— Oui. Il m'a dit qu'il était en vie. Et que j'allais être remis en liberté.

— Prions pour que ce soit un de ces rêves prémonitoires. J'ai envoyé les cartes postales à votre mère. « La verte herbe du Wyoming ». Vous avez vu davantage de ce pays que moi. Vous allez bien ? Vous dormez beaucoup.

— Je dormais mal lorsque j'étais enfant. Je rattrape le temps perdu. Et puis, toute cette écriture est fatigante.

— Ça vient bien ?

— Lentement. Il y a beaucoup de choses à se remémorer. Tout repose sur ma capacité à me souvenir correctement des événements. Et puis, je me demande si un élément particulier me revient vraiment tel qu'il était, ou bien parce que je veux m'en souvenir de cette façon. Alors, je redoute de mélanger mes rêves et mes souvenirs. Les rêves que je fais dans cet endroit – ils sont si frappants. Et puis, une autre idée me traverse, je me dis que je ne suis pas vraiment réveillé. Je veux dire, quand Rip Van Winkle a ouvert les yeux au bout de vingt ans, il a dû douter d'être vraiment réveillé. Il a dû penser que son rêve se poursuivait. Au cours de ces vingt ans de sommeil, il a dû faire des rêves à l'intérieur du rêve, y compris des rêves où il pensait émerger d'un rêve tout en y étant encore plongé. Vous croyez que je deviens fou, Larson ?

— Vous devriez peut-être laisser tomber les rêves, petit.

— Le shérif m'a dit d'écrire tout ce qui concernait l'affaire. « Jusque dans le moindre détail. » L'avocat m'a dit de « me souvenir sans a priori ». Mais qui peut faire une chose pareille ? Se souvenir et se rappeler d'événements sans a priori constitue une impossibilité. L'idée que je pourrais sortir de moi-même et me voir comme quelqu'un d'extérieur, sans la connaissance de ce qui va arriver, c'est une fiction. Une fiction complète.

— Waouh. Respirez à fond. Vous réfléchissez trop à tout ça. De ce que j'ai lu, je dirais que vous vous souvenez de plein de choses.

— Il y a assez de détails ?

— Plein. Plein.

— Qu'est-ce qu'il y a, alors ? Vous me regardez drôlement.

— Un ou deux trucs qui me chiffonnent. Un type comme vous, qui a lu tous ces livres, qui passe un temps fou à plonger dans la tête des gens, à essayer de savoir ce qu'il pense, lui, et ce que pensent les autres. Comment n'avez-vous pas vu ce qui allait se produire ?

— C'était difficile. Quand on était là, sur place, dans l'instant.

— Mais il y avait plein de signes avant-coureurs. Vous l'avez dit vous-même.

— Je ne les ai compris que trop tard.

— Après coup, on est toujours plus avisé.

— Pas assez avisé. Ce n'est pas prendre du recul qui va me sortir d'ici, Larson.

— Eh bien, continuez. Vous n'avez peut-être plus d'affaires à faire, mais vous avez encore la vôtre à plaider.

— La formule me plaît.

— Je vous en fais cadeau. C'est un livre, que vous êtes en train d'écrire, là. Je vois que vous avez des chapitres, et tous ces trucs-là.

— Ça m'aide à y insuffler du sens. À mettre en ordre. Ce n'est pas tout à fait le livre que j'avais en tête.

— Qu'est-ce que vous aviez en tête ?

— Cela n'a plus d'importance.

— Allez-y quand même.

*— J'avais cette envie d'écrire le récit de mes tribulations en Amérique, en vers, comme l'*Odyssée*.*

— J'avoue que je ne connais pas.

— C'est l'histoire d'un voyage épique accompli par un héros grec. Le héros s'efforce de rentrer chez lui, mais ce qui aurait dû lui prendre une semaine dure dix ans. Des événements surviennent.

— Et alors ? Il finit par y arriver ?

— Oui.

— Alors, j'espère que vous arriverez à rentrer chez vous, petit. Et espérons que ça ne prendra pas aussi longtemps que pour le Grec.

— Je pourrais y perdre les meilleures années de ma vie, Larson.

— Hé ! Les larmes n'y feront rien. Vous devez tenir bon. Tenez bon, et les détails vous reviendront bien mieux. Il y a plein de choses qui dépendent uniquement de ça. Vous êtes votre propre témoin. À ce moment précis, vous êtes le seul témoin. C'est votre histoire, et personne d'autre ne peut la raconter. Souvenez-vous-en.

IV

Ainsi, on fit un carton
Sur la Route vers l'Ouest
On prit du blé au Magicien
En échange du coffre aux trésors d'un mort
Sauf que le mort ne l'était pas
Au sens strict du terme
Et que la récolte du million ne se fait pas
Tant que le collectionneur n'a pas collecté

Chapitre 16

Où nous reprenons le chemin de la maison en nous sentant comme des millionnaires

Oh, les cris de joie lorsque nous quittâmes le domaine du Magicien dans la Chuick passée entre les mains du voiturier, à présent d'un bleu nettement plus clair et parfumée au citron. Nous nous étions efforcés d'afficher un certain détachement lorsque Roth avait accepté de payer un million de dollars pour la Collection complète, de peur que nos célébrations ne nous révèlent comme de joyeux ploucs miséreux plutôt que des hommes d'affaires expérimentés pour qui des deals à un million de dollars couraient les rues, se ramassaient à la pelle. La dernière réplique de Joe sous-entendit même que Roth avait fait une bonne affaire :

— Truman, pour sûr, vous savez conclure un deal. Ça doit être pour ça que vous êtes le trillionnaire et moi le bouseux.

— Je ne sais pas ce que vous êtes, Joe Bosco, mais pas un bouseux, j'en suis certain. Et votre ami a un côté impitoyable – prenez garde à lui.

Nous regagnâmes la voiture poings serrés, bras tendus le long du corps pour nous empêcher de mimer la victoire ; de petits couinements d'hystérie contenue nous échappaient, comme de l'air coincé dans un tuyau. À grand-peine, nous nous maîtrisâmes jusqu'au moment où nous franchîmes les grilles principales, où nous nous lâchâmes dans un hurlement identique à la prière extatique des revivalistes.

— Waaaah ! Rip ! Quand tu lui as demandé un million, je me suis dit : « Seigneur, qu'est-ce que tu fabriques ? Il va sûrement nous flanquer dehors. » Mais il n'a pas cillé. Pas une fois.

— Mais la façon dont tu as hésité, Joe. J'ai cru que tu faisais ça pour faire croire que ce n'était pas assez. Comme si tu voulais davantage !

— Aucune stratégie là-dedans, Rip. Je crois que j'étais ivre. Incapable de réfléchir. Et puis, je n'en ai pas cru mes oreilles quand tu as parlé. Un million !

— Il te prenait de haut, Joe. Il attendait de voir si tu avais une mentalité de plouc. Il pensait acheter la Collection pour des clopinettes. Ces riches sont des radins. C'est comme ça qu'ils en sont arrivés là où ils sont. Et je savais combien valait la Collection. Même Isabelle aurait demandé davantage que cent cinquante mille dollars. Et il les voulait, ces papillons. Il les voulait vraiment, vraiment.

— Oh, mon Dieu, et comment ! Il voulait ces petites aberrations à cinq ailes plus que quiconque a jamais désiré quoi que ce soit. Tu as vu sa tête ?

— Bien sûr ! Je savais qu'il payerait la somme qu'on lui demanderait, quelle qu'elle soit. Et je me suis dit, plus on demande, plus il nous prendra au sérieux. La somme devait être appropriée. Un million, ce sont des clopinettes pour un type comme Roth.

— C'est des haricots !

— Des clous !

— Du pipi de chat !

— De la petite monnaie.

— Des miettes de pain.

— Ça n'est rien !

— Que dalle !

— Voilà qui change la donne, Rip. Ça change la donne.

— On a fait un carton, Joe.

— On a déchiré, Rip !

— Un million de dollars, Joe. Un putain de million !

Le deal avait dépassé toutes mes espérances – d'environ un million de dollars. Car je n'avais pas – comme tout le reste de la famille – envisagé la possibilité que Joe vende véritablement la Collection. Joe non plus, à mon avis, et il ne savait pas non plus combien il en voulait. Tout au fond des tréfonds de son propre cœur porté à l'exagération, je crois qu'il aurait accepté la première offre de Roth.

Tandis que Joe et moi chantions nos louanges réciproques, la voix de la raison s'éleva à l'arrière de la voiture.

— On a pas encore le fric.

— Allons, Mary !

— T'as signé que dalle, Joe. Il pourrait changer d'avis.

— Un homme comme Roth ne change pas d'avis.

— Ça paraît trop facile, insista-t-elle. Peut-être que c'est un genre d'épreuve. Peut-être que Dieu te met à l'épreuve. Qu'il te met les richesses sous le nez, avant de te les reprendre. C'est comme ça qu'il fait, en général.

Mary avait un côté négatif qui n'était pas de l'affectation, mais un pessimisme acquis et hérité qui repoussait ses espérances chaque fois que celles-ci commençaient à enfler.

— Petite sœur, je ne sais pas combien le Diable te paye pour être son avocat. Mais Dieu ne te tente pas avec des richesses pour te les retirer ensuite. Ça, c'est la méthode du Diable.

— J'essaie juste de ne pas nous laisser entraîner, Joe. On a déjà connu des déceptions.

— Écoute, le pire qui puisse arriver, c'est qu'on reste propriétaires des papillons les plus rares de la planète, répliqua Joe. En plus, on a connu une aventure et on a été payés dix mille dollars pour ça.

— Exact. Et tu as intérêt à me les donner, aussi, avant que tu ne les balances à un clodo.

Il était tout aussi bien que Le Magicien n'ait pas offert à Joe un plus gros acompte, parce qu'il se serait débrouillé pour le dépenser avant que nous n'ayons regagné les Catskills. Mary (notre trésorière désignée) tira mille dollars de la liasse et les tendit à son frère en déclarant : « Voilà pour tes aumônes. » Les premiers cent dollars furent pour le garde mexicain à la barrière extérieure. La tête de celui-ci – un mélange d'inquiétude et de gratitude ahurie – méritait le détour. Il se frappa la poitrine, traça un petit signe de croix et remercia « Jesuchristu ».

— Ne remerciez pas Jésus, señor, lui dit Mary. C'est pas Jésus qui vous a donné cet argent.

— Mais nous sommes ses mains et ses pieds, rectifia Joe. Nous sommes le corps du Christ. Et c'est son argent.

— Il n'aura pas mon corps ni mon fric.

Les dons de Joe – aussi aléatoires et chaotiques que tout le reste de son comportement – auraient pu être plus efficaces, mais au moins, il restait cohérent : dix pour cent avant impôts.

— Tu espères aller au paradis avec toutes ces aumônes, Joe ?

— Rip ! Non. Tu n'as donc rien appris ici ? L'entrée dans le royaume des cieux ne s'achète pas. Tu ne peux pas élever tes actes au niveau de l'infini ! Voilà une réflexion dangereuse. Seul le Seigneur peut régler dans cette devise.

— OK, mais comment choisis-tu à qui donner l'argent ?

— Je n'y réfléchis pas trop, Rip. Si tu commences à trop analyser, l'argent reste au fond du portefeuille. Tu dois guetter ceux qui sont les plus petits, ceux qui sont perdus, ceux qui sont égarés, ceux qui sont abandonnés. Quelquefois, ce n'est pas parce que la personne est économiquement pauvre. Comme ce garde, là. Il ne s'en sort probablement pas trop mal. Mais tu as vu sa réaction quand on lui a donné ? Je payerais cent dollars pour voir ça.

— Alors, les cent mille ? À qui iront-ils ?

— Je les ai promis à l'orphelinat d'Albany. Celui où nous avons trouvé Celeste.

— Tu leur en as déjà parlé – avant d'avoir confirmation de l'argent ?

— Je leur ai dit que si jamais je concluais un gros deal, ils récolteraient la dîme.

Joe agrippa le volant et soupira, les yeux embués. Les larmes se mirent à couler sur ses joues. Pas les larmes d'une émotion forcée ni d'un élan de gratitude à louer le Seigneur pour les merveilles de la nature qui nous entouraient dans ce paysage du Wyoming. Mais les douces larmes du soulagement et de l'incrédulité. Je supposais que Joe entrevoyait la signification de ce million pour lui : la fin d'une existence précaire, au jour le jour, des contingences de la route, et du fardeau de l'obligation d'être le gagne-pain-et-papillons – fardeau dont il ne se plaignait jamais et qu'il portait avec beaucoup d'humour et de bonne humeur, mais qui devait lui peser. Il laissa les larmes dévaler, la morve goutter, la mâchoire pendante d'incrédulité idiote, secouant la tête en marmonnant « provision, provision, provision », encore et encore.

— Ce deal va changer les choses, Joe. Pas vrai ?

— Vrai.

— Que crois-tu que ça implique ?

Il secoua la tête.

— Des tonnes de trucs, Rip. Des tonnes de trucs.

Une liste brute de possibilités jaillit de lui en une sorte de syndrome de la Tourette, désordonnées, mais toutes exprimées avec un égal enthousiasme et la conviction qu'elles se réaliseraient.

— On achète et on répare la maison, on agrandit la ferme des papillons, on ouvre « Le Monde des papillons » ; on a un café où les gens peuvent boire du café et où les papillons volent partout autour d'eux ; Isabelle va à l'université ; Mary tente sa chance au stock-car ; on se diversifie dans d'autres domaines, par exemple en faisant des confitures à partir des végétaux indigènes de la Jamaïque, où ils ont des fruits du nom de pomme à sucre, carambole, tamarin et tangor – c'est un hybride d'orange et de tangerine ; et quand tout ça marchera comme sur des roulettes, tout seul, toi et moi, on ira parcourir le monde ! Pense à toutes les merveilles là-bas, sur lesquelles nos yeux ne se sont pas encore posés.

En dépit de cette liste, je ne crois pas que Joe ait vraiment su à quoi irait cet argent. Mais la perspective de ce million révélait son désir profond : il ne voulait plus aller sillonner les routes pour démarcher. Ni même vendre de papillons, ni même être riche ; il voulait simplement être libre. Je pensai à Edith, à son visage qui s'éclairerait à la surprise de la réalisation de ce deal, et que j'en sois l'auteur ! Je pensai également à Isabelle, et à ce que cet argent imprévu signifierait pour elle. L'université. Et puis

Mary, silencieuse et pensive à l'arrière de la voiture. Ce deal les libérerait tous, de et pour différentes choses. Et j'étais leur libérateur en chef.

— Joe, on devrait téléphoner à Edith.

— On devrait. Tu peux peut-être lui apprendre toi-même.

— Non. Ce moment t'appartient.

Joe appela sa mère de quelque part au milieu de l'Amérique, au milieu de la nuit. Je fus surpris qu'il ait tant attendu, mais peut-être désirait-il savourer son rêve aussi longtemps que possible avant de percuter la rude muraille du doute d'Edith. Il était touchant qu'il lui téléphone autant. Edith exerçait encore sur lui une considérable force centrifuge. Tout autant qu'une résistance naturelle à voir l'oisillon quitter le nid, elle devait également redouter que Joe ne disparaisse un jour complètement, comme son père.

Il passa le coup de fil d'une cabine à la station-service. Lorsqu'il revint, il paraissait désappointé.

— Tu lui as dit ?

— Je lui ai dit.

— Elle était contente ?

— Non, elle ne l'était pas.

— Ne me dis rien : elle n'y croira que quand elle le verra ?

— Tu as tout compris.

— C'est *elle* qui devrait faire preuve de davantage de foi. J'attends avec impatience de voir sa tête quand Roth lui tendra ce fric.

— Tu as intérêt à prendre ça en photo, Rip. M'man impressionnée par un truc que j'ai fait ? Ce sera un spectacle plus rare qu'un bleu de Palos Verdes.

Joe gloussa, mais je voyais bien que cette fois-ci – en dépit du fait qu'il était habitué à la rareté de ses louanges – il était démoralisé, et peut-être même un peu en colère contre sa mère.

— Elle pourrait être un peu plus reconnaissante, Joe. Je veux dire, je comprends bien la nécessité d'être réaliste, et les déceptions du passé ; je comprends tout ça, mais elle se montre un peu sévère avec toi.

Joe ne répondit pas, mais il n'était pas non plus en désaccord avec moi.

— Après tout, est-ce qu'elle a jamais conclu une affaire d'un million de dollars ?

— Une fois, elle a failli. Avec A & P. Mais elle s'est offusquée du type qui la dévisageait.

— Eh bien, moi, je suis fier de toi, Joe. Même si elle ne l'est pas.

Nous parcourûmes la distance entre le Wyoming et les Catskills, trois mille deux cents kilomètres en voiture, en guère plus de trente-six heures, nous arrêtant tout juste à quatre reprises pour des ablutions, de l'essence, changer de conducteur et donner un coup de main à des ouvriers de la route. Joe fit don de ses derniers dollars à une vieille femme dans une station-service en Pennsylvanie. Son autre acte de bonté gratuit fut de s'arrêter pour aider des terrassiers à creuser un fossé, après quoi, il leur tendit à tous des cartes de visite en leur annonçant qu'un débouché « super-énorme » les attendait, un boulot pour le « parc à thème le plus excitant d'Amérique ». Il conduisit presque tout le trajet, et il aurait accompli celui-ci en entier si Mary ne l'avait pas obligé à lui passer le volant. Lorsqu'ils permutèrent, Joe alla s'allonger derrière et s'endormit en l'espace de quelques secondes. J'attendis qu'il se mette à ronfler, puis entrepris de masser la nuque de Mary.

— Tu es restée très silencieuse. Depuis qu'on est passés à l'acte. Tu m'as à peine dit un mot.

— J'ai le cerveau préoccupé.

Je lui dis que j'attendais avec impatience qu'on le refasse, et qu'une fois rentrés, on allait bafouer les règlements de la maison, et le faire à tout moment et en tout lieu où ce serait possible : dans la mansarde fermée, dans la bibliothèque, à l'arrière de la Chuick, derrière un arbre au lac au profit des grues et dans la ferme des papillons, au milieu des filets d'éclosion, les fesses chatouillées par les baisers des morphos bleus. Peut-être même dans le lit d'Isabelle, devant tous ces romanciers russes.

— Si tu me veux, tu dois me soutenir contre M'man. Parce que je vais lui faire cracher la vérité.

Le deal m'avait rendu trop sûr de moi, suffisant, même. J'en avais tiré l'impression que je pouvais accomplir n'importe quoi. Et ce fut sur le terreau fertile de cette prétention que cette idée de ma personne en tant que grand libérateur de cette famille – Joe des exigences de la route, Isabelle des exigences de sa mère, Mary de l'incertitude de sa filiation, et eux tous de la tyrannie d'Edith – se mit à pousser.

— Je te soutiendrai, Mary.

— Promets-moi.

— Je promets.

Et voilà, c'était reparti : je faisais des promesses sur l'avenir pour arriver à mes fins dans le présent.

Quelque part entre Des Moines et Joliet, je tendis la main et fis jouir Mary tandis qu'elle s'agrippait au volant et que son frère dormait comme un homme qui venait de gagner un million.

* * *

Nous atteignîmes la maison vers huit heures du soir, Joe au volant, Mary allongée derrière, et moi dérivant entre le sommeil et la veille, gardant un œil entrouvert au cas où Joe s'embarquerait dans un détour imprévu. La silhouette de la demeure se détachait dans le clair de lune, au plus fort de son allure de château, avec ses créneaux, ses pics et ses pignons. À moitié endormi, je nous imaginais tels des héros rentrant d'une quête achevée : la toison découverte, le graal empoigné.

En remontant le chemin, les phares de la Chuick illuminèrent les quatre fentes rouges des yeux des chiens. Mais à l'exception de Nancy et Ronnie, personne ne vint nous accueillir. Pas même Ceelee. Je sais bien que l'argent n'était pas encore à la banque, mais un semblant de fanfare aurait été le bienvenu. On a jeté des serpentins pour moins que ça. Au bout de trois mille deux cents kilomètres de trajet et un deal d'un million de dollars, nous méritions un peu plus de gratitude. Clay fit son apparition, en provenance de sa maison. Il attacha les chiens et se dirigea vers nous, se penchant pour inspecter l'avant de la Chuick.

— Il y a de sacrées bestioles dans cette calandre. Comment s'est passé le voyage ?

Joe sortit et agrippa Clay par les épaules.

— On est millionnaires !

— Hein ?

— M'man a rien dit ?

— Miss Edith a été occupée.

— On les a pas encore vendus, intervint Mary en s'ébouriffant les cheveux.

— On a eu des complications, Joseph.

— Des complications ou des ennuis ?

— Je dirais des complications qui mènent à des ennuis. Les huissiers sont revenus. Ils exigeaient le loyer. Six mille dollars.

— On a six mille dollars, Clay. Et bientôt, on aura six cent mille dollars !

— Eh ben, Miss Edith va être soulagée d'entendre ça. On a tous été occupés à préparer les commandes. On en a eu une énorme de Cleveland. Cinq cents boîtes.

— Hé, Rip ! C'est le grand magasin de cadeaux que tu as charmé. Tu vois, tu es un représentant de commerce-né ! Où est tout le monde ?

— Tout le monde est à la fabrique, à travailler d'arrache-pied.

Je suivis Joe à l'étage jusqu'à la fabrique et l'observai – un caïd pénétrant dans un saloon.

— « Lâchez la parlotte et tombez la culotte ! » lança-t-il, citant une réplique mémorable du film *Aliens*.

Ceelee se précipita, lui sautant dans les bras. Elijah était occupé avec le pistolet à silicone. Isabelle montait un papillon sur une brindille. Seule Edith ne leva pas les yeux. Elle demeura assise sur son trône à coller des étiquettes. Pour Joe, j'espérai qu'elle dirait au moins : « Bravo », mais au lieu de cela, nous fûmes gratifiés d'un : « Personne ici ne vend la peau de l'ours. »

Rétrospectivement, avec le recul, avec le luxe de toute cette sagesse après coup, indisponible sur l'instant, Edith avait raison : nous n'aurions pas dû vendre la peau de l'ours avant que celui-ci ne se tienne devant nous, en costume, en train de rédiger un chèque d'un million de dollars. Bien entendu, sa réticence était raisonnable, une défense contre la déception ; elle démontrait un scepticisme de bon aloi vis-à-vis d'une vie entière d'exagération de Joe. Lorsqu'on a vécu aussi longtemps en compagnie d'une grande gueule affligée d'une tendance à l'hyperbole congénitale, il doit être difficile d'admettre qu'il a réussi ce qu'il avait promis. Son « accueil » aurait néanmoins pu se montrer un peu plus encourageant. Et bien qu'habitué à la froide défiance de sa mère vis-à-vis d'à peu près tout ce qu'il annonçait, Joe parut affligé ; j'entrevis le petit garçon qu'il avait dû être. Son besoin d'approbation était aussi profond que le mien, simplement, il le dissimulait mieux.

— Tu devrais être enthousiaste, Edith, dit-il. Ce type, c'est du sérieux.

— Je déciderai par moi-même quand je suis enthousiaste, et personne ne me balance des « tu devrais » – jamais. Ce deal, c'est du vent tant que l'argent n'est pas à la banque. Pour l'instant, on doit trouver six mille dollars pour le loyer, sinon on est à la rue.

— M'man, l'affaire est courue d'avance. Et on a l'argent pour les huissiers.

Joe produisit l'acompte et balança les dollars sur la table, comptant d'abord les premiers billets avant de tout jeter devant elle.

Edith contempla cette nouvelle somme, ramassa un billet, un seul, et le renifla.

— Qu'est-ce qu'on sait de ce type ?

À notre entrée, Isabelle était demeurée tête baissée, prenant un temps infini pour fixer un *Greta oto* sur une brindille ; mais tandis que ses doigts s'activaient, ses oreilles étaient devenues écarlates. C'était pour elle que la vente de la Collection serait le coup le plus rude.

— Comment a-t-il gagné ses millions ?

— Comme d'habitude, Iz, répondit Joe. En piétinant les pauvres. Mais il a le cœur ouvert à l'enseignement. N'est-ce pas, Rip ?

— Oui. Joe lui a donné beaucoup de conseils en la matière.

— Tout ce que je dis, c'est que tu ne devrais pas te balader en clamant que c'est plié, dit Edith. Je ne veux pas d'un autre Yo-Yo.

Joe ne m'avait pas parlé de Yo-Yo. Celui-ci, m'apprit plus tard Isabelle, était soi-disant un collectionneur japonais intéressé par la Collection complète. Joe l'avait rencontré à la foire internationale annuelle de Los Angeles, et après avoir montré le catalogue à Yo-Yo, celui-ci en avait offert cent mille dollars. Il avait invité Joe chez lui à Kyoto, et lui avait payé un billet d'avion. Puis, il avait tout annulé sans explication.

— Ce n'est pas un Yo-Yo. Ce type-là a des vraies références.

Isabelle quitta la pièce ; elle en avait assez entendu.

— Tu crois qu'il a tant d'argent que ça ? poursuivit Edith.

— M'man. Il nous l'a montré. Sur un plateau. C'était incroyable.

— Exactement : c'est incroyable.

— Roth a cet argent, j'intervins. Si vous aviez vu cet endroit, Edith.

Difficile de décrire le domaine de Roth sans avoir l'air d'un fou mythomane, mais je me lançai quand même.

Au beau milieu de ma description, Mary pénétra dans la pièce. Elle étreignit Ceelee, puis grommela à propos d'« aller se coucher tôt ».

— Tu n'as même pas un bonjour pour la mère qui t'a portée et élevée ?

Ce n'était pas l'apitoiement sous-jacent à la question qui allait reconquérir Mary. Pas cette itération nouvelle et enhardie de Mary.

— On a cent boîtes à fabriquer d'ici demain matin.

Mary marmonna quelque chose qui ressemblait à « Je fais plus ces trucs-là » et se dirigea vers la porte.

Edith beugla :

— Hé ! Reviens ici. Qu'est-ce que tu ne vas plus faire ?

Mary marqua un temps d'arrêt, parut sur le point d'ignorer sa mère, puis se retourna et lui fit à moitié face.

— J'ai plus le temps pour ça.

— Le temps ? Le temps pour quoi ?

— Pour ton… tes conneries tyranniques.

De tous les mots que Mary aurait pu choisir, elle avait choisi le mien !

Edith plongea comme un aigle borgne.

— Alors ça, c'est un mot drôlement élaboré pour une fille qui prétend qu'elle ne lit pas, asséna-t-elle en me regardant moi plutôt que Mary. Il n'y a qu'une personne dans cette maison qui se serve d'un mot pareil, et peut-être deux qui sachent ce que ça signifie. Et tu n'en fais pas partie.

En l'état actuel de la situation, à cet instant, Edith se comportait comme un tyran, un tyran dont les sujets venaient de rentrer d'un voyage sur des terres où ils avaient profité d'une liberté plus grande que celle qui était la leur, et qui avait besoin de rétablir l'ordre.

Mary repartit, et Joe prit le relais.

— M'man. Mary est fatiguée. On vient de faire trois mille deux cents kilomètres en voiture en deux jours pour rentrer, on vient de conclure l'affaire de notre vie, et tu gueules pour rien.

— Pour rien ? Aujourd'hui, j'ai eu deux types qui ont menacé de me prendre tout ce que je possède. Je ne vais plus vivre de tes peut-être.

Jo ramassa quelques-uns des dollars répandus sur la table.

— Ça, ça n'est pas du peut-être, M'man.

* * *

Durant quelques semaines, nous vécûmes dans la tension entre la perspective d'une rentrée d'argent qui changerait tout et un zèle de « rien n'a encore changé ». Pour Edith, c'était la routine habituelle, et la routine habituelle exigeait de sortir cette commande de cinq cents boîtes et une commande de cent boîtes de machaons jaunes (assortis à la couleur des robes des demoiselles d'honneur) pour un mariage à White Plains. En dépit de la promesse du million de dollars, elle n'autorisait aucune discussion sur le sujet. Joe, en revanche, se comportait comme si l'affaire était bouclée, et j'étais tenté d'être d'accord avec lui. J'avais pénétré dans la maison du Magicien et j'avais entrevu sa chambre forte. J'avais vu la lueur dans le regard du collectionneur lorsque Joe lui avait montré la boîte de démonstration. Et un peu de l'espoir de Joe commençait à déteindre sur moi. J'étais devenu moins « cynicalistique », plus crédule, davantage dans l'attente des bonnes choses. J'avais commencé à penser comme un Américain, et c'était plus drôle que mon ancienne personnalité européenne sceptique et « non, pas possible ».

Joe décida de préparer un « dîner de Thanksgiving » en lieu et place de « la plus belle moisson que nous nous apprêtions à récolter ». Comme tout individu rationnel, célébrer un événement avant qu'il ne se soit produit me rendait superstitieux mais Joe, bien sûr, rejeta ça comme une nouvelle expression de la Mauvaise Théologie, au motif que Dieu n'avait que faire du temps. Lorsque Edith souligna que le vrai Thanksgiving d'action de grâces n'avait pas lieu avant deux mois, Joe affirma que les Pères pèlerins débarqués du *Mayflower* s'étaient embrouillés dans le calendrier, et que le vrai Thanksgiving n'était qu'une concoction bidon des hommes. Il voulait servir « une corne d'abondance *surf and turf* de produits d'Amérique », qui comprendrait des steaks de New York et du homard du Maine. Il allait obtenir les ingrédients à Poughkeepsie, où il connaissait quelqu'un de l'Institut culinaire américain, capable de se procurer « les meilleurs produits de tout le pays ». L'idée de ce repas n'était pas complètement spontanée, car Joe avait gardé pour cela un peu d'argent – trois cents dollars. Il l'avait baptisé la Fête de la Prévoyance, car il prévoyait que nous aurions à remercier Dieu de beaucoup de choses.

Lorsque nous nous mîmes en route pour acheter les produits, je réalisai que c'était la première fois que je me retrouvais seul avec Joe depuis un moment. Il paraissait plus calme (si tant est que Joe puisse jamais être calme). Je crois que la promesse du million de Roth l'avait soulagé d'un grand poids, et lui avait révélé que la vente des papillons était plus utile qu'essentielle à sa nature. L'imminence de cette aubaine financière avait recalibré ses ambitions et lui permettait, pour la première fois peut-être, de penser à ce qu'il désirait vraiment faire de sa vie.

Tandis que nous suivions le flot du majestueux Hudson sur la Route 9, dépassant les résidences d'anciens présidents et les folies de milliardaires, je rappelai à Joe le vœu prophétique qu'il avait exprimé alors que nous contemplions l'Hudson River depuis l'aire de panorama, le jour où il m'avait rebaptisé.

— Un jour, l'Hudson. Tu crois que ce jour est venu ? Une maison sur l'Hudson ?

Il hocha la tête distraitement, l'esprit ailleurs.

— C'est vraiment ça ton rêve, Joe ? Être riche. Vivre dans une grande maison. Frayer avec la société.

— Je vis déjà dans une grande maison. Frayer ? Qu'est-ce que c'est ?

— Se mélanger à la haute société.

— La société, c'est qui tu rencontres, Rip. Et c'est assez haut pour moi.

— Mais quel est ton rêve, Joe ?

Il tressaillit et émit un son étrange, comme s'il ne savait plus où se mettre.

— Oh. Toutes ces histoires de rêve, ça n'est pas pour moi. J'ai déjà trop de choses à faire quand je suis réveillé.

— Allons…

— Tellement de choses.

— Dis-m'en une.

— Je ne peux pas ! Il y en a tellement.

— Tu as peur de l'énoncer, au cas où tu ne l'obtiendrais pas. C'est ça, n'est-ce pas ?

— Ne me ridiculise pas ! Regarde. Un cerf !

Je regardai, et il y avait effectivement des cerfs, sur les terres d'une des grandes demeures dans lesquelles il n'aspirait plus à vivre.

— OK. Qu'est-ce que tu espères ? Vraiment ? Si ça marche, qu'est-ce que tu feras ?

— J'ai des tonnes de choses prévues.

— Tu veux toujours devenir le Henry Ford des lépidoptères ? Apporter les papillons aux masses ?

— Bien sûr.

Cela n'en avait pas l'air.

— Isabelle a suggéré que tu ne faisais ces trucs de papillons que pour impressionner un père que tu n'as jamais connu ni eu. Que tu préférerais t'occuper à autre chose.

— Tu es en train de me psychanalyser, Rip ? J'ai pas besoin de psy.

Qu'il m'ait fallu aussi longtemps pour établir un lien entre sa fébrilité et son absence de père démontre bien la mesure des brillantes dérobades de Joe (et mon solipsisme). À l'instant où elle l'avait formulée, la réflexion d'Isabelle avait paru si évidente que je l'avais écartée. Mais c'était bien ça. Clair comme de l'eau de roche.

— Les trucs personnels, c'est important, Joe. C'est vrai ? Pour ton père ?

Il eut un gloussement nerveux.

— On a fini, là ? Tout ça est devenu bien trop personnel.

— On a tous les deux des problèmes de père, non ?

— J'ai pas de père, alors comment je peux avoir des problèmes de père ? De toute façon, je n'en ai pas vraiment besoin. J'ai un père céleste. Si je voulais m'en trouver un terrestre, je le ferais.

— Alors, pourquoi tu ne le fais pas ?

Joe se mit à chantonner ses dee-dee-dee.

— Allons, Joe ! Pourquoi pas ?

— Parce que.

— Parce que ta mère t'en empêche !

— Parce qu'il ne m'apportera aucune satisfaction, Rip. Ce n'est pas après ça que je cours.

— Alors, après quoi cours-tu ?

Joe repartit dans ses dee-dee-dee sur l'air de « Dixie Land » :

— Dee- d- d- dee, dee, d dee- dee…

— Je crois que tu ne sais pas ce que tu veux.

— Si, je sais. Mais je ne le dirai pas, c'est tout.

— Trouver une épouse entomologique ?

— Ha !

— C'est ça ?

— Pour de vrai.

— Mais tu n'as jamais mentionné que tu avais une petite amie, Joe.

— Ça ne s'est tout simplement pas présenté. Tu sais que cette portion de route, c'est là qu'on a conduit la première automobile ?

— Non. C'est un fait établi ?

— Établi. Pense à ce que ces gens du début du siècle feraient de la Chuick, Rip.

— Ils en concluraient que le monde n'a pas beaucoup évolué.

— La Chuick est une merveille de la science moderne et de l'ingéniosité maison. Et une des choses que je veux, une fois qu'on aura l'argent, c'est la faire recouvrir d'or.

En pénétrant dans Poughkeepsie, la voiture dévia brusquement dans la file voisine, et je dus rectifier le volant au son d'un klaxon furibond.

— Waouh, Joe ! Où tu vas comme ça ?

Il était en train de scruter de trop près son rétroviseur, et avait perdu le fil de la route.

— On est suivis, Rip. Il y a une Plymouth qui nous file le train. Elle nous suit depuis que nous sommes entrés sur l'autoroute.

Je regardai la Plymouth dans le miroir de courtoisie.

— Mary n'avait pas dit qu'on était suivis par une Plymouth verte ?

— Si. Cela dit, il y a plus d'une Plymouth verte dans ce pays.

Joe ralentit à une allure dangereusement faible, pour voir si la voiture faisait de même. Celle-ci nous dépassa comme n'importe quel véhicule normal, et poursuivit son chemin.

— Ça pourrait être les huissiers ? Les impôts ?

— Ça n'est rien, sûrement.

Une fois que nous eûmes récupéré les homards et les steaks à l'école culinaire, Joe suggéra que nous allions visiter la maison de Washington Irving à Tarrytown. Il fallait que je voie la maison où l'auteur avait écrit la nouvelle qui nous avait réunis, assura-t-il.

— On a le temps ?

— Un truc que j'ai remarqué, c'est que les gens qui ont réussi ont toujours le temps et ne sont jamais à l'heure, Rip. Rockefeller était connu pour sa « tarditude ».

— Tu viens d'inventer ça. Aussi bien l'anecdote que le mot, que j'aime bien, par ailleurs.

— C'est vrai ! Je l'ai lu dans *Time Magazine*. Ha !

— Il pouvait se permettre d'être en retard, Joe. C'était un multimillionnaire.

— Et nous aussi.

— Pas encore. Si l'affaire se fait.

— Quand, Rip. Pas *si*. Quand.

Le manoir en pierre de Washington Irving arborait tant de pignons, d'angles et de recoins qu'il ressemblait à un vieux tricorne. La résidence en elle-même était fermée, mais nous allâmes examiner l'extérieur. Joe me passa un bras sur les épaules alors que nous étions là à admirer.

— Tu te rends compte ? Si Irving n'avait jamais écrit l'histoire de Rip Van Winkle, tu ne m'aurais peut-être jamais rencontré. Tu aurais pu être en train de lire autre chose, qui n'ait pas eu le même effet sur toi. Tu aurais pu ne pas t'attarder près des chutes ce jour-là. Et Mary aurait pu ne pas apprécier la couverture du livre, elle ne l'aurait jamais pris, et je ne serais jamais revenu te le rendre. Je ne t'aurais pas non plus offert un boulot à vendre des papillons. Voilà ce qui s'appelle un effet papillon, Rip !

Tu sais qu'on allait baptiser l'entreprise comme ça, « Effets Papillons », mais Isabelle a dit que c'était ringard, et M'man qu'on nous ferait probablement un procès. Alors, on l'a appelée « Le Monde des papillons ». Quand est-ce que tu vas écrire ce livre, Rip ?

La question me ramena d'un bond à mon ancien moi ; celui qui voulait imprimer sa marque sur la page. J'aimais bien quand Joe parlait de moi comme d'un écrivain, même si je savais qu'il y avait un abîme de crédibilité entre mon ambition et sa réalisation. Toutes ces semaines sur la route, j'avais continué en secret mon « Américodyssée », griffonnant quelques lignes dans des chambres de motel ou sur la banquette arrière de la Chuick, mais l'expérience avait remplacé l'écriture, et j'avais sublimé mon désir dans d'autres choses. J'entretenais l'idée – romantique, je le vois bien maintenant – qu'à un moment donné, je ferais halte, je ferais le point, je poserais le crayon sur le papier, ou bien les doigts sur la Remington, et que toutes les aventures se déverseraient sur la page blanche. Mais j'avais à peine pensé à l'écriture pendant ce temps. Je n'en avais pas eu le temps ! Mes ambitions s'étaient concentrées sur des plaisirs plus immédiats et des buts atteignables : voir l'Amérique (coché), baiser Mary (coché), vendre des papillons (coché avec un A +) et défier Edith (en attente).

— Un jour, quelqu'un viendra voir la maison dans laquelle tu as écrit ton livre, Rip.

— Voilà une jolie idée, Joe.

— Tu prendras ton vrai nom, ou tu écriras sous un pseudonom ?

— Je ne sais pas.

— Eh bien, Rip Van Jones, c'est un chouette nom pour un écrivain. J'ai pensé à des titres pour ce livre que tu vas écrire. J'ai pensé à : « Les Aventures de Joe Bosco ».

— Oh. Alors, ça ne parle que de toi ?

— Ben, surtout, bien sûr. Mais tu peux l'appeler : « Les Aventures de Joe Bosco et Rip Van Jones », si tu peux le caser sur la couverture. Ce sera à propos de nos aventures, de l'Amérique, des papillons et de la quête de la Vraie Liberté. Ce sera un livre qui inspirera les gens sur la beauté de l'Amérique. Et les papillons, aussi.

— Je ne vois pas quand je vais avoir le temps de l'écrire. Je m'amuse bien trop.

— On va boucler ce deal, et après, je t'installerai dans un chalet dans la montagne.

— Est-ce que tu lirais le livre pour autant, Joe ?

— Je n'en aurais pas besoin. Je le vivrais.

— Tu devrais lire davantage. Tu es un type intelligent. Les livres sont emplis de mondes. Tu ne peux pas te contenter de *Butterfly Monthly* et de la Bible.

— Je lis pas que ça ! Je suis tout le temps en train d'apprendre.

C'était vrai. Joe était un autodidacte tous azimuts qui, au lieu d'étudier, rattrapait les années passées sur la route à démarcher par la fascination – et même la passion – de la vie.

— Mais j'ai une difficulté avec les mots.

— Toi ?

Joe hocha la tête, comme s'il se donnait la permission d'admettre quelque chose devant moi.

— Quand je vois des mots sur une page, ils me viennent dans un ordre bizarre. Je suis obligé de vraiment me concentrer. Pour les voir dans l'ordre dans lequel ils ont été conçus. Quelquefois, quand je lis un truc, je les mets dans un autre ordre, et j'en tire un autre sens, une histoire différente de celle que voient les autres gens.

— Tu es dyslexique.

— C'est ce qu'on m'a dit. Mais ce n'est pas tout à fait ça. C'est dur à expliquer, mais quand je lis, ça me fait enfler la tête. J'ai cette impression de bulle. Quelquefois, quand je parle, je n'arrive pas à trouver le bon mot, alors j'en dis un – n'importe lequel – et je sais que ce n'est pas le bon, mais je le dis quand même, et puis pour le dissimuler, j'en dis un autre, et puis pour cacher ce mot dont je sais qu'il n'est pas tout à fait juste, j'en dis un autre, en empilant des mots les uns sur les autres dans une espèce de panique, et même si je sais que chaque mot que j'ajoute ne va pas, je le dis quand même ; et plutôt que de m'arrêter, il faut que j'en ajoute un, et puis un autre. Jusqu'à ce que j'ai cette tour de mots. Comme la tour de Babel. C'est pour ça que j'ai besoin de toi à mes côtés pour vendre, et que j'ai besoin que tu écrives mon histoire, Rip. Pour l'empêcher de s'écrouler.

— As-tu jamais pensé à vérifier la signification d'un mot avant de l'utiliser, Joe ?

— Tout ce qui compte, c'est que ça sonne juste, Rip. Comme les paroles d'une chanson. Personne ne s'en soucie vraiment. Ce qui compte, c'est la mélodie. Pour autant que les mots s'accordent à la mélodie.

Joe était peut-être dyslexique, mais il n'avait pas de problème avec les mots. Leur quantité, en tout cas. Il abritait en lui des tas de mots, qui lorsqu'ils sortaient, aboutissaient en général à une étrange éloquence. Il ne m'était jamais venu à l'esprit (tant de choses ne m'étaient pas venues à l'esprit !) qu'il puisse s'exprimer à toute vitesse pour toujours garder un mot, un temps d'avance sur son défaut de communication. Même la parole était pour lui un numéro d'assiettes à faire tournoyer.

— Alors, les gens qui ont le plus réussi sont-ils dyslexiques tout autant qu'en retard ?

— Tout le monde sait ça. C'est une évidenciation.

En regagnant la Chuick, nous aperçûmes tous les deux la Plymouth verte de l'autre côté de la rue.

— Notre ami est de retour.

Je distinguai au volant un homme avec un téléobjectif pointé sur la maison, et sur nous. Dès qu'il s'aperçut que nous le regardions, il s'interrompit, démarra puis s'éloigna dans un couinement de pneus coupable.

— Une sacrément jolie couleur, remarqua Joe.

Sur le chemin du retour, je décidai d'éclaircir quelque chose qui me tracassait depuis un moment.

— Je peux te demander quelque chose, Joe ?

— Vas-y.

— Mary dit que c'est toi qui as pris le livre. Aux chutes d'eau, ce jour-là, quand on s'est rencontrés.

Joe me regarda, pour voir si je plaisantais.

— Et tu l'as crue ? Bon sang, Rip ! Tu as raison de lui laisser le bénéfice du doute, mais tu dois prendre ce que te raconte Mary avec des pincettes de trois kilomètres.

— Pourquoi ?

— Parce que Mary passe son temps à raconter des mensonges. Voyons !

— Comme celui à propos de ta mère qui l'aurait eue d'un autre homme ?

— Oui, et je ne m'aventure pas sur ce terrain-là. Tu as un truc avec elle ? J'ai vu la façon dont tu la regardais. Comment tu lui massais la nuque dans la voiture.

— C'est juste… du flirt. Rien de sérieux.

— Voilà que tu deviens rouge comme un *Euthalia aeropa*. J'aurais cru qu'Isabelle serait davantage ton genre. Quoi qu'il en soit, je serais ravi de t'avoir comme véritable frère. Comme ça, ça pourrait vraiment être une affaire familiale. Et on perpétuerait la relation particulière entre nos deux pays. Tu serais une amélioration très nette par rapport à l'ancien petit ami de Mary.

— Elle avait un petit ami ?

— Ricky Fountain. Il était dans les Marines. Il est parti quelque part à l'étranger. Au Salvador. Il était complètement siphonné. Il lui a demandé de l'épouser, et tout le bastringue.

— Et elle a accepté ?

— Ouais. Et puis, il s'est volatilisé.

— Seigneur !

— Voilà que tu recommences, Rip. À glorifier le Seigneur.

— Elle n'en a jamais parlé.

— Je t'ai dit. Il l'a larguée de façon très moche.

— Elle m'a dit qu'elle n'avait jamais… eu de relation sérieuse.

— Peut-être parce qu'elle t'aime bien. Elle essaie de t'impressionner. Elle raconte des craques pour se rendre plus intéressante. Ou bien pour provoquer des événements. C'est une espèce de maladie chez elle.

Je me sentis nauséeux. La révélation me plongea dans un silence boudeur tout le chemin du retour.

Chapitre 17

Où un festin d'action de grâces se transforme en cène

La table fut dressée avec vaisselle et couverts assortis et produits américains. On aurait dit une nature morte composée par un maître flamand dérangé : des homards empilés en une tour rose-rouge fumante, des steaks comme des assiettes, du ketchup, de la courge butternut, des marteaux (pour broyer la carapace des homards), des mugs Mickey Mouse et un ensemble de beaux verres à pied en cristal – un des quelques vestiges abandonnés par les occupants précédents. Les sièges de hauteur inégale donnaient à l'ensemble l'air d'une assemblée de géants et de Pygmées. Celeste trente centimètres plus haut qu'Isabelle, la tête d'Edith à hauteur de l'épaule d'Elijah. Il n'y avait pas deux personnes au même niveau, et les plus petits étaient plus grands que le plus grand. La seule absente était Mary.

Le bénédicité de Joe revêtit une tonalité de départ et fut – je le sais maintenant – lourd de prophéties.

— Amis, pèlerins, sœurs, frères, mère. Je baptise ceci la Fête de la Prévoyance car je prévois que très bientôt, nos vies pourraient changer. Que nous sommes sur le point de recevoir un bienfait pour lequel j'aimerais remercier à présent le Seigneur. Nous avons de la nourriture en provenance des océans du Maine et des champs du Kansas, ainsi que des légumes de notre propre jardin. C'est un festin de bontés.

Mary fit son apparition. Les yeux à demi fermés pour l'action de grâces de Joe, pas encore terminée, je fis comme si je ne l'avais pas vue.

— Je n'ai pas fini. Ceelee ? Pas de mains sur la table. Je veux remercier Rip ici présent pour sa contribution sur la route. Il s'est révélé un excellent représentant de commerce. Et quand il s'est agi du grand deal, il a assuré dans les grandes largeurs. Alors, à la santé de Rip !

— Rip !

Joe leva son mug Mickey Mouse.

— Roth a dit que cette caisse de vin venait de France. Il a été fait en 1964. La même année que moi. Ça s'appelle du La Tour. Je suis à peu près sûr qu'en français, ça veut dire « sacrément bon ». Je sais que les Pères pèlerins auraient vu ça d'un mauvais œil, mais ces zélotes cinglés auraient dû un peu mieux lire leur Bible, parce que même les païens savent que le premier miracle du Seigneur a été de changer l'eau en vin. Alors, levons et louons.

À l'exception de Mary, nous levâmes tous nos réceptacles assortis.

— Levons et louons !

— Et…

— Ça suffit, Joe, intervint Edith. On meurt tous de faim.

— Juste une dernière chose. M'man dit qu'il ne faut jamais vendre la peau de l'ours. On a de la viande d'ours sur la table, on peut donc certifier que celui-là a été tué, et on peut donc le vendre. Et quoi qu'il arrive avec ce deal, ça ne change pas les bonnes choses que nous sommes. Nous restons humbles et bons. Amen ?

— Amen, allons-y !

J'étais assis entre Céleste, qui me surplombait sur un tabouret de bar, et Mary, avachie dans un fauteuil avec son assiette sur les genoux, renfermée. J'avais jusqu'à ce jour ignoré son attitude immature, ses bobards et ses trucs pour se faire remarquer dans sa recherche du plaisir, choisissant de n'y voir qu'une rébellion sexy. Le voile une fois levé, son regard de braise – tellement sexy auparavant – apparaissait maintenant égoïste et capricieux.

Clay versa le Château La Tour dans tous les récipients qu'il put trouver.

— Joins-toi à nous, Clay, dit Joe.

— Ça va, Joe. L'Esprit me suffit.

Comme je détestais sa phraséologie pieuse. Quand Joe mêlait Dieu aux événements, cela paraissait plus naturel, d'une certaine façon. Avec Clay, il était difficile de ne pas y entendre un écho moralisateur. Au fil de mon épopée au pays des papillons, je me suis trompé sur beaucoup de gens, et beaucoup de choses, mais pas sur Clay.

Ainsi qu'il avait fait chez Roth, Joe lampa le vin comme s'il s'agissait de lait. Isabelle le sirota à petites gorgées approbatrices. La seule personne – à part moi – qui paraissait comprendre ce qu'elle buvait était Edith. Je remarquai qu'elle le dégustait, le faisant tournoyer dans son verre de façon experte, geste auquel je ne l'aurais jamais associée. Contemplant le liquide sombre, elle décanta un souvenir :

— Je vois qu'il est bon.

Elle tendit son verre, et je le lui remplis de nouveau.

— Votre père aimait le vin, déclara-t-elle sans s'adresser à qui que ce soit en particulier. Il faisait toujours ça. Ça me rendait dingue. Connard prétentieux.

— C'est quoi, un prétentieux ? demanda Celeste.

— Quelqu'un qui essaie d'être quelqu'un qu'il n'est pas, répondit Isabelle.

— Ça pourrait s'appliquer à n'importe qui ici, lança Mary, arrosant tout le monde de son acrimonie.

Elle finit son verre à dents de vin et se resservit.

Mon cerveau fonctionnait un peu au ralenti. Je pensais à autre chose : le vin, la nourriture, l'excitation du deal – les secrets et les mensonges de Mary. Pourtant, je ne tardai pas à entrevoir ce qui allait se passer : Mary se préparait à un assaut contre Edith. Ce regard noir – réservé d'habitude à « tout et tout le monde » (le monde, moi, les hommes, son frère) – était destiné à sa mère.

Je fis tinter ma fourchette contre mon verre, m'éclaircis la gorge et m'efforçai de la coiffer au poteau.

— Edith, vous pensez que ça porte malheur de vendre la peau de l'ours avant de l'avoir tué, je le sais, mais quand même, imaginez. L'affaire se conclut. Faisons un tour de table, que chacun d'entre nous dise une chose qu'il aimerait se payer avec cet argent. S'il n'y en avait qu'une à acheter. Vous la première, Edith. Qu'est-ce que ce serait ? Pas de superstition. Émettre des hypothèses ne porte pas malheur.

— Ça n'est pas une question de malchance. C'est juste que je n'ai pas la tête à ça.

— OK. Mais imaginez, juste. Vous pouvez avoir une chose. Je commence par ma droite. Ceelee. Qu'est-ce que tu voudrais ?

— Des « frillies ».

— Des « frillies » ? C'est un papillon ?

— Non, des robes, me traduisit Isabelle. Et d'où, Ceelee ? Bloomingdale ?

— Oui. Jaune.

— OK. Une robe jaune de chez Bloomingdale pour Celeste. Edith ?

— Entre les impôts et les foutues notes de téléphone de Joe, je ne suis pas sûre qu'il reste grand-chose à dépenser pour des « frillies ».

— Pourquoi pas une jolie robe, M'man ?

— Une robe ne cachera rien de ce qui est évident, répliqua-t-elle.

Elle marqua une pause, guère à l'aise à ce jeu de devinettes. Elle était trop habituée à une approche défensive de la vie, qui consistait à joindre les deux bouts, en permanence dos au mur, pour se laisser jamais le loisir de penser à des robes. Les indulgences d'Edith étaient émotionnelles, pas matérielles : sa réaction théâtrale aux événements, ses jurons exubérants, son dirigisme vis-à-vis de l'histoire de la famille. Mais je la pressai, et les autres firent de même, enhardis par le vin.

— Allons, M'man ! Fais-toi plaisir.

— Bon, OK. Des vacances, ce serait bien. Je n'ai pas eu de vacances depuis très longtemps. Pas depuis avant la naissance de Joe.

— Vous plaisantez. Pas même quelques jours ?

Edith réfléchit.

— Eh bien, j'ai eu quelques week-ends. Quand nous vivions dans le Michigan, nous allions en voiture au lac Supérieur. Ma sœur avait un chalet là-bas.

— Mais les week-ends ne sont que des week-ends, répondis-je. Je parle de vacances.

— Non. Avant les enfants. Le Mexique. Le Canada. Mais ça ne compte pas.

— OK. Alors, où iriez-vous ? Un endroit, persistai-je.

— Le Taj Mahal. J'aimerais voir ça.

Il ne s'agissait pas d'un choix lancé au hasard juste pour se débarrasser de moi ; elle y avait longuement réfléchi, cela se voyait sur ses traits et s'entendait dans sa voix.

— OK. C'est un bon choix. Edith gagne d'aller voir le Taj Mahal. Et vous, Iz ?

Depuis notre retour, Isabelle n'avait fait aucune allusion au deal. Sinon pour demander qui était Roth et s'il avait gagné son argent de façon éthique. Ensuite, elle était sortie lorsque Joe et moi avions essayé de décrire la rencontre avec Roth.

— Intégrer Yale est peut-être possible, maintenant ?

— Peut-être. Je ne sais pas, répondit-elle. Ce sera bien d'avoir un peu plus de stabilité financière.

C'était la pure vérité, mais elle se refusait néanmoins à rentrer dans mon jeu.

— OK. Pour Isabelle, la stabilité.

— Clay ?

— Oh non, pas moi.

— Vous devez jouer, Clay. Tout le monde doit jouer.

— Je ne veux rien, Mr Rip. J'ai tout ce qu'il me faut. Le Seigneur m'a donné…

— Jouez le jeu, Clay !

— Bon. J'aime ma Ford, mais si je pouvais avoir un de ces pick-up japonais ? Un Isuzu. Si c'est trop, alors un abonnement à une saison des Jets.

— OK. Le pick-up Isuzu pour Clay et un abonnement aux matchs des Jets.

Ensuite venait Eli. En dépit de ma demi-douzaine de leçons d'« anglais », son monosyllabisme ne s'était pas amélioré au cours de mon séjour chez eux, non plus que sa capacité à la réflexion abstraite.

— Rien.

— Mais si tu pouvais avoir juste une chose, Eli ?

Il secoua la tête.

— Imagine-le, Eli, cajola Isabelle.

— Eli est comme moi, intervint Edith. Il n'a pas l'esprit à la spéculation.

— OK. On y reviendra.

J'étais le suivant. Je demandais un an pour écrire mon livre. Et une chambre avec vue où l'écrire. Lorsque j'en arrivai à Mary, elle en était à son troisième verre de vin.

— Mary ?

Elle fit tournoyer son verre à pied, imitant sa mère.

— Je crois que j'aimerais me payer un test sanguin.

Pour une raison quelconque, Elijah rit. Ça avait l'air drôle. Sauf pour moi. Ou Edith.

— Un de ces tests pour dire si j'ai le même père que vous tous.

Quelqu'un cassa une pince de homard avec un bruit sec. Tout le monde se prépara à la tempête. Je demeurai incapable de regarder Edith. Hors de question qu'elle puisse penser que j'étais à l'origine de ça. Mais les graines de subversion que j'avais semées avec désinvolture s'apprêtaient à percer comme de la moutarde sauvage.

— Et pourquoi voudrais-tu ça, Mary-Anne Bosco ? s'enquit Edith d'une voix douce et maîtrisée, articulant le nom complet de sa fille pour lui rappeler qui elle était, puis ajoutant à mon adresse : Mary-Anne a de ces idées farfelues qui lui traversent le cerveau.

— Une idée farfelue que *tu* m'as mise dans la tête ! répliqua la jeune femme.

Edith sourit. D'un sourire froid de reptile ; et tout au long de la scène, elle garda l'œil fixé sur moi.

— Je ne crois pas que Rip ait envie d'entendre parler de tes délires insensés.

Mary se tourna vers moi. Le cartilage rose du homard à la main, je me servais de la carapace comme d'un bouclier.

— Qu'est-ce que tu en penses, Rip ?

— Arrête, maintenant, Mary-Anne, allons, intervint Joe.

— Laisse-la parler, dit Edith.

— Rip ? Tu as dit toi-même qu'Iz et moi, on était comme le soleil et la lune. Comme le jour et la nuit.

Je regardai Isabelle – soleil et jour dans cette dichotomie – et elle aussi m'observait, presque comme si cet éclat était ma faute.

— Vous avez l'air à la fois semblables et différentes. Comme toutes les sœurs.

— Parce que nous sommes différentes. Pasque M'man s'est envoyé un autre type. Quand elle était toute seule. Quand le père de Joe et Isabelle était tout le temps parti. Voilà pourquoi !

— Mary, ne fais pas ça, plaida Isabelle, les yeux écarquillés, suppliant sa sœur de se montrer raisonnable.

— Oui, ma chérie, dit Edith d'un ton toujours plus calme. Tu es différente. Mais tout le monde ici est différent.

Plutôt que de combattre le feu par le feu, Edith se comportait comme un banc de sable ou une douve, absorbant la chaleur, l'attirant.

— Tu me traites différemment parce que je suis différente. Même si tu ne m'avais rien dit, je le penserais quand même. Je l'ai toujours pensé.

Mary me regarda, à la recherche de soutien, mais la lâcheté de mon cœur – ainsi que la récente information à propos de sa relation – me laissa muet. Elle s'était jetée dans ce splendide nouveau monde de « je tiens tête à ma mère » de façon un peu trop prématurée à mon goût.

La perspective d'affronter Edith paraissait beaucoup plus simple à mille cinq cents kilomètres de là.

— Voilà le problème. Ce que je veux ne peut pas s'acheter, pas même avec un million de dollars. Tout ce que je veux, c'est un peu de vérité.

— Ma chérie. Tu sais bien que tu as du mal à distinguer la vérité du mensonge.

Edith poursuivit dans cette attitude faussement gentille, et ses paroles, qui ne correspondaient clairement pas à ses pensées, ressemblaient à ces termes affectueux que continue à s'adresser un couple alors même que chacun ne pense qu'à tuer l'autre. Ou bien elle demeurait imperturbable parce qu'elle n'avait rien sur la conscience, ou bien elle était, comme sa fille cadette, une des meilleures comédiennes qui soit de ce côté-ci des montagnes Rocheuses. Tenter de faire la part des imposteurs et des authentiques dans cette famille s'avérait un défi plus subtil que je ne l'avais imaginé dans un premier temps.

— Je crois que ça suffit, maintenant, chérie. On est tous un petit peu surexcités. Il serait peut-être temps que tu arrêtes l'herbe. Et le mélange avec l'alcool n'est pas non plus idéal.

Mary me regarda. À présent au bord des larmes. Les yeux exorbités et embués.

— Tu crois que je dis la vérité ? Ou bien elle ?

Je ne sais ce qui aurait davantage blessé Mary : sa famille resserrant les rangs ou ma trahison de dernière minute.

— T'as plus d'avis sur la question maintenant que tu as eu ce que tu voulais ?

Le souvenir de cette scène me rend très triste parce que, si je veux être honnête (et je m'efforce de l'être), j'étais convaincu que sur ce point particulier, Mary disait la vérité. Rien que le comportement d'Edith me soufflait qu'il y avait du vrai dans l'affirmation de sa fille cadette. Mais il me fallait prendre une décision difficile, et la prendre rapidement : soutenir Mary, affronter l'expulsion de cette maison et la fin de mes aventures alors même que je venais d'accomplir quelque chose d'important et que je m'apprêtais à gagner véritablement de l'argent ; ou bien soutenir Edith, affronter le courroux de Mary et poursuivre cette aventure sur la route. Je n'étais pas prêt à renoncer à cette dernière, même si au fin fond de mon cœur – ce petit recoin en nous qui n'a pas besoin de raisonner avec lui-même pour *savoir* – j'étais persuadé qu'elle disait la vérité.

— Je crois que tu as bu un peu trop de vin, déclarai-je.

Il ne s'écoula guère de temps entre le moment où le mot « vin » franchit mes lèvres et celui où le liquide en question m'atterrit sur la figure. Et bien que le choc fût désagréable, son geste servit ma cause : il me tira d'affaire et me gagna la sympathie. Si elle avait gardé son calme, elle aurait pu me révéler comme le goujat que j'étais ; mais sa violence envers moi mit tout le monde de mon côté.

— Bon Dieu, quelle cinglée ! dit Joe.

— C'est bon, ça va, protestai-je, l'air raisonnable et magnanime.

— Lâches. Vous êtes tous des lâches ! Je ne supporterai plus cette famille de poules mouillées. J'en ai ras le bol de vous tous !

Mary jeta son assiette sur la table avec fracas. Elle se leva, essuya de son bras le jus de homard et le beurre. (Bon sang, elle avait de nouveau l'air géniale !) Bien entendu, elle était en colère contre Edith, mais ses dernières paroles furent pour moi.

— À présent, tu peux la baiser, *elle*.

Tout le monde resta assis là quelques secondes. Personne ne pipa mot. J'inspirai puis expirai lentement. Je décollai mon T-shirt de ma peau. Le grincement de la chaise d'Isabelle lorsqu'elle se leva pour suivre Mary rompit le silence ; ce n'était pas la première fois qu'elle s'efforçait de sauver sa sœur (dans mon esprit, c'était déjà sa demi-sœur) de l'autodestruction.

— Laisse-la, intervint Edith. Elle va aller chez Cassie Rose. Elle pourra se calmer les nerfs là-bas.

— Cassie Rose ?

— Ma sœur.

Une minute plus tard, le rugissement du moteur suralimenté de la Camaro s'éleva dans le chemin.

Une minute plus tard, Isabelle refit son apparition, fâchée d'avoir échoué à retenir Mary et me tenant pour responsable, j'en suis sûr, de ce qui s'était passé. Raide, elle se mit à débarrasser les assiettes avec une colère bruyante.

— M'man, elle avait beaucoup trop bu. On n'aurait pas dû la laisser partir.

— Ivre, elle conduit mieux que la plupart des gens sobres.

Pour me faire valoir, je me mis à aider Isabelle à débarrasser les assiettes. Mais Edith me fit signe de la rejoindre, et pendant que j'allais m'asseoir à côté d'elle sur le tabouret, Isabelle quitta la pièce.

Edith remplit mon verre à ras bord.

— Ça va, ton T-shirt ?

— Ce n'est rien.

— Tu as intérêt à le faire tremper.

Les éclaboussures de vin sur mon T-shirt donnaient l'impression que j'avais été attaqué à coups de couteau.

— Ma fille cadette est une menteuse, Rip. Elle est pleine de faussetés.

— Je commence à m'en apercevoir.

— Chacun a géré l'absence de son père de façon différente. Joe est un moulin à paroles, Isabelle passe son temps à lire. Mais Mary n'a pas encore déterminé qui elle est. Un jour, elle a l'idée ahurissante de se lancer dans la course de stock-cars, ou d'être actrice, puis la semaine suivante, danseuse, mais elle ne sait pas ce qu'elle veut. Elle a donc inventé cette idée qu'elle était d'un père différent. Que t'a-t-elle raconté ? Qu'un jour je me suis soûlée et que j'ai avoué une liaison ?

— Quelque chose dans ce genre-là, oui.

— Mmh ? Qui était-ce ? Un camionneur apache, elle t'a dit ?

Je hochai la tête.

— C'est vrai que j'ai connu un routier apache. Mais ce n'est pas son père. Tu comprends, les mensonges lui offrent une autre existence. Le problème avec toi, Rip, je l'ai remarqué, c'est que tu te fais avoir trop facilement. Si tu crois tout ce que te chantent les gens dans cette famille, tu es mal barré.

Edith m'observait de son œil unique, qui s'étrécit lorsqu'elle sourit.

— C'est toi qui as semé cette graine chez elle ?

La question me donna des palpitations. Je me représentai ma semence jaillissant sur le ventre noisette de sa fille.

— Ce truc sur le fait que je sois un tyran ? Elle n'utiliserait pas un mot pareil. J'ai compris que tu avais dégoisé.

Je m'efforçai de prendre un air innocent.

— Eh bien… je l'ai peut-être arrosée, mais je ne l'ai pas plantée.

— Bon, assez sur ce sujet. Parle-moi de ce deal. C'est vrai que c'est toi qui as demandé un million ? Avec Joe complètement muet ?

— Roth a offert cent cinquante mille dollars, mais du peu de connaissances que j'avais, c'était loin d'être assez. Je savais qu'il payerait. Alors, j'ai sorti le chiffre qui sonnait bien.

— Ce type est vraiment aussi riche que Joe a l'air de le prétendre ?

— Pour être juste avec Joe, il est resté en deçà de la vérité.

— C'est impossible.

— Je crois que Roth tiendra parole.

— La parole d'un homme ne vaut rien tant qu'elle n'est pas tenue.

— Alors, contentez-vous de mettre le champagne au frais.

— Je n'ai pas bu de champagne depuis le jour de mon mariage. Chose que je n'aime pas qu'on me rappelle. En tout cas, tu t'en es bien tiré, petit voyou. Je n'y croyais pas, mais on le dirait bien. À ta santé.

Nous trinquâmes, et vidâmes nos verres cul sec.

Plus tard, après avoir jeté mon T-shirt taché de bordeaux dans le lavabo pour le laisser tremper toute la nuit, j'allai m'allonger sur mon lit, et réfléchis aux événements de la journée. Je brillais toujours sous l'éclat de l'approbation d'Edith (j'avais tété ces louanges comme un porcelet affamé) ; mais la duplicité de Mary me rongeait. J'ignorais ce qui était le pire : le fait qu'elle m'ait menti, ou bien que je ne l'ai pas remarqué. Elle avait fait une vierge tellement convaincante, réagissant exactement comme je m'y serais attendu de la part de quelqu'un qui fait l'amour pour la première fois. Mais la pensée qu'elle ait eu un autre amant me laissait davantage un sentiment de stupidité plutôt que de blessure. Et je m'en sentais moins nul à l'avoir poignardée dans le dos. Je parvins à me convaincre que ma « trahison » pour ne pas l'avoir soutenue au dîner était d'ordre bien moins grave que sa trahison à mon égard.

Des coups déterminés à la porte me tirèrent brusquement de mes justifications. Je pensai qu'il s'agissait peut-être de Mary venue se venger.

Je découvris Isabelle sur le pas de la porte, affichant un air qui suggérait que j'allais avoir des ennuis.

— Il faut que je vous parle. Je peux ? fit-elle en désignant l'alcôve, où elle demeura les bras serrés contre sa poitrine, davantage par pudeur que pour se protéger de la fraîcheur du soir.

Je laissai la porte entrouverte, qu'elle ne puisse pas penser que j'avais quelque chose à cacher, ni une quelconque intention à son égard, mais elle alla la refermer, signalant par là la réprimande à venir. Par provocation présomptueuse, j'allumai une cigarette, puis m'allongeai sur le lit en une pose paresseuse, fumant comme un homme qui n'en a rien à foutre de rien.

— Quand je vous ai expliqué que Mary était plus vulnérable qu'elle ne le laissait paraître, j'ai cru que vous aviez compris – que c'était évident. Quelqu'un l'a laissée tomber de manière odieuse. Vous lui avez manifesté de l'admiration. Même si c'était pour des raisons superficielles.

— Que voulez-vous dire ?

— Je dis que vous avez profité de sa vulnérabilité.

J'eus un petit rire dédaigneux.

— Elle n'avait pas l'air franchement si vulnérable, ce soir.

— Vous n'auriez pas dû l'encourager.

— À me balancer du vin à la figure ?

— À penser des choses pareilles. Elle s'attendait de toute évidence à ce que vous disiez quelque chose. Pourquoi l'avez-vous encouragée ?

— Parce que je la croyais ?

— Parce que vous la désirez.

Je ris, mais la réplique me blessa.

— Alors ? demanda Isabelle.

— Alors, quoi ?

Je n'allais pas lui faciliter les choses.

— Apparemment, vous avez eu ce que vous désiriez. Vous êtes « arrivé à vos fins avec elle » – c'est comme ça que vous l'auriez exprimé, non ?

De façon impressionnante, Isabelle ne rougit pas. Son teint conserva sa nuance authentique. Au lieu de cela, ce fut moi qui rougis, et bon sang, je ne tenais pas à perdre face à elle, à ce jeu de ping-pong du qui fait le plus honte à l'autre.

— Je ne suis pas arrivé à *mes* fins ! Nous sommes arrivés à *nos* fins, l'un avec l'autre. Seigneur, Isabelle ! Vous êtes quoi ? La police du sexe ?

— Je me fiche pas mal du sexe. Mais pas de ma sœur.

— Votre demi-sœur.

— Ne commencez pas avec ça.

— Pourtant, c'est possible, n'est-ce pas ? Il ne vous vient jamais à l'esprit que votre mère pourrait ne pas tout vous confier ? Je veux dire, étant donné l'historique, le physique de Mary, le vôtre. Faites vos calculs !

— Mary est ma sœur.

— Vous êtes prête à vivre avec ce mensonge ? Je pensais que vous croyiez à la vérité.

— Nous vivons tous avec les mensonges – les nôtres et ceux des autres – tous les jours. Quelquefois, il vaut mieux croire le meilleur des gens.

— Sauf en ce qui me concerne, apparemment.

Isabelle se retourna vers la fenêtre sans protester. Elle s'assit ensuite dans le fauteuil et se pencha mains jointes, en un geste qui parut presque conciliant.

— Vous n'avez même pas mentionné le deal, repris-je. Ni dit merci pour ça. Le fait que nous ayons vendu la Collection pour un montant qui va changer beaucoup de choses pour vous tous. Je sais que ce type n'est pas nickel, mais qui l'est vraiment ? Depuis le premier jour, vous avez fait preuve de méfiance à mon égard, Isabelle. Susceptible. Soupçonneuse quant à mes intentions. Supérieure.

— Je suis sensible à ce que vous avez fait. Et oui, je préférerais que la Collection aille à quelqu'un de plus honorable. Ou bien à un musée public. Mais je comprends que nous soyons obligés de la vendre. Cela va tout changer – particulièrement pour Joe.

— Et pour vous. Vous n'aurez plus à jouer les mamans en permanence.

— Vous croyez que c'est cela que je fais ?

— Oui, en effet. Vous avez dit vous-même que vous aviez repoussé l'université parce que vous devez aider votre mère. Ce deal va vous permettre de partir étudier. De réaliser vos rêves.

Elle eut une grimace.

— Vous croyez vraiment que la vie, c'est réaliser ses rêves ? Et si le rêve est ridicule, ou bien dangereux ? Ou bien égoïste ?

— Oh. Alors, quel est le but de la vie – dites-moi donc ça.

Mon sarcasme était légèrement forcé, mais je sentais qu'il y avait là besoin d'un peu de lutte, pour la pousser à se confier.

— Vous débarquez, et vous portez sur nous tous ces jugements, vous sortez toutes ces déclarations.

— Il est peut-être plus facile à un étranger d'analyser la situation avec lucidité.

— Et vous croyez voir les choses avec lucidité ?

Un sarcasme de la part d'Isabelle – bien !

— Je vois une famille piégée, qui tente de s'en sortir avec une seule activité, et qui galère. Je vois une famille avec les moyens de gagner de l'argent d'une autre façon – légitime. Qui pourrait les libérer de ce piège. Cela libérera Joe de l'obligation de battre le pavé. Vous serez libérée de devoir tenir la maison pour pouvoir étudier. Cela aidera peut-être Mary à partir et à poursuivre dans la voie de la danse, ou du cinéma – n'importe quoi.

Isabelle tira sur le lobe de son oreille.

— C'est un beau discours, mais je n'y crois pas. Je ne vous crois pas. Je crois que vous êtes là pour ce que vous pouvez en tirer. Je ne crois pas que vous teniez à nous. Vous êtes prêt à raconter ce qu'il faut pour obtenir ce que vous voulez. Même à cet instant, c'est ce que vous faites. Parce que vous voulez conclure le deal !

— Mais vous n'êtes pas si pure que ça, vous, n'est-ce pas ?

— OK. Non. Et maintenant, vous pensez pouvoir m'apprendre sur moi-même quelque chose que j'ignorerais ?

— Je veux dire que vous avez déjà menti.

Elle patienta, que je lui révèle le mensonge.

— À propos de votre père. Quand vous lui avez écrit. Incognito.

— Ce que j'ai fait… ce que j'ai fait alors… ne vous regarde pas. Et ce que Mary pense que j'ai fait, et ce qu'elle vous raconte, on ne peut pas compter dessus – comme vous le savez.

— Vous êtes vraiment impossible à satisfaire, Isabelle.

Elle se leva, dissipant la fumée de ma cigarette.

— Et pourquoi me satisfaire – moi ou qui que ce soit d'autre – devrait-il être votre but dans l'existence ?

Chapitre 18

Où Joe est arrêté – de nouveau – et où je décide de laisser tomber

Le matin de la conclusion du deal – le « Dee-Dee-Deal-Day » comme disait Joe – je me réveillai avec deux sortes de papillons voletant au creux de l'estomac : ceux de l'excitation et ceux de l'appréhension. Excitation à l'idée de conclure le deal que j'avais monté et qui justifierait ma position dans cette famille ; appréhension à l'idée qu'un désastre naturel ou qu'une intervention de l'histoire puisse m'en déposséder. Je repoussai ces idées dans les recoins sinistres où elles devaient rester et me concentrai au lieu de cela sur l'issue la plus vraisemblable, aujourd'hui serait un jour à un million de dollars.

Lorsque je tirai les rideaux et contemplai les abords de la maison, j'aperçus un dais de toiles d'araignées qui s'étendait depuis l'allée jusqu'au bord de la pelouse, à travers l'herbe d'une perfection idéale pour le croquet, que Joe avait tondue comme un fou la veille au soir avec une tondeuse manuelle, dans un effort pour exécuter l'ordre d'Edith et débarrasser les lieux de toute « trace de ploucs », au cas où le représentant de Roth aurait besoin de venir voir la Collection. Les vieilles guimbardes (à l'exception de la Camaro de Mary) étaient garées de l'autre côté des remises et les chiens enfermés dans leur chenil.

Le lever de soleil vaporeux conférait au délabrement des lieux une grandeur dorée ; et en plissant les yeux, on pouvait se persuader qu'il s'agissait d'une demeure à son apogée, un endroit où de grandes choses allaient s'accomplir.

Je revêtis le costume que Joe m'avait acheté chez J.C. Penney avec la cravate mouchetée du vert de mon papillon favori, et descendis. Je n'étais pas le premier levé. Ni même le deuxième. Edith était assise à la table de la cuisine en train de boire du café, et Elijah tripotait le jouet gratuit du paquet de céréales.

— Vous êtes debout tôt, Edith. Surexcitée ?

— C'est un jour comme un autre, Rip.

— Vraiment ?

— Jusqu'ici, oui.

Elle portait un rouge à lèvres carmin, et une légère couche de fond de teint.

— Vous vous êtes habillée. Je croyais que vous ne vous habilliez jamais pour aucun homme.

— Pour celui qui est sur le point de me payer un million de dollars, je mettrais du rouge à lèvres.

Cet enjolivement avait quelque chose de touchant. Il était facile d'oublier qu'elle désirait conclure cette affaire tout autant que les autres, qu'elle en avait besoin. Peut-être même encore davantage qu'eux. Elle ne pouvait pas continuer éternellement son numéro de : « Ça ne se fera jamais. »

— Vous devriez peut-être nous accompagner à New York, Edith. C'est vous qui devriez être là-bas, en réalité, pas moi.

— Je voudrais bien y être, croyez-moi. Mais une entreprise a besoin d'afficher un visage, et ce ne peut pas être celui-ci. Quand j'ai fait mon boniment à

Atlantic and Pacific, le type n'a pas cessé de scruter mes cicatrices. Il a à peine jeté un œil à nos articles. Il me demandait sans arrêt si je voulais quelque chose. À la fin, j'étais tellement furieuse que je lui ai balancé : « Oui, je voudrais que vous arrêtiez de me regarder, espèce de couillon. » On peut dire que ça a fait capoter la négociation. Veille juste à ce que Joe arrive là-bas, signe les papiers et ne parle pas trop. Ce gamin a une maladie de mots. Il s'excite, et puis… tu sais bien. Il est temps pour toi de justifier ton existence, Rip. Décroche la timbale.

Joe entra en chantant : « C'est le Deal Day. Deal Day. C'est le Dee-da-dee-da-deal Day ! » Il regarda sa mère, et renifla avec ostentation.

— M'man s'est faite toute chatounette pour Le Magicien.

Même dans son costume bon marché, il était superbe.

— De quoi j'ai l'air, M'man ? demanda-t-il en faisant tournoyer son nœud papillon amovible.

— Comme d'habitude.

— Rip ?

— Entomologique et entrepreneurial, répondis-je, lui disant ce qu'il voulait entendre. D'un poète-explorateur-savant-fou éduqué.

— C'est pour quoi, ce petit nœud papillon ? lança Edith.

— Ça me donne de la force de gravité, M'man.

Une nouvelle expression que Joe avait fait muter en quelque chose d'encore mieux que l'original. Il me saisit par les épaules.

— Nos vies sont sur le point de changer, Rip, je le sens !

Les chiens furent les premiers à l'entendre, leurs aboiements déchaînés nous avertissant que quelqu'un arrivait.

— Voiture ! Voiture ! Voiture !

Nous fûmes tous attirés à la fenêtre. Deux véhicules remontaient l'allée à l'allure d'un cortège funèbre, avec prudence, anticipant une résistance. Une voiture de police escortait une Plymouth verte, la même marque, le même modèle et la même couleur que celle que nous avions écartée comme une manifestation de la paranoïa entretenue par la dope de Mary, et qui nous avait espionnés, Joe et moi, à Tarrytown.

— Qu'est-ce que c'est que ça ? demandai-je.

— L'embrouille, répondit Edith. Il y a toujours une embrouille.

Une vague de panique m'envahit à l'idée que je m'apprêtais à découvrir encore une chose que j'aurais pu et aurais dû savoir. Plutôt qu'un nœud à l'estomac, je ressentis un haut-le-cœur.

— Qui est-ce ?

— La FWA, dit Joe.

— Qui ça ?

— C'est comme le FBI, mais pour les bestioles.

Lorsque le convoi vira autour de l'îlot central de l'allée circulaire, les insignes sur les portières révélèrent : US Fish and Wildlife Agency, l'organisme fédéral de gestion et préservation de la faune. Un homme en chemisette blanche, pantalon de flanelle gris, chaussures marron et lunettes de soleil, descendit de voiture puis se dirigea vers la maison d'une authentique démarche flegmatique de shérif. De ce pas nonchalant, il atteignit la première marche, sur laquelle il posa une pointe de chaussure rutilante.

— Qu'est-ce qu'ils veulent ?

Joe n'était plus là pour expliquer. Il avait quitté la pièce.

— On devrait aller le découvrir, annonça Edith. Rip, ton bras ?

Tandis que j'escortais Edith au rez-de-chaussée, elle remarqua de façon inquiétante :

— On dirait que cette fois-ci, ils ne plaisantent pas.

— Cette fois-ci ?

— Une fois, ils m'ont arrêtée pour la vente de papillons dont ils pensaient qu'ils étaient sur leur putain de liste spéciale. Peut-être que Joe a vendu quelque chose qu'il n'aurait pas dû.

Le conducteur de la Plymouth avait été rejoint par deux agents qui le suivaient à distance. Ils ont dû se demander s'ils ne venaient pas de faire un grand bond en arrière dans le temps. Toute la famille – moins Joe – était maintenant réunie sur la véranda. Avec Edith, l'imposante matriarche au centre du groupe, et Celeste en jupons, on aurait pu croire que nous étions sur le point de poser devant un appareil photo à soufflet.

— Puis-je vous aider, monsieur l'agent ? demanda Edith.

— Nous sommes à la recherche d'un dénommé Joseph Bosco.

— Il s'est attiré des problèmes ?

— Il est là, madame ?

— Je le crois bien. Elijah, tu peux aller voir où est passé Joe ?

Elijah rentra dans la maison.

Il y avait sur la marche, prêt à être expédié par FedEx à ce fameux mariage dans le New Jersey, un carton de petites et moyennes boîtes entomologiques. L'agent regarda le carton.

— Allez-y, jetez-y un œil. Vous aimez les grands porte-queues ? Je peux vous vendre une boîte. Dix dollars la petite.

Edith avait du charme, un puits de charme lorsqu'elle se donnait la peine d'aller y puiser, mais l'agent ne se montra pas tenté. Je remarquai qu'il était incapable de la regarder franchement. Je m'étais tant habitué à sa difformité que je dus me souvenir de l'effet produit lorsqu'on la voyait la première fois. Ce type-là aurait échoué à « l'Épreuve ».

— Il a des ennuis, monsieur l'agent ?

— Tout à fait, madame. Des tombereaux d'ennuis.

— Qu'est-ce qu'il a fait ?

— Ma foi, j'ai là une feuille de papier qui liste le tout, mais il doit être le premier à l'entendre.

— Hello !

Joe apparut soudain, époussetant les revers de son costume. Il marcha droit sur l'agent et lui serra la main comme s'il retrouvait un ami perdu de vue depuis longtemps. Il agit si rapidement que l'homme n'eut pas le temps de ne pas lui rendre sa poignée de main.

— Comment puis-je vous aider, monsieur l'agent ?

— Vous êtes Joseph Bosco ?

— C'est moi. Un mètre quatre-vingt-quinze et quatre-vingt-quinze kilos dans mes Fruit of the Loom.

— J'ai un mandat d'arrêt contre vous.

— Pour de vrai ?

— Pour de vrai.

— Vous ne pourriez pas… vous ne pourriez pas m'arrêter demain, monsieur l'agent ? Vous voyez, on a des affaires vraiment importantes à régler en ville aujourd'hui.

C'est alors que, sous les yeux de toute la famille, l'agent annonça qu'il arrêtait Joe pour vente de papillons de l'Annexe I, en contravention du Lacey Act (que ce même agent m'expliquerait plus tard avec une grande solennité). Qu'à trois reprises au cours des dix-huit derniers mois, Joe avait vendu des espèces protégées à des agents en civil se faisant passer pour des collectionneurs. Il avisa Joe qu'il allait être transporté au tribunal fédéral à Hudson, et inculpé d'importation illégale et de vente de produits de contrebande. Il nous informa que la FWA reviendrait le lendemain avec un mandat de perquisition sur ces lieux, à la recherche d'autres articles de contrebande. Joe, sans aucun doute familier de la formulation, ajouta un fredonnement en harmonie avec l'avertissement Miranda. Avait-il jamais exercé son droit à rester silencieux ?

Edith s'avança vers l'agent, qui recula franchement d'un pas et tendit la main vers son holster.

— Je crois que tout cela est inutile, officier.

— Agent, rectifia-t-il.

— Je crois que ce n'est pas nécessaire. Ces papillons nous appartiennent tous.

— J'emmène votre fils au tribunal à Hudson, où il sera inculpé. Vous plaiderez votre affaire à l'audience.

— Ça va prendre combien de temps, officier ? demanda Joe. Vous comprenez, je dois être à New York à quinze heures aujourd'hui.

— Je ne peux pas vous dire avec certitude combien de temps cela va prendre, monsieur. Tout dépend du juge. Et des autres affaires présentées au tribunal. Je dirais qu'aujourd'hui, vous n'irez nulle part.

— J'ai droit à un coup de téléphone ?

— Oui. Vous y avez droit.

Ou bien Joe jouait au bénéfice de sa famille et de moi-même un fabuleux numéro de flegme, ou bien il n'était véritablement pas inquiet.

— Eh bien, officier, agent, c'est extrêmement gênant. Puis-je parler à mon ami ?

— Vous pouvez, mais soyez bref, monsieur.

— Tu dois aller tout seul au rendez-vous, Rip. Il faut que tu gagnes du temps.

Gagner du temps à Joe. Qui disposait d'assez de ressources pour ça ?

— Qu'est-ce que je dis ?

— Fais ton truc, Rip. Tu trouveras bien quelque chose.

— Mr Bosco.

L'agent s'avança avec des menottes. Joe tendit ses poignets, très accommodant et toujours aussi exaspérant d'insouciance.

— La Plymouth est à vous, monsieur ?

— Oui.

— J'adore la Grand Fury. Je vous ai vu en train de me suivre cette fois-là, près de Rochester. Et il y a juste quelques jours – à Tarrytown. Difficile d'oublier une voiture comme ça. C'est une super-couleur. La même que l'*Argema mimosae* du Sénégal, un papillon de nuit aussi magnifique que n'importe quel papillon de jour. Je vais pouvoir monter dedans ?

— Vous serez dans la voiture de police.

— Waouh.

— Joe a des ennuis ? s'enquit Ceelee tandis qu'ils emmenaient Joe.

Isabelle s'efforça de la rassurer :

— Ils ont simplement des questions à lui poser, Ceelee.

— Mais le monsieur lui a mis des chaînes.

— C'est juste ce qu'ils font quand ils veulent interroger quelqu'un. Tout ira bien pour Joe. Il sera de retour très vite.

Juste avant de monter dans la voiture, Joe se retourna vers moi.

— Je vais essayer d'appeler, Rip. Si tu n'as pas de mes nouvelles avant midi, alors il vaut mieux que tu ailles à New York sans moi.

Ensuite, pour la seconde fois depuis que je le connaissais, je le regardai tenter de plier sa gigantesque carcasse à l'arrière du véhicule des forces de l'ordre.

— Fichu imbécile ! lança Edith.

Celeste était aussi bouleversée que moi, quoique pour une raison différente.

— Joe va aller en prison, M'man ?

— Espérons-le, marmonna Edith. Ça mettrait un terme à toutes ces conneries. Je l'avais bien dit. Un deal n'est un deal qu'une fois conclu. Ce ne sont que des mots. Moi, je continue avec la réalité.

Elle se redressa et tendit un bras, pour que quelqu'un le prenne. Clay lui rendit ce service.

— Tu as intérêt à prendre ce coup de fil. Je ne veux plus jamais parler à cet abruti, à moins qu'il n'appelle directement de l'enfer.

Edith rentra avec Clay, Celeste et Elijah, nous laissant tout seuls, Isabelle et moi. Nous regardâmes tous les deux le convoi s'éloigner puis disparaître au détour du virage, emportant mon ami et avec lui – j'en étais maintenant certain – la perspective du deal à un million de dollars. Mon deal à un million de dollars !

— Il était sérieux ? demandai-je. À propos de la confiscation de la Collection ?

— Je suppose. Pourtant, je ne crois pas qu'ils puissent nous l'enlever.

— Mais ils peuvent nous empêcher de la vendre ?

— Peut-être, fit-elle avec un haussement d'épaules.

— Eh bien, au moins, ça, ça vous fera plaisir, grinçai-je, certain qu'elle tirait une secrète satisfaction de la tournure des événements.

Mon aigreur parut la surprendre :

— Je n'en ai pas le droit ?

— Soyez ce que vous voulez, Isabelle, répliquai-je d'un ton boudeur. Continuez à être vous-même.

Elle me regarda comme si j'étais vraiment un cas désespéré, puis regagna l'intérieur de la maison.

La nausée me submergea. Une vraie nausée, un reflux acide qui me fit déglutir et grimacer. Il n'y avait qu'un nuage dans ce foutu ciel, et le soleil se débrouilla pour le trouver. La perte de lumière et de chaleur fut aussi soudaine que si on avait actionné un interrupteur, apportant avec elle le frisson de la réalité et une humeur que je pensais avoir chassée. J'étais tellement contrarié et déçu que je décidai d'aller me promener, d'appréhender ces nouvelles circonstances, voir si je pouvais trouver des conseils dans la nature. J'atteignis l'extrémité du chemin et contemplai les Catskills. Difficile d'imaginer que juste au-delà de ces montagnes s'étendait une métropole bourrée de millions de gens. Et quelque part au cœur de cette métropole, les représentants de Roth nous attendaient, Joe et moi, pour conclure une affaire devenue impossible.

Je continuai de fixer le panorama. Conscient que la nature se fichait pas mal de la façon dont la situation nous apparaissait, j'y cherchai néanmoins un signe, et les Parques m'offrirent un chevron d'oies sauvages volant en direction de la ville de New York, pleines de détermination et de résolution instinctives ; j'enviai ces oies : bien que n'ayant pas bénéficié d'une éducation classique, elles savaient exactement où elles allaient. À cet instant, j'aurais tant aimé être l'une d'entre elles.

— Je ne peux pas y croire.

Je m'exprimai à haute voix, mais j'aurais dû y croire. Quand on fait son lit avec l'imprévisible, il faut être prêt à se coucher avec n'importe quand. J'avais voulu me persuader que je travaillais avec quelqu'un de différent ; une grande exception, une magnifique aberration, un fou sacré, un aventurier iconoclaste, un érudit idiot ; alors qu'en réalité, il n'était rien de plus qu'un bonimenteur, qui leurrait les gens avec son cinéma de clown/imbécile, moi-même étant le dernier en date : vous le reconnaîtrez à la longue suite de gogos. Tout ce que l'agent avait dit à propos de Joe – la vente de papillons légaux aux masses, et de papillons illégaux à quelques élus – paraissait plausible. Bien trop plausible. Joe avait « manigancé » quelque chose, et c'étaient là ses manigances. Pour la première fois depuis tout le temps passé avec Joe, j'envisageai d'abandonner, de quitter cet endroit. J'en avais soupé de Joseph et de ses glacis de rêves en technicolor.

J'avais dû marcher deux heures car lorsque je revins, j'entendis quelqu'un m'appeler :

— Rip ! Rip !

Celeste, sur la véranda, brandissait le téléphone sans fil.

— C'est Joe. Il dit que c'est son seul coup de fil.

— Merci, Ceelee.

Je pris le combiné, l'oreille inondée de l'écho aigu et essoufflé de Joe en train de hurler un message confus dont l'objet était impossible à discerner.

— Rip ! Tu m'entends ? C'est le seul appel auquel j'ai droit, donc, tu dois écouter ! Tu te rends compte ? Tu peux y croire ? Le type poilu qui m'a arrêté ? Il s'appelle l'agent Moroni !

— Et alors ?

— Il porte le nom d'un faux ange ! Le même foutu nom que l'ange bidon du Livre de Mormon, censé avoir révélé cette nouvelle religion !

Je ne voyais pas quel élément Joe me demandait de croire ou pas. L'arrestation ? Le nom ?

Dis-lui que tu laisses tomber !

— Je ne peux pas y croire. Je ne peux pas y croire !

Je peux tout à fait y croire. Qui a déjà rencontré Joe, n'importe où dans le monde, peut y croire ! Maintenant, tire-toi !

— Il veut m'enfermer pour vingt ans !

Voilà un homme qui me paraît plein de sagesse.

— Ils m'ont arrêté pour la vente de mes propres papillons. Vendre ses propres bestioles n'est pas illégal. Mais ce faux ange est un fou furieux. Et maintenant, là, je suis dans une situation qui dégénère, Rip. J'ai contrarié le juge, et ils vont me flanquer en taule pour outragissement à magistrat.

Je soupirai.

— Je lui ai dit que le seul juge qui m'importait, ce n'était pas lui. Il m'a flanqué trente jours de prison, et quand je lui ai dit que trente, ça n'était pas si mal quand on pense que Notre Seigneur en a passé quarante dans le désert, il m'en a ajouté dix de plus ! Rip ! Tu es là ? Ne me laisse pas tomber ! Je suis à la FWA à Hudson. Après ça, je ne peux plus appeler. C'est vraiment n'importe quoi. Ce type ne connaît même pas son propre règlement. Maintenant qu'il m'a attrapé, il dit qu'il ne me laissera plus repartir ! Voilà comment il parle. Il m'appelle « Butterfly Joe » ! Ce qui ne me déplaît pas vraiment, mais il le dit comme si j'étais un bonhomme du genre Al Capone. On dirait un type qui croit avoir trouvé de la cocaïne alors que c'est juste de la farine. Enfin, bref. Il faut que tu ailles au rendez-vous, Rip. Tu as le temps.

— Je ne sais pas, Joe.

— Tu ne sais pas quoi ?

— Je ne sais pas si je peux continuer comme ça.

Le silence fut au moins assez long pour prouver que Joe écoutait.

— Qu'est-ce que tu racontes ?

— Je raconte que je devrais peut-être abandonner.

Un nouveau silence. Puis un gloussement !

— Tu ne peux pas abandonner, Rip. Je compte sur toi. On compte tous sur toi. Tu dois rencontrer l'homme de Roth. Il faut que tu les rencontres et que tu me gagnes du temps. Rip ? Tu m'entends ? L'affaire est toujours dans les tuyaux. Cette histoire n'est pas terminée.

Laisse tomber maintenant, Llewellyn !

— Tu dois nous gagner du temps, là. Raconte ce qui sera nécessaire. S'il le faut, dis-leur que je suis mort.

— Joe ?

Mais la ligne fut coupée.

* * *

La devise de mon père était : une vie tranquille à tout prix. Pour moi, c'était l'archétype de l'absence de curiosité satisfaite, et le contraire de ce que je voulais faire de mon existence. Mais alors que je me tenais là, le téléphone à la main, à écouter les fanfaronnades de Joe, je revis mon père en train de me dire ça, et le souvenir me revint avec une telle force inattendue que je me demandai si ma conscience n'essayait pas de me guider vers une route plus sûre. Brusquement, cette conscience – pour l'essentiel en vacances depuis quelques mois – était de retour, bronzée et avec une clarté retrouvée, et tel un parent faisant la morale, insistait pour me donner le nom sous lequel j'étais né :

Il est temps de prendre une route plus sûre, Llewellyn. Les ramifications s'empilent, les conséquences te font signe à l'horizon, les présages te font coucou à tous les coins de rue. Ils te disent tous la même chose : tu travailles pour un bonimenteur que tu n'aurais jamais dû accepter de suivre, dès le départ. Il te promet ci, il te promet ça, mais il ne tient jamais parole, ce Chat chapeauté. Je sais que tu n'as pas exactement gagné la gloire par de grandes actions, et que ton retour au pays serait teinté de ce-qui-aurait-pu-être, mais tu devrais vraiment laisser tomber pendant que tu as encore ta tête !

Je marchais vers la Chuick à l'instant où Isabelle apparut à l'entrée.

— Quelles nouvelles de Joe ?

— Allez savoir. Ça ne rimait à rien.

— Vous partez à New York ?

Je retirai la veste de mon costume, que je jetai sur la banquette arrière.

— Peut-être. Je ne sais vraiment pas.

Sur ces mots, je montai dans la voiture et m'éloignai, appréciant que pour une fois, ce soit mon tour d'être irrité, et prenant une cruelle satisfaction à laisser Isabelle plantée là, pas plus avancée. J'insinuerais même qu'elle avait l'air inquiète pour moi.

Il était bon d'être tout seul dans la Chuick. Quelquefois, les objets inanimés sont les seuls auxquels on puisse faire confiance. Chère Chuick, quand j'en aurai le temps, je composerai une ode épique en ton honneur. Tu es fidèle comme un chien de chasse. Aussi fiable que la gravité. Tu as été moyen de transport, sanctuaire, et par moments maison. Et je t'en remercie ! Les premiers kilomètres, j'ignorais mes intentions exactes. Je crois que je voulais savoir à quoi tout laisser tomber pouvait ressembler. Et j'avais peut-être besoin d'entrevoir la Vie Tranquille. Dans les faits, je prenais deux routes en même temps : l'une en direction de New York ; l'autre de retour chez ma tante. Qu'elles soient toutes les deux la même m'arrangeait bien.

La vue de la maison et de la grange aux dix mille livres fut comme un bélier percutant le quatrième mur de mes aventures. Peut-être était-il temps de retourner à la lecture des escapades de héros et héroïnes imaginaires au lieu de faire preuve d'hubris en pensant en faire partie. Bien entendu, comme il en est toujours ainsi dans ce cas, l'endroit se présentait sous son meilleur jour. Les arbres étaient dans toute leur splendeur automnale, rouges flamboyants et ors étincelants. Il y avait dans l'allée une Buick Riviera racée. De la lumière à l'intérieur de la maison, et de façon tout à fait intrigante, dans la grange, une lumière qui aurait été la mienne si j'étais resté. Je me garai de l'autre côté de la route, éteignis le moteur et restai assis là à faire le point. L'idée de tout laisser tomber, de reprendre mes vieilles promenades et habitudes, de retourner à la vie que je menais avant de rencontrer l'homme connu sous le nom de « Butterfly Joe » par les autorités fédérales, était séduisante. Il me suffisait d'aller jusqu'à la maison et de sonner.

J'éteignis la radio, fermai les yeux et me projetai dans ce qui pourrait arriver alors, si je descendais de voiture et frappais à la porte. Les images de la Vie Tranquille défilèrent devant moi : ma tante m'accueillant à bras ouverts pour me serrer sur sa large poitrine ; moi, appelant les Bosco pour leur apprendre que j'arrêtais tout ; une Edith forte d'avoir eu raison : « Je vous l'avais bien dit » ; une Isabelle soulagée. Une Mary maudissant mon nom ; et un Joe toujours derrière les barreaux se lamentant de ce que j'étais retombé dans mon état de type ennuyeux. À partir de là, ma vie tranquille se réduisait à une rapide succession de scènes. Ma mère disant : « Comme c'est agréable de te voir de retour, Llewellyn. » Mes amis ravis de me retrouver, mais une saine indifférence et leurs propres existences formant le levain de leur intérêt. Mon frère, me demandant d'un ton sarcastique où en était le grand roman américano-gallois. Le déroulé sans danger de cette vie menait à un boulot raisonnable, qui n'exigeait pas de moi de maltraiter les citations de poètes ou de présidents, ni de me servir de la tragédie amplifiée de quelqu'un pour convaincre des gens de m'acheter des choses. Une fille qui écoutait avec intérêt mes semi-aventures à vendre des papillons en boîtes en verre en Amérique, et qui me trouvait plein d'imagination pour avoir fait un truc pareil. Les images s'accéléraient au fur et à mesure des étapes de la vie : un mariage, des enfants, des revers et des déceptions. Je prenais du poids, je perdais mes cheveux, mais au moins, je vieillissais en sachant la différence entre les illusions et les rêves. La Vie Tranquille. Ça n'avait pas l'air si mal que ça.

Une porte s'ouvrit sur le côté de la maison et quelqu'un – un homme de grande taille – traversa la pelouse en direction de la grange. Il portait un objet sous le bras : un dossier, des papiers, un manuscrit ! C'était Garton Lake, le romancier qui se servait de la grange de ma tante dès qu'il avait besoin de « prendre du champ et donner le gros coup de collier sur un livre ». Il m'avait raconté ça lorsque je l'avais rencontré dans l'appartement de ma tante à New York. Je débarquais tout juste de l'avion, ma tante avait organisé un dîner en mon honneur et invité Lake pour m'encourager dans ma propre entreprise d'écriture – ainsi que pour impressionner. À un moment donné dans la soirée, j'avais eu la témérité de l'interroger sur le sujet de son livre, et il m'avait répondu que sa première règle consistait à « ne jamais discuter de l'œuvre tant qu'elle est encore en gestation ». Sur le moment, la réflexion m'avait profondément impressionné. Aujourd'hui, à cet instant où j'y repensais, elle me paraissait prétentieuse. Je l'observai tandis qu'il gagnait la grange, apparemment perdu dans le monde qu'il était en train de créer. S'agissait-il du livre ? me demandai-je. L'avait-il presque terminé ? Il avait l'air conséquent. Serait-il assez bon pour faire partie des ouvrages de la Grange aux Dix Mille Livres, comme j'avais espéré qu'il en serait du mien – un jour. Un sentiment d'envie et de frustration me submergea de nouveau. Qu'il aille au diable avec son bouquin ! À l'instant où Lake atteignait la dernière marche de la grange, il parut remarquer pour la première fois la Chuick. Je me laissai glisser en bas de mon siège, comme un agent en planque. Il resta là un moment à observer, puis rassuré, pénétra dans la grange, refermant la porte derrière lui. J'aurais pu y aller, lui dire bonjour, lui demander de quoi parlait le livre, maintenant qu'il l'avait terminé. Mais je me fichais pas mal du sujet de son livre (que je décidai de mépriser sans en avoir même lu le moindre mot). J'avais besoin de savoir ce qui allait arriver à Joe. À Isabelle. À Mary. À Edith. Aux papillons. À moi ! Je ne pouvais pas laisser tomber, parce que en dépit de la dernière incartade de Joe, du conseil avisé du fantôme de mon père et de ma propre conscience, cette histoire n'était pas terminée.

Je conduisis jusqu'à New York, ayant mis la radio assez fort pour ne pas m'entendre penser. Lorsque je traversai l'Alexander Hamilton Bridge pour pénétrer dans Manhattan, la vue des monolithes imposants du quartier de Midtown me remonta le moral. C'était là une ville qui vous obligeait à lever les yeux et à entretenir des idées vertigineuses. Et même si mes pensées n'étaient pas ambitieuses, elles se concentraient au moins sur ce que je devais accomplir. C'est-à-dire sauver ce deal.

Aux alentours de la 45e Rue, j'entrepris de chercher où me garer, mais dépassai sans succès pâté de maisons après pâté de maisons. Il était quatorze heures trente-cinq, et je devais me trouver à dix minutes de marche du Roth Building. *Que ferait Joe ?* songeai-je, sachant parfaitement qu'il prierait Dieu de lui fournir une place, ainsi qu'il l'avait fait à Cleveland, incident qui avait déclenché une dispute entre Mary et lui, avec moi prenant le parti de Mary. Elle : « Pourquoi Dieu irait-il s'embêter à nous aider à nous garer, alors qu'il a un univers entier de choses sérieuses à gérer ? » Joe : « Soit il est impliqué dans nos toutes petites vies, soit il ne l'est pas. Tu crois qu'il s'est fixé une limite au stationnement ? »

Sans l'aide du Créateur, je dénichai un parking d'à peine une douzaine de places, qui ressemblait à un terrain de basket. Le panneau indiquait « COMPLET », mais je pouvais voir deux places libres. Je me rendis à une guérite en bois où un homme jouait avec un rouleau de tickets.

— Le panneau dit que c'est plein.

— Vous avez deux emplacements libres là-bas, je les vois. Là.

— C'est pour les urgences.

— Mais c'est une urgence.

Le type me regarda :

— Ah ouais ?

— Mon ami… est à l'agonie.

— Ouais, c'est ça, fit-il avant de contempler la Chuick. Et puis, qu'est-ce que ce truc ?

— Une Chuick, dis-je avant de me lancer dans l'hagiographie de mon moyen de transport le plus fidèle, me servant de la moindre bribe de poésie que Joe ait jamais prononcée pour sa défense. « Fabriquée avant que Motown ne les fabrique pour qu'elles tombent en panne ». « Deux tonnes d'acier de Pittsburgh ». « Celui qui emboutit cette voiture, il est mort de chez mort. »

L'Ode parut faire pencher la balance. L'homme hocha la tête et me donna un ticket détaché de son rouleau.

— Prenez celle de gauche. J'espère que votre ami se remettra !

— Merci, moi aussi, dis-je tout en me précipitant en direction de l'Avenue of the Americas.

Le Roth Building faisait plus de cent cinquante mètres de hauteur, mais je ne l'aurais jamais remarqué si je n'avais pas eu rendez-vous là-bas. Il était parfaitement anonyme au milieu des plus beaux gratte-ciel de Midtown. Je me ruai dans l'entrée et pris l'ascenseur jusqu'au vingtième étage, où j'allai annoncer à la réception mon nom et l'heure de mon rendez-vous. Ce fut un soulagement mêlé d'excitation de constater que mon nom était déjà inscrit, à côté de celui de Joe, sur le créneau horaire de quinze heures dans l'agenda. J'expliquai que mon compagnon ne pouvait pas assister à la réunion en raison d'une « indisposition ». Le mot avait été choisi car il semblait recouvrir la plupart des possibilités, y compris l'éventualité que la réceptionniste ne pose pas de question par peur de ne pas savoir ce que cela signifiait, ou bien que la réponse s'avère trop bouleversante. Elle m'indiqua un siège dans la salle d'attente. Incapable de m'asseoir, je restai un moment à contempler la circulation et les gens dans l'avenue en contrebas. Tant de gens avec tant de vies dont j'ignorais tout et qui à leur tour, ignoraient tout de la mienne.

— Vous pouvez monter, maintenant, monsieur. Prenez l'ascenseur jusqu'au quarantième étage.

Pendant que celui-ci s'élevait lentement à travers les étages, les boutons illuminant les chiffres, toutes ces petites lumières se mirent à briller en moi. Joe et moi avions affabulé sans honte pendant des semaines pour conclure des ventes – là, sa mère tuée dans l'incendie dans un magasin, ailleurs, ses sœurs asphyxiées ; son père tombé dans un ravin dans la jungle un jour, le lendemain dévoré par un jaguar. J'allais devoir affabuler. Le tintement annonçant que l'ascenseur avait atteint sa destination ne fit que confirmer ma réflexion.

Il était temps de justifier mon existence en achevant celle de Joe.

— Mr Rip Van Jones. Le Monde des papillons, annonçai-je à la seconde réceptionniste.

Celle-ci me conduisit à une pièce, frappa à la porte et passa une tête.

— Un Mr Van Jones est là pour vous voir, Mr Eliot ?

Me regardant dans la porte vitrée, je préparai mon visage à ceux qui allaient me fixer de l'autre côté de la table. Mon costume et ma mallette de démonstration noire me donnaient de façon appropriée une allure de croque-mort. J'avais l'air aussi sombre et sérieux que l'enfer.

Il y avait trois personnes dans la pièce aux murs capitonnés de cuir (pour étouffer les cris de ceux qui se faisaient tondre par les avocats de Roth, peut-être). L'avocat de Roth (Mr Eliot), le directeur des acquisitions de Roth (Mr Matthews) et la conservatrice du musée de Roth (Miss Daniels). Le Cerbère à trois têtes se tenait entre moi et la mort de ce deal.

— Nous attendions deux personnes, Mr Van Jones ?

Mr Eliot, l'avocat (celui du milieu), portait des lunettes à grosse monture d'écaille et ressemblait à un frelon. Je décelai qu'il était le détenteur du pouvoir, et décidai de croiser ses yeux fixes d'insecte avec un regard perçant de ma façon. Je pris mon temps. Je pesais la profondeur du plongeon que je m'apprêtais à effectuer, exactement comme ce premier jour où j'avais rencontré Joe. (Les mensonges sont comme les plongeons, d'une certaine manière : plus c'est haut, plus ils ont l'air impressionnants ; et une fois que vos pieds ont quitté le roc solide des faits pour vous expédier dans les airs, il n'y a plus de retour en arrière ; vous êtes engagé.)

— Je... J'ai bien peur... que mon collègue Joe Bosco ne puisse être des nôtres.

Mr Eliot discerna le lourd fardeau derrière mon expression et mon ton.

— Oh ?

Je jetai un dernier regard par-dessus la corniche (m'assurant que les six yeux étaient fixés sur moi), puis je plongeai.

— Ce matin, je me suis longuement demandé si je ne devais pas annuler cette réunion, à la lumière des récents événements. Mais après moult discussions avec la famille de Mr Bosco, et au vu des propres souhaits de Joseph, il a été entendu que je devais venir ici aujourd'hui. Mais c'est le cœur lourd que je dois vous annoncer que mon collègue, mon ami, Joe Bosco, est décédé.

— Oh, articula Mr Eliot. C'est... extrêmement fâcheux.

— Qu'est-ce que cela signifie ? demanda Mr Matthews.

L'homme de Roth avait l'air très énervé. À sa décharge, il débarquait tout juste par avion de Londres, où il avait acheté un ensemble de phalènes du bouleau chez Bonham. Il déguisait mal sa terreur à l'idée que la Collection qu'on l'avait envoyé décrocher pour son patron avait pu connaître le même sort que son propriétaire.

Je venais à peine de décider de tuer Joe – dans l'instant. Et alors que mon principe directeur aurait dû être « moins j'en fais, mieux c'est », je me sentis redevable d'un minimum d'explications. J'expérimentai quelques minutes à quoi ressemblait d'être dans la peau de Joe – le Chat chapeauté – : se lancer, puis être obligé de continuer sous peine de tout voir s'écrouler.

— Il y a trois jours, il est allé chasser le papillon près des Kaaterskill Falls. Il cherchait des spécimens de fin de saison. Ce soir-là, il n'est pas rentré, et nous sommes partis à sa recherche le lendemain. Et nous l'avons trouvé au fond d'un ruisseau. Il était tombé de dix-huit mètres de haut, depuis un à-pic dissimulé. Il est mort de sa chute.

Tout en l'éliminant, je ne cessai de songer à quel point Joe aurait pris plaisir à mon discours. Évidemment, s'il avait été là, je n'aurais pas pu l'achever de façon aussi nette ni débiter mon speech sans cette fichue inhibition qui tue toute véritable expression poétique. Mais je le dotai d'une fin plus poétique que celle qu'il serait jamais susceptible de connaître. La mort de Joe fut sans conteste ma vente la plus convaincante. Le besoin compétitif de se prouver, un abandon téméraire, le désespoir et le mépris des conséquences, tout cela formait un puissant amalgame. En affaires, il n'y a probablement pas de meilleur moyen de vendre. Joe avait été un excellent professeur. Le Chat chapeauté avait engendré un autre chat.

Mr Eliot joignit les doigts en forme de pyramide, assez respectueux.

— Je suis désolé.

Mr Matthews offrit également ses condoléances.

Voyant que leur sympathie m'était acquise, je passai au véritable objet de notre réunion.

— Je comprends, Mr Matthews, que vous êtes venu de loin. La famille tient bien évidemment à honorer l'engagement de vendre la Collection. Mais elle va avoir besoin d'un peu de temps pour faire le deuil de Joe.

— Bien entendu, Mr Jones.

— Combien de temps pensez-vous qu'il lui faille ? demanda Mr Matthews. Simplement pour que je puisse informer Mr Roth.

— Eh bien, le chagrin ne respecte guère beaucoup de règles. Je suis le premier à le savoir, à la suite du récent décès de mon père. Mais si vous pouviez nous accorder quelques semaines ? Environ quarante jours ? Je peux peut-être vous contacter lorsque la famille sera prête. Cela vous paraît-il acceptable, à vous et à Mr Roth ?

— Bien entendu. Offrez nos condoléances à la famille Bosco, s'il vous plaît.

J'aurais dû en rester là, mais je m'amusais trop.

— Cela ne compense pas une existence, bien sûr. Mais peut-être que d'une infime façon, la vente de cette collection constituera un hommage approprié à mon ami.

Chapitre 19

Où je rencontre l'homme qui a attrapé « Butterfly Joe »

Après avoir tué Joe, j'allai le voir en prison. L'euphorie de la mise à mort me faisait planer, et je n'éprouvais aucune honte à mon acte. Au contraire, je me sentais justifié : le deal tenait toujours. La mort de Joe était un mal fictif pour un bien tout à fait réel. Cette réunion avait ranimé mon enthousiasme pour les papillons et la confiance dans ma capacité à sortir de situations impossibles. Il est vrai qu'en chemin, j'avais sacrifié Joe, mais j'étais bien certain qu'il s'agissait là d'un détail qui ne l'empêcherait pas de vivre. Il ne me restait plus maintenant qu'à apprendre à tout le monde que Joe était mort. N'importe qui peut descendre aux Enfers, la porte est toujours ouverte ; simplement, on s'attend à ce qu'il y reste.

Un bâtiment de briques dans un ensemble quelconque qu'on aurait pu décrire, si nécessaire, comme une école sous-financée, abritait la FWA. L'intitulé Fish and Wildlife Agency paraissait relever davantage de la farce que de la menace. J'étais convaincu que la situation de Joe serait rapidement éclaircie ; Joe allait se sortir de cette embrouille par la parole, et quitter les lieux. Il me suffisait d'apparaître, de payer une amende, de le libérer et de retourner en voiture dans les Catskills. À l'accueil, j'annonçai présomptueusement que je venais chercher un certain Joseph Bosco. L'agent de service m'invita à m'installer sur une des trois chaises en plastique de la salle d'attente. Elle n'avait pas l'air au courant de ma venue ni de savoir qui était Joe. Je patientai une demi-heure – suffisamment pour me dire que je n'allais peut-être pas repartir avec Joe. Un homme avec des lunettes de soleil, une ombre de barbe, une chemisette blanche, un pantalon de flanelle gris, des chaussures marron, et affichant le sourire satisfait du travailleur accompli finit par apparaître à l'accueil. Il avait l'air d'un *caporegime* protégeant un trafic criminel plutôt que d'un homme qui défendait des espèces rares. C'était lui qui avait arrêté Joe. Le type au nom d'un ange bidon. Je m'efforçais de ne pas penser à lui en ces termes, mais lorsque la bonne parole a été semée, l'idée ne fait que croître. Dès le début, je l'imaginai avec des ailes rentrées sous sa chemise.

— Mr Jones ?

Je me levai.

— Oui, bonjour.

— À moins que ce ne soit Mr Van Jones ?

— Les deux. Ce dernier est mon nom de travail.

— Mon nom de travail est agent Devon Moroni. J'ai besoin que vous veniez dans mon bureau. J'ai des questions à vous poser.

— Cela va prendre combien de temps ?

— Vous avez d'autres obligations ?

— On m'a dit de venir chercher Joe.

— Mr Bosco n'ira nulle part aujourd'hui. Ni demain. Ni pendant un certain temps après cela, avec un peu de chance.

Le panneau sur la porte de son bureau indiquait « Agent Devon Moroni » en lettres blanches sur fond noir.

La photo d'un papillon était sommairement collée sous son nom, et une carte manuscrite scotchée disait « Patrouille des bestioles ». Il régnait une chaleur étouffante dans la pièce (« l'air conditionné démolit la planète »). Il y avait un fauteuil derrière le bureau, une machine à écrire électrique IBM du genre que je convoitais, et une « chaise d'interrogatoire » de l'autre côté. Des ouvrages de référence sur les papillons et autres insectes, ainsi qu'un objet ressemblant à de petites défenses d'éléphant, et un gigantesque scarabée rhinocéros à cornes encadré, étaient posés sur une unique étagère.

— De l'ivoire de morse, expliqua-t-il en voyant que je me posais des questions. Douze ans.

— Douze ans ?

— Ce dont ils ont écopé pour les avoir fait entrer en contrebande. Deux couillons – du même âge que vous et votre ami.

Je n'appréciai guère ce qu'il sous-entendait.

— Quel gâchis. Pensez donc. Vous avez vingt-trois, vingt-quatre ans, et vous pourrissez en prison pendant vingt ans, vous en sortez, vous avez mon âge, gros, chauve, les couilles qui pendent, les plus belles années de votre vie derrière vous, et tout ça pourquoi ?

Je vis un paquet de cigarettes sur son bureau, mais résistai à la tentation d'en demander une, associant un tel geste à un signe d'aveu. Lorsqu'il m'offrit du chewing-gum, j'éprouvai la certitude qu'il allait s'efforcer de tirer quelque chose de moi, me soutirer des informations, me faire trahir Joe. Voilà ce que m'indiquait son comportement.

— J'ai quelques questions pour vous, Mr Jones.

— Suis-je obligé d'y répondre ?

— Non… mais cela pourrait aider votre ami.

Il y avait un panneau de liège à « suspects » avec des photos d'individus et des brins de ficelle reliant les suspects à une carte du monde. Il y avait un cliché de Joe, avec son costume et son nœud papillon. Son portrait était relié à un endroit dans les Catskills.

— Alors, depuis quand travaillez-vous pour « Butterfly Joe » ?

— « Butterfly Joe » ?

Il tendit la main vers le meuble de classement et en tira un dossier bleu qu'il posa sur son bureau avec un bruit sourd.

— But-ter-fly Joe, articula-t-il en savourant le nom, comme si Joe était un hors-la-loi célèbre. Il y a un moment que la FWA a pris votre ami en filature.

Un instinct de survie me poussa à jouer les imbéciles :

— La FWA ? Qu'est-ce que c'est ?

— La Fish and Wildlife Agency. Nous sommes le FBI du royaume animal. Sauf que le FBI a dix mille agents, et nous cent vingt. Ce qui est vraiment dingue, quand on sait que le trafic d'espèces sauvages se place juste derrière la drogue et les êtres humains en termes de profit. Nous sommes la mince ligne verte qui sépare les espèces protégées de l'extinction. Votre ami est à lui tout seul une boule de démolition environnementale. Il y a dix-neuf espèces protégées. Il prétend les avoir toutes. Il l'a même reconnu ! Je n'ai même pas eu à le lui faire avouer. L'année dernière, il a essayé de vendre des bleus de Palos Verdes. Ce qui s'apparente à vendre un dodo.

Moroni finit par ôter ses lunettes de soleil, dévoilant des cernes couleur coquille de moule, de très jolis yeux violets agrémentés de très longs cils. Ses efforts pour lutter contre l'extinction de toutes les espèces semblaient le fatiguer. Je voyais un grand dévouement dans cet épuisement. Mais quelqu'un allait payer pour ça.

— Nous aurions pu l'arrêter il y a douze mois, pour la vente de bleus de Palos Verdes à un agent se faisant passer pour un acheteur japonais. Mais avec ces types-là, c'est comme le poker. Il faut savoir quand abattre sa main. Quand il a vendu un ensemble des Quatre Grands à la convention de Los Angeles, il s'est vanté d'en avoir encore beaucoup d'autres ! Cinq ornithoptères de la Reine Alexandra, alors que la Smithsonian n'en a que deux. Mais comme tous ces types-là, il ne peut pas s'empêcher de se vanter. Il se targuait de détenir les dix-neuf des espèces en voie de disparition. De posséder un ensemble de morphos bleus à cinq ailes. Un papillon qui n'existe même pas.

Je me mis à penser à l'avertissement Miranda et à mon propre droit de garder le silence. J'étais très lent à comprendre que je me trouvais intimement mêlé à tout ça.

Moroni ouvrit le dossier, dont il tira des papiers et des photos. Il m'en jeta une.

Il s'agissait de Joe avec son nœud papillon et son attaché-case. Le nœud papillon, les lunettes et le grain du cliché lui donnaient l'air d'un clown en route pour un mauvais coup.

— Voilà votre ami le mois dernier. En train de vendre à un de nos agents infiltrés prétendant être acheteur pour un collectionneur.

Je haussai les épaules.

— C'est mauvais ?

Moroni étala sur le bureau des clichés d'espèces rares de papillons. Il prit le plus spectaculaire. Je savais ce que c'était : un ornithoptère de la Reine Alexandra. Monté et encadré par la jolie main d'Isabelle. L'inscription latine de sa cursive en pattes de mouche.

— Vous savez ce que c'est ?

— Non.

— Vous êtes représentant en papillons et vous ne savez pas ce que c'est ? Ce serait comme un concessionnaire auto qui ignorerait ce qu'est une Cadillac. Sauf que cela est plus rare qu'une Cadillac et a beaucoup plus de valeur. C'est plutôt l'équivalent de… d'une Bugatti. Il s'agit d'un *Ornithoptera alexandrae*. Un ornithoptère de la Reine Alexandra. Un des papillons les plus rares au monde. Il y a davantage de cachalots blancs dans les océans que de ce papillon en Papouasie Nouvelle-Guinée.

— Ça alors ! fis-je, continuant de jouer les ignares entomologiques.

Il disposa trois autres photos sur le bureau.

— Si le Reine Alexandra est le Saint Graal des collectionneurs, alors voici votre Toison d'or : l'Homerus. Du nom d'un poète romain. (S'il ne connaissait pas les poètes romains, Moroni connaissait ses papillons. Je pris le parti de ne pas rectifier. Pas avec ce qui était en jeu.) Ensuite, celui-là, avec le joli flamboiement, c'est un *chikae*, un machaon de Luzon. Et celui-là, qui vient de Corse, c'est un *hospiton*, un porte-queue de Corse, qui n'a pas l'air comme ça, mais croyez-moi, quand un *hospiton* fait des bébés *hospiton*, ça vaut de l'or.

Il aligna les quatre clichés les uns à côté des autres.

— Vous regardez les Quatre Grands. Vous savez combien certaines personnes seraient prêtes à payer pour l'ensemble ?

Je haussai les épaules :

— Beaucoup ?

— Dix ans, mon ami. Ou une amende de deux cent cinquante mille dollars. Juste pour ceux-là. Il y a dix-neuf papillons de l'annexe I listés sous le Lacey Act. Au cours des dix-huit derniers mois, à des moments divers, votre ami a offert à certaines personnes de leur fournir ces dix-neuf espèces. Nous avons l'enregistrement. Ce que cela représente en années de prison, je suis même incapable de vous le calculer, Mr Jones. Au bout du compte, on aurait fini par avoir votre ami. Ces types-là ne peuvent pas s'empêcher de se glorifier de leurs possessions. Et votre ami avait certainement de quoi se faire mousser. Je veux dire, des bleus de Palos Verdes ? Vous savez à quel point c'est rare ? On parle ici de quelque chose d'aussi rare que le tigre de Tasmanie, le lion de l'Atlas, le Grand Pingouin ! À savoir aussi rare que les espèces éteintes !

— Ça, c'est rare, pour sûr.

— Qu'est-ce qui vous fait rire ? Vous ne me prenez pas au sérieux ?

— Je ne ris pas.

— Vous souriez.

— J'essaie juste de…

— Il y a deux siècles, il y avait des baleines dans les océans et des bisons dans les plaines. Après, ils ont concocté l'Endangered Species Act, la loi sur les espèces en voie de disparition. Vous en avez entendu parler ?

— Non.

— Non. C'est bien le problème. Elle n'a aucun pouvoir. Vous riez encore ?

— C'est nerveux. Je suis désolé.

— Eh bien, laissez-moi vous instruire. Une petite leçon d'histoire. Ils ont concocté le Lacey Act. En 1900. Qui devait faire quelque chose pour empêcher, je cite, « l'extinction de toutes les créatures de Dieu ». La loi interdit le commerce des espèces sauvages, de poissons et de plantes prélevés, détenus, transportés ou vendus de façon illégale. Il y a des sanctions civiles sérieuses pour tout contrevenant, et votre ami en est un, vous pouvez me croire. Et maintenant que je lui ai mis la main dessus, je ne suis pas pressé de le laisser repartir.

— J'ignorais tout ça, Mr Moroni.

— Agent.

— Agent. Pardon.

— Comment pouvez-vous ne pas savoir ? Vous êtes son associé dans le crime.

— Pas du tout.

— Le second Frère Voltige, n'est-ce pas ?

— Quoi ?

— C'est comme ça qu'il vous a appelé. Les « Frères Voltige ». Il m'a dit que vous vendiez des papillons partout en Amérique.

— Il a donc parlé.

— À tort et à travers. Il raconte n'importe quoi, on dirait des contes de fées. Il déblatère sur Le Magicien. Le Seigneur. Et les Frères Voltige.

— Je ne connais Mr Bosco que depuis quelques mois.

— C'est ça. Il m'a dit que vous faisiez pratiquement partie de la famille. Vous allez épouser une de ses sœurs.

— Joe exagère quelquefois.

— Pas à propos de ces bestioles. Il a monté une sacrée opération. Vendre des papillons réglo aux boutiques et trafiquer ça en douce. Une couverture plutôt futée. C'est vous, la couverture ?

— Joe n'est pas un criminel.

— Vous savez, à en croire mon expérience, les meilleurs arnaqueurs ne savent pas qu'ils sont arnaqueurs. Comme votre ami. Il ne le réalise tout simplement pas. Il est aussi un peu cinglé. Vous êtes sûr qu'il a tout là-haut ?

— Là-haut ?

— Dans la tête. Vous voyez. Il a toute sa tête ? Il est sain d'esprit ? Vous savez qu'il a écopé de quarante jours pour outrage pour avoir déclaré que le juge n'était pas le vrai juge qui comptait ? Lui, il est gratiné. En ce moment, il est dans une cellule, à se comporter comme si tout ça était une plaisanterie et à chanter comme s'il était en vacances.

— Joe n'est pas un escroc. Il n'est pas fou non plus. Il est beaucoup de choses, mais ni escroc ni fou.

Moroni se mit à rire.

— Racontez-moi ce que vous savez, et on passera un marché. Une négociation de peine. Vous m'avez l'air d'un jeune homme sensé. Et j'imagine que votre visa de six mois ne doit pas tarder à être renouvelé. Vous ne tenez pas à ce que vos liens criminels vous obligent à quitter ce pays prématurément. Pourquoi ne me dites-vous pas où il a dégotté ces bestioles ?

— Elles venaient de la Collection familiale.

— C'est ça, et moi je suis Elvis.

— Son père était – est – un entomologiste respecté. C'est lui qui a capturé ces papillons.

Je donnai à Moroni la version complète (celle dans laquelle le père était en vie – la plus véridique).

— Il a bien dû vous dire ça ?

— Bien sûr. Il me l'a raconté. Et le juge lui a donné quarante jours pour le prouver.

— Que voulez-vous dire ?

— Si son père peut prouver que les papillons que Mr Bosco vendait lui appartenaient, alors il est libre.

— Et sinon ?

— Vingt ans.

Je n'avais aucune raison de ne pas croire l'agent Moroni. Mais Joe avait dû l'énerver, car l'agent réprimait une rage bouillonnante, avec l'œil étincelant du vengeur fou. Je reconnais que j'éprouvai une envie irrépressible de mettre de la distance entre Joe et moi, de détromper Moroni sur la nature de notre relation. De lui dire combien Joe était, au mieux insaisissable, au pire peu digne de confiance. Qu'il faisait des promesses qu'il ne tenait pas. Que près de lui, je n'étais jamais certain de ce qu'était la vérité. Tous les mauvais aspects. Mais plus il parlait, plus j'étais convaincu que Joe avait raison à propos de Moroni : « Il a bouffé le mauvais côté de la carotte. »

— Vous savez pourquoi j'ai rejoint ce service, Mr Jones ? Pour arrêter des gens comme votre ami. Des gens qui pillent les trésors de la planète et en tirent ensuite profit. Votre ami dit que vous ne saviez rien de ce qu'il faisait. Que vous travaillez simplement pour son entreprise de papillons tout à fait légale. Mais je crois qu'il vous a tendu un piège. Qu'il s'est joué de vous. Il vous a utilisé, vous et votre truc d'Anglais. Ça lui donnait l'apparence et l'écho d'une affaire honnête. Sans votre aide, ce grand plouc n'aurait jamais réussi à mettre les pieds dans certains endroits. Moi, je crois qu'il a inventé cette histoire qu'il les a hérités juste pour contourner la loi. Mais à moins de sortir son père de son chapeau, il va plonger.

— Je peux le voir ?

Moroni me conduisit le long du couloir jusqu'à une pièce divisée en deux par un panneau vitré. De l'autre côté de celui-ci, il y avait un fauteuil bas rembourré, un lit et un lavabo. Joe était étendu par terre (par solidarité avec la majorité la plus pauvre du monde, je suppose), les mains derrière la tête. Ce n'était pas le langage corporel d'un coupable ni de quelqu'un qui contemple une peine de vingt ans de prison. Ici au moins, Joe ne pouvait plus conclure aucune affaire ni faire tournoyer davantage d'assiettes. Ici, il était incapable de menacer le monde de sa « Joenesse ». Bruyant et pénible, il débitait une de ses chansons « inventées » :

« Tout là-bas dans l'Ouest où le soleil brille
J'ai rencontré une chic fille que j'ai faite mienne
On vivait dans une cabane… au bord du chouette océan
On écrivait des chouettes poèmes en mangeant des mets délicieux. »

— Pour quelqu'un dans la panade dans laquelle il est, il se comporte de façon sacrément désinvolte. Il fait ça depuis son arrivée. Il ne peut pas nous voir ni nous entendre.

Observer quelqu'un et parler de lui sans qu'il sache que vous le regardez, cela semblait déloyal. Mais il me parut bizarrement rassurant que Joe soit toujours Joe, qu'on l'espionne ou pas. Toujours aussi énervant. Toujours en train de chanter. Toujours dédaignant le lit. Joe observé ne se comportait pas différemment de Joe tout seul.

— Vous avez vingt minutes.

Joe bondit et m'étreignit. Il était si grand et fort qu'il laissa un peu de distance entre nous, de peur de m'écraser. La différence de taille fit qu'il planta ses pieds à soixante centimètres de moi et se pencha. C'était peu commode mais attachant, et la première fois qu'il m'embrassait vraiment comme ça. Il trouvait toujours de nouvelles façons de me rallier à sa cause en général, alors que je ne savais plus comment m'en dépatouiller.

— Rip ! Loué soit le Seigneur. Je m'ennuie tellement. Tiens, assieds-toi sur cette jolie chaise de l'État fédéral.

— Moroni dit que j'ai vingt minutes. Et toi, tu vas avoir vingt ans.

— C'est un ange bidon.

— Il a l'air plutôt sûr de ta condamnation, Joe.

— Balivernes de Macaroni Moroni. C'était lui à Rochester. Et à Tarrytown. Ils m'ont tendu un piège, Rip. Ces annonces dans les revues entomologiques : « Recherchons papillons rares ». Assez parlé de lui. Tu as bien vu les types de Roth ?

— Mmh mmh.

— C'est vrai ?

— Oui. Je nous ai gagné du temps.

— C'est génial ! Alors, l'affaire court toujours !

(Je grimaçai pour lui indiquer que Moroni se trouvait de l'autre côté de la paroi vitrée et pouvait entendre.)

— Oh, ne t'inquiète pas de lui. Allons, Rip, dis-moi ce que tu as raconté aux gens de Roth. Comment tu as fait ?

— Je leur ai dit que tu étais mort.

— Ha ! Non, sérieusement ?

— Non, sérieusement. Je leur ai dit que tu étais mort.

Joe me regarda, et lorsqu'il comprit que j'étais sincère, un large sourire goguenard se peignit sur son visage. Puis il eut un gros rire pendant environ dix secondes.

— Oh, mince ! Je t'ai bien éduqué ! Était-ce une belle mort ?

— Une mort que tu ne méritais pas, Joe. Héroïque.

— Alors ça, Rip, c'est merveilleux ! Comment suis-je mort ? Il faut que tu me le décrives !

— Vraiment ?

— Pour de vrai.

— Je t'ai fait chasser un machaon – non, un *anthocaris* – aux Kaaterskill Falls.

— Ce serait inhabituel à cette période de l'année, mais pas impossible. Continue !

— Et tu étais si préoccupé par ta poursuite que tu as raté l'à-pic. Je me suis bien laissé emporter. J'ai failli pleurer, à la fin. Je me suis dit que tu serais le premier à être d'accord : le sacrifice de ta personne valait le prix à payer pour que cette négociation ne capote pas.

— Argument solide, Rip. Et de la Bonne Théologie, aussi. L'expiation substitutionnelle. C'est ce qui fait tourner le monde ! Je t'avais bien dit que j'accomplirais davantage mort que vif !

— Exactement ce que je me suis dit.

— Tu sais, la mort ouvre des portes dans les cœurs. *La mort de Joe Bosco*. Ça me plaît. Est-ce que c'était aussi bien que *M'man sauvée des flammes* ou *Quand mon père n'est jamais rentré des jungles du Yucatán* ?

— Il le fallait bien. Les gens de Roth n'étaient pas des fleuristes.

— Réfléchis, Rip, si tu arrives à manipuler les grosses têtes impitoyables du business en Amérique, que peux-tu accomplir de plus ?

— Écoute, Joe, j'ai vingt… quinze minutes. Ce type, Moroni, affirme que tu as vendu des spécimens illégaux. C'est bien beau, mais qu'est-ce qu'on fait maintenant ?

— Je ne suis pas un revendeur illicite. Ces papillons, ils étaient à moi et j'avais le droit de les vendre. Ça n'a jamais été un crime de vendre l'argenterie de famille.

— Joe ! On peut être sérieux cinq minutes ? Tu sais ce qu'ils demandent ? Tu dois prouver que ton père a capturé ces papillons !

— Rip, que tu es beau quand tu es en colère ! Un séducteur !

— À moins que tu ne commences à être honnête avec moi, je ne peux pas t'aider. Plus d'embrouillamini. Plus de : « Je dois rencontrer un type à propos de ça », ou : « Je dois voir machin et machin à propos de ça. » Plus de deals en douce. Personne ne me dit la vérité dans cette famille – à l'exception d'Isabelle.

J'attendis de voir s'il captait, mais il était trop emberlificoté dans sa propre histoire.

— Sur le chemin, j'ai failli tout laisser tomber, Joe. J'ai sérieusement réfléchi à redevenir Llewellyn Jones. Je suis passé chez ma tante. À ça près ! dis-je en montrant un interstice de la largeur d'un fil de la Vierge entre mon pouce et mon index.

L'espace d'une seconde, il parut blessé, mais ne me crut pas.

— Je t'ai montré des merveilles, et je t'en montrerai encore davantage si tu restes. Tu veux vraiment redevenir un type à la dérive, qui trébuche parce qu'il ne regarde pas où il va, le nez dans un livre ? Qui se défonce, déprimé, qui raconte aux gens qu'il va être écrivain alors qu'il n'a rien à écrire ! Là, je te donne des histoires, Rip. Comme des miettes de pain à un canard.

— Ce serait bien d'avoir une histoire… normale. Une où tu ne vas pas en prison.

— Alors ça… c'est… c'est le truc le plus déprimant que j'ai entendu de toute la journée.

— Non, Joe. Le truc le plus déprimant, c'est que tu as été arrêté et que tu fais face à vingt ans de prison.

Joe se gratta les cheveux comme s'il avait des lentes.

— Pourquoi ne m'as-tu pas dit que tu vendais en douce ?

— Je voulais te le dire. Mais il fallait que je trouve ce que je pouvais te dire. Parce que sinon, tu te serais étranglé. Il fallait que je te file des miettes que tu pouvais avaler. Et comme je te l'ai dit, je voulais que ce deal soit un vrai de vrai. Je protège d'autres gens.

— De quoi ?

— De… la déception.

— La vérité ! Tu me dis toujours que la vérité t'affranchira.

— Oui, mais elle peut aussi être comme une épée, trancher les gens en deux. Je ne t'ai pas menti. Je ne pouvais simplement pas te révéler toutes les informations. J'ai vendu quelques bestioles. On avait besoin de l'argent. Pour l'université. Et pour d'autres choses. Pour la maison. Comment tu crois qu'on paye tout ça ? M'man pense que le business suffit, mais ce n'est pas vrai. On ne peut pas obtenir de prêts. On n'a de crédit nulle part. Il fallait que je vende des bestioles, Rip. Mais ce n'était pas illégal. Tu penses que je suis aussi fou que j'en ai l'air ? J'ai mes raisons.

— Alors, pourquoi faire des cachotteries ?

— Parce que… je ne peux pas prouver qu'ils aient été attrapés toutes ces années auparavant. Et si je me fais prendre, il y a toujours le danger qu'on me demande de le prouver. Ce qui signifierait être obligé d'aller voir… mon père.

— Moroni dit que tu n'as pas demandé d'avocat.

— J'ai déconné avec le juge. Mais ça peut peut-être nous faire gagner du temps.

Joe s'interrompit alors et regarda la vitre, brusquement soucieux d'être entendu.

— Écoute. Je vais sortir d'ici. Ces papillons ont été capturés bien avant que la Fish and Wildlife Agency soit encore à l'état d'idée. Ils m'appartenaient et j'avais le droit de les vendre. Je suis exclu de cette loi à cause de la loi préexistante quand ces papillons ont été attrapés. Ça s'appelle la clause d'antériorité. Je le savais déjà, parce que M'man a vendu une fois des aberrations, il y a des années de ça.

— Joe, ils affirment qu'à moins que ton père confirme que ce sont les siens, tu vas aller en prison.

— Il y a d'autres moyens de le prouver.

— Lesquels ?

— C'est une tempête dans une tasse de thé. Tout ça va se dégonfler.

— Comment ?

Il n'existait pas d'autre moyen de le prouver. Je le savais, et il savait que je savais ; mais l'alternative lui était trop pénible à admettre. Pour cette partie-là, Joe n'avait pas d'assiette. Il n'avait plus d'assiettes.

— OK. Et si j'allais le chercher ?

— Chercher qui ?

— L'Innommable.

Joe émit cet étrange grondement bas qu'il avait poussé la première fois que je lui avais posé des questions sur son père, le jour où il m'avait conduit à la maison.

La voix de Moroni résonna dans le haut-parleur :

— Cinq minutes, messieurs.

Joe retira ses lunettes et les essuya, même si elles n'en avaient pas besoin. Il procéda à quelques petites contorsions de son nez, frotta ses mains sauveuses-de-mère, tournoyeuses-d'assiettes, pinçeuses-de-thorax. Les événements le rattrapaient.

— Ce n'est pas possible.

— Mais pourquoi ?

Joe secoua la tête.

— Joe ! Réfléchis. Il peut prouver que ce sont ses papillons. Alors, Moroni et tous ses autres anges bidons s'envoleront pour aller embêter quelqu'un d'autre. Et toi, tu es libre et on peut conclure l'affaire.

— J'ai fait une promesse à M'man.

— Romps-la !

— Ça, c'est un conseil du Diable.

— Non. Le conseil du Diable, c'est de ne rien avoir à faire avec ton père parce que ta mère te l'ordonne ! Je vais aller le chercher. Tu n'as pas le choix, Joe.

— Je ne sais pas où il est.

— Isabelle le sait.

Il tressaillit, et tendit le cou.

— Quoi ?

— Elle lui a écrit une fois.

— Non, non, non.

— Si, si, si. Elle lui a écrit à Princeton.

— Non. Non. Non.

— Si. Je crois qu'elle sait. Je sais qu'elle sait.

— Dee-dee-dee. La da di, fit Joe en se couvrant les oreilles.

— Il est peut-être à une journée de voiture. Peut-être même moins.

J'attendis qu'il ait retiré ses mains de ses oreilles.

— Joe, écoute-moi. Je vais aller chercher ton père. Lui demander de l'aide. Je vais emmener Isabelle avec moi. Et qui sait, tu l'apprécieras peut-être. Tu apprendras même peut-être à le connaître.

Joe se mit à arpenter la pièce, qu'il couvrait en trois enjambées d'un côté, trois enjambées de l'autre.

— Il ne faut pas qu'elle sache. M'man ne doit pas savoir.

— Je raconterai… un truc à Edith.

— Oh, mince ! Isabelle ne viendra pas avec toi. Sous un faux prétexte.

— Je la convaincrai, Joe.

— C'est… c'est… des problèmes en perspective, Rip.

— Joe. Si on ne le trouve pas, tu vas en prison, et si on ne te fait pas sortir d'ici, ce deal est mort.

— Llew ?

— Julia ?

— Oh, mon Dieu.

— À ce point ?

— Eh bien… tu as l'air d'avoir besoin d'un peu de soleil. Ils te traitent bien ?

— Ça n'est pas aussi terrible qu'on pourrait le penser.

— Tu es sûr ?

— J'étais en pensionnat. Ici, la nourriture est meilleure et il n'y a pas de latin. Ça va.

— Tu es stoïque.

— Je le suis, et il n'est pas facile à un hédoniste d'être stoïque. Même si les hédonistes ont toujours été plus pragmatiques qu'on ne le pense.

— J'ai parlé à Robert Peabody, mon avocat. Il travaille sur une espèce d'extradition. Tout ça est tellement… injuste. Mais on va te sortir de là, Llew.

— Pas d'urgence. Il y a de menus plaisirs à découvrir. J'ai eu le temps de réfléchir. Et de dormir. Le gardien, Larson, a été un bon ami. Et tu seras ravie de savoir que j'avance sur mon livre. La prison est favorable à l'écriture.

— J'aurai le droit de le lire ?

— Peut-être.

— Garton est fasciné par ta situation. Il pense qu'il y a là matière à un livre.

— J'espère bien que non.

— Je ne voulais pas dire pour lui. Mais pour toi.

— Eh bien… je ne sais pas. La fin n'est pas claire.

— Ça va venir. J'éprouve encore le sentiment que… quelque part, c'est de ma faute, Lew. Quand tu m'as dit que tu avais eu ce boulot, j'ai pensé que ça avait l'air super. J'aurais dû…

— Quoi ?

— Je ne sais pas. Poser davantage de questions. Quelque chose.

— Tu ne pouvais pas savoir. Les événements ont pris un drôle de tour.

— Mais ces gens, Lew. Comment… je veux dire. Ils ont l'air… cinglés. De vrais phénomènes.

— Ha !

— C'est drôle ?

— Plus que tu ne le crois. Mais ils n'étaient pas tous fous. Je dirais plutôt excentriques. C'est difficile à expliquer. Sans les avoir rencontrés.

— Je ne suis pas sûre d'en avoir envie !

— Pourtant, je suis triste que tu n'en aies pas l'occasion. Surtout Joe.

— On dirait qu'il était le plus fou d'entre eux.

— Ma foi, peut-être.

— Tu t'es retrouvé embringué dans quelque chose.

— Je ne suis pas innocent, Julia. J'ai joué mon rôle. Je cherche toujours à plaire à tout le monde. C'est mon hamartia.

— Ton quoi ?

— Mon défaut tragique.

— Ce n'est pas vrai, Llew. Tu es charmant. Ce n'est pas un défaut.

— Si. Je veux avoir le beurre et l'argent du beurre.

— Tu es un jeune homme. C'est ce que font les jeunes gens.

— On dirait une réflexion de ma mère.

— Elle a de nouveau appelé.

— Tu ne lui as pas dit, n'est-ce pas ?

— J'ai fait comme tu me l'avais demandé. J'ai raconté que tu passais ton temps à voyager partout. Elle m'a dit qu'elle avait eu une carte postale des chutes du Niagara, puis du mont Rushmore. Juste la semaine dernière.

— Je les ai achetées sur la route. J'en envoie une tous les quinze jours. Larson me les poste. Je ne veux pas qu'elle s'inquiète pour moi, Julia. Elle a eu assez de problèmes comme ça. Avec papa.

— Je ne sais pas combien de temps je peux continuer à lui mentir, Llew. Elle veut venir ici.

— Qu'est-ce que tu lui as dit ?

— Peut-être cet été. Si je lui disais non, elle se douterait de quelque chose. Elle n'a vraiment aucune idée de ce qui se passe, Llew. Elle ne savait pas que tu vendais des papillons, n'avait jamais entendu parler de ces gens. Tu ne l'as même pas mentionné ?

— Je lui ai expliqué que j'avais trouvé un boulot à vendre des articles d'artisanat. Les papillons, ça paraissait trop bizarre. J'ai essayé de lui écrire pour lui raconter – à plusieurs reprises – mais je n'ai pas trouvé les mots.

— Ça ne te ressemble pas.

— C'est presque comme si je ne voulais pas lui dire – ni à elle ni à personne – au cas où ils ne me croiraient pas, ou qu'ils me rient au nez ou ne me prennent pas au sérieux. Je voulais préserver ça dans ma tête, l'empêcher de s'envoler. Enfin, elle aura dans peu de temps quelque chose à lire. Vous tous également.

V

Oh, mon Dieu !
Amérique :
Qu'as-tu fait ?
Tu m'as gonflé d'espoir
Transporté sur les hauteurs
D'où tu m'as projeté à bas.
Tu es une scène pour un héros qui ne vient jamais
Je me suis acheté un billet pour le spectacle permanent :
le mythe synthétique de l'homme qui sauve toujours la mise.
J'en ai à présent terminé avec tes fausses transcendances
Les riches promesses, les interminables « et si tu voyais ça ».
Ramène-moi aux tasses de thé
Au rien à accomplir
À une ville de médiocrité dépourvue de héros
Peuplée de Joe Ordinaires.
Épargne-moi les sensations de tes larges extrêmes
Et garde tes rêves
À leur place :
Dans les rêves

Chapitre 20

Où je persuade Isabelle qu'il y a un temps pour le mensonge et un temps pour la vérité

J'ai été élevé dans la conviction – et j'en suis toujours convaincu ! – qu'on ne trompe jamais que soi-même avec la tromperie, qu'un mensonge vous découvrira. Je suis tout aussi conscient que n'importe qui des conséquences. De la façon dont les mensonges donnent naissance à d'autres mensonges qui s'enfuient ensemble pour accoucher de bébés mensonges dont vous ignorez même que vous les avez engendrés jusqu'au jour où ils atterrissent sur votre paillasson, pour demander l'aide du grand-père ! Mais il y a un temps pour le mensonge et un temps pour la vérité. La vérité peut vous affranchir, mais sortir Joe de prison allait nécessiter encore quelques mensonges.

J'atteignis au crépuscule le chemin sinueux qui menait à la maison. Le ciel mauve était clair, la silhouette des montagnes nettement découpée, et les *hemlocks* murmuraient entre eux, échangeant leurs opinions à mon sujet : « Voilà le type qui est prêt à raconter n'importe quoi pour obtenir ce qu'il veut. » Ma foi, ça leur va bien, aux arbres. Ce doit être merveilleux de vivre sans choix, sans conscience. D'être en permanence naturel. Oh, être un arbre, rien qu'une journée !

Je pénétrai dans la maison en affectant la pose de quelqu'un qui a connu une rude journée au bureau, ma veste jetée sur l'épaule, la cravate vert électrique desserrée. Tout le monde se trouvait à la fabrique, même Isabelle. Depuis l'arrestation de Joe, tout le monde était sur le pont à fabriquer la commande de cinq cents boîtes entomologiques pour le Cleveland Gift Emporium. La promesse de Joe selon laquelle plus personne n'aurait de boîtes à fabriquer quand le deal serait conclu, qui datait à peine d'une journée, paraissait déjà de l'histoire ancienne. Ceelee fut la première à m'apercevoir et se précipita pour m'embrasser et me mitrailler de questions.

— Joe est en prison, Rip ?

— Eh bien, oui, juste pour quelques jours, Ceelee.

— Il va avoir ses chaînes aux mains ?

— Ils les lui ont enlevées, Ceelee.

— Est-ce qu'il a des céréales en prison ?

— J'en suis sûr. Il va bien, Ceelee. Il vous salue. Et il sera bientôt de retour à la maison.

Edith s'essuya les mains, et la chaîne de production s'interrompit.

— Donne-nous les nouvelles, dit-elle. Et sans édulcorer.

Je commençai par les vérités : Joe avait écopé de trente – puis quarante – jours pour outrage à magistrat, et devait être transporté dans un établissement pénitentiaire à Hudson.

— Un jour, tu verras, une maison sur l'Hudson ! remarqua Edith, sarcastique.

Je leur appris que si Joe était inculpé pour la vente de papillons de l'Annexe I, il pouvait être condamné à de la prison, que la FWA pouvait lui infliger une très lourde amende, mais que Joe était convaincu de pouvoir prouver que les papillons lui appartenaient et qu'il avait le droit de les vendre.

Je débitai un mensonge à propos de la vérité selon laquelle Joe devait prouver la provenance des papillons, disant que la FWA voulait convoquer Isabelle en tant que conservatrice de la Collection, et que je devais l'emmener aussitôt que possible pour un interrogatoire.

Isabelle parut surprise, mais je la rassurai en affirmant qu'il s'agissait d'une procédure standard. Je m'efforçai de lui faire une grimace, laissant entendre qu'il y avait autre chose dont je ne pouvais discuter là.

Ensuite, je ripostai avec les bonnes nouvelles – encore vraies à ce moment-là – : l'affaire était toujours sur les rails.

— Comment se fait-il ?

— Je me suis débrouillé pour gagner du temps auprès des gens de Roth. Ils ont été très compréhensifs. Je leur ai dit que Joe… eh bien, je leur ai dit que… qu'il était… indisposé.

— Indisposé ? En bon américain, s'il te plaît, Rip.

— Je leur ai dit qu'il était mort.

Isabelle secoua la tête puis sortit pendant que je continuais à parler (ce qui n'était pas la première fois). Je lui étais une déception permanente. Au moins, sur ce sujet-là, j'étais cohérent.

— Tu as fait ça ? demanda Edith.

— Je devais leur trouver un sacré bon prétexte à l'absence de Joe. Qui les empêcherait de poser trop de questions. Et avec l'audience prévue pour sa libération dans quarante jours, ce devait être une excuse convenable.

Edith se mit à rire, Dieu merci imperturbable.

— Tu t'es un peu trop inspiré du manuel de ce garçon. Mais tu l'as tué avant que je le fasse, mon petit con !

— À l'évidence, il doit rester mort – si l'on peut dire – jusqu'à ce que l'affaire soit conclue. Donc, si les gens de Roth appellent, tout le monde doit accorder ses violons. Joe s'est tué en chassant le papillon dans les montagnes. Il est tombé dans un ravin près des chutes. Quand la situation sera sûre, on le ressuscitera.

— Vous êtes vilain, Mr Rip ! s'exclama Elijah, devenu loquace.

Pour l'instant, je m'étais attiré leurs bonnes grâces. En l'espace de vingt-quatre heures, je m'étais transformé, passant de l'état d'un type prêt à laisser tomber tout ce cirque à quelqu'un qu'ils pensaient capable de sauver la mise ! Rien ne vaut la sensation d'être en mesure de protéger les gens d'eux-mêmes. Pas étonnant que les Sauveurs aient l'air aussi contents d'eux. Cette confiance en moi n'était pas née du néant. Je crois que j'avais trouvé ma voix dans ce bureau capitonné de cuir à Manhattan, à éliminer Joe de façon aussi convaincante – et tout ça avec des mots !

Ayant livré les bonnes et les mauvaises nouvelles, je partis à la recherche d'Isabelle. Je la trouvai en train de vérifier l'inventaire de la Collection dans la bibliothèque. La tâche lui fournit une excuse pour ne pas lever les yeux lorsque j'entrai, mais elle m'attendait. Ses premières répliques sonnèrent comme si elle les avait répétées :

— N'y a-t-il vraiment rien que vous ne soyez prêt à dire pour obtenir ce que vous voulez ? Raconter une chose pareille, manipuler quelqu'un avec ce genre de mensonge. Ça n'est pas bien.

— Ce n'est pas très différent de ce que j'ai fait sur la route, à vendre des boîtes à l'aide de mensonges, d'exagérations et d'histoires.

— Vous ne voyez pas la différence ?

Je haussai les épaules. Compte tenu de la position d'Isabelle sur le sujet, j'allais devoir user de tous mes pouvoirs de persuasion pour lui faire accepter la nécessité du prochain mensonge que je devais formuler. Je fermai la porte de la bibliothèque derrière moi, et poursuivis, chuchotant quasiment :

— Écoutez, Isabelle, je suis désolé d'avoir tué Joe, mais j'y étais obligé.

— Tout ça, c'est une plaisanterie, pour vous, n'est-ce pas ?

— Non. Enfin. Je suis capable d'en voir le côté drôle, et je ne vais pas m'excuser pour ça. Écoutez, ça m'est venu dans l'instant, et j'ai embrayé là-dessus. Mais c'est là le moindre de nos problèmes. Il y a une question plus importante.

Isabelle cessa de feuilleter l'index. Elle avait fait semblant de vérifier l'inventaire, mais il ne s'agissait que d'une activité de remplacement, pour éviter de me faire face, et de faire face à ce que j'allais lui raconter ensuite.

— Je viens de mentir à votre mère – à propos de la libération de Joe.

— Je l'ai vu.

— Vous l'avez vu ?

— Quand vous ne dites pas la vérité, vous faites ce truc avec la bouche.

— C'est vrai ?

— Oui. Vous tordez un petit peu les lèvres, et puis vous faites une moue. Je l'ai remarqué quand nous nous sommes disputés il y a de ça pas mal de semaines.

— Et dire que j'étais vraiment convaincu de ce que je disais à ce moment-là !

Montre-toi complètement sincère, Rip. Vas-y ! Voyons si tu en es capable.

Je poursuivis, tout en m'efforçant de ne pas penser à la forme de ma bouche.

— Le type qui l'a arrêté – Moroni – dit que Joe peut être condamné à vingt ans de prison. Et ils peuvent infliger une amende qui vous rendrait insolvables.

— Mais… les papillons lui appartiennent, il pouvait les vendre.

— Comme d'habitude, Joe ne voit là-dedans qu'une autre « tempête dans une tasse de thé ». Il pense que tout ça va se dégonfler et qu'on continuera ; mais ce type le suit depuis presque deux ans, il a monté un dossier, avec des photos – même un enregistrement de Joe en train de se vanter de ses bestioles. Il soutient que Joe va aller en prison. Il en est certain. À moins que Joe ne puisse prouver que ces papillons ont été attrapés il y a vingt ans. Le juge dit que Joe doit attester leur provenance.

Isabelle ferma les yeux ; elle avait compris.

— Il n'y a qu'une personne capable de prouver que les spécimens ont été récoltés avant cette loi. Nous devons nous débrouiller pour que votre père vienne à l'audience.

Le mot en « P » fit battre des cils à Isabelle, comme si elle essayait de le chasser d'un clignement d'yeux. Elle se prit la tête entre les mains et se frotta les tempes.

— Non.

— Si.

— On ne peut pas faire ça.

— Je ne vois pas où nous avons le choix.

Elle se leva et se mit à arpenter l'allée du canyon d'acajou. Je démarrai mon argumentaire :

— Vous m'avez dit que vous saviez où il vivait. Et vous m'avez dit qu'il avait consigné la moindre des bestioles qu'il avait jamais attrapées. J'ai dit à Joe que j'allais le trouver, avec votre aide. Même Joe a reconnu que c'était là ce que nous devions faire – pourvu qu'Edith ne le découvre pas.

— Vous n'aviez pas le droit de faire ça ! De lui dire ça.

— Je n'avais pas le choix ! J'étais obligé. J'en suis désolé. Joe pense que tout ça va disparaître comme par magie, mais ce n'est pas le cas. Je ne veux pas que Joe aille en prison.

— Vous voulez simplement sauver ce deal !

Elle venait de crier, et je portai un doigt à mes lèvres pour lui faire baisser la voix.

— Oui. Je veux sauver ce deal, parce que c'est une bonne chose.

— Pour vous !

— Et pour vous !

Isabelle se remit à faire les cent pas, une véritable angoisse peinte sur les traits.

— Tout ça est mal.

Je compatissais. Elle était prisonnière de sa propre conscience, incarcérée par les loyautés et les promesses, les liens du sang et les impératifs moraux. Elle était à présent déchirée entre la loyauté envers sa mère, le besoin d'aider son frère, et la possibilité de rencontrer son père.

— Écoutez. Lorsque vous lui avez écrit il y a toutes ces années, vous faisiez quelque chose de parfaitement naturel. Vous vouliez savoir à quoi il ressemblait !

— Ce n'était pas à vous de raconter ça.

— Si nécessaire, j'irai le retrouver seul. Mais si vous m'accompagnez, cela peut aider.

— Non ! Non, je n'irai pas.

— Plus bas, Isabelle. Les murs ont des oreilles.

— Je m'en fiche. Je ne peux pas faire ça.

— Pourquoi ? À cause de cette règle idiote instaurée par votre mère ? Je comprends votre loyauté à son égard. Mais ceci est une urgence.

— Ce n'est pas seulement de la loyauté envers elle.

Voilà qui allait exiger une autre approche.

— Isabelle. Vous êtes adulte. Libre de vos propres choix. À quel point peut-il être mauvais ? Réellement ? Vous allez vivre toute votre vie sans jamais le rencontrer ? À ne l'appréhender qu'à travers la description borgne de votre mère ? À travers ses livres ? La première fois, lorsque vous m'avez montré la Collection, il était évident que vous éprouviez le désir de connaître l'homme qui se trouvait derrière. Vous réprimez votre curiosité naturelle, ce n'est pas une bonne chose. Et s'il n'avait pas cherché à entrer en contact avec vous uniquement par respect pour les exigences de votre mère ? Le problème, c'est que vous ne le savez même pas. Et même si votre mère a raison, peut-être a-t-il changé ? Les gens changent. Ne serait-ce que la curiosité devrait l'emporter ici sur la loyauté. Moi qui ne suis même pas son enfant, je veux le rencontrer !

Elle inspira profondément, puis exhala en bégaiements irréguliers :

— Je sais que ma mère exagère peut-être, bien sûr que je le sais. Et oui, je suis curieuse, et j'y pense. Beaucoup. Mais… ce n'est pas comme ça que je voudrais le rencontrer pour la première fois en vingt ans.

— Alors, laissez-moi aller le voir.

— Non !

— Pourquoi ? Pourquoi ne m'accompagnez-vous pas ? Avez-vous peur d'être déçue ? Ou bien rejetée ? Qu'il soit ce Grand Méchant Loup que votre mère vous a dépeint ?

Isabelle me regarda enfin, et il y avait en elle une vulnérabilité que je n'avais jamais vraiment discernée auparavant.

— Je ne redoute pas qu'il soit quelqu'un d'horrible. Je redoute qu'il ne soit *pas* quelqu'un d'horrible. J'ai peur qu'il ne soit *pas* un monstre. J'ai peur de l'apprécier. Qu'il soit brillant, beau et charmant, que j'aie envie d'apprendre à le connaître, que lui ait envie de me connaître, qu'il soit prouvé que ma mère est une menteuse, qu'elle me déteste pour avoir découvert la vérité, et que je ne puisse plus la revoir jamais.

Je n'y avais pas pensé. J'étais trop pris dans mes propres combines pour envisager une chose pareille, et j'avais mal interprété la résistance d'Isabelle. Dans cet éclat de colère, je la vis sous un jour différent. Son aversion pour la subversion, son incapacité au mensonge – des traits qui m'avaient particulièrement irrité lorsque j'avais fait sa connaissance – me la rendaient maintenant plus attachante.

— D'accord. Mais, vous devez vous libérer. À un moment donné. Écoutez, Isabelle. Je sais que vous me prenez pour un opportuniste. Comment avez-vous dit, déjà ? « Prêt à dire n'importe quoi pour obtenir ce que vous voulez. » Peut-être est-ce à moitié vrai. Ou même vrai à cent pour cent. Mais j'ai besoin de votre aide. Je ne veux pas que Joe aille en prison et oui, je veux que cette affaire se fasse.

— Je ne suis pas douée pour le mensonge. M'man ne se laissera pas abuser.

— Laissez-moi les mensonges. Ces derniers mois, je suis devenu plutôt doué en la matière.

— Il n'empêche que ça fait de moi une menteuse.

— Ce n'est qu'un pieux mensonge.

— Les mensonges sont des mensonges. Il n'y a ni échelons ni nuances.

— Ce ne sera pas tout à fait un mensonge. Uniquement un mensonge par omission. Je dirai que la FWA veut vous interroger. Ce qui sera sans doute vrai. On peut casser une pierre de deux coups.

Au moins, l'expression à la Joe lui fit esquisser un sourire.

— On peut peut-être simplement lui dire la vérité.

— Si on lui dit la vérité, elle nous interdira de le faire. Et Joe ira en prison.

— Je ne veux pas y croire.

— Ne jouez pas les Cordelia, Isabelle. Quelquefois, un minuscule petit mensonge – « Papa, je te trouve génial, quoi qu'en disent les deux autres » – épargne beaucoup d'ennuis.

Ma roublardise était en train de l'avoir à l'usure. Distraitement, elle se remit à entasser les registres d'indexation, et ouvrit le premier sur le sommet de la pile.

— D'une certaine façon, je savais que ça arriverait.

— Quoi ?

— Que les papillons nous ramèneraient à lui. Quand j'ai commencé à m'intéresser à la Collection, M'man m'a conseillé de ne pas trop m'y attacher, car cela me donnerait envie de le rencontrer. Elle m'a toujours répété : ne crois pas que ces magnifiques bestioles puissent te dire à quoi il ressemble.

— Eh bien, voilà. Vous pouvez découvrir si c'est vrai.

— Si on fait ça, je vais devoir le lui dire. À un moment ou à un autre.

— D'accord. Mais pas pour l'instant. Pas avant que Joe ne soit libéré. Isabelle ? Oui ? D'accord ?

Isabelle fit non de la tête. Puis hocha celle-ci en signe d'acquiescement.

* * *

Trois jours plus tard, nous partîmes à la recherche de son père.

Pour minimiser l'éventualité qu'Isabelle puisse vendre la mèche avant notre départ, je lui conseillai d'éviter de se trouver dans la même pièce que sa mère, et de me laisser en charge des petits mensonges. La préparation de l'énorme commande de Cleveland détournait tellement l'attention d'Edith qu'elle ne sourcilla même pas de son unique œil lorsque je lui déclarai que je devais conduire Isabelle au siège de la FWA. Un matin, je pris la Chuick pour aller faire des courses et joindre la Princeton University. Je me fis passer pour un journaliste qui souhaitait interviewer le professeur Shelby Wolff, le grand lépidoptériste américain, et m'assurai de sa présence en ville. La secrétaire du département d'entomologie m'informa qu'en sus de ses conférences hebdomadaires habituelles, il donnait ce vendredi-là (« Les billets sont disponibles à l'entrée ») la Conférence Annuelle von Humboldt à la Princeton Chapel. Ce serait une façon appropriée de le voir avant de le rencontrer, me dis-je.

Le temps que nous nous mettions en route, Isabelle s'était rendue malade du subterfuge. Le manque de sommeil ornait ses yeux de cernes sombres et elle semblait plus pâle que d'habitude. Elle se tenait très raide à la place du passager, l'air de quelqu'un qui tient à se débarrasser le plus vite possible de la corvée. Même sans l'obligation du secret, ce jour aurait été pour elle capital, aussi je la laissai tranquille jusqu'à ce que nous ayons quitté le champ de contrôle de sa mère (champ qui s'étendait jusqu'à l'extrémité des Appalaches).

— Vous vous sentez bien ?

— Je suis malade en voiture.

— Je vais essayer de conduire doucement. Vous voulez que j'ouvre la fenêtre ?

— OK.

— Merci de faire ça. Je sais que ça représente beaucoup pour vous.

— Je ne le fais pas pour vous.

— Non.

Isabelle fixait la route droit devant elle, pour s'empêcher d'avoir la nausée. Il me vint de lui demander ce que je pensais pile à ce moment-là :

— Pourquoi est-ce que vous ne m'aimez pas ?

— Je ne sais pas.

Je ris. Sa franchise était à présent curieusement séduisante.

— Alors, vous ne m'aimez *vraiment* pas.

— Que voulez-vous que je vous dise ?

— Je ne sais pas. Que je ne suis pas aussi mauvais que je pense que vous pensez que je le suis ?

— Je ne pense pas que vous soyez mauvais.

— Ce n'est pas ce que vous avez dit l'autre soir. Qu'est-ce que c'était, déjà ? Que j'étais capable de raconter n'importe quoi pour obtenir ce que je veux ? C'est nul, ça.

— J'étais bouleversée. Je n'aurais pas dû dire une chose pareille.

— C'était vrai. Je recherche l'approbation des autres en leur disant ce qui me fera aimer d'eux, à mon avis. Ou bien ce qui les rendra heureux. En général, les deux. Sous cet aspect-là, je suis superficiel. Et quand je n'obtiens pas l'approbation de quelqu'un, je décide que je ne l'aime pas.

C'est une sorte de mécanisme de protection, et ce que je me suis dit lorsque je vous ai rencontrée. Mais la vérité, c'est que je vous aime bien.

À l'instant où je le dis, je sentis les larmes me monter aux yeux.

Aucun signe extérieur ne parut montrer que l'information changeait quoi que ce soit chez Isabelle. Elle gardait les yeux résolument fixés devant elle, s'efforçant toujours de ne pas vomir.

— Je ne sais pas quoi penser de vous, Rip.

Je hochai la tête, l'encourageant à faire une tentative.

— Lorsque Joe vous a « trouvé », il est rentré surexcité, disant qu'il avait rencontré quelqu'un d'intéressant qui voulait travailler pour nous. Il vous a décrit comme un peu perdu, un peu déprimé. Mais intelligent et charmant. Lorsque vous êtes arrivé, c'est ce que je me suis dit, même si je ne voyais pas bien pourquoi vous viendriez travailler pour une famille comme la nôtre. Le charme et l'intelligence impressionnent Joe – et même M'man –, mais ça ne marche pas vraiment sur moi. Je ne dis pas ça pour me vanter. C'est comme ça. Ça me passe juste au-dessus de la tête.

— Je pensais que vous ne m'aimiez pas. Vous aviez l'air en colère contre moi.

— Je vous ai vu regarder Mary, de la façon de tant de types, et je me suis dit : « D'accord, voilà ce qu'il veut. »

— J'avais… J'ai… un faible pour les évidences. Bien que Mary m'ait bien eu. Qu'allez-vous faire ? Si vous découvrez que Mary a raison ? À propos de votre père, qui ne serait pas le sien.

— Quoi qu'il arrive, c'est toujours ma sœur.

À chaque kilomètre passé, Isabelle me devenait plus attachante. Au cours de ce trajet, je me mis à entrevoir que je n'éprouvais pas à son égard un besoin générique d'approbation, mais un besoin spécifique. Je voulais lui plaire parce que je l'aimais bien, et pour être honnête avec moi-même (la personne avec laquelle il est toujours le plus difficile d'être honnête), je ne m'étais pas encore laissé aller à l'afficher, pas seulement à cause de sa sœur qui détournait l'attention, mais par peur d'une rebuffade. J'entretenais l'idée qu'Isabelle présentait une qualité salvifique. Que si je me montrais suffisamment honnête à propos de mes péchés, elle m'accepterait et me sauverait même peut-être.

— Joe avait raison. J'étais déprimé. Et un peu perdu, lorsqu'il m'a trouvé.

Relevant cette sincérité, Isabelle me regarda et me fit signe de poursuivre. On aurait vraiment dit que c'était le seul langage qu'elle soit disposée à parler.

— Et pourquoi ça, à votre avis ?

— Mon père était décédé à peine quelques semaines auparavant. J'étais dans un pays étranger. Seul. Je m'étais un peu laissé aller à l'introspection.

— Vous étiez proche ? De lui ?

— Assez proche pour éprouver de la tristesse, pas assez pour savoir exactement pourquoi, ni pour que j'en souffre.

— Vous faisiez peut-être votre deuil.

— Si je faisais le deuil de quelque chose, c'était de l'absence d'une relation.

— À quoi ressemblait votre père ?

Je mis un moment à répondre. En partie parce qu'il était tellement inconfortable de penser à quelqu'un dont l'image me nouait l'estomac. Oui, un nœud à l'estomac était ce que je ressentais quand mon père me venait à l'esprit. Mon silence venait aussi du fait qu'il appartenait à un monde différent. Le monde dont j'étais venu, qui me paraissait à présent irréel, et auquel je n'étais pas sûr de vouloir retourner.

— Si vous ne voulez pas en parler, ce n'est pas un problème.

Mais je tenais à en parler, et pas pour en tirer quelque gain que ce soit.

— Il est mort quinze jours avant la date prévue de mon départ pour l'Amérique. Lorsque ma mère m'a appelé pour me prévenir, elle m'a dit de ne rien changer à mes plans. « Ton père aurait voulu que tu y ailles. » Par gentillesse envers elle et respect pour les morts, je n'ai pas rectifié son révisionnisme. Des mois auparavant, j'avais annoncé ce voyage à mon père, et il n'avait pas fait preuve d'un enthousiasme délirant. Nous dînions, lors de ce qui s'est avéré notre dernier repas ensemble. Lorsque j'ai abordé mon voyage, il m'a demandé pourquoi j'avais laissé tomber mon boulot (il croyait que je travaillais pour une maison d'édition). Je lui ai dit que ce n'était qu'un bouche-trou, et il a remarqué : « Entre traînasser et faire des conneries ? » Voilà comment il me voyait. Une espèce de fainéant. C'était vrai : je n'avais pas de certitude professionnelle (son expression). À la différence de mon frère Michael, qui est déjà médecin, ou de ma sœur Fran, non seulement avocate mais déjà mariée, mon éducation coûteuse n'avait pas donné de résultats, et je n'avais toujours pas une idée très claire de mes objectifs, juste la vague sensation que l'univers me pointerait un jour dans la bonne direction. Aux yeux de mon père, l'objet de l'enseignement supérieur était de former un marchepied vers un emploi respectable. C'était un conservateur, un avocat. Il prisait l'énergie, l'intelligence et les projets, et les gens qui avaient les trois. Je n'étais pas tant le mouton noir de la famille que son escargot. Nous sommes une famille compétitive, je crois que la valeur s'y mesurait en termes darwiniens, et que le succès se réduisait à une check-list exceptionnelle de bonnes notes, universités, une carrière dans le droit, la banque ou la médecine, et un prêt immobilier avant vingt-cinq ans. Mettez-moi dans une famille ordinaire, et j'aurais été considéré somme toute comme une réussite ; mais chez les Jones, j'étais un avorton. Pas assez de bonnes notes et un mauvais problème de drogue. C'est en partie la raison pour laquelle j'avais hâte de partir. J'entretenais l'idée floue qu'une sorte de réinvention serait possible en Amérique.

Je sentis la chaleur m'envahir au fur et à mesure de mon récit. Je mis en marche l'air conditionné.

— Cela ne vous gêne pas ?

— Vous disiez ? Vous parliez de réinvention. Une des raisons de votre venue ici.

— Quand j'ai parlé de ce voyage à mon père, il m'a cité Shakespeare : « Je ne prêterai pas un penny. » Quand je lui ai dit : « Je ne te demande pas d'argent », il m'a répondu : « Ce n'est qu'une citation : ce que dit Falstaff à Pistolet dans *Les Joyeuses Commères de Windsor*. "Je ne te prêterai pas un penny". Et Pistolet répond : "Eh bien, le monde sera pour moi une huître, que j'ouvrirai avec la pointe de mon épée". » Brandir des citations à tout bout de champ était un sport familial dont mon père était le champion. Ça m'irritait. J'avais le sentiment qu'il se servait des autres pour exprimer ce que lui ne voulait pas dire. Il était capable de me gifler de Shakespeare, de me vaincre à l'aide de Virgile, de me rejeter avec John Donne, mais en réalité, il laissait les vérités des autres accomplir le sale boulot à sa place. Impossible d'avoir le dernier mot, avec les mots des autres. Il sortait des trucs du genre : « Un jour, tu vas devoir choisir une profession convenable, Llew. À ton âge, j'étais fiancé à ta mère. J'avais des responsabilités. En un rien de temps, tu auras trente ans. Tu dois être prêt à faire des choses que tu n'aimes pas si tu veux avancer dans la vie. L'objet de cette réplique de Shakespeare, celui que les gens ne voient pas, c'est que le monde n'est pas simplement *ton* huître. C'est celle de tout le monde. Et tout le monde se bat pour remporter la perle. Tu dois te décider, que vas-tu faire pour sortir du lot, Llew ? » C'est là que, bêtement, j'ai partagé ma perle avec lui. Je lui ai expliqué que j'avais une idée de livre. Des mémoires de voyages sous forme de poème épique. Il a éclaté de rire. Le rire d'un homme qui a lu le canon classique et qui pense qu'à moins d'être capable d'y ajouter quelque chose, tu ferais mieux de laisser tomber. À ses yeux, la littérature était quelque chose de tombé tout cuit, créée par des gens exceptionnels qui étaient tous morts. « Tu peux toujours rêver », m'a-t-il dit. Ce sont les derniers mots que m'ait adressés mon père.

— Tu peux toujours rêver ! répéta Isabelle

Les yeux brouillés de larmes, je dus battre des paupières pour empêcher la route de se dédoubler. Pendant des mois, j'avais tenu à distance ces pensées, ces émotions, pour me perdre dans l'immédiateté de mes aventures. Mais elles ne se trouvaient pas loin sous la surface, et tout jaillit sans prévenir, sans malice, en un flot clair, sans avertissement, ni anticipation, ni considération pour la véracité de certaines parties.

— Vous voyez donc que la présence d'un père n'est pas nécessairement meilleure pour votre santé ou votre bonheur. L'idée m'a même traversé qu'il devait mourir pour que je devienne quelqu'un. Si j'avais été un échec pour lui vivant, dans la mort, je lui montrerais. Un parent mort peut s'avérer une source de motivation puissante. Est-ce affreux à dire ?

— Ça a l'air vrai.

— Ma bouche a fait ce truc ?

Isabelle rit.

— Je ne l'ai pas remarqué… alors, poursuivit-elle, peut-être devriez-vous transformer son : « Je te l'avais bien dit » en : « Je vais te montrer. »

— Comment ?

— En écrivant ce livre.

— Peut-être.

— Votre ambition de devenir écrivain est sérieuse ?

Je haussai les épaules.

— Elle l'était quand je suis arrivé en Amérique. À présent, je n'en suis plus si sûr.

La réflexion était peu convaincante – s'il y a bien une chose qu'on ne devrait jamais laisser tomber, c'est l'ambition – mais au moins, honnête.

— J'ai été tellement immergé dans les événements que je n'en ai pas eu l'occasion, poursuivis-je. J'ai réussi à accoucher de quelques vers. L'autre nuit, j'ai écrit une strophe. À propos de mon père. Je me suis dit que ça pouvait faire un début.

— Vous l'avez avec vous ?

J'acquiesçai, soudain devenu timide.

— C'est dans mon carnet, dans mon sac. Là.

— Je peux regarder ?

— Bien sûr.

Isabelle repêcha dans mon sac le carnet noir.

— La dernière entrée.

Elle trouva la dernière page, qu'elle lut à voix haute :

— « Ainsi je répandis ses cendres

Dans une brise de papillons

Puis m'envolai
À travers toutes les mers… »

— Ce n'est pas grand-chose. Mais c'est un début.

— Il y a une suite.

— Je préfère que vous vous arrêtiez là.

Isabelle referma respectueusement le carnet et le rangea dans mon sac.

— Merci de m'avoir laissé le voir.

— Je crois… j'ai peur d'échouer.

— N'est-ce pas le risque que tout le monde prend, quand on essaie de transmettre quelque chose d'authentique ?

Je hochai la tête. Une confession honnête est semblable à une chanson, un vers s'épanouit puis s'ouvre vers le suivant.

— Mais plus que cela encore, je crois que ce que je redoute le plus, c'est la fin de tout ceci.

— Ceci ?

— Cette… période. Cette aventure. Avec Joe. Avec vous. Je ne veux pas la voir se terminer. Ces derniers mois, j'ai eu constamment cette pensée : « Comment puis-je prolonger tout ça ? » Continuer cette histoire sur la route. Comment puis-je être cette personne – Rip Van Jones – qui vit des choses si extraordinaires ? J'ai peur de retourner à mon ancienne vie. Mon ancien moi.

— Votre ancien moi ?

— Mon moi légèrement cynique, perdu, déprimé ? Je crois que c'est ce qui m'a tellement attiré chez Joe. Il faut une véritable assurance – une conviction – pour être à ce point dépourvu de cynisme. J'affichais mon cynisme comme une preuve de valeur, mais il me répugnait en secret. J'étais conscient qu'il n'était en réalité qu'un voile destiné à couvrir mes doutes essentiels sur moi-même.

J'envie son espérance, sa foi. Ainsi que la vôtre. J'aimerais en avoir un peu. Qu'est-ce donc ? Cela demeure pour moi un mystère.

Isabelle était maintenant impliquée à fond.

— Eh bien, il ne s'agit pas de magie ; mais c'est difficile à expliquer. C'est un peu comme un papillon. Beau et authentique, mais insaisissable – et fragile.

— Et à l'instant où vous l'attrapez, vous le tuez !

— Oui, acquiesça-t-elle avec un sourire.

J'étais assez satisfait de la métaphore, en particulier parce qu'elle combinait ses deux grands amours.

— Alors peut-être la réponse est-elle là. Ne pas l'attraper. Ni tenter de l'expliquer. Mais la laisser s'envoler.

Qu'il était agréable de pouvoir parler sans arrière-pensée. Et d'avoir – après Joe, et Mary – une oreille attentive. Ce trajet fut, je le vois bien maintenant, le moment où je me forgeai une nouvelle appréciation d'Isabelle. Et elle de moi, à l'inverse.

— Je crois que je vous ai jugé avec sévérité, déclara-t-elle. J'en suis désolée.

— Inutile. Moi aussi, je vous ai mal interprétée. À dessein.

— C'est vrai ?

— Oui. Votre absence de besoin d'admiration me frustrait ; elle me privait de l'usage d'un talent essentiel : dire ce que je crois que veulent entendre les gens. Au lieu de ce que je veux dire, moi.

— Ce doit être une tyrannie. Essayer de « vous faire tout à tous ».

— Oui.

— Vous finissez par mentir à quelqu'un. Ce qui rendra difficile l'écriture de quelque chose d'authentique.

Elle ne m'avait pas du tout mal interprété, moi.

— Vous êtes un phénomène rare, Iz. Une jeune Américaine insensible à la flatterie. Qui ne conduit pas, qui connaît l'argument ontologique – et ses limites – et qui, à ma connaissance, n'est pas intéressée par les garçons.

— Vous me mettez dans l'embarras, à présent.

— J'aime quand vous changez de teint. C'est comme l'opposé du camouflage.

Isabelle avait maintenant meilleure mine. Elle avait repris un peu de couleurs, et j'avais le sentiment d'avoir retrouvé un peu de mon âme.

Des fragments d'Amérique neufs et historiques défilaient autour de nous, mais s'il s'agissait de vues magnifiques et de monuments, je les ratai. J'ignore combien de temps nous discutâmes de cette façon, mais nous ne nous aperçûmes pas que nous avions pénétré dans un autre État ni qu'il était déjà tard, trop tard pour nous rendre à Princeton pour la soirée. Quelque part dans le New Jersey, Isabelle s'endormit, et je sentis mes yeux s'alourdir de l'effort de scruter puis de se détourner des phares des camions et voitures arrivant en face. Je finis par me garer sur une aire pour poids lourds, pour piquer un petit somme. Je couvris Isabelle de ma veste et la regardai dormir quelques minutes. Peu de temps après, je m'endormis allongé sur la banquette arrière, pour un des sommeils les plus délicieux que j'ai jamais connus.

Chapitre 21

Où nous rencontrons le Grand Méchant Loup

Le campus de Princeton me ramena à une époque que j'avais essayé d'oublier et laissée derrière moi avec bonheur – le monde universitaire clos où j'avais échoué à entrer et qui m'avait recalé. Que l'endroit soit entièrement modelé sur, et similaire, à ma propre université ne fit que me déstabiliser encore davantage. L'architecture XIVe de la Princeton Chapel accentuait cette impression de transport vingt ans en arrière, et dans un lieu auquel j'associais de mauvais souvenirs. Nous nous garâmes sur la place, et j'aperçus une ou deux personnes formant déjà une queue pour la conférence que le père d'Isabelle devait donner dans à peu près une heure. J'insistai pour que nous allions manger quelque chose ; nous trouvâmes un café et nous installâmes à une table près de la devanture d'où nous pouvions voir la rue. Nous commandâmes du café et une tarte aux pommes avec de la crème. Isabelle – jusqu'ici brave et déterminée – se mit à perdre courage. Sa voix retrouva cette vibration qu'elle avait perdue. Elle toussa et s'efforça de s'éclaircir la gorge encombrée du phlegme de l'émotion et nouée de peur.

— J'ai mal au cœur.

— C'est le stress, Iz. Je veux dire, moi aussi je suis nerveux.

Mais bien entendu, ma nervosité avait d'autres racines. Ce voyage était pour moi le moyen de sauver le deal, de libérer Joe et de satisfaire une curiosité ; pour Isabelle, il avait la capacité de bouleverser son existence. Je m'efforçai de l'encourager en prenant les choses à la légère.

— La première conférence universitaire à laquelle vous assistez est celle de votre père. Peu de gens peuvent se vanter de ça.

— Je ne crois pas en être capable, Rip.

— On se mettra au fond. Il ne saura pas qu'on est là.

— Je vais m'évanouir.

— Quoi qu'il arrive, et quoi qu'il soit, c'est toujours votre père, et vous avez le droit de l'écouter. Plus que quiconque ici. Allez, mangez votre tarte.

La triste réalité de ces vingt ans sans père sembla se résumer à l'instant où il fallut acheter des billets pour qu'Isabelle puisse entendre parler son propre père, et le fait que ces gens, ces inconnus, le connaissaient probablement aussi bien, sinon mieux, qu'elle. Il avait attiré une foule. Difficile d'identifier une seule catégorie de gens qui faisaient maintenant la queue à l'intérieur. Il semblait y avoir un mélange d'étudiants, de professeurs, d'universitaires. Des entomologistes, des lépidoptéristes, amateurs et professionnels. Dehors, un panneau affichait sa photo sous le titre : « La Conférence Annuelle von Humboldt ». Et le sujet de sa conférence : « Signe de l'Achèvement du siècle ».

Encore une fois, je m'efforçai de plaisanter :

— Ça n'est pas la fin du monde.

Mais Isabelle ne m'entendait plus.

À l'intérieur, les premiers bancs étaient déjà occupés, mais Isabelle était ravie d'être au fond et hors de vue. Elle éprouvait une peur compréhensible mais irrationnelle, celle que son père puisse l'apercevoir dans la foule. Nous nous installâmes, et patientâmes. Je scrutais l'estrade avec impatience, tandis qu'Isabelle, incapable de regarder, tripotait ses ongles. Je posai ma main dans son dos tout en continuant à lui répéter que tout allait bien se passer.

À midi tapant, deux hommes firent leur apparition. L'un d'eux portait une toge universitaire de cérémonie, tandis que l'autre était habillé comme si les vêtements constituaient une nécessité accessoire peu pratique. L'homme à la toge approcha du lutrin.

— Bienvenue à tous pour la vingt-quatrième Conférence Annuelle Alexander von Humboldt. C'est avec un grand plaisir personnel que je vous présente l'orateur d'aujourd'hui. Je connais Shelby depuis bientôt vingt ans. Je pourrais même dire intimement, puisque nous avons partagé une fois une tente en Colombie pendant trois mois. Il est considéré comme l'un des meilleurs entomologistes produits par ce pays. Beaucoup d'entre vous le connaissent par son ouvrage, *American Lepidopterist*. Mais sa réputation scientifique s'est bâtie sur son œuvre titanesque et encore inachevée. Il en sait davantage sur la vie sur Terre que n'importe qui de ma connaissance. Il a aussi un truc à propos du temps et de la façon dont les gens le gâchent. C'est donc sans perdre une seconde que je lui passe la parole. Mesdames et messieurs, le lépidoptériste américain, le professeur Shelby Wolff.

Mon idée de ce père était une sorte de portrait-robot déformé, comme un visage sur une affiche du genre « Recherché, mort ou vif » avec plusieurs segments combinés. L'énergie folle et l'espérance de Joe. Le sérieux intellectuel et le calme d'Isabelle. Le feu de Mary. L'idée que je m'en faisais avait été nourrie des diatribes borgnes d'Edith et des speechs fabuleux de Joe. Bien entendu, tout cela n'était qu'exagérations, les versions dont ils avaient besoin pour vivre, et je m'attendais à ce que la réalité se trouve quelque part entre le fantasme de Joe et le prisme amer d'Edith. Mais ni l'un ni l'autre ne fonctionnait vraiment pour l'homme qui s'approcha du lutrin. Je savais qu'il était le père de Joe avant même qu'il ait prononcé un mot. Il était à l'échelle de son fils. Bronzé en profondeur, du genre « resté au soleil pendant de longues périodes ». De longs cheveux blonds parsemés de mèches argentées. Et pour un homme qui passait ses journées à examiner de près les vestes tachetées couleur cinabre, les chaussettes émeraude tachées de rosée et les manteaux rayés d'un blanc de lis des créatures les mieux vêtues de la nature, le professeur n'avait que peu de considération pour ses propres vêtements. On aurait dit qu'il était entré dans une friperie dans les années 70 pour y acheter une tenue complète et ne plus avoir à jamais y repenser. Son mépris pour l'interaction humaine était sans aucun doute à mettre au compte de sa belle et riche vie intérieure. Son bras gauche pendant mollement (conséquence, expliquerait-il plus tard, d'un rhumatisme, pour avoir dormi longtemps sur le terrain) ajoutait encore du mystère à sa présence physique. Il n'était pas seulement admiré, mais adoré ; les applaudissements étaient quasiment euphoriques.

Isabelle se mit à taper nerveusement du pied à ce spectacle. Je la regardais en train de regarder son père, et crus lire sur ses traits plusieurs sentiments diamétralement opposés : orgueil, regret, possessivité et perte. Et de la colère, aussi.

Comme la fille, le père ne semblait pas nécessiter ni rechercher d'approbation. Il fit cesser les applaudissements de trois petits mouvements de karaté et entama sa conférence. Il s'exprimait avec une fluidité sans faille ; aucune enflure là-dedans. À la différence de son fils. Il n'y avait rien d'amical ni de péquenaud chez lui. On comprenait tout de suite que c'était un homme de précision. Et de pédantisme. Le moindre mot prononcé était pesé, passé au crible des irrégularités. Là où Joe était un grand et gros bulldozer de mots, retournant la terre pour y trouver le moindre élément susceptible de servir de vocabulaire, son père utilisait les mots comme des gouttes précieuses. Il était aussi précis et froid que des cristaux de neige. Il accordait de l'importance à ce qu'il avait à dire, et l'on sentait qu'il n'y avait pas assez de temps pour pouvoir exprimer ce qu'il avait à exprimer. Il parla sans notes et sans reprendre son souffle pendant une heure. Il m'attira immédiatement.

— Le mois dernier, j'ai eu cinquante-huit ans. J'ai passé plus de la moitié de mes cinquante-huit ans à l'étranger, à chercher des papillons. Pendant dix de ces cinquante-huit années, je suis resté dans mon bureau, à étudier. Ou à écrire. Écrire des livres est un boulot bien plus difficile que de traverser la jungle sur les contreforts des Andes à la recherche de papillons. Et bien moins agréable. J'aime voyager et passer le moins de temps possible dans ce pays. Notre culture est dangereuse pour la concentration. Nous avons plus d'amuseurs, de compagnies pharmaceutiques, agroalimentaires, de voitures, de marques de croquettes pour chiens qu'il n'est nécessaire. Trop d'hommes d'affaires. Trop de prédicateurs. Pas assez de scientifiques. Néanmoins, la science est dépendante des miettes du capitalisme. Sans son parrainage, je serais incapable d'accomplir mon travail, et des institutions comme celle-ci n'existeraient pas. Un jour, peut-être, la richesse et l'érudition ne seront plus codépendantes, mais jusque-là, nous devons nous montrer reconnaissants. Vous pouvez penser que l'intitulé de ma conférence est un peu hyperbolique. Il est vrai que d'habitude, j'écris des articles aux titres tels que « Les *Danainae* et leur reproduction ». Mais cet intitulé est né de la conviction que ces jours que nous vivons pourraient bien être nos derniers – les derniers de cette génération. Et quelquefois, il est impératif d'attirer l'attention des gens. Lorsque je suis devenu entomologiste, je n'étais pas à la recherche de signes. Je voulais trouver, collationner, comparer. Pas prédire l'avenir. Je n'observe pas les étoiles et je ne déchiffre pas les signes, au sens superstitieux du terme. Je ne cherchais pas de signes indiquant l'achèvement de quelque siècle que ce soit. Mais comme il arrive très souvent, c'est lorsqu'on ne cherche pas qu'on fait une découverte. Les gens qui cherchent des signes les trouvent en général. Et il n'y en a jamais qu'un seul. Et c'est alors que je me livrais à mon occupation habituelle d'étude des papillons que j'ai remarqué des choses. L'homme, je veux dire *Homo sapiens*, a toujours distingué des signes chez les papillons. Un papillon solitaire sur les pentes du mont Fuji est une geisha. À Java, deux papillons signifient bonheur marital. Au Costa Rica, quatre papillons, c'est un signe de malchance. En République démocratique du Congo, les papillons sont des sorcières. Pour les Grecs antiques, un papillon est psyché – ou bien âme. À Madagascar, le papillon est le créateur qui vole au-dessus du monde, à la recherche d'un endroit où peuvent vivre les humains. En Corse, les papillons font rêver. En Ombrie, ils sont nés des larmes de la Vierge Marie. Les Belles-Dames en migration sont des pèlerins sur le chemin de La Mecque. En Angleterre, les papillons volent le beurre. Au Soudan, la teinture des ailes de papillon renforce les poils pubiens. Un papillon noir est annonciateur de mort. En Inde, les essaims de papillons annoncent la famine. Dans le Maine, les papillons blancs prédisent des étés pluvieux. Quelqu'un d'amoureux éprouve au creux de l'estomac comme un battement d'ailes de papillon.

Je sentais le banc trembler. Isabelle était incapable de rester tranquille, et le battement de son pied évacuait sa tension. Je fus obligé de l'interrompre avec mon propre pied. *Tout va bien ?* l'interrogeai-je du regard. Mais elle ne répondit pas.

— Je dois avouer qu'il fut un temps où je dédaignais ces choses-là, avec une suffisance anthropologique, les prenant pour des contes de bonne femme. C'est d'ailleurs parce que la créature que j'étudie se prête à la poésie, à l'imagination, à la métaphore – que je me montrais prudent. Mais au fil du temps, j'ai appris à ne pas écarter la poésie. Le folklore n'est pas que des âneries. Effectivement, j'ai découvert que de prétendues superstitions locales recouvrent des prédictions très exactes. Un ciel rouge le matin indique qu'il y a 87 % de chances que la journée soit humide et tempétueuse. Lorsque des essaims de papillons se pressent dans la plaine du Gange, c'est parce que plus au sud, il manque de l'eau, ce qui suggère une baisse des précipitations. Après tout, la poésie, c'est l'art de voir plus profondément. Et alors que je ne suis pas poète, et que je débarrasserais volontiers la planète de la superstition, j'avoue que j'en suis venu à reconnaître dans ces observations une vision plus approfondie. Ainsi que tout lépidoptériste vous le dira, les papillons nous ont toujours fourni des indices sur l'état de l'environnement, et si vous deviez tirer un bulletin météorologique fondé sur des données actuelles, vous seriez obligé d'en conclure que le monde se trouve dans un état critique. Peut-être même terminal. Au cours de mon existence, j'ai découvert cent soixante-quatorze nouvelles espèces de papillons. Et de phalènes. N'oublions pas celles-ci. Mais j'ai été témoin de l'extinction de deux cent trente-cinq d'entre elles – à compter du mois dernier. Cette année, le bleu de Palos Verdes a été déclaré éteint. Et bien que les créatures naissent et disparaissent, et que cela ait toujours été le cas, le taux de disparition ne fait qu'augmenter. Et il est clair qu'*homo sapiens* en est le responsable. Les papillons des zones néotropicales migrent en grande quantité vers le nord, de toute évidence à la recherche de températures plus fraîches. Les papillons apparaissent plus tôt que d'habitude au printemps. Dans la Sierra Nevada de Californie, ils grimpent à des hauteurs plus élevées pour échapper à la chaleur. Ceux qui se trouvaient déjà au sommet des montagnes n'ont plus d'autre endroit où aller qu'au ciel. Aussi, tandis que vous pensez peut-être que l'intitulé de cette conférence est un peu mélodramatique, je vous suggérerai qu'il s'agit plutôt d'une minimisation. Si les papillons ont un message pour nous, c'est que « nous n'en avons plus pour longtemps ».

J'étais hypnotisé. Et pas seulement parce que je contemplais le précurseur plus intellectuel de Joe. Son père retenait l'attention d'une façon quasiment opposée à celle de Joe. Il s'exprimait avec un pessimisme autoritaire étayé par une vaste et glaciale connaissance dont vous aviez la certitude de ne voir que le sommet émergé. Edith – il faut le reconnaître – avait admis qu'il était brillant ; elle l'avait à contrecœur décrit comme doté d'un cerveau trop gros pour sa tête ; mais elle n'avait rien dit du fait qu'il était captivant, ensorcelant, spirituel, et même plein d'humanité.

Et encore moins qu'il était – à la façon d'un ours négligé – tout à fait beau. Un monstre a-t-il jamais été si séduisant, à la fois physiquement et intellectuellement ?

Le public écoutait avec une attention captivée. Joe aurait apprécié l'élocution de ce pasteur-là, sinon sa théologie. J'interprétai le fait qu'Isabelle ne tenait pas en place comme de l'excitation et du trouble – et probablement un antagonisme. Car c'était là une vision dans laquelle l'homme n'était pas le centre du monde, ni même son gardien. Où l'idée même qu'être l'époux de la planète, ou régner sur celle-ci était une déformation qui avait mené l'homme à croire qu'il pouvait faire ce qu'il en voulait. Le monde n'avait pas besoin de nous, affirmait-il. C'était un discours brillamment convaincant, clair et glacé. Lorsqu'il eut terminé, il se contenta d'un :

— Des questions ?

Pendant qu'il répondait à celles-ci avec verve et esprit, je pensais à Joe. Qu'aurait-il tiré de cela ? Quelle question aurait-il posé ? Bien entendu, pour ma part, j'en avais beaucoup. Peu d'entre elles entomologiques au sens strict du terme. Je mourais d'envie de lui demander : pourquoi avez-vous quitté votre femme et vos enfants ? Que s'est-il vraiment passé il y a vingt ans ?

Isabelle se cramponnait au banc devant elle, comme sur le point de s'évanouir. Elle avait le même tic nerveux que son frère, serrer le poing et en gratter le dos de l'autre main. Que pouvait-elle bien penser ? Se disait-elle comme moi : « Regardez cet homme, écoutez cet homme, contemplez-le. Il est exceptionnel, et c'est votre père ! »

Après la cinquième ou sixième question, elle se leva et sortit.

Je la retrouvai assise dans la Chuick. Ses larmes pouvaient bien entendu avoir de nombreuses causes : le choc de découvrir son père, le choc qu'il se révèle fantastique, le choc de la rencontre qui-aurait-pu-avoir-lieu, et de devoir recalibrer tant de ce qu'elle avait connu. De découvrir que son père était tellement intéressant, envoûtant, qu'il menait une vie passionnante et comblée – sans elle. De comprendre que sa mère s'était avéré un faux témoin.

— Je vois d'où vous tenez votre beauté et votre intelligence, dis-je, incapable de trouver le mot juste.

— Je ne peux pas faire ça.

— Non ?

— Non.

— Mais… vous devriez être contente, Iz : votre papa est un homme brillant, très doué pour ce qu'il fait.

— Ne l'appelez pas ainsi.

— Je ne comprends pas.

— Je ne peux pas le rencontrer comme ça, dit-elle, l'air paniqué.

— Mais j'ai besoin que vous veniez, Iz. Si vous êtes là, il ne pourra pas vous repousser.

Isabelle fouilla dans son sac et sortit une des Aberrations. Elle la retira de la mallette de démonstration et la déposa dans une enveloppe de papier cristal, en même temps que la carte d'origine sur laquelle son père avait griffonné la date, le nom et l'endroit, quelque vingt ans auparavant. *11.03.67. Morpho wolffii. Los Perdos. Col.*

— Je lui dis que vous êtes avec moi ?

— Je ne suis pas prête à le rencontrer.

— Et si lui veut vous rencontrer ?

— Ce ne sera pas le cas.

— Comment ne le voudrait-il pas ?

— Je le sais, c'est tout.

— OK. J'y vais.

* * *

Lorsque j'avais visualisé mon héroïque mission pour attirer Shelby Wolff hors de sa tanière, je m'étais représenté un long voyage en voiture vers le Grand Nord, suivi d'un trajet en canoë, d'une dangereuse randonnée à travers des forêts infestées de grizzlis jusqu'à un chalet isolé où je découvrirais le scientifique génial et reclus, ermite hirsute, rendu irascible par l'absence de contact, l'existence brisée par l'obsession et l'ambition inassouvie, m'abreuvant d'injures et me chassant de ses terres. Mais le Grand Méchant Wolff vivait à vingt minutes de Princeton en voiture, dans un pavillon de banlieue d'accès très facile, au bout d'une pelouse parfaitement entretenue, encadré de haies de rhododendrons. On aurait dit une maison dessinée par Ceelee : trois fenêtres à l'étage, deux fenêtres de part et d'autre de la porte d'entrée. Sa voiture était celle de quelqu'un qui se fichait pas mal des voitures, une Datsun Cherry d'un rouge oxydé. Pour atteindre le domaine de ce monstre, le héros n'avait qu'à traverser la rue. Et les chances de rencontrer une mort inattendue étaient considérablement réduites par les passages piétons et les ralentisseurs. Aucun marécage impénétrable à traverser, aucune apparition de brume pour vous désorienter. Le plus grand danger que puisse affronter ce héros était de se faire vaporiser par un arroseur automatique sur la pelouse que quelqu'un – peut-être même lui – avait tondue. Sa boîte aux lettres portait inscrit sur le côté en majuscules noires : « Wolff.S. » L'ordre de l'ensemble suggérait quelqu'un qui vivait seul. Un Loup solitaire mais content.

Je sonnai à la porte et levai les yeux, anticipant une haute taille. Ma poche lourde de l'Aberration, ma carte de visite si tout le reste échouait. Je gagnerais peut-être du temps si je la lui montrais tout de suite – comme une plaque de police. La porte s'ouvrit et une petite silhouette au teint foncé et au visage oriental leva les yeux sur moi. La femme portait un tablier noir, comme une femme de chambre dans un grand hôtel chic.

— Puis-je vous aider ?

— Puis-je parler au professeur Wolff ?

— Professeur tlavailler.

— Tlavailler ?

— Tlavailler. L'après-midi, il tlavaille toujours.

— Pouvez-vous lui dire que c'est urgent. S'il vous plaît.

— Pas déranger.

Je sortis l'Aberration de ma poche et la lui tendis.

— S'il vous plaît, montrez-lui ça. Il comprendra. Très important.

Elle regarda le papillon et haussa les épaules. Que pouvait bien avoir ce papillon de tellement extraordinaire, se disait-elle.

— Vous attendez.

Elle rentra, me fermant la porte au nez, et je restai là à penser que je n'aurais pas dû confier un objet aussi précieux à une complète inconnue. La minute où je patientai me parut en durer dix.

Puis le père de Joe apparut. Je fus temporairement frappé de stupeur. De près, il était aussi imposant que son fils. Même taille, même envergure. Je distinguais ses rides burinées, et les mouchetures poivre et sel de sa barbe. Ses lunettes de lecture étaient remontées dans ses cheveux comme un serre-tête. Il tendit l'Aberration dans la paume de sa main.

— D'où tenez-vous ça ?

— D'Isabelle, votre fille.

— Qui êtes-vous ?

— Je m'appelle Rip Van Jones. Je m'excuse de débarquer sans prévenir, mais j'avais besoin de vous parler d'un problème d'une grande urgence. À propos de votre fils, Joe. Et des papillons que vous avez attrapés il y a vingt ans.

— Il est mort ?

Je faillis rire.

— Non. Non, il est bien vivant. Mais… il a des ennuis.

— Et en quoi cela devrait-il me concerner ?

Cette fois-ci, je ris.

— Eh bien… c'est… votre fils. Même si… je comprends le passé. Non. Il a été arrêté pour avoir vendu certains des papillons que vous avez attrapés – avant que cela ne devienne illégal.

Le professeur était doté d'un cerveau apparemment capable de réfléchir à un certain nombre de choses en même temps. Il regarda le morpho. Il regarda sa montre. Il semblait attendre que l'aiguille des minutes atteigne le douze.

— Très bien.

L'essence distillée de l'ordre et de la propreté caractérisait l'intérieur de la maison. Le moindre objet de la pièce, du coupe-papier aux livres sur les étagères, se trouvait à sa place. Même les rideaux pendaient dans leurs plis prédestinés. C'était là une indication de la personnalité de cet homme, et il était en apparence facile de comprendre combien Edith et lui étaient incompatibles. La pièce aurait été comme un but ouvert pour Joe. Si l'on m'avait donné le choix entre le chaos de Joe et l'ordre de son père, je sais ce que j'aurais choisi. L'ultra perfection me donnait envie de tout renverser. Je le suivis jusqu'à un bureau où l'ordre était différent, un ordre que seul le professeur comprenait peut-être. Il y avait des ouvrages de référence ouverts et des pages marquées – avec des cartes postales. Curieusement, je ne voyais nulle part aucun papillon.

— Asseyez-vous, à moins que vous ne préfériez rester debout.

— Merci.

Le professeur posa l'Aberration sur le bureau, puis la déplaça de deux centimètres. Puis la ramena à l'endroit où il l'avait d'abord posée. Puis il fit basculer le sablier.

— Au cas où vous vous poseriez la question, il décompte trente minutes. Actuellement, à cause d'interventions, de conférences et d'un voyage de trois mois en Papouasie Nouvelle-Guinée, j'ai un déficit de cent quarante-six heures d'écriture. Ajoutez à cela les interactions sociales et les interruptions inattendues, tout ça s'additionne et, comme les vers, grignote mon temps précieux.

— Ou comme l'anthrène des tapis. *Anthrenus verbasci* ?

Le professeur parut impressionné.

— Précisément.

— Je ne vous ferai pas perdre une seconde de plus, professeur.

— C'est « monsieur ». On m'a retiré ma titularisation. Mais c'est trop gênant de l'expliquer à chaque fois que j'interviens. Le monde de l'entomologie abrite davantage de Torquemada que l'Église catholique. Et je suis un hérétique, Mr Van Jones. Un hérétique promis au bûcher.

— Vous avez... des opinions controversées ?

— J'ai découvert et décrit de nombreuses nouvelles espèces au cours de mon existence – y compris ce bonhomme, dit-il en le poussant du doigt. Paradoxalement, j'ai découvert qu'il y en avait bien davantage de disparues à cause de la destruction impitoyable de l'écosystème. L'homme contemporain est bien trop épris de futilités économiques pour saisir les conséquences de son avarice. En bref, nous sommes en train de détruire la planète.

— Et pourquoi iriez-vous perdre votre poste pour avoir suggéré cela ?

— J'ai boycotté l'institution qui payait mon salaire. Mais ne nous écartons pas de la question.

Le sablier, ainsi que le fait de regarder un homme dont le visage portait l'empreinte d'au moins deux personnes que je connaissais, et plus que vingt minutes de questions auxquelles répondre, ne me facilitaient pas la tâche. J'avais déjà utilisé une demi-cuillère à thé de sable avant d'en arriver là.

— Je suis un ami de votre fils, Joseph Bosco, et de votre fille Isabelle. Je travaille pour l'entreprise familiale depuis quelques mois.

— Et que fait cette entreprise ?

— Hum… eh bien, ils vendent, nous vendons, des papillons communs dans des boîtes entomologiques, à des magasins d'articles cadeaux et des fleuristes.

Il écarquilla les yeux.

Je me retrouvai ensuite à vendre Joe à son père :

— Le rêve de Joe est de transformer ce pays en une nation d'amoureux des papillons. Il se montre évangélique sur le sujet, et transforme les cœurs les plus indifférents – le mien y compris – en croyants enthousiastes. Son ambition est de placer un papillon dans chaque foyer américain. De populariser un intérêt devenu… ma foi, académique. Il veut être une sorte de Henry Ford de l'entomologie.

Mais Shelby Wolff ne s'en laissait pas conter.

— Je comprends que ma visite chez vous puisse paraître déplacée, après tout ce qui s'est passé auparavant.

— Pourquoi ?

— Eh bien… la séparation. Vous voyez, le… bouleversement.

— Quel rapport avec quoi que ce soit ?

— Exact. Bien. Joe a tenté de vendre certains spécimens à un collectionneur. C'étaient des papillons que vous aviez pris. Rares – des papillons de l'Annexe I. La FWA l'a arrêté. Et il doit prouver leur provenance, ou bien aller en prison. J'ai cru comprendre – d'après votre ouvrage – que vous conserviez une trace écrite de chaque papillon que vous ayez jamais capturé. Et j'espérais – dans l'intérêt de Joe – que vous auriez peut-être les archives des papillons en question.

Il ne dit rien. Il ne dit rien pendant peut-être vingt secondes. Une seconde par année depuis qu'il était parti. Il plissa les yeux, regardant l'Aberration sur la table. Il avait l'air d'affronter quelque chose, comme un joueur d'échecs revenant en arrière sur d'anciennes manœuvres plutôt que sur celles qu'il se préparait à appliquer.

— Alors comme ça, ils trafiquent des papillons.

— Non. Pas du tout.

— La mère était toujours en train d'essayer de me persuader de les vendre.

— Vous parlez d'Edith ?

— Oui. Comment va-t-elle ? La mère.

— Elle va bien.

— Vive comme un malachite. Aussi versatile qu'un farfadet. La Cléopâtre des Appalaches. Elle venait d'une famille qui vous aurait flanqué un coup de fusil plutôt que de discuter avec vous. Mais elle avait cette tolérance des gens du Sud pour les aberrations – ce que je suis. Toujours aussi fanatique religieuse ? Elle essayait à tout prix de me convertir.

— Non.

— Je n'aurais jamais dû m'atteler à cette femme, à n'importe quelle femme. L'épouser était une erreur. Avoir des enfants également.

Je jetai un coup d'œil au sablier. Il y avait des choses que je devais savoir, et il paraissait entrouvrir un peu la porte.

— Pourquoi une erreur ?

Il ramassa l'Aberration et la retourna dans sa main.

— Il y a vingt ans, alors que j'étais à la recherche de cela, j'ai eu ce que d'aucuns pourraient appeler une révélation. J'ai compris que si je voulais accomplir mon ambition, je ne pouvais pas servir à la fois la famille et le travail. Il me fallait placer ces créatures au-dessus de tout le reste. Femme. Enfants. Richesse et santé. Edith n'était pas la mauvaise personne. Le mariage était simplement la mauvaise idée. Ces enfants étaient le produit d'une mauvaise idée. Littéralement mal conçus.

Je ne parvenais pas à déceler s'il y avait une part de remords dans cette confession. Il avait débité ça sans aucune expression. Il n'avait pas franchement l'air de l'homme qui avait poussé le rocher du regret jusqu'au sommet de la colline pendant ces vingt dernières années. Mais je commençais à m'habituer à lui.

— Pourquoi ne pouviez-vous pas… faire les deux ?

— Les entomologistes sont comme des alpinistes. Ils ne pratiquent pas pour découvrir le panorama. C'est tout ou rien. Je n'étais pas un amateur. J'ai donc choisi le tout. Et depuis, j'ai eu la possibilité de poursuivre mon œuvre – sans interruption ni sens du devoir mensonger. L'homme qui crée ou découvre quelque chose ne le fait pas par hasard. Je n'ai pas attrapé ce papillon par hasard, Mr Van Jones.

— Je comprends.

J'avais été élevé dans la révérence absolue pour l'intelligence. (« Ils sont intelligents ? » j'entends déclarer mon propre père lorsque je demandais si je pouvais amener des amis à la maison. Pour mon père, le paradis était une bibliothèque pleine de gens capables de compléter les mots croisés du *Times* en une seule séance.) Je fus donc heureux de céder à ses faiblesses. On peut pardonner à quelqu'un des milliers de défauts pourvu qu'il produise de grandes choses. On est prêt à ignorer ses obsessions, ses infidélités, son narcissisme, ses incapacités sociales, s'il s'élève au-dessus du reste d'entre nous en accomplissant quelque chose que personne d'autre ne peut réussir. Et Shelby Wolff avait fait cela. J'étais assis avec « le plus grand des lépidoptéristes d'Amérique ».

Plus nous parlions, plus ma conviction grandissait qu'Edith avait donné une fausse image de son ex-mari, qu'elle l'avait calomnié, et avait privé ses enfants d'une relation qu'ils auraient pu apprécier.

Il se leva brusquement, traversa la pièce et se mit à farfouiller sur les étagères. Il tira un livre, puis un autre, puis tendit le bras dans l'interstice et fit apparaître une bouteille de whisky. Il trouva un verre, dans lequel il versa un triple whisky. Dans un second verre, il me versa une seule dose. Il revissa le bouchon et se rassit.

— En dépit de ce qu'on raconte, les blends sont plus intéressants que les single malts.

Je levai mon verre mais il se contenta de fixer le sien. Il épuisa une autre précieuse minute sur mes trente disponibles avec un nouveau silence de cogitation. Je suppose qu'il avait beaucoup à rattraper. Puis, il se leva de nouveau et alla chercher un ensemble de registres de comptes noirs. Il les tria et en sortit un, qu'il ouvrit et feuilleta jusqu'à trouver la page qu'il recherchait, qu'il me montra ensuite.

— Ici, au bas de la page. Voilà le papillon que vous avez apporté aujourd'hui.

Et c'était bien là : « *Morpho bleu. (Abrév.) 11 mars 1967.* »

— Donc, pour la vente de quels papillons a-t-il été arrêté ?

— Joe ? Eh bien, les Quatre Grands. Et un ensemble de bleus de Palos Verdes. Que vous avez mentionné aujourd'hui dans votre conférence. J'étais là. Avec votre fille Isabelle.

J'attendis de voir s'il mordait à l'hameçon.

— Je n'ai même pas besoin de chercher les bleus de Palos Verdes, dit-il. Je les ai capturés près de Long Beach, à l'été 1966. Pour les Quatre Grands, il faut que je vérifie, car j'en ai attrapé un certain nombre à plusieurs reprises, et tous dans des pays différents, bien entendu.

— Vous êtes donc bien en mesure de prouver que c'est vous qui avez capturé les papillons que Joe a vendus ?

— Bien entendu. Où sont à présent ces papillons ?

— À la maison. Dans les Catskills. J'ai apporté un catalogue de la Collection. Établi par votre fille aînée, Isabelle. Ces dernières années, elle a travaillé à les organiser et les monter en collection.

Là non plus, il ne mordit pas à l'hameçon de la fille. Mais il parcourut le catalogue à l'aide d'une loupe. Il retira ses lunettes et les nettoya distraitement, plissant les yeux, puis les élargissant de façon à tout embrasser.

— Ceux-ci ont été montés à l'ancienne manière.

— Isabelle a monté toute la Collection de cette façon, Mr Wolff.

— Ils ont été bien conservés, remarqua-t-il. Je vois qu'elle a utilisé l'ancienne méthode anglaise.

— Oui. Vous avez un papillon favori ? demandai-je, embarrassé de poser une question qui devait lui paraître aussi rustre, mais désireux de rapporter des bribes d'information à Isabelle.

— *Ariadne ariadne*. Une créature laide et sans prétention.

— « La beauté est dans l'œil de celui qui regarde », comme disait Shakespeare.

— Je crois qu'il s'agissait de Margaret Wolfe Hungerford.

— Exact. Oui, bien sûr.

— Elle a fait du beau travail.

Je pensai à Isabelle, à quelques minutes d'ici. Je regrettai qu'elle n'ait pas été présente pour recevoir cet éloge.

— Elle est là, Mr Wolff. Si vous voulez la rencontrer ?

— Qui ça ?

— Votre fille aînée, Isabelle.

— Je n'ai qu'une fille. À ma connaissance.

Je sentis sur ma nuque hérissée Mary me soufflant : « Je te l'avais bien dit », puis une vague de tristesse à son égard. Mais je décidai de ne pas me lancer dans cette controverse à cet instant délicat.

— Oui. Je voulais dire Isabelle. Aimeriez-vous la rencontrer ?

— Peut-être lorsque la provenance des papillons aura été établie.

— Bien entendu. Vous allez donc apporter votre aide ?

— Il ne faut pas que ces papillons tombent entre de mauvaises mains.

Je lui tendis la carte de visite de Moroni. Et le numéro de dossier de Joe.

— Voici l'agent de la FWA responsable de l'arrestation de Joe. L'audience a lieu le 5 novembre. Vous serez appelé comme témoin, en faveur de Joe. Si vous pouvez associer vos archives aux papillons qu'ils ont en leur possession, alors Joe sera libéré.

Il regarda la carte.

— C'est… merveilleux, Mr Wolff. Vraiment. Isabelle et Joe… vont en être très reconnaissants. Merci.

Ses yeux se remplirent enfin de larmes. De quoi s'emplissaient-ils ? De regret ? De colère ? De tristesse ? Aucune importance. Il suffisait qu'ils s'emplissent de quelque chose ! Au bout du compte, il avait un cœur.

Il me rendit alors l'Aberration.

— Je pensais ne jamais plus les revoir, dit-il.

Chapitre 22

Où nous rentrons à la maison et où les bonnes nouvelles tournent mal

— Il va nous aider, Iz !

La nef de la chapelle caverneuse me renvoya l'écho de mon excitation, lorsque je retrouvai Isabelle assise dans une posture qui pouvait tout aussi bien trahir le désespoir que la prière. Elle sortit brusquement de la conversation qu'elle entretenait avec son créateur, quelle que puisse être celle-ci, et me regarda. À cet instant, comme une petite fille, elle était dans l'attente de bonnes choses, elle attendait la promesse de fins heureuses. Je m'aperçus que j'avais échangé plus de paroles avec son père qu'elle-même. Et j'en savais en réalité davantage sur lui.

— Il a encore les registres où il a consigné le moindre papillon qu'il ait jamais attrapé. Il m'a même montré l'entrée pour cette petite Aberration ! Et il a été extrêmement impressionné de votre travail sur la Collection. Il savait exactement quelle méthode vous aviez utilisée, et tout le reste. Et puis, à la fin, il a dit qu'il serait ravi de vous rencontrer après l'audience. Je veux dire, il était excentrique, de cette façon brillante, et il n'y a aucun doute sur la nature de ses priorités – le travail avant tout, c'est sûr. Bon sang, il m'avait calé sur un sablier !

— Vous l'avez bien aimé ?

— Ma foi, ce n'était pas l'homme auquel je m'attendais. Ni l'homme que votre mère a décrit. Obsessionnel, mais il a reconnu que son travail venait avant tout. Qu'il n'était pas adapté au mariage ni à la paternité. Il a laissé échapper un petit regret – de ne pas vous avoir vus grandir. Juste à la fin. Après que je lui ai demandé s'il voulait vous rencontrer. Il a dit : « Je pensais ne jamais plus les revoir. »

— Il a dit ça ?

— Il l'a dit.

Si j'entretenais le moindre doute sur l'exactitude de mes paroles, l'expression qui se peignit sur les traits d'Isabelle suffit à me rassurer sur le fait que j'avais agi comme il le fallait en disant cela.

— Ce n'est pas le monstre, Iz.

Elle paraissait sur le point de pleurer, mais retint ses larmes. Je tendis la main, que je posai sur la sienne. Et elle la laissa reposer là. Pendant quelques instants, cette petite surface représenta le monde entier ; je lui pris la main et osai une légère pression qu'elle me rendit, à ma grande joie. C'était un contact plus agréable – plus significatif – que l'union totale de la chair que j'avais connue avec Mary. Celle-ci nous aurait tous les deux incendiés si elle en avait été témoin, mais cette interdiction ne m'importait plus. Je levai la main d'Isabelle à mes lèvres et l'embrassai, à l'ancienne.

— Tout va bien se passer, Iz.

Je ne mentirai pas, la sensation d'être le héros de ma propre aventure fut à son summum au cours du trajet de retour vers les Catskills. J'avais touché toute ma rangée de cibles : j'avais réussi à convaincre le père de Joe d'assister à l'audience ; j'allais aider à libérer Joe, pas seulement de prison mais d'années de démarchage potentiel en sauvant le deal à un million de dollars que le zélé Moroni menaçait de couler ; j'allais libérer Isabelle de l'emprise de sa mère, et faciliter une réunion potentielle de Joe et Isabelle avec le père qui leur avait été dénié par les interdictions maternelles tordues. Mon intuition – selon laquelle Edith avait retenu le passé captif et refusé à ses enfants le contact et une relation éventuelle avec cet homme (dont le seul délit consistait en un dévouement à son travail) par pure amertume – s'était révélée exacte. Tout en conduisant, je discutais avec passion de tout ce que cela pouvait signifier, et à quel point ce serait bien, pour tout le monde. Je peignis le tableau d'une grande réconciliation, où tous les malentendus seraient éclaircis, tous les torts réparés, et où tout le monde serait libéré de la prison du passé. Oui, une partie de moi-même se demandait si je n'avais pas peut-être un peu exagéré la profondeur du regret du père d'Isabelle, dans un effort pour dire ce que je pensais qu'elle voulait entendre, et pour provoquer les événements que je voulais voir arriver ; mais j'espérais avoir fait ce qu'il fallait, et que les choses tourneraient bien. En dépit de toutes mes prétentions au cynisme, je faisais preuve d'une foi simple – et d'une espérance – dans une fin heureuse.

Pendant que je décrivais ce Nouveau Monde, Isabelle demeurait assise en silence, de nouveau pâle et triste, de la prise de conscience mélancolique que la situation avait changé.

— Merci, dit-elle.

— De quoi ?

— D'avoir aidé Joe. D'avoir demandé l'aide de mon père. D'y être allé sans moi. Je crois que de toute façon, il aurait toujours fallu quelqu'un de « l'extérieur » pour nous aider à nous libérer.

— Vous pensez le rencontrer ?

— Je ne sais pas.

— Je pense qu'il aurait été content de vous rencontrer. Tous les deux.

— Tous les deux ?

— Joe et vous.

— Il n'a pas parlé de Mary ?

J'avais presque oublié ce détail.

— Lorsque je vous ai décrit comme sa fille aînée, il m'a dit qu'il n'en avait qu'une.

— Il ne savait pas ?

— Il a parlé de la « colère compréhensible » d'Edith devant ses longues absences. Il paraissait signifier qu'il ne lui en voulait pas de refuser d'avoir à faire quoi que ce soit avec lui. Peut-être sait-il, mais n'a-t-il rien dit. Mais Mary avait raison.

— Pauvre Mary.

Isabelle paraissait accepter cela comme une confirmation.

— Vous le soupçonniez ?

— Je pensais que c'était possible. Mais j'ai choisi de croire M'man. C'est une des principales raisons pour lesquelles je ne voulais pas le rencontrer. Je ne voulais pas savoir.

— Vous allez le dire à Mary ?

— Il ne me revient pas de le faire.

— Comment allons-nous la jouer ? Quand nous allons rentrer ?

— Tôt ou tard, il faudra bien que M'man sache où nous avons été. Et si mon père vient à l'audience et qu'elle l'apprend, ce qui sera le cas, alors il vaut mieux l'affronter maintenant.

— Elle n'a pas besoin de savoir que vous êtes venue avec moi. Je peux dire que j'ai agi de mon côté. Après tout, vous ne l'avez pas véritablement rencontré.

— On ne peut plus revenir en arrière.

J'envisageai de persuader Isabelle de s'asseoir sur ses convictions jusqu'à l'audience, mais elle était résolue. Sa tolérance et sa loyauté ne pouvaient contenir plus longtemps la vérité de ces choses.

— Mes jours de grâce envers M'man sont terminés.

Je tendis la main pour saisir la sienne, qu'elle me laissa tenir pendant que je conduisais de l'autre. Elle regardait droit devant elle, et je voyais son joli cou de profil, pâle par contraste avec ses cheveux noirs, et ses taches de rousseur autour de son nez. Tous les petits détails qu'on remarque et qu'on apprécie quand on devient plus proche de quelqu'un.

— Vous êtes un spécimen rare, Iz. Je suis simplement désolé d'avoir été aussi lent à le voir.

— Il y a des spécimens plus éblouissants aux alentours.

— Elle ne m'éblouit plus.

— Je ne pensais pas à Mary.

— Oh ?

— Je parlais de Joe. Je crois que c'est Joe que vous aimez vraiment.

Je ris. Impossible de le nier.

Ces heures sur la route avec Isabelle, avant la dégringolade qui allait suivre, furent parmi les plus douces de ma période de papillons. Nous avions établi un rapport inattendu, sinon délicat – nos besoins et désirs individuels ayant trouvé des racines et un terrain communs ; je sais que les thèmes subliminaux des pères perdus étaient en partie ce qui nous rapprochait, mais il y avait davantage que cela ; j'étais enfin capable de l'apprécier pour ce qu'elle était plutôt que pour ce que j'essayais d'en faire ; après les manipulations et stimulations de Mary, l'honnêteté et le calme étaient libérateurs, et c'était cette liberté qui engendrait un désir. Non pas la satisfaction rapide et superficielle du désir sexuel, mais un sentiment plus profond de contentement à être avec elle, et l'espoir que je serais encore en sa compagnie dans les jours qui suivraient.

Il restait à peu près une heure de jour lorsque nous atteignîmes les Catskills. Le paysage était en feu, les montagnes enflammées de toutes ces magnifiques nuances d'orange, de rouge et de pourpre et de milliers de tonalités entre elles, qui ont des noms que les écrivains font semblant d'utiliser tous les jours mais doivent chercher dans le dictionnaire lorsqu'ils veulent décrire le phénomène fantomatique de l'automne américain : ocre, magenta, kaki (vous voyez ce que je veux dire). Les « reluqueurs de feuilles » étaient sortis en force, stationnés sur l'aire panoramique pour prendre des photos de cette splendeur. Bien entendu, il serait négligent de ma part de ne pas souligner que les feuilles mortes, auxquelles le vent donnait une nouvelle vie, ressemblaient à des essaims de papillons. Était-ce bon signe ? Signe d'ennuis à venir ? De la fin du monde ? Je laisserai aux déchiffreurs de runes l'interprétation de leur signification ; nous poursuivîmes notre route, au cœur de la fournaise feuillue.

Lorsque nous atteignîmes les grilles, une silhouette remontait l'allée principale. C'était Clay. Il leva une main pour nous faire arrêter et vint parler à Isabelle à la portière passager. Lorsqu'elle baissa la vitre, je sentis l'odeur d'un faux jeton s'engouffrer dans la voiture.

— Miss Isabelle.

— Clay.

— C'est sûrement mieux qu'il ne rentre pas dans la maison. Jusqu'à ce que les choses se calment.

— Qu'est-ce qui se passe ?

En guise d'explication, Clay jeta un regard en direction de la maison.

— Miss Edith menace de recourir à la violence.

— Rien de nouveau là-dedans, dis-je.

— Elle a l'air déchaînée à cause d'un truc qu'*il* a fait, et depuis quelques heures, elle menace de l'expédier au diable. Je suis sûr qu'il a une explication pour ça, mais je ne sais pas vraiment, parce qu'elle n'est pas d'humeur à écouter.

Tout le long de cette communication, Clay évita de me regarder ou de s'adresser à moi directement.

— Je suis là, Clay. Vous pouvez me parler, vous savez.

Il eut un sourire de conspirateur chagrin laissant entendre que nous étions tous dans le même bateau.

— Dieu sait que dans cet état, elle est incompréhensible, sans Joe sur place pour la calmer. Et puis, elle carbure à ce vin. Je suis pas du genre à juger, j'ai même jamais rien eu contre vous, et je crois que vous pensez bien faire, mais je suis juste là pour vous prévenir.

— Pourquoi est-elle en colère contre moi ?

Il refusa d'abord de répondre.

— Clay ? fit Isabelle. Qu'est-ce qui se passe ?

— Miss Edith dit que vous avez semé la pagaille. Mis des fausses idées dans la tête des gens. Miss Edith croit que vous complotez. Et elle sait ce que vous avez été faire.

— Et comment le sait-elle ? demandai-je, convaincu que c'était lui le responsable.

Il se raidit devant mon agressivité. Sa méchanceté ne se trouvait plus qu'à quelques millimètres sous l'amabilité.

— Miss Mary lui a dit.

L'eau que j'avais réveillée en petits clapotis me revenait finalement en vagues dans la figure.

— Et comment le savait-elle ? demanda Isabelle.

— Vous lui avez peut-être dit, Clay. Je vous ai vu écouter aux portes.

Clay ne put déguiser sa réaction assez vite pour qu'elle m'échappe. Quoi qu'il puisse dire.

— Je crois que vous feriez mieux de ne pas aller à la maison. Je lui ai déjà vu ce regard. Et c'est pas beau à voir.

— Je vais tenter ma chance.

— Elle a Besse avec elle.

— Besse ?

— Son fusil de chasse.

— Je n'ai pas le temps pour ses menaces en ce moment, décrétai-je.

— Laissez-moi lui parler d'abord, décida Isabelle.

En tout cas, Edith savait comment mettre en scène un petit drame. Elle était assise sur la véranda dans le rocking-chair, un verre de vin à la main, le fusil en travers de ses genoux. Et assise derrière sa mère, jambes pendantes, Mary fumait un pétard, et me souriait sans affection ni rire, avec ce rictus lointain et indifférent des gens défoncés. En surface, tout cela était familier et légèrement comique, mais en dessous, il n'y avait pas matière à plaisanter. Je me demandais si Edith avait consciemment chorégraphié la scène.

— Salut, Edith, salut, Mary, lançai-je.

J'allais rester courtois et les battre avec ma politesse (tout autant qu'avec la justesse de ma cause).

— Tu ne vas pas plus loin, mon garçon, dit-elle alors que je posais le pied sur la première marche.

Edith ne m'avait encore jamais appelé « mon garçon ». Nullard, rosbif, minable, enfoiré, connard, oui. Mais c'étaient tous là des noms que j'avais appris à assimiler avec bonne humeur et sans me vexer outre mesure.

— M'man, Rip n'est pas responsable de ça.

Isabelle aussi faisait preuve de courageuse vertu.

— Toi, je m'occuperai de toi plus tard. Pour l'instant, je vais causer à la mouche du coche.

— Non, M'man. Ce combat n'est pas le sien. Mais le nôtre.

— Comment as-tu pu, Isabelle Bosco ? fit Edith avec une grimace avant de cracher.

— Je t'ai dit que ça n'était pas la sainte que tu croyais, M'man, intervint Mary. Elle est sûrement plus vierge non plus, à présent. Pas si elle a été sur la route avec Rip. Il aime s'envoyer une fille quand elle est sur la route.

Une Edith bourrée et armée, avec une Mary défoncée mais éconduite en guise de pom-pom girl. Ça ne se présentait pas bien pour moi. Je distinguais mal le visage d'Edith, à moitié plongé dans la pénombre, mais j'étais convaincu qu'elle souriait. Isabelle se tenait sous la lumière de la véranda, un bras sur la poitrine, tenant l'autre le long du corps. Guère plus douée pour la confrontation que moi, elle était néanmoins certaine de ce qu'elle faisait.

— Nous n'avions pas le choix, M'man. Joe doit prouver que les papillons ont été capturés par… mon père.

— Ne l'appelle pas comme ça.

— C'est ce qu'il est.

Edith remplit encore davantage son verre de bordeaux.

— Rip est allé lui demander s'il voulait bien témoigner à l'audience. Prouver que les papillons que Joe a vendus étaient à lui. Et il a accepté.

— Vraiment ?

— Oui, il a accepté.

— Et vous êtes tous bons amis maintenant.

— M'man. Je ne l'ai pas vu.

— Tu as envoyé la Mouche du coche.

— M'man, qu'est-ce que tu voulais qu'on fasse ? Laisser Joe aller en prison ?

— Ce ne serait peut-être pas une mauvaise chose. Ce serait peut-être mieux pour tout le monde.

— Tu as trop bu.

— Qu'est-ce qui t'a pris, ma fille ? Là, tu lui as jamais autant ressemblé.

— Y se sont sûrement mariés, ou un truc de ce genre.

Mary aspira puis rejeta comme de gros nuages de fumée de dragon.

Celeste fit son apparition et alla embrasser Isabelle, mais lorsqu'elle se dirigea vers moi, Edith tapa des mains en signe d'avertissement.

— Ne l'approche pas, Ceelee.

Celle-ci s'arrêta net.

— Il a une maladie que tu ne veux pas attraper.

— C'est bon, Ceelee, lui dis-je. Je suis OK mais fais comme te dit M'man Edith.

— C'est vrai que vous êtes allés voir le méchant monsieur, avec Izzy ?

— Va au lit, maintenant, Ceelee, dit Isabelle.

Edith avait l'air de se ficher pas mal qu'une enfant soit témoin de la scène.

— Elle devrait peut-être rester. Il faut qu'elle voie qui vous êtes vraiment.

— Ceelee ? fit Isabelle en désignant la porte du doigt, et Celeste lui obéit et rentra.

Edith émit un tchip et prit une gorgée de bordeaux.

— Tu ne te joins pas à nous, Mouche du coche ? Ou bien tu vas rester à rôder dans les ténèbres, là où est ta place ?

La situation était tellement combustible que je décidai de faire tout ce qui était nécessaire pour l'empêcher de prendre feu. J'allai m'asseoir sur le fauteuil. Mary changea de position et leva une jambe, laissant apparaître sa culotte. Je ressentis de la tristesse pour elle. Pour ce qu'elle ne savait pas encore. Pauvre Mary. Ses origines étaient fautives, pas elle.

Isabelle alla s'asseoir sur la marche du balcon, moitié à l'extérieur, moitié à l'intérieur de la maison.

— Et toi, miss ? Tu es trop sainte pour boire avec nous ? lui demanda Edith.

— Je n'ai pas envie de boire.

Edith me versa un verre de vin puis me le tendit. Des morceaux de bouchon flottaient dedans, que je dus retirer avec mon petit doigt. Ensuite, elle leva son verre.

— Le sang du Christ.

Je levai le mien. Isabelle continua de contempler la pelouse, ne voulant rien avoir à faire avec cette mauvaise communion.

— Le prêtre a dit que je ne pouvais plus communier. Parce que j'étais divorcée. Enfin, bref, Mouche du coche. Comment était-il ?

— Comment était qui ?

Je voulais l'entendre dire son nom !

— Ne m'oblige pas à te flanquer un coup de feu !

La lune éclairait le métal du canon du fusil. J'étais sûr qu'elle ne s'en servirait pas contre moi, mais une arme est une arme, une femme dédaignée est une femme dédaignée, et on doit affronter avec beaucoup de prudence une femme ivre dédaignée avec une arme.

— Oh ! Vous voulez dire Shelby ?

L'écho de son nom fit véritablement frissonner Edith.

— Tu sais, Mouche du coche, là, tout de suite, ça n'est pas le sarcasme qui va me séduire.

— Il a accepté de venir à l'audience.

— Qu'est-ce que tu lui as dit, Mouche du coche ? Je sais que tu es un serpent à la langue fourchue, mais ce n'est pas par amour de ses enfants qu'il va venir.

— Peut-être pas, mais il a dit qu'il aimerait les rencontrer.

— Foutaises.

— C'est ce qu'il a dit. Qu'il n'avait jamais pensé les revoir. Ça sonne comme un regret.

— Je le répète : il faut avoir un cœur pour avoir des regrets.

— Je me contente de rapporter ses paroles. Il aimerait rencontrer ses enfants.

Qu'il me revienne d'apprendre à Mary la nouvelle de sa filiation ne me paraissait ni juste ni convenable, et je voulais en laisser l'occasion à Edith. Celle-ci regarda Mary. Ce fut très bref, mais manifeste. Pourtant, elle ne dit rien. J'étais assez près pour distinguer son œil, qui était braqué sur moi ; j'étais dans sa ligne de mire.

— Du moment où tu es arrivé, j'ai eu le sentiment que tu préparais un sale coup, et que tu ne nous apporterais rien de bon. On dirait que tu as flanqué la pagaille.

— Simplement souligné des choses.

— Simplement souligné, comme c'est gentil.

Edith me scrutait.

— Mary m'a raconté ce que tu avais fait sur la route. Que tu avais profité d'elle. Je pourrais te buter pour ça. Agresser sexuellement ma fille. Tu es un sacré cas.

Je la laissai décrire le genre de cas que j'étais (et une partie était vraie).

— Tu nous la joues tout charmant. Comme si tu ne savais pas grand-chose de ce qui se passe. Ensuite, tu fais que les gens t'aiment bien. Et puis, tu commences à souffler sur les braises, attiser, là où tu ne devrais jamais penser à le faire. À semer des petites malveillances. À me traiter de tous les noms. De tyran. Ce n'est pas ça qu'il a dit, Mary ?

— C'est exactement ça, M'man. C'était même le mot exact. Et d'autres mots encore.

— Quelquefois, un tyran est ce dont les gens ont besoin. Le terme ne me gêne pas. Mais je m'oppose à la description. Je m'oppose à ce que tu passes derrière mon dos, pour exciter les esprits et te mêler de tout.

— M'man, s'il te plaît. Arrête ça, intervint Isabelle, tendant les mains en un signe de supplication qu'Edith ignora.

— Tu l'as apprécié, Mouche du coche ? Le « Professeur ».

— Il était assez poli.

— J'ai connu cette aberration mieux que quiconque. Mieux qu'il ne se connaissait lui-même. Je vois bien qu'il t'a charmé.

— Je ne sais pas s'il m'a charmé, Edith. Mais je sais qu'il vient à l'audience.

Elle voulut se resservir, mais la bouteille était vide, et c'était la dernière des grands crus de Roth.

— Voilà une chose que tu as bien faite, Mouche du coche. Ce vin. Je me souviendrai de toi pour ça.

— Quand on conclura le deal, je suis sûr que vous pourrez vous en offrir davantage.

Edith se mit à rire. À cet instant, la description qu'en avait faite Shelby en hors-la-loi me parut avoir tapé dans le mille.

— Il n'y a plus de deal. Je te vire.

Edith arma le chien du fusil. C'est drôle comme une action aussi précise et délicate constitue le prélude à une grande panique.

— M'man ! jeta Isabelle en s'avançant entre nous.

— Voyez-vous ça ! dit Mary en riant. Elle se sacrifierait pour toi, Rip ! Ça, c'est de l'amour.

Mary alla se ranger à côté de sa mère, au cas où il nous serait resté quelque doute sur le sujet.

J'aurais dû avoir peur, de la façon dont j'avais eu peur en Iowa avec les policiers, mais je me sentis follement enhardi. L'adrénaline agissait sur mon organisme comme une centaine d'injections de café. Le fait d'être à un doigt sur la détente de la mort me fit peut-être basculer.

— Ça suffit, Edith. Assez de votre contrôle. De votre apitoiement sur vous-même. De votre domination. Assez de vos manipulations et de vos accusations. Et de votre harcèlement. De votre colère ennuyeuse et de votre amertume. La façon dont vous rabaissez constamment Joe, dont vous traitez Mary de haut, dont vous vous servez d'Isabelle. Vous *êtes* un tyran. Un petit tyran. Une martyre brûlante. Une martyre grossière qui s'est brûlée ! Et qui voudrait que le monde entier le sache. Le monde entier étant celui que vous pouvez contrôler.

Tout en parlant, j'éprouvais la sensation de flotter en dehors de moi-même ; d'observer la scène tout en me demandant pourquoi j'étais si audacieux, alors que la lâcheté est mère de sûreté. J'ignore ce qui s'était emparé de moi. Dans ma famille, le désaccord était réprimé, puis déguisé en non-dit, l'individu le plus patient et dépourvu d'émotion (mon père, en général) remportant d'habitude le débat. Les menaces n'étaient jamais physiques, toujours psychologiques. Avec Edith, on avait bien entendu affaire à une menace émotionnelle qui portait avec elle sa réalité physique, cette férocité animale. Et en plus, elle avait une arme. Mais je poursuivis, heureux de creuser la tombe de Rip :

— Joe n'a pas le monopole de l'exagération par ici. Cette histoire borgne que vous racontez, votre mariage à un égoïste, vos enfants élevés toute seule, cette histoire est belle et bonne, mais elle a une autre facette. Et celle-là, vous ne l'avez pas partagée. Mais vous savez quoi, Edith ? La vraie question ici, c'est que ce n'est pas lui le monstre. C'est vous.

Il y eut une pause, comme celle qui se produit entre le moment où un enfant tombe et se blesse et le cri de douleur qui suit, où plus la pause est longue, plus la blessure est importante. Quelques secondes s'écoulèrent, puis un coup de feu retentit. Je regardai ma poitrine, pour voir si Edith avait joint l'acte à la parole. Mais l'absence de sang, les éclats de bois et le canon fumant pointant vers le plafond m'indiquèrent que j'avais survécu. Il y eut ensuite un second bruit. Même m'en souvenir me donne des frissons. Un grognement mêlé de ronronnement qui se transforma en mots sifflés dans un chuchotement :

— Sors. De. Ma. Maison. Ou je te tue.

En l'état actuel de la situation, je ne pris même pas la peine d'aller chercher mes affaires. Je regagnai la Chuick, Edith me balançant une salve d'invectives dans le dos. Je ne m'aperçus qu'Isabelle m'avait suivi qu'en arrivant à la voiture.

— Rip ?

Je me retournai, me demandant si elle voudrait peut-être venir avec moi.

— Où irez-vous ?

— Je l'ignore. Je peux peut-être aller chez ma tante. J'ai la Chuick. Et vous ? Vous venez avec moi ?

Isabelle jeta un regard en arrière vers sa mère et sa demi-sœur. Elle était tentée. J'en suis certain.

— Je dois rester là.

— Je comprends.

Isabelle prit ensuite ma main entre les siennes.

— Merci.

Puis elle m'embrassa, sur la joue, ma main toujours entre les siennes, pressant celle-ci avec une gratitude passionnée et une tension qui promettait que ceci n'était pas la fin.

Je démarrai la Chuick et m'éloignai à tombeau ouvert. Tandis que je descendais la route en lacets à travers la forêt, les phares illuminaient le reflet de milliers d'yeux observateurs dans la végétation. J'imaginai que ce paysage – loyal vis-à-vis de sa population indigène – était prêt à bondir pour défendre Edith. J'étais tellement gonflé de l'adrénaline de la confrontation et de cette peur primale que je continuai de conduire comme si j'avais à mes trousses un millier de chiens de l'enfer, jusqu'à ce que j'aie quitté ces montagnes. Je conduisis aussi loin que l'essence dans le réservoir me le permit, et finit par m'arrêter dans un petit motel sur l'Hudson. À ce moment-là, je me sentais tout à fait fier de moi. J'avais tenu tête au tyran, et je l'avais fait devant les gens que j'espérais libérer, y compris celle que je cherchais le plus à impressionner. Mais même si le bannissement accompagné de la menace de mort qui m'avait légèrement roussi la nuque constituait un adieu palpitant, je n'éprouvai aucune inclination à retourner sur place et vérifier la sincérité de la menace. Je réalise aujourd'hui qu'Edith faisait preuve d'une grande retenue en ne m'abattant pas ce soir-là. Si je me mets dans ses orthèses, sachant alors ce qu'elle savait que j'ignorais, je crois que j'aurais actionné la détente.

Chapitre 23

Où Joe rencontre son père au procès

Est-il possible d'avoir la nostalgie d'une personne ? Parce que c'est ce que je ressentis au cours des jours précédant l'audience. Effectivement, je pensais à Joe davantage qu'à Isabelle, ou à Mary. Plus qu'à n'importe qui d'autre. Sa présence me manquait tellement que je finis par comprendre qu'Isabelle avait eu raison : c'était de Joe que j'étais amoureux. L'idée de le voir en prison pendant quarante jours m'inquiétait, non pas parce qu'il ne pouvait pas se débrouiller tout seul, ni même à cause de son talent extraordinaire à exaspérer les gens et à s'embarquer dans des bagarres ; mais parce qu'une incarcération représentait la pire des punitions que l'on puisse concevoir pour Joe. Vingt-quatre heures, cela aurait déjà été difficile ; mais être incapable de divaguer sans compter pendant quarante jours et quarante nuits, et être empêché de déployer ses grandes ailes ?

Lorsque j'arrivai au palais de justice, Joe se trouvait sur le parking avec son garde. Il portait le costume et le nœud papillon dans lesquels il avait été arrêté, et à ma vue, il fit un effort pour illuminer son visage.

— Salut, Rip.

— Salut, Joe. Tu as l'air en forme.

Ce qui n'était pas vrai. En réalité, il avait l'air diminué et épuisé.

— Je me suis dit que quand il verrait ce costume, il se dirait que je m'en suis bien sorti. Que je suis un homme intelligent et élégant qui peut se payer un costume décent.

J'ignorais s'il faisait allusion à son père ou bien au juge, mais je n'eus pas le cœur à vérifier. Brusquement, quelque chose sur le sol attira son attention et il s'accroupit pour l'examiner.

— Regarde ça, Rip. C'est merveilleux.

Là, à côté de ses richelieus noirs brillants, il y avait deux monarques festoyant sur une crotte de chien.

— Ces bestioles ont dû rater la migration. Elles se sont fait emporter vers l'est sur le chemin du Mexique.

Nous fixâmes ces deux papillons perdus mangeurs de merde.

— Comment interpréterais-tu ce signe, Rip ? me taquina-t-il.

Ce n'était pas franchement une étoile filante, en matière de signes.

— Ça suggère que nous devrions aller au Mexique après être débarrassés de cette merde ?

— J'aimerais bien ça, Rip. J'aimerais vraiment beaucoup ça.

Lorsqu'il se releva, je m'aperçus qu'en dépit du costume familier, il avait vraiment l'air différent. Il avait perdu du poids, et dans tous les domaines, l'intensité du volume avait baissé de quelques crans. Son front portait des rides d'inquiétude. Il avait le teint un peu grisâtre, et une lèvre enflée. De près, il était clair que quarante jours et quarante nuits en prison avaient laissé des traces.

— Comment c'était, Joe ? Être enfermé ?

— Super-intéressant, Rip. Un aperçu de la condition humaine et de l'état de cette nation.

— Comment as-tu tué le temps ?

— J'ai pas mal cogitationné. Et j'ai sacrément instruit mes camarades d'incarcération en matière d'insectes.

— Ta lèvre, c'est pendant que tu étais là-dedans ?

— Oh... ce n'est rien.

— Une discussion théologique ?

— Un homme a voulu me violer, Rip. Mais c'était une joue que je n'étais pas prêt à tendre.

— Tu t'es défendu ?

— Je l'ai frappé une fois. Avant ça, je n'avais jamais frappé personne.

— Je suppose que cette unique fois a suffi.

— C'est vrai, il ne s'est pas relevé avant quelques heures. Mais après ça, j'ai été considéré avec un certain respect. Je l'ai converti à l'amour des papillons. Ensuite, j'ai aussi converti le garde. Il m'a donné quelques matériaux. Une boîte métallique avec un couvercle vitré. Du coton pour faire un peu d'élevage dans un manchon. J'ai donné quelques cours à mes camarades. Je leur ai montré comment élever leurs propres papillons. Et ils étaient aussi affamés de connaissance que des chenilles. Je leur ai dit d'envisager la prison comme une sorte d'étape de chrysalide avant de s'envoler vers la liberté. Ils ont adoré.

— Alors, tu es prêt pour Joe Bosco contre les États-Unis d'Amérique ?

— Je suis prêt, Rip.

— La lutte ne me paraît pas équitable. Ce sera fini en quelques secondes.

— Je sais, répondit-il, mais sans avoir l'air d'y croire.

— Qu'est-ce que tu ressens à l'idée de faire la connaissance de ton père ?

— Hein ?

— Ton père. Tu es prêt à le rencontrer ?

— J'apprécie sa venue. Pour me disculpationner.

— Tu es nerveux ?

Il rectifia son nœud papillon.

— Tu plaisantes ? Moi, je ne fais pas dans la nervosité, Rip.

À cet instant, Moroni débarqua dans sa Plymouth et se gara à côté de la Chuick. Il nous salua tous les deux : « Mr Jones. Mr Bosco. » Ses lunettes de soleil dissimulaient ses yeux, mais j'étais certain que ceux-ci souriaient. De façon déconcertante, il me parut très à l'aise ; ce n'était plus là le type fermement décidé à capturer, tuer, empailler, et monter Joe en trophée sur le mur de son bureau. Mais plutôt un homme confiant dans le fait que l'issue de tout cela le favorisait. Nous le vîmes pénétrer tranquillement dans le palais de justice.

— On dirait qu'il a reçu une promotion, remarquai-je.

— Espèce d'ange bidon.

Joe Bosco contre les États-Unis d'Amérique méritait une meilleure arène que la salle d'audience dégueulasse de Hudson. Elle se vidait des audiences précédentes, et deux gardes évacuaient un criminel menotté, qui grommelait : « Y a pas de justice dans ce comté. »

Nous découvrîmes une pièce avec quelques douzaines de chaises en plastique empilables, et un éclairage au néon qui grésillait et clignotait. Un garde arborant une chemise tachée de nourriture, en surpoids, même compte tenu des standards américains, était tout ce qui séparait les criminels enragés des jugements d'un juge. Un magistrat qui semblait avoir d'autres choses – plus importantes – en tête, la démangeaison du bout de son nez, par exemple, était déjà installé, parcourant la paperasse. Joe et moi nous assîmes sur la gauche. L'avocat de l'accusation était déjà assis du côté du marié. Moroni n'était pas dans la salle, non plus que le père de Joe.

— J'ai l'impression que la tarditude est de famille, dis-je à Joe, qui chantonnait ses dee-dee-dee, dans une démonstration de sérénité peu convaincante.

L'audience était fixée à 11 heures, et le juge abattit son marteau à l'heure.

— OK. Allons-y. Nous appelons Mr Joseph… Bosci. Bosco. Pardon. Avancez, je vous prie. OK. Mr Bosco, bonjour, monsieur. Vous avez été inculpé de vente de papillons de l'Annexe I, en contravention avec le Lacey Act. Vous vous représentez vous-même, si j'ai bien compris ?

— C'est la seule façon d'être sûr, Votre Majisté.

— « Monsieur » suffira, Mr Bosco. Et je dois vous mettre en garde contre une répétition de votre précédent outrage lors de la lecture de l'acte d'accusation.

— Je m'excuse, monsieur. Je pense avoir appris ma leçon. Et même si je redis que le pays de la liberté est étranglé par le juridisme et les bigots religieux, j'aimerais que ce ne soit que de l'eau maintenant passée sous les ponts sans retour.

— Très bien. Et vous appelez aujourd'hui votre propre témoin.

— Oui, monsieur. Je veux vous remercier de me donner ici l'occasion de remettre les pendules à l'heure et de prouver mon innocence dans cette affaire de vente d'espèces protégées, et je suis sûr que quand mon témoin va arriver et venir à la barre, il peut me disculpationner et noyer ce dossier comme une portée de chatons.

Le juge Breece regarda son bloc-notes, yeux plissés et sourcils froncés. Le geste d'un homme qui n'y avait pas accordé plus de quelques secondes de préparation et avait beaucoup d'affaires à évacuer dans la journée.

— Ce témoin est-il là ?

— Pas encore, monsieur.

— À ce que j'en sais, votre témoin sera capable de prouver que les papillons que vous avez vendus ressortaient à la clause d'antériorité.

— Oh oui, monsieur. Le témoin est un des plus grands entomologistes du monde, respecté sur tous les continents pour son érudiculation, il a capturé ces papillons il y a vingt ans, et il peut le prouver.

— Eh bien, j'attends avec impatience de voir ces preuves. J'ai cru comprendre qu'il s'agissait de votre père ?

— Mm-mmh.

— Vous avez confirmé une heure avec lui ?

— Oh non, monsieur. Je lui ai pas parlé depuis vingt ans. Pas depuis qu'il est parti pour la Colombie chercher les papillons en question. Même si je me souviens parfaitement de toute notre dernière conversation, monsieur. Il s'apprêtait à prendre un avion au départ de L. A. En short. Il était toujours en short. Il avait son matériel de lépidoptériste avec lui. Et il se penche, et il me dit : « Joseph. Je vais te rapporter une chose qu'aucun homme n'a jamais vue. » Je lui demande ce que c'est. Et il me dit que c'est un papillon avec cinq ailes. Ensuite, il me dit : « Garde-les soigneusement en sécurité. » Ça, c'était avant l'incendie, et avant que la plupart des papillons de mon père soient détruits. Sauf les plus précieux, qu'il gardait dans une malle. C'est la malle que j'ai tirée du feu, monsieur, fit Joe en levant les poignets pour montrer ses cicatrices au juge. C'était en 1967, il y a vingt ans. L'espace d'un Van Winkle, comme dirait mon ami Rip ici présent.

— D'accord. Et ce sont ces papillons que vous avez récemment vendus, et dont vous assurez qu'ils ressortent à la clause d'antériorité. Ceux attrapés à cette époque-là. Avant que la loi sur les espèces en voie de disparition n'en rende la possession illégale.

— Exact, monsieur. Un ensemble des Quatre Grands. Une boîte de bleus de Palos Verdes.

— Et votre père peut prouver que c'étaient les siens ?

— Il conservait des archives de tout, monsieur. C'est un Einstein de la comptabilisation entomologique.

— Bien. A-t-on la moindre idée de l'endroit où il se trouve ?

L'avocat de l'accusation leva la main.

— Oui, Mr Kelly ?

— Monsieur, Mr Wolff se trouve avec des agents de la FWA. En train de passer en revue les registres. D'essayer de faire correspondre ses archives avec l'inventaire des éléments de la contrebande. L'agent Moroni a demandé un quart d'heure supplémentaire.

— Ma foi, nous pouvons attendre jusqu'à 11 h 15, Mr Kelly. Mr Bosco, vous avez quelque chose à ajouter avant cela ?

— Je peux partager quelques réflexions sur le système pénal, monsieur. Cela peut peut-être vous intéresser et peut-être même rendre votre travail un peu plus facile.

Breece sourit vaillamment.

— Je suis tout ouïe, Mr Bosco.

— Voilà. Je dirais que les quarante jours et quarante nuits que j'ai endurés dans la prison de l'État n'ont pas constitué une grande privation, et qu'à l'inverse du Seigneur, j'ai été nourri, on m'a donné à boire, et pas un seul démon ne m'a offert la terre. Néanmoins, il me semble que vous avez bien trop de gens intelligents et utiles enfermés à ne pas faire grand-chose et pour avoir fait pas grand-chose. Par exemple, j'ai partagé une cellule avec un homme qui a fabriqué une bombe avec de la bière, juste pour voir s'il en était capable. Cet homme serait sûrement plus utile à travailler pour le gouvernement ou l'armée qu'à chanter « Si, si, assis à Sing Sing à siffloter », une chanson que j'ai écrite pendant que j'étais là-bas. C'est sur l'air de « Chantons sous la pluie », si vous voulez l'entendre.

— Je vous en prie, poursuivez vos analyses pénales, Mr Bosco.

— Comme vous voulez. Disons que même au cours de cette courte incarcération, j'ai appris ce que c'est qu'être un homme libre, et à apprécier cela. C'est une expérience d'égalisation, monsieur. Un rappel de ce que nous sommes tous, ainsi que le dit une des épîtres aux Corinthiens, des vases d'argile, brisés. Je dirais que derrière ces barreaux, monsieur, le Seigneur était omniprésent. Je dirais que je l'ai rencontré là plus manifestement que dans n'importe quelle congrégation que j'ai fréquentée. C'était éclairant.

Quel soulagement d'entendre le Joe que je connaissais et aimais, plein de ses épizeuxes, ses exagérations et ses escalades verbales habituelles – accompagnées des croisements et du méli-mélo de mots qui n'étaient pas censés aller ensemble ; faisant des déclarations sur la loi, l'état de la nation, et les capacités du Saint-Esprit. Quel dommage que son père ne soit pas là pour l'entendre !

À 11 h 15, Joe lancé à plein, la porte s'ouvrit et le père de Joe fit son apparition, suivi de l'agent Moroni, l'air bien trop content de lui à mon goût. Le père de Joe alla s'asseoir sans même un coup d'œil à son fils – ni à moi. Le regard résolument fixé devant lui sur le juge, ses traits ne trahissaient aucune émotion, pas même le sentiment que son fils, qu'il n'avait pas vu depuis vingt ans, était assis à quelques dizaines de centimètres de lui. Il affichait la même expression que lorsque j'avais débarqué en demandant si je pouvais lui parler : de l'impatience devant le temps précieux gâché, et les désagréments de tout ceci.

L'entrée de son père réduisit Joe au silence.

L'agent Moroni chuchota quelque chose à l'avocat de l'accusation, qui afficha un sourire narquois.

Le juge attendait avec impatience que Joe dise quelque chose :

— Je vous en prie, continuez, Mr Bosco. Peut-être pourriez-vous nous présenter votre témoin.

Mais Joe était bloqué. Lorsqu'il parla, ce fut un marmonnement que j'étais le seul à pouvoir saisir. Son visage se mit à fondre, les muscles faciaux relâchés, comme un homme frappé d'un AVC. Son bras, lui aussi – dans une imitation inconsciente de son père – retomba tout mou à son côté. Disparu, le punch qui le faisait punchy. Comme si ces vingt ans de non-paternité étaient un train qui venait de le percuter de plein fouet.

— Mr Bosco ? Vous êtes toujours avec nous ?

— Monsieur.

— Maintenant que votre témoin est là, peut-être pourriez-vous le présenter ?

Vas-y, Joe, pensai-je. *Ce n'est pas maintenant qu'il faut cesser d'être Joe ! Montre à ton père quel individu extraordinaire, quelle créature singulière tu es. Montre-lui ce qu'il a raté !* L'effroyable pensée me traversa, que la « Joenesse » de Joe n'était qu'une compensation pour un immense vide émotionnel qu'il ne pouvait plus remplir, un personnage pour compenser son existence dépourvue de père, un Joe ordinaire plutôt qu'extraordinaire. Il regarda son père, et son expression était pathétique. Son petit sourire et une main levée dans une tentative touchante de familiarité. Que ce geste ne reçoive aucune contrepartie, que pas même un clignement d'yeux ne vienne en retour de son père, rendait tout cela d'autant plus douloureux à observer. Si à cet instant, le temps ralentit pour moi, il catapulta Joe en arrière à travers ses diverses mues, pour retrouver le petit garçon de cinq ans qui disait au revoir à son père au seuil d'une expédition.

— Je les ai gardés en sécurité, P'pa.

— Parlez plus fort, Mr Bosco ?

Joe continua d'entrer en communication avec son moi de cinq ans, mais il marmottait si bas que j'étais le seul à pouvoir l'entendre.

— Je les ai gardés en sécurité, P'pa. J'ai fait comme tu m'avais demandé. Ils sont en sécurité. Tu as dit que c'était les objets les plus précieux. C'est pour ça que je n'ai pas complètement sorti M'man. Je l'ai fait, un petit peu. Puis je me suis souvenu de ce que tu avais dit. J'ai tiré la malle du feu. C'est M'man qui l'a déclenché, mais c'était un accident. Après ça, M'man a dit qu'on devrait les garder. Elle a dit qu'ils nous appartenaient, que c'était notre héritage. J'ai été obligé de les vendre. On n'avait pas le choix. Ça nous a aidés. Mais je n'ai jamais vendu les morphos à cinq ailes. Jamais. Jusqu'à ces derniers temps.

— Mr Bosco ? Vous marmonnez. Qu'est-ce que vous dites ?

Joe défit son nœud papillon et déboutonna le haut de son col. Il ôta sa veste, révélant des taches sous ses aisselles et une colonne de sueur dans son dos. Il était brûlant. En proie à un flash-back tellement vif qu'à mon avis, il se croyait en flammes. Il battit des bras pour se rafraîchir. J'avais envie de l'éteindre, de m'emparer d'un extincteur et de l'arroser.

Breece finit par perdre patience (une patience jusqu'à présent impressionnante) face aux idiosyncrasies de Joe, ce qui fut une petite bénédiction, car j'ignorais où Joe allait comme ça, et lui aussi.

— Vous rendriez service à votre cause et à cette affaire si vous pouviez présenter le témoin. Si vous avez l'intention de prouver votre innocence, Mr Bosco.

Une nouvelle cascade de mots s'écoula de sa bouche, de nouveau trop rapide et trop discrète. Edith avait raison, Joe avait une maladie des mots, une maladie de la Tourette, qui n'était pas loin de ressembler aux associations sonores qu'on peut expérimenter avec de la bonne herbe ; mais là où je distinguais d'habitude la poésie et l'humour dans le salmigondis, c'était à présent l'écho de quelqu'un qui craquait. Il s'emmêlait dans les mots et les souvenirs, les mutilait, s'empêtrait à essayer de communiquer quelque chose à son père qui, pour ajouter à l'horreur, demeurait parfaitement impassible et indifférent à l'effondrement de son fils. Joe était en train de s'abattre. J'entendais les cris du bûcheron, « Attention ! » J'aurais voulu le rattraper, mais il était trop tard. Je me dressai, mais l'avocat de l'accusation avait déjà levé la main.

— Je peux, monsieur ?

— Allez-y, Mr Kelly.

Je me rassis et suppliai Joe de faire de même. Il s'exécuta et essuya son front trempé de sueur. Lorsque je lui posai une main dans le dos pour le stabiliser, j'eus l'impression de toucher un homme en pleine crise de malaria.

— Mr Wolff a montré la preuve de la provenance à l'agent Moroni et au bureau de la FWA. Nous sommes convaincus que les objets de contrebande ressortent à la clause d'antériorité, et que par conséquent, Mr Bosco agissait en toute légalité lorsqu'il les a vendus.

Je serrai le poing en hommage silencieux.

— Tu as entendu ça, Joe ?

Joe ne paraissait rien entendre.

— Cependant, Mr Wolff a demandé s'il pouvait dire quelques mots. Mr Wolff ?

Shelby Wolff se leva et alla se placer devant. Joe jeta un bref coup d'œil à son père, puis baissa de nouveau les yeux. Son père ne le regardait toujours pas mais moi, je le regardais, tout comme ce jour-là à la Princeton Chapel.

— Je confirme que les papillons pour la vente desquels Mr Bosco a été arrêté sont des spécimens que j'ai capturés au cours d'expéditions séparées il y a plus de vingt ans. En 1964, 1965 et 1967. J'ai déjà montré mes archives à l'agent Moroni, de la FWA, et ils sont convaincus que mes dossiers correspondent aux papillons en question. Je voudrais remercier la FWA pour son travail considérable dans la lutte contre le commerce illégal des espèces en voie de disparition. Elle joue un rôle important dans le combat contre la destruction gratuite de la planète par des personnages dénués de scrupules résolus à gagner un dollar par-ci, par-là, ou bien, dans ce cas, beaucoup d'argent. De ce que j'ai compris, Mr Bosco avait l'intention de vendre la Collection à un Mr Truman Roth, un homme dont la famille a fait fortune en détruisant la planète et qui prétend maintenant vouloir la sauver. Pour mémoire, je voudrais qu'il soit noté que les papillons que Mr Bosco avait l'intention de vendre à Mr Roth ne sont pas – et n'ont jamais été – à lui. Ils ne lui ont pas été laissés en héritage. La seule raison pour laquelle ces papillons sont demeurés en possession de Mrs Bosco est qu'au moment de notre séparation, elle a menti, en m'affirmant qu'ils avaient été détruits dans l'incendie dont Mr Bosco semble avoir suggéré dans son récit décousu qu'elle était l'auteur. Un incendie dans lequel j'étais convaincu d'avoir perdu environ cinq mille spécimens en sachets, y compris un ensemble de vingt-quatre morphos bleus à cinq ailes qui constituaient à l'époque une découverte scientifique majeure.

Je pensais ne jamais plus les revoir !

— Cette collection comprend vingt-trois nouvelles espèces ainsi que les dix-neuf plus rares papillons au monde. Ils ont été capturés sur la commande et avec l'aide financière du musée de la Smithsonian, et c'est là que se trouve leur place légitime. En vérité, ces papillons n'appartiennent pas à Mr Bosco. Non plus qu'à moi. Ils sont la propriété de la nation. Et mon vœu formel est que la Collection aille à son propriétaire légitime. Je comprends bien que ce litige de propriété va bien au-delà des attributions de cette audience, monsieur, mais on m'a informé qu'il fait partie des attributions de la FWA de décider à qui doivent revenir les papillons confisqués. Et l'agent Moroni m'a assuré que la Collection complète serait retournée à son propriétaire prévu, avec effet immédiat.

Joe se mit à se balancer d'avant en arrière sur son siège. Il avait l'air sur le point d'exploser ou de s'enfuir.

Oh, Joe. Qu'ai-je donc fait ?

— Merci, Mr Wolff. Eh bien, tout cela paraît tout à fait simple. Le non-lieu est prononcé et Mr Bosco sera autorisé à quitter ce tribunal en homme libre. La FWA confiera les objets de contrebande au propriétaire original de la Collection au moment qui conviendra aux deux parties. Mr Wolff, souhaitez-vous ajouter autre chose ?

— Non, monsieur.

— Mr Bosco ?

Pauvre Joe. Il avait épuisé tous ses mots. Quelquefois, quand on reçoit de mauvaises nouvelles, on demeure incapable d'intégrer les informations. Elles restent là, anéantissent la réflexion. Je crois que Joe était comme ça à ce moment-là. Il restait là, muet. Son ancien moi n'était plus dans les parages. Ainsi qu'Edith l'avait décrit, son père était un homme effroyablement dénué de tout sentiment, compassion, remords, et de toutes les caractéristiques d'un cœur sensible qui affectent les gens comme vous et moi. Je ressentais son rejet de son fils comme un rejet de moi-même et de tous les autres. Je n'avais jamais vraiment cru Edith lorsqu'elle disait qu'elle abattrait son ex-mari si elle le revoyait, mais quand Shelby Wolff en eut terminé, je l'aurais abattu moi-même si j'avais eu une arme.

J'abandonnai la chrysalide effondrée de mon ami sur son siège et courus après son père, le rattrapant dans le couloir.

— Mr Wolff !

Même à mes propres oreilles, j'avais l'air hystérique. Pas étonnant que Moroni s'interpose entre nous deux.

— Vous ne l'avez même pas regardé ! Votre propre fils.

— Je crois que nous en avons terminé ici, Mr Jones, intervint Moroni, qui semblait incapable de cesser de sourire d'un air suffisant.

— Allez vous faire foutre ! lui dis-je, me sentant brusquement très anglais.

— Attention, Mr Jones.

— C'est bon, agent Moroni. Laissez-le parler.

Le père de Joe me regarda. Si j'avais pu prendre vingt ans de sa vie, je l'aurais fait !

— Comment avez-vous pu faire ça ? Après tout ce que vous avez dit quand nous nous sommes rencontrés.

Et tout ce que je vous ai dit. Et là, vous l'avez tout simplement ignoré. Votre fils !

— Mr Bosco a retrouvé sa liberté. N'est-ce pas ce que vous étiez venu me demander ?

— Joe ! Il s'appelle Joe !

— Je ne comprends pas votre colère, Mr Jones.

— Vous aviez dit qu'une fois l'audience terminée, vous rencontreriez votre fils et votre fille.

— J'ai dit que j'y réfléchirais. Et j'y ai réfléchi. J'en ai conclu que ce serait une mauvaise idée. Je ne le ferais qu'à cause de sentiments mensongers et d'une culpabilité mal placée. Et ce ne sont jamais là de bonnes raisons d'agir, Mr Jones.

— Vous êtes vraiment un monomaniaque.

— Ce sont les monomaniaques qui accomplissent les choses.

Un papillon peut peut-être battre des ailes à un endroit et provoquer un ouragan à un autre, mais mon agitation n'avait aucun effet sur cet homme. Un rocher m'aurait manifesté davantage de remords.

— Votre… votre fils est dans cette salle. Et vous ne voulez même pas lui parler ?

— Non.

Je fixai le père de Joe, sidéré. Cet homme qui avait passé sa vie à chercher et à étudier les magnifiques aberrations de ce monde avait raté la plus belle d'entre elles.

— Vous secouez la tête, Mr Jones. Mais cela vous est-il si difficile à comprendre ? Je suis venu récupérer ce que je pensais avoir perdu et ne plus jamais revoir.

Chapitre 24

Où je retourne à la maison pour la dernière fois

Je me rends compte que j'ai été contaminé par la maladie d'amplification de Joe, mais je n'ai jamais éprouvé autant de colère qu'au moment où son père s'est éloigné en ayant obtenu ce qu'il voulait, laissant son fils effondré sur une chaise, déshérité et abandonné une seconde fois. Les sages nous enjoignent de ne pas agir sous le coup de la colère, mais leurs proverbes et leurs aphorismes, leurs *bons mots* et impertinences ne servent à rien au moment de l'authentique colère. Bien entendu, la mienne n'était pas complètement vertueuse. J'admets qu'elle se nourrissait tout autant de ma perte que de celle de Joe. J'étais également en colère contre moi-même, car cette situation était de mon fait. À cause d'un vain besoin de plaire, d'une conviction naïve que je pouvais faire sortir Joe de prison et d'un désir orgueilleux de prouver que je pouvais conclure le deal, j'avais fabriqué un désastre. Sans mes interventions, les événements qui s'étaient déroulés auraient pu demeurer roulés, la merde balayée sous le tapis, le chat endormi toujours endormi, le cyclope dans sa caverne, etc. Une fois encore, j'étais resté un pas en arrière de ce qui se passait, et une fois encore, j'avais mal interprété les intentions de certains. Ma conscience moralisatrice était très claire à ce propos, m'enjoignant (d'une voix forte) de me racheter et (d'une voix plus douce que je choisis de ne pas entendre) de le faire dans les limites de la loi.

Lorsque je regagnai la salle d'audience, j'étais pratiquement en larmes. Le garde m'indiqua l'entrée d'un signe du pouce :

— J'ai fait sortir votre ami. Il n'a pas l'air en possession de tous ses moyens.

Je trouvai Joe assis sur un banc qui surplombait le parking. Penché en avant, les coudes sur les genoux, il se curait les ongles. Il contemplait ses pieds. Joe avait-il jamais baissé les yeux ? Il était toujours tellement occupé à regarder les hauteurs. Cela n'allait pas.

— Joe ? Je suis désolé. Vraiment. Je ne sais pas quoi dire.

Il ne répondit rien. Je ne sais même pas s'il pouvait m'entendre.

Je le conduisis à la voiture et l'aidai à s'installer à la place du passager, comme on aide une vieille personne ou un vétéran de guerre gravement blessé. Nous repartîmes pour les Catskills, et je me lançai dans une diatribe contre son père ; à quel point il avait effacé Joe, à quel point il avait échoué à tenir sa promesse envers moi.

Joe demeurait muet. Même pas un dee-dee-dee. Un Joe abattu et silencieux constituait une chose déconcertante : une créature qui n'était pas elle-même, comme un grand requin blanc ignorant les petites cannes d'un nageur ou un tigre effrayé par l'antilope. J'espérais encore à moitié que d'un instant à l'autre, il explose d'un grand sourire en disant : « Je plaisante ! » Un certain nombre de kilomètres me furent nécessaires pour me remettre et voir que c'était Joe qui avait besoin de consolation, et que mes doléances étaient secondaires. Je m'efforçai de battre le rappel de son cœur triste, de le sortir de sa catatonie. Je balançai des mètres de corde d'espérance dans le puits dans lequel il était tombé, escomptant qu'il se raccrocherait à l'une d'entre elles pour se hisser à la surface. Je parlai de la totale injustice de ce qui s'était passé. De ce qu'il avait été dépouillé de son héritage – par son propre père ! De ce qu'il avait été le véritable père de la famille, le gagne-pain-et-papillons. Je fis la liste de tout ce qu'il y avait de singulier chez lui, affirmant à quel point j'étais fier de lui, et en disant cela, j'étais convaincu de la véracité de tout. Il demeurait néanmoins silencieux, le regard perdu en lui-même. Désespéré, je me mis à chanter son thème principal :

— « Achèterez-vous tous mes papillons
Des quatre coins du monde ?
Je vous les ai épinglés pour que vous les voyiez
Combien croyez-vous qu'ils valent ? »

Rien. Je trouvai une station de radio qui jouait de la musique country, et j'accompagnai les chansons de mon pire accent américain, mais il n'en demeura pas moins hors de tout contact radio. J'avais souhaité que Joe devienne réel, mais pas *trop* réel. Pas à ce point. Où es-tu passé, Butterfly Joe ? Je t'en prie, reviens. J'ai besoin de toi.

— Joe ? Dis quelque chose.

Toujours pas de mots. On aurait dit un insecte assommé. Un papillon pris au piège, et j'étais incapable de le libérer. Peut-être ne le désirait-il pas. Peut-être avait-il besoin d'être vaincu, d'aller jusqu'au bout de lui-même. Peut-être était-il fatigué d'être le Chat chapeauté ; fatigué d'être tout ça. Il était facile d'oublier le monceau d'énergie qui devait être nécessaire simplement pour être en permanence Butterfly Joe.

Je décidai de le laisser tranquille un moment. Il allait rebondir ; il rebondissait toujours de ses déboires et déceptions. À notre première rencontre, je l'avais cru affligé d'une surabondance d'espoir déraisonnable ; quelque chose que je voyais comme un état spécifiquement américain. Mais il portait cet espoir déraisonnable avec lui partout où il allait, même quand les autres doutaient de lui. Comme dans la fameuse plaisanterie attribuée à Ronald Reagan mais en réalité bien plus ancienne, il demeurait le gamin pauvre super-optimiste qui dit : « Avec tout le crottin de cheval qu'il y a par ici, il doit bien y avoir un poney quelque part. »

Pendant encore quelques kilomètres, je fredonnai une mélodie de ma composition. Lorsqu'il parla enfin, il paraissait différent :

— Il n'a rien dit de mon costume.

J'eus envie de rire, mais Joe énonça sa phrase avec la gravité d'une profonde révélation.

— Je me disais qu'il aurait pu… au moins le remarquer. Enfin, ça n'a pas d'importance. Ils n'en valaient pas la peine. Les papillons n'en valaient pas la peine. Après tout ça.

— Qu'est-ce que tu veux dire ?

— J'aurais dû laisser la malle dans l'incendie. Et j'aurais dû sortir M'man à la place, au lieu de retourner chercher les bestioles.

— Tu ne peux pas t'en vouloir, Joe. Tu avais cinq ans !

— J'aurais pu lui épargner d'être blessée. Et j'aurais dû.

— Tu essayais de faire ce qu'il fallait. Ton père avait donné une instruction.

— Il s'est révélé que la personne qui l'a donnée ne valait pas la peine d'être écoutée.

Joe paraissait différent parce que l'artifice avait disparu. Il n'essayait plus de me vendre quoi que ce soit. Sa voix avait baissé d'une octave. Le ton était doux, plein d'acceptation, presque résigné. C'était comme si sa rencontre avec son père l'avait obligé à poser ses assiettes, laisser tomber son numéro.

— Peut-être qu'il se vengeait de M'man.

— Pourquoi ?

Joe se mit à libérer d'autres souvenirs, qui avaient dû rester enfouis là quelque part, incapables de rejaillir jusqu'à maintenant.

— Parce que M'man était sortie avec un autre homme. Pendant qu'il n'était pas là. Je ne lui en tiens pas rigueur. Elle l'a rencontré dans un bar. Un chauffeur routier. Pas le genre de M'man. Pas du tout. Je ne l'aimais pas, bien qu'il soit gentil avec moi. Mais elle ne voulait pas être avec lui. Je suppose qu'elle se sentait simplement seule. Le soir où mon père a appelé pour dire qu'il partait, elle a essayé de saccager son bureau. Je ne crois pas qu'elle ait voulu mettre le feu, mais elle voulait lui faire du mal. M'man a menti à propos des papillons. Elle lui a dit qu'ils avaient été détruits dans l'incendie, et ça, peut-être que ça n'était pas bien.

— Il ne méritait pas de les récupérer. Ta mère n'exagérait pas. C'est un monstre. J'aurais dû faire confiance à ta mère. Je suis tombé dans le panneau, je l'ai cru sur parole, dis-je. Je suis tellement bête.

— Tu as bien fait de le croire sur parole, Rip. Il faut croire les gens sur parole, sinon tu te retrouves pris dans une spirale cynicalistique.

— Mais tu les as sauvés. Ça fait qu'ils sont à toi. Non ?

Joe eut un signe de dénégation.

— Peut-être est-il temps de les laisser partir.

Quelque chose d'important était en train de lui arriver, mais j'étais tellement pris par les besoins de ma propre saga, à forger l'issue que je désirais, que je ne rendis pas tout à fait justice à ce moment.

— Tu ne le penses pas vraiment. À propos des papillons ?

— Si, je le pense.

— Tu vas laisser la Collection lui revenir ?

— Je veux en être libéré. Ils ont été comme une sorte de malédiction.

Je secouai la tête :

— Mais… ce ne serait pas juste, Joe. La justice ne serait pas rendue.

— Les lois de l'homme ne rendent pas toujours la justice, Rip. Ils vont aller à la Smithsonian. Peut-être est-ce là qu'ils auraient dû être tout ce temps.

— Alors, qu'est-ce qu'on va faire ?

— Rien.

— Rien ? On débarque juste et on dit à ta mère que les papillons retournent à ton père, et qu'on laisse tout tomber ? Elle ne les rendra pas sans se battre.

— Elle a pas le choix.

— Voyons, Joe ! Ça n'est pas le Joe que je connais qui parle.

Il secoua de nouveau la tête.

— Rip, j'ai entrevu là-bas une chose que je ne veux plus jamais revoir. J'ai senti les flammes et puis la glace. Et puis un néant paralysant. J'ai senti ce que c'est de ne pas exister. De ne plus jamais être ! Et de n'avoir jamais rien été d'autre que « ce que nous en faisons » et que notre perception des choses. Un lieu où il n'y a pas de vérité supérieure, et où la Mort et le Diable l'emportent. Mais c'est OK. Quelquefois, il faut voir l'autre côté d'une chose pour savoir ce qui compte.

La personnalité de Joe était assez forte pour tout plier, et à sa volonté, et au bien – deux éléments qu'il pensait coïncider la plupart du temps. Mais à présent, il paraissait avoir fini d'essayer d'adapter les choses à sa narration préférée, à les tordre pour leur faire adopter une forme comique. Penser – ne serait-ce que quelques instants – que l'univers était un espace indifférent sans Dieu et que la comédie fondamentale de l'existence était une illusion à jamais fracassée par des rochers lancés au hasard par un cosmos insoucieux n'était peut-être pas une mauvaise chose pour lui. Car c'est peut-être véritablement cela. Mais j'avais besoin de son espérance. Et j'avais besoin que *lui* croie à tous ces trucs, même si moi, je n'y croyais pas.

— On ne peut pas le laisser gagner, Joe.

— J'en ai fini avec les bestioles.

J'étais aveugle à ce qui se passait réellement. Je continuais de charger en direction des flammes comme une phalène stupide, mais lui voulait temporiser ; il n'était pas disposé à combattre ce qu'il ne pouvait pas vaincre et à continuer de chasser quelque chose qu'il ne pouvait pas attraper. Aux dernières heures de nos aventures, Joe Bosco voyait les choses avec bien plus de lucidité que moi.

Lorsque nous atteignîmes les grilles principales, il me revint qu'Edith m'avait interdit de jamais les franchir de nouveau.

— Ta mère m'a dit qu'elle me tuerait si elle me revoyait, Joe.

— Tu as vu trop de films, Rip. C'est de la poudre aux yeux, avec elle. M'man ne ferait pas de mal à une mouche.

C'était peut-être vrai, mais nous n'avions pas compté avec le fait qu'Edith serait en avance sur nous. En avance de vingt ans.

— Le ciel est rouge, ce soir, remarquai-je.

Une lueur de crépuscule orangé éclairait le sommet des arbres, formant un foyer au milieu des pourpres, noir et marron du ciel de part et d'autre. Mais ces signes dans le ciel – que je pensais interpréter couramment – étaient trompeurs. Encore une fois, j'échouai à voir la forêt de la réalité pour ne distinguer que les arbres des symboles et des images.

— Ce n'est pas la tombée du jour, objecta Joe. Le soleil est derrière nous.

Il avait raison ; je distinguais le soleil en train de baisser derrière les Catskills.

— Sans doute le feu de jardin de Clay, suggéra-t-il avant de se redresser brusquement.

— Qu'est-ce qu'il y a ?

— Regarde !

Il pointait le doigt devant nous, à la lisière du capot de la voiture. Un morpho bleu venait d'atterrir en plein milieu, au sommet du radiateur. Les ailes déployées, on aurait dit le bouchon de radiateur chatoyant d'une nouvelle automobile. Un miracle à ce moment de l'année et sous ce climat ! Le morpho solitaire s'envola dans l'air froid, où nous distinguâmes l'éclat brillant des ailes d'un autre morpho bleu, puis un autre, et encore un autre. Ils voletaient en lignes désorientées, à la recherche de la lumière du jour. Un mini-essaim de papillons relâchés de leur serre tropicale dans le froid mordant de cette soirée des Appalaches.

— Alors ça, quelles sont les probabilités… dis-je.

Joe en comprit la signification.

— Quelqu'un a laissé ouverte la porte de la ferme des papillons. Arrête-toi. Je vais y aller. Toi, continue.

— Mais je ne peux pas, Joe. Pas sans toi.

— N'ai pas peur. Je te rejoins au manoir.

Joe partit en direction de la ferme des morphos, de sa démarche dont les longues enjambées avalaient le chemin, transportant sa grande carcasse sur deux fois la distance d'un mortel ordinaire. Tout en marchant, il écarta les bras et se mit à rassembler les papillons sur le chemin du retour vers la pépinière, les ramenant au bercail. Et puis il disparut. Je scrutai un moment l'endroit où il s'était évanoui, puis poursuivit ma route en encourageant la Chuick :

— Allez, la belle.

J'avais à peine franchi une quarantaine de mètres que je distinguai deux silhouettes courant dans l'allée dans ma direction. C'était Isabelle avec Celeste. Isabelle cramponnait la main de Celeste, qui cramponnait sa poupée par les cheveux, comme deux réfugiées fuyant un violent conflit. Je sortis pour les accueillir, et Celeste m'étreignit. Elle sanglotait.

— Mama Edith est devenue folle.

Isabelle, le souffle coupé, les yeux rougis de larmes – et peut-être par la fumée –, s'exprima d'une voix rauque et brisée :

— Elle est en train de les brûler. Je n'ai pas pu l'en empêcher. Où est Joe ?

— Il est… Attendez. Elle est en train de brûler la Collection ?

Isabelle acquiesça et reprit son souffle, s'étouffant d'émotion. Je sentais sur sa peau le résidu de papillons brûlés. Dans cette situation, la chose raisonnable – celle que Llew Jones aurait faite – aurait été de faire grimper Isabelle et Celeste dans la voiture et de partir à toute vitesse, abandonnant Edith et les autres à leur sort. Mais il y avait maintenant un moment que le raisonnable n'était plus mon ami ni mon confident, et j'étais toujours persuadé de pouvoir l'emporter.

— Je dois l'arrêter.

— C'est trop tard. Ne va pas là-bas, Rip, je t'en prie.

— Elle ne peut pas les détruire !

— Rip ! Tu ne peux pas l'en empêcher.

— Va chercher Joe, je continue.

L'idée de ces dollars partant en fumée était douloureuse. Chaque seconde de retard signifiait une autre rareté en flammes. J'étais encore si sûr de moi, de ma capacité à tout arranger, que je poursuivis ma route.

En atteignant la maison, je distinguai la source du faux coucher de soleil : le feu de Clay, brûlant plus haut et plus fort que jamais. Il brûlait apparemment autre chose que des feuilles, car j'aperçus une chaise dans la lueur orangée. Le pick-up Ford de Clay était garé à côté des remises, avec un container empilé haut recouvert d'une bâche, le poids des meubles faisant pencher la voiture, lui donnant l'air du véhicule d'un de ces fermiers de l'Oklahoma partant s'exiler en Californie pendant la Grande Dépression. La fenêtre de la bibliothèque était ouverte, et un nuage de fumée s'en échappait en tourbillonnant dans le ciel pourpre. À l'intérieur se distinguait dans la fenêtre le reflet d'une flamme. Il y eut un bruit de verre brisé. C'était là une opération de brûlis, une politique de la terre brûlée. Abandonnez vos terres, mais brûlez tout ce qui a de la valeur avant l'arrivée de l'ennemi.

J'inspirai profondément. Le Walther de Mary était encore dans la boîte à gants. Je n'avais jamais utilisé d'arme, mais cela ne devait pas être bien difficile. Il était frais, solide, et d'un poids satisfaisant dans la main.

Je trouvai le cran de sûreté, armai le chien, ouvris la chambre. (Bien que je ne sois pas sûr qu'il s'agisse là des termes exacts pour ce que je faisais.) J'agrippai le pistolet et sortis de la voiture. Aucune trace des chiens. Je courus vers la maison, me ruai dans l'escalier en direction de l'écho des cris et du verre brisé et de l'odeur de brûlé, brandissant une arme dont je n'avais aucune intention de me servir, effectuant des gestes que j'avais appris dans des centaines de films policiers et de westerns, plié en deux, plein d'une anticipation assurée. J'atteignis le sommet des marches, où je tombai sur Clay qui remontait le palier avec deux jerricans d'essence vides. À ma vue, il s'arrêta, posa calmement les jerricans, puis leva la main comme un agent de la circulation pour me couper la route.

— Vous n'êtes pas le bienvenu ici.

— Ne faites pas ça, Clay.

— Vous feriez mieux de faire demi-tour et de partir. Ou bien je vous étripe comme une truite.

Clay avait toujours fait preuve de déférence envers moi, mais à présent, il avait laissé tomber tout le simulacre du domestique modeste et humble. Il s'était même passé de mon nom, et le plus intéressant, c'est qu'ayant tranché dans les préfixes religieux écœurants, il était bien plus crédible. En fait, je préférais le vrai méchant Clay au faux gentil Clay.

Un nouveau fracas s'éleva à l'intérieur de la bibliothèque.

— Pourquoi faites-vous ça ? dis-je en m'éclaircissant la voix pour tenter de dissimuler ma peur.

— Elle ne va pas les laisser lui revenir.

— Elle ira en prison pour ça. On pourrait tous se retrouver en prison.

— Vous n'allez pas au-delà de cette ligne.

Clay était deux fois plus âgé que moi, mais il était en forme, maigre et aguerri. Il me maîtriserait facilement dans un corps à corps. Mais – et c'est ça le plus beau – j'avais quelque chose qui me rendait bien plus puissant que lui : une arme ! Oui. Joe avait raison : les armes dotent les imbéciles et les trouillards de super-pouvoirs. Et j'étais au moins l'un de ces deux-là. Je pointai le pistolet vers la tête de Clay. J'aimerais pouvoir dire que j'ai prononcé une phrase cool. Du genre : « Écarte-toi de mon chemin, fils de pute ! » Mais j'étais trop nerveux pour accoucher d'une réplique convenable, et me contentai d'un : « Dehors ! » Clay me prit au sérieux ; il leva les mains et s'écarta. Ce dont je suis ravi – tout autant pour moi que pour lui – car ne serait-ce que l'excitation de ce simple mot avec l'arme à la main me donnait un tel sentiment de détenir la justice que le moindre soupçon de résistance aurait pu m'amener à agir. Ce qui m'aurait attiré encore davantage d'ennuis que ceux dans lesquels je m'apprêtais à plonger.

— Miss Edith avait raison à vot' propos. Vous êtes rien qu'un malfaisant. Le Seigneur se vengera.

— Je compte sur le fait qu'Il ait un meilleur sens de la justice que vous. Maintenant, sortez de cette maison. Ou je vous abats. Et si vous lâchez les chiens, je les abattrai aussi. Ce qui serait un plaisir.

J'aimais bien mon moi armé. Les armes confèrent vraiment à quelqu'un un sentiment temporaire d'amour-propre. Je sentais autour de moi ce champ de force, projetant pouvoir et assurance. Quel dommage que mon public se soit réduit à une personne. J'attendis que Clay ait descendu l'escalier, quitté la maison et refermé la porte derrière lui.

Je ne sais toujours pas complètement pour quelle raison je pénétrai dans la bibliothèque ni pourquoi j'éprouvais ce besoin forcené (assez pour risquer ma vie) de sauver ces papillons. Peut-être étais-je doté de l'intrépidité-qui-pousse-à-traverser-les-flammes de celui qui est déjà condamné. Sauver la Collection juste pour la Collection avait quelque chose à y voir : l'idée de son incinération, que plus personne ne puisse jamais les voir, et le dur labeur d'Isabelle réduit à néant. Je crois aussi que je voulais sauver Edith. Aussi bien de sa propre personne déchaînée que de la justice. Et bien entendu, j'entretenais toujours l'espoir insensé de sauver le deal. Mais ce que je voulais véritablement sauver, c'était moi-même. Ma réputation. Dans ces derniers instants explosifs, j'amalgamai d'une certaine façon le sauvetage des papillons à celui de mon nom.

Quel spectacle : Elijah, perché au sommet d'un escabeau, tirant les tiroirs supérieurs des vitrines pour les faire tomber par terre avec fracas ; des papillons jonchant le sol partout, pour certains au plat, pour certains, tournés ; Edith debout à côté d'un baril d'essence, que Clay avait dû traîner là depuis le jardin derrière, ramassant les spécimens libérés et les jetant dans le baril comme des feuilles mortes dans le feu, leurs couleurs offrant un dernier éclat de ravissement avant de disparaître dans le bûcher. L'odeur était tout à fait particulière – piquante, comme du pin brut – et la chaleur ahurissante. Edith, les cheveux noués sous un fichu vichy, portait des gants de jardin et un débardeur qui révélait des épaules nues et des cicatrices nées de l'incendie qu'elle avait provoqué vingt ans auparavant. Elle n'avait jamais eu autant l'air d'une native des Appalaches. S'appuyant sur une béquille, avec son bandeau sur l'œil, on aurait dit un pirate fou pyromane, prenant un plaisir dément à jeter les spécimens dans les flammes, s'interrompant de temps à autre pour déchiqueter les ailes, et marmonner une sorte de dernier sacrement. L'écho du verre se brisant sous les pieds et le crépitement de milliers de thorax en feu dans la fournaise ajoutaient bruits et fureurs à la hauteur de la folie du moment.

— Edith !

Elle était tellement absorbée par son rituel qu'elle ne s'aperçut pas de ma présence, jusqu'à ce que je hurle son nom pour la troisième fois. Lorsqu'elle leva enfin les yeux sur moi, elle parut sereine.

— La Mouche du coche. C'est toi ?

Elle balança dans les flammes un papillon rose et noir.

— Tu as l'air un peu choqué, Mouche du coche. Un peu déçu. Comme si tu n'avais pas obtenu ce que tu espérais ; comme si tu ne savais pas à quoi tu avais affaire ici.

— Edith, je vous en prie. Pourquoi faites-vous ça ?

— J'aurais dû laisser flamber ces enfoirés il y a vingt ans.

— Ne faites pas ça, Edith. Vous allez vous retrouver en prison. C'est de la destruction intentionnelle. Ça n'en vaut pas la peine. Il n'en vaut pas la peine ! Vous aviez raison à son propos. Shelby se fiche pas mal des gens. Sauf de lui-même. Mais vous n'êtes pas comme ça. Vous vous en souciez, je le sais.

— Écoutez-moi ça ! Vous voilà éclairé, maintenant. Ce n'est pas juste à propos de ce fils de pute. C'est à propos de ces maudits papillons.

Bien entendu, il n'y avait pas là qu'Edith refusant à Shelby ses papillons. Elle avait peut-être fait un bûcher des vanités de son mari, mais elle construisait également le bûcher funéraire de son propre malheur, se débarrassant de l'objet qui était la source et la réserve de ses ennuis et de ses souffrances. En détruisant les papillons, elle brisait la malédiction et se libérait du passé.

— Il y a une chose pour laquelle je veux te remercier, Mouche du coche.

J'attendis le compliment inattendu.

— Je veux te remercier pour avoir déclenché cet incendie.

— Je ne suis pas responsable de ça, plaidai-je faiblement.

— Oh, celui-là, je te le mets sur le dos, Mouche du coche. C'est toi qui as mis le feu. J'ai des témoins.

Je voyais Elijah me regarder du haut de son escabeau. Effrayé et partagé sur ce qu'il devait faire ensuite.

— Elijah ! S'il te plaît. Arrête.

Il me regarda, il regarda Édith, puis le pistolet que je brandissais. Qu'il ait l'air effrayé me faisait encore plus peur. Il y a des gens qui peuvent manipuler une arme comme si c'était aussi banal qu'une brosse à dents. Mais je n'en faisais pas partie, et mon arme tremblait, et ma main tremblait à tenir ce pistolet que je pointais sur mon ancienne hôtesse, la mère de mon bon et cher ami, Joseph Bosco, une femme que j'admirais, et pour laquelle j'éprouvais même de la sympathie, en dépit de tout ce que je savais sur elle et de ce qu'elle était en train de faire. Elle savait que je ne me servirais pas de ce pistolet ; et même si elle avait pensé le contraire, je ne crois pas qu'elle s'en soit souciée. Elle avait franchi ce cap-là. À tel point que mon injonction d'arrêter ce qu'elle était en train de faire fut totalement ignorée, et que la répétition de l'injonction n'eut pour autre résultat que de la faire rire. De toute façon, il était trop tard. Tous les tiroirs étaient vides. Toutes les boîtes brisées. Et un millier de spécimens déjà dans le bûcher. La chaleur et la raréfaction de l'air rendaient la réflexion difficile. Je n'avais jamais pris la mesure de l'absence de pardon d'Edith, son sentiment de rage.

Mais là, je savais que rien ne l'apaiserait. Ni la restauration de ses traits défigurés. Ni même la remontée dans le temps. Je crois que la rage était devenue partie intégrante d'elle-même. C'était son identité. Et elle voulait également brûler cela.

J'étais incapable de lui tirer dessus. La seule chose que je puisse faire sans la tuer, c'était de renverser ce fichu fourneau, qu'elle ne puisse plus brûler ce qui restait de la Collection. Cela paraît aujourd'hui une suite de réflexion logique, mais sur le moment, cela ne se passa pas comme ça. Je me représentai flanquant un coup de pied pour renverser le baril, et – à la même seconde – je balançai effectivement un coup de pied. Je me précipitai et le poussai sur le côté pour qu'il ne bascule pas sur elle. Avec pour résultat qu'il tomba en direction de l'alcôve, et que le contenu – bois, papillons brûlés, papier – se renversa sur le tapis et vers les grands rideaux de soie. Je n'eus pas le temps d'empêcher le feu de les embraser, car Edith se jetait sur moi, un éclat de verre provenant d'une boîte démolie à la main. Je reculai, m'efforçant d'avoir l'air de quelqu'un qui allait vraiment tirer un coup de feu du pistolet que je pointais toujours lamentablement sur elle avec le cran de sûreté encore mis.

— Je vais le faire, dis-je.

— Tu n'as pas les couilles.

Ce qui se raconte est vrai, quand on affronte une situation qui menace sa propre survie, le temps semble se ralentir et quasiment s'arrêter. Peut-être était-ce la chaleur intense, et l'imminence du désastre complet, mais j'éprouvai quelque chose comme une lucidité terminale, cette clarté ultime dont on dit que les malades l'expérimentent dans les heures qui précèdent la mort. En dépit de la situation périlleuse (ou peut-être à cause d'elle), j'avais la certitude que j'étais là – à cet endroit, à cet instant – pour une raison, que tout ce désordre serait remis d'aplomb, que la violence et la destruction se transformeraient en quelque chose de bon, que selon les paroles du prophète Isaïe, il y aurait la splendeur au lieu de la cendre. Alors, presque exactement au moment où j'étais saisi de cette révélation, je vis des étoiles et des couleurs illuminer un arrière-plan de velours noir.

— Rip ?

— Llew.

— ?

— Je suis redevenu Llew. Je vais demander à l'aumônier de la prison de me débaptiser.

— OK. Llew.

— Je sais. Moi non plus, ça ne sonne pas bien à mes oreilles. Mais je me suis dit qu'en revenant à mon ancien nom, je connaîtrais peut-être un changement de fortune. Si je récupérais mon vieux moi ennuyeux. Rip n'apportait que des ennuis. Il pensait pouvoir sauver tout le monde. Que ses actions n'avaient pas de conséquences sérieuses.

— Je crois que Rip s'est efforcé de faire un peu de bien, non ?

— Pas vraiment. Il s'est mêlé de tout et s'est brûlé les doigts. Votre mère avait raison à ce propos. Enfin, bref, c'est agréable de vous voir, Iz.

— Désolée qu'il se soit écoulé autant de temps depuis ma dernière visite. Ç'a été difficile. Avec Ceelee. Mais j'ai trouvé une école pour elle, et ma cousine nous accueille aussi longtemps qu'il sera nécessaire. Au moins jusqu'à ce que je rentre à l'université.

— Vous avez obtenu une place ?

— À Yale.

— Iz, c'est merveilleux. Une bourse, et tout le reste ?

— Oui.

— Eh bien, c'est… génial.

— Merci. Vous en êtes en partie responsable.

— Comment cela ?

— Vous m'avez remise en question. Quand vous avez dit que je devais arrêter de materner tout le monde. Vous voyez. Rip n'était pas si mauvais que ça. Et Ceelee l'aimait bien.

— Comment va le petit lutin ?

— Elle dessine beaucoup depuis que nous avons quitté la maison. Surtout des incendies et des papillons. Elle vous a fait un dessin.

— Je vois qu'elle m'a mis derrière les barreaux.

— Mais elle vous a donné un stylo.

— Pour crocheter la serrure ?

— Peut-être est-ce prophétique.

— Je devrais me sortir de l'emprisonnement par l'écriture ? Comme un de vos Russes.

— Vous avez l'air un peu russe. Avec vos cheveux roux et cette fine moustache.

— Tolstoï ou Dostoïevski ?

— Gogol, plutôt.

— Un type beau ?

— Intelligent. Charmant.

— Pourtant, ces choses-là ne suffisent pas, pour vous.

— …

— Je n'ai jamais été de taille avec vous, Iz. Comme avec Mary, d'ailleurs. Je ne méritais aucune de vous deux. Et je vous ai traitées toutes les deux avec… j'ai été négligent.

— Je suis désolée.

— Ne le soyez pas. S'il y a bien une chose que fait la prison, c'est vous dépouiller de votre ego. Elle vous montre qui vous êtes. J'ai eu le temps de découvrir un certain nombre de vérités à mon propos – et de me faire pousser la barbe.

— Qu'avez-vous découvert ?

— Que je ne peux pas avoir de barbe.

— En fait, cela vous va bien.

— Bon. L'autre chose fabuleuse en prison, outre la barbe et la réflexion sur la couleur trouble de mon âme, c'est le temps que j'ai eu pour lire. J'ai lu vos Grands Russes. « L'homme est une créature qui peut s'habituer à tout ! »

— Dostoïevski.

— Oui. Et c'est vrai. Je me suis adapté. Je suis devenu comme l'une de ces phalènes du bouleau que vous m'avez montrées. Qui se confond avec la saleté.

— C'est votre confession là, sur la table ?

— Oui.

— Vous avez beaucoup écrit. Ça paraît presque russe !

— Joe avait raison. Il y a un temps pour lire des histoires et un temps pour inventer des histoires ; mais il y a aussi un temps pour les écrire.

— Vous avez fini ?

— Presque. Pourquoi ?

— J'ai des nouvelles. Je peux m'asseoir ?

— Pardon. Mes manières se sont perdues dans cet endroit. Tenez.

— Mary a fait son apparition – chez ma cousine.

— Oh.

— Elle veut effectuer une déposition. Témoigner que vous n'étiez pas responsable de l'incendie.

— Vraiment ?

— Vraiment.

— C'est plus de pardon que je n'en mérite.

— C'est bien le but. Du pardon.

— Qu'est-ce qui l'a fait changer d'avis ?

— On a procédé à ce test sanguin. Celui que vous aviez suggéré.

— Et ?

— Nous ne sommes pas du même père. Non que cela ait une quelconque importance. Ce qui compte, c'est qu'elle sache la vérité. Nous savons la vérité. Mais sa fidélité à la version des événements de M'man s'en est trouvée relâchée.

— Elle est disposée à soutenir ma version ?

— Elle veut témoigner que les papillons ont été détruits dans l'incendie, et que c'était un accident. Elle voudrait que vous fassiez de même. Si nous affirmons qu'il s'agissait d'un accident, alors mon père ne nous intentera pas de procès. Et personne ne sera condamné.

— Lui, c'est vraiment quelque chose. Vous l'avez vu ?

— Non.

— Vous lui avez pardonné ? Après ce qu'il a fait ?

— Je n'ai pas le choix. Vous connaissez mes convictions.

— C'est impressionnant. Je serais incapable de croire en un Dieu qui pardonne quelque chose comme ça.

— À quelle sorte de Dieu voudriez-vous croire ?

— Je ne sais pas. Un Dieu qui prodigue la foudre. Qui se venge. Ou bien qui égalise les choses.

— À présent, vous avez l'air d'un de ces pasteurs que Joe passe son temps à tourmenter.

— Joe.

— Il vous manque.

— Il me manque. Comme personne ne m'a jamais manqué. Il s'est mis à hanter mes rêves. Presque toutes les nuits. Il déboule sans y être invité. Comme pour dire : « Bon sang, quel rêve ennuyeux. Je vais le rendre plus intéressant. »

— Moi aussi, il me manque.

— Son espoir me manque. Il était tout à fait incapable de résister à l'espoir. Sauf peut-être cette unique fois – après l'audience. Tout est ma faute, Iz. Rien de tout cela ne serait arrivé sans moi… qui essayais en fin de compte de tout réparer.

— Vous ne pouvez pas vous rendre responsable de ce qui s'est passé.

— Si, je le peux. J'ai créé un désastre. J'ai tout gâché, pour vous tous.

— Vous nous avez aidés à nous libérer.

— Sauf Joe. Je l'ai peut-être vraiment tué.

— Vous ne l'avez pas tué.

— Je me suis fourré dans une situation dont j'avais besoin d'être sauvé. Et il m'a sauvé.

— Oui.

— Mais vous ne croyez pas qu'il soit toujours en vie, n'est-ce pas ?

— Je l'ignore.

— Ils n'ont pas retrouvé de corps.

— Non.

— Et ça ressemble tout à fait à Joe de disparaître.

— Je suppose.

— Et quelqu'un m'a sauvé.

— C'est vrai.

— Voilà mon espoir. Qu'il soit vivant. Et je vais continuer à y croire jusqu'à ce qu'ils découvrent un corps. OK ?

— OK.

— OK.

— Vous l'aimiez vraiment, n'est-ce pas ?

— « Aimez ». Au présent. L'amour ne se met pas au passé.

— Oui. L'amour.

VI

Un feu violent gronde
Au cœur de cette maison
Ses flammes lèchent
Ceux que nous aimons le plus
Et brûlent les cœurs
De ceux que nous avons perdus
Et réduisent leurs trésors
D'or en poussière.
Mi-monstre
Mi-mère
Deux demi-sœurs
Pour un demi-frère
Il rugit, sermonne
Brûle et hurle
Il grille nos rêves
Impossible à éteindre !
Et dans ces flammes
Je l'ai vu entrer
Pour sauver la peau de mes fesses
À défaut de mon âme ;
Pour s'emparer d'une chose
Plus précieuse que l'or
Que cette histoire
Puisse être contée

Épilogue

Un an s'était écoulé depuis que j'avais fait la connaissance de Joe Bosco et de sa demi-sœur, Mary-Anne, aux Kaaterskill Falls ; et six mois depuis que je m'étais réveillé pour me retrouver à l'établissement pénitentiaire d'Hudson, dans l'État de New York. Le coup que j'avais reçu à la nuque (administré par Mary avec la crosse de Besse, le fusil de chasse) avait provoqué une pause, transformant les secondes en années et donnant aux années l'allure de secondes ; pendant plusieurs jours, je demeurai dans une compréhension confuse de ce qui s'était passé, comme enveloppé dans un de ces brouillards ensorcelants des Catskills. J'avais l'esprit débordant de visions envoûtantes de ces dernières secondes de fournaise au manoir. À un moment donné, j'affrontais une Edith brandissant un éclat de verre, le moment suivant, je gisais dans l'allée, sur le côté, la maison en feu, dégageant tant de chaleur que je sentais les poils de mes bras roussir. Je voyais un homme – ou la silhouette d'un homme – s'engouffrer dans la maison ; j'essayais de lui crier l'évidence – que la maison était en flammes et qu'il allait probablement mourir – mais les mots demeuraient coincés dans ma gorge. Lorsque je revins à moi, dans l'aile médicale de la prison d'Hudson, on me raconta que j'avais à plusieurs reprises crié le nom de Joe, et insisté pour que les médecins empêchent mon ami d'entrer dans le brasier. Un médecin m'affirma – ce que je voulais croire – que cette vision était sans doute le résultat du coup sur la tête, et que je n'avais probablement vu personne pénétrer dans le manoir en flammes. Après avoir été soigné pour le choc et la commotion cérébrale, on m'informa que j'étais détenu car suspecté d'incendie volontaire et de destruction gratuite de propriété de l'État. La FWA et Shelby Wolff m'accusaient d'avoir détruit la Collection, accusation d'autant plus crédible que j'étais la seule personne retrouvée sur les lieux, et qu'on m'avait entendu lancer à Shelby Wolff à l'audience que si je pouvais y faire quoi que ce soit, « il ne reverrait jamais ces bestioles ! ». Les jours passaient lentement en prison, et les semaines s'écoulèrent rapidement jusqu'à ce que, au sixième mois de mon incarcération, Clay soit repéré par le tenace agent Moroni dans un parc pour caravanes à Tucson, où Edith et lui s'étaient lancés dans une nouvelle entreprise, la vente de fleurs séchées. Après interrogatoire, Clay suggéra que l'incendie était probablement accidentel. Déclaration confirmée lorsque Elijah surmonta son monosyllabisme et témoigna, disant penser que le feu avait été provoqué par l'inflammation des matériaux de conservation de la Collection. Edith se refusa à articuler le moindre mot à propos de mon innocence ou de ma culpabilité. Mais toutes les inculpations accumulées sur ma pauvre tête furent en définitive abandonnées lorsque Mary (contre toute attente, et tout ce que je méritais) témoigna que l'incendie était déjà déclenché avant que je ne débarque à la maison, et je fus relâché presque un an jour pour jour après mon arrivée en Amérique.

J'avais souvent rêvé de la liberté au cours de mon séjour en prison, et mes rêves m'avaient souvent déçu ! Lorsque ma véritable libération se produisit, elle sembla irréelle. On m'avait accordé un sursis, mais je ne ressentais aucune joie. Aucun espoir renouvelé après le désespoir, ou « résespoir » (le mot que Joe avait utilisé lorsqu'il m'avait visité dans mon rêve). En prison, j'avais au moins trouvé une nouvelle raison d'être – une nouvelle signification – à l'écriture de ma confession ; et j'avais eu le temps de réfléchir à ces événements, et à ce qu'ils disaient de l'état de mon âme. Et bien qu'il ne se soit pas trouvé avec moi en personne, j'avais conservé Joe vivant dans mon imagination et à travers les mots de ma déclaration. D'ailleurs, Joe avait été si présent en moi dans ma reconstruction quotidienne des événements, qu'une fois le travail achevé, j'avais immédiatement ressenti son absence comme un décès ; j'étais seul et endeuillé, presque tenté d'inventer et d'écrire de nouvelles aventures simplement pour être de nouveau avec lui. En prison, j'étais convaincu que Joe allait apparaître d'un instant à l'autre pour me libérer une fois encore des chaînes de ma frustration existentielle, sinon de la prison elle-même. Je refusais de consentir à la perspective que mon ami soit, ainsi que les autorités le déclaraient, disparu et présumé décédé, et même dans les premiers moments de ma libération, je demeurai dans l'attente. Franchissant les grilles de la prison, j'espérais le trouver là assis dans la Chuick, faisant ronfler le moteur et annonçant notre prochaine aventure. Mais cela ne devait pas être.

D'aucuns pensent qu'une seule grande aventure nous est autorisée dans l'existence – si on a de la chance. Lorsque je pris un car pour regagner la maison de ma tante dans les Catskills, je ressentais de l'abattement à l'idée que j'avais déjà vécu la mienne, et que la personne qui me l'avait offerte ne se trouvait pas dans les parages pour que je puisse la remercier ou m'en souvenir avec elle. Ma tante m'accueillit avec bonté. Sa gentillesse tête en l'air m'aida à alléger le temps passé en prison et les événements écoulés. Elle fit de son mieux pour me donner l'impression que j'avais à peine été absent, et que les six mois dans une prison d'État constituaient une bonne expérience, et du grain à moudre pour le moulin de l'écriture.

— Quelle épreuve tu as traversée, Llew. J'espère que cela ne t'a pas dégoûté de l'Amérique.

— J'adore ce pays. Je suis un Américain régénéré. Ce n'est pas fini entre l'Amérique et moi.

— Tu sais que tu peux rester ici. Visiter avec moi. Écrire davantage de livres.

— Je ne sais pas. À propos des livres.

— Mais tu as terminé celui que tu écrivais, n'est-ce pas ?

— Presque.

— Je pourrais peut-être le passer à quelqu'un. Je connais des gens – dans le milieu littéraire.

— C'est gentil, Julia. Je ne suis pas sûr que ce soit leur tasse de thé. Je ne sais même pas si ça compte comme un « livre ».

— En tout cas, j'aimerais le lire.

Une copie de ma confession – gentiment tapée par la sténodactylo de l'établissement pénitentiaire d'Hudson – reposait sur le bureau de la Grange aux Dix Mille Livres, à côté de la Remington sur laquelle j'avais entamé mon Américodyssée. Je ne l'avais pas lue depuis ma libération, et j'avais repoussé le moment de peur de détester l'écho de ce jeune homme prétentieux qui avait provoqué les ennuis de cette famille et avait eu l'orgueil démesuré de penser qu'il pouvait la sauver. Lorsque je posai une main sur le manuscrit, je fus surpris que tous ces mots soient sortis de moi. La détention m'avait au moins fait cadeau de la seule chose que même les milliardaires ne peuvent se payer en quantité suffisante : le temps. Le temps de réfléchir, de rappeler les souvenirs, de raconter sincèrement mon histoire. Même si je m'y suis efforcé, j'ignore s'il est possible de rédiger une histoire sincère, d'être honnête par rapport à des événements par essence fuyants et des vérités insaisissables. On m'accuserait sans doute d'être encore un de ces narrateurs peu fiables (comme s'il y avait là dans la nature de vrais narrateurs fiables !). Je sais maintenant qu'en écrivant, j'avais réduit au silence les voix – essentiellement celle de mon père – qui m'avaient freiné. J'avais pratiqué l'exorcisme de ce fantôme-là en particulier ; l'écriture m'avait sorti d'un puits de chagrin et de dépression en même temps que d'un ensemble d'attentes (en grande partie imaginées) qui m'avaient enchaîné. Je sais aussi qu'il s'agissait d'un acte de protection. Que la merveille et la magie de ce temps et la singulière brillance de Joe demeurent ignorées du monde m'attristait. Dans la rédaction de ma déposition, je m'efforçais de préserver une partie de ses expressions, de ses actions, de même que celles de son extraordinaire maisonnée. Je m'efforçais également de rappeler la gloire de ce pays. Amérique, je n'en ai pas encore fini avec toi. Ta sauvagerie, ta bizarrerie, ta merveille. Joe disait toujours que le pays de la liberté et la patrie des braves ne désignaient pas un endroit réel, mais un état d'esprit, et je continuerai à rechercher celui-ci. Quant à la « véritable liberté », eh bien, tout ce que je sais, c'est qu'il m'a fallu être incarcéré sans elle pour libérer les choses à l'intérieur. Lorsque nous nous sommes rencontrés, nous étions tous enfermés dans nos propres prisons, et il a fallu un colosse pour tordre les barreaux, que nous puissions nous échapper. Et par-dessus tout, je sais que cette confession est un acte d'instinct de conservation, une façon de laisser une trace. Oui, cette vanité est ancrée profondément ! Certaines nuits dans ma cellule, je me sentais comme les anciens dessinant sur les murs d'une caverne, se rappelant leurs rêves et s'efforçant de les capturer, pour que leurs descendants puissent connaître leur histoire dans les siècles à venir. Je me souviens du jour où j'ai terminé. Larson m'avait apporté mon café et mon petit pain, avait siffloté, puis m'avait dit que j'avais l'air différent. Et alors que je ne prétendais pas à la transformation, je me sentais différent. J'étais soulagé d'un fardeau, je me sentais aussi léger et brillant qu'un machaon, heureux d'aller là où le vent me portait. Tandis que je contemplais le manuscrit dans la grange de ma tante, je réalisai que peu m'importait ce qu'en penseraient les gens, qu'ils l'aiment, qu'ils y croient, ou qu'ils l'admirent. Comme me l'avait dit Larson, j'étais le seul à pouvoir raconter cette histoire.

Au cours de mes derniers jours en Amérique, j'achevai de rédiger mon récit, puis tentai de m'échapper dans d'autres histoires, emportant avec moi des livres dans mes promenades dans la montagne. Mais le fantôme de Joe était trop facile à trouver sur ce terrain, et chaque fois que j'ouvrais un livre, je l'entendais me dire de le poser, de sortir et d'aller vivre le chapitre suivant de mon existence.

Un matin, quelques jours avant que je n'entame mon voyage de retour, je reçus une lettre postée de la Jamaïque, avec une adresse au Mexique, et datée de quinze jours auparavant. Elle était rédigée d'une écriture enfantine anguleuse, avec des majuscules tracées avec fermeté, et des barres de « T » fortes, hautes et visionnaires. (Ou alors, c'était l'écriture d'un dingue.) Les mots étaient chargés d'un optimisme à l'américaine : généreux, au grand cœur, pleins d'une cadence de prédicateur, et du genre de déclarations qui engendrent des espoirs fallacieux. L'orthographe était créative, de même que certains mots. Mais pas besoin de graphologue pour identifier l'auteur de cette lettre, et savoir à quoi il ressemblait ; ni d'entomologiste pour me donner le nom du grand papillon bleu à cinq ailes glissé dans une enveloppe cristal scotchée à l'intérieur.

Quelque part à Mexico

Rip !

Gloire à Lui. Je ne suis pas mort. Tu vas t'étouffer dans ta marmelade à entendre ça, je le sais. Je vois déjà ce sourire cynicalistique que je n'ai jamais réussi à te faire perdre. Et j'entends ta voix – bon sang, qu'elle me manque ! Je l'entends qui dit : « Où diable est passé Joe Bosco ? » J'imagine que tu crois que c'est une situation qui « rendra les mots superflus ! » J'ai expédié cette lettre chez ta tante, pensant que d'une façon ou d'une autre, elle finirait par t'arriver. Bon, pour des raisons qui n'ont pas besoin d'être explicationnées, je ne peux pas te donner d'adresse exacte. Celle que j'ai écrite doit maintenant être dépassée. Sache simplement que c'est quelque part dans la région néotropicale. Un endroit qui a pour emblème national le deuxième plus grand papillon au monde.

Je suis désolé de ton incarcération. Et pour tous les embêtements avec lesquels je t'ai abandonné. Je ne pensais pas qu'ils te mettraient tout sur le dos. Mais je suppose que, comme dans les westerns, les familles formeront toujours un cercle de caravanes pour se défendre. Et Clay est aussi fidèle qu'un chien. Quand Iz m'a trouvé à la serre, et m'a dit que tu étais parti essayer d'arrêter M'man, je l'ai pas crue ; surtout après ce que je t'avais dit de ces bestioles, qui n'en valaient pas la peine. (Pas toutes, en tout cas.) C'était une idée insensée. Qu'est-ce qui t'a passé par la tête ? Tu as eu de la chance que M'man me dise que tu étais là. Je ne pense pas qu'elle t'aurait laissé flamber – alors, ne te crois pas trop rejeté. J'espère que tu pourras lui pardonner. Si tu veux continuer à voler, il faut pardonner !

Il s'avère que tu n'étais pas la seule chose à sauver des flammes. Le jour où Moroni est venu m'arrêter, j'ai déplacé les aberrations, et je les ai mises là où personne n'irait les chercher. Iz et moi, on plaisantait toujours sur le fait qu'en cas d'incendie, un de nous deux devait s'emparer des aberrations. J'ai les vingt-quatre bestioles. Moins celle que je viens de t'envoyer. J'espère que le petit monstre est arrivé sain et sauf dans cette lettre et que tu vas le mettre quelque part où personne ne le verra. Garde-le bien en sécurité, Rip. Fais-en ce que tu veux. Tu peux le donner à ton muséum d'Histoire naturelle à Londres. Ou bien le vendre. Ou bien le garder comme un mémento mémorial – à moi !

*Une chose que tu devrais savoir, c'est que je crois avoir trouvé une femme. Tandis que j'écris cela, Amelia est assise à côté de moi. Elle n'est pas seulement douée et jolie, mais elle a l'esprit entomologique, Rip. Son papillon favori est le même que le mien (actuellement, l'*Appias lyncida*). Tu crois que le Seigneur m'a fait traverser toutes ces épreuves juste pour m'aider à trouver une femme ? Je ne t'ai pas dit qu'elle faisait un mètre soixante-douze au moins, qu'elle pesait cinquante-huit kilos ; elle n'a aucune intention de se caser, et fait preuve d'une Bonne Théologie. Elle a rougi quand je lui ai dit ce que je venais d'écrire, ce que je prends pour un assentiment. Je lui ai enseigné* *les cinq régions faunistiques. Les étapes de développement et les classifications.*

Ne sois pas déçu que je n'aie pas pu faire de retrouvailles avec mon père. Il y a des choses qui ne sont pas destinées à se produire de ce côté-ci du paradis. Bien entendu, je me suis toujours demandé à quoi cela pourrait ressembler, et je savais que M'man nous faisait du mauvais baratin. Mais je savais aussi qu'elle ne mentait pas. Elle nous protégeait. Je ne dis pas que ce qu'elle a fait était bien – autrefois ou bien maintenant – mais je le comprends. Si j'avais été dans ses sabots, je crois que j'aurais fait pareil. Tu espérais qu'il aurait changé par rapport à ce qu'il était, et je te félicite d'avoir pensé ça – c'est tout à fait dénué de cynicalisme, pour un Européen comme toi, de penser qu'un individu puisse changer. Ne renonce pas à cette notion. Souviens-toi pourtant que lorsque saint François d'Assise a converti le loup, le loup est resté loup. Wolff est resté Wolff !

Il y a un côté drôle à tout cela. Et à la vérité, je me suis fendu la pêche en y pensant. Pas par cruauté, mais parce que tu as récolté davantage que ce que tu avais semé ! Mais j'ai confiance, tu respecteras ta promesse d'écrire le récit de nos aventures, et je sais que de m'avoir rencontré ne le rendra que meilleur. J'en pleure presque de rire quand je pense au genre de livre que tu disais vouloir écrire, si tu ne m'avais jamais rencontré. Un bouquin plein de choses qui impressionneraient les gens qui ne sortent jamais au soleil dans la montagne. Assure-toi que ce livre contienne toutes les choses que j'ai dites. L'Amérique, les lépidoptères, et la recherche de la Vraie Liberté, pour laquelle je te crois maintenant qualifié. Écris ça sur grand écran, en Panavision !

Cela n'est pas la fin de l'histoire, Rip. Nous le savons toi et moi. Je ne crois pas que nos jours de papillons soient achevés. Et tu dois entretenir cette petite flamme. Ne laisse pas les vents contraires l'éteindre, Rip ! Tiens ! Est-ce là une de tes correspondances épiques ? Je sais que tu adores les métaphores autant que certains adorent la malbouffe. Alors, en voici encore une pour toi : souviens-toi que la vie est une pomme dans laquelle tu dois croquer à belles dents jusqu'au trognon, pas l'éplucher et la couper en tranches !

L'autre nuit, j'ai fait un rêve, et tu sais que je n'aime pas les rêves. J'ai eu cette visitation. Je ne plaisante pas. N'aie pas peur ! Cette visitation ne comportait pas de message particulier, et il n'y a rien à ajouter à ce que le Seigneur a déjà dit sur pratiquement tout ce qui a besoin d'être dit. Mais il m'est apparu comme un morpho bleu. Il m'a dit que ma tâche dans l'existence était d'aider les plus petits, ceux qui sont perdus, ceux qui sont égarés, ceux qui sont abandonnés, et de faire voir aux gens la joie et la merveille de la vie. Je lui ai dit qu'il pouvait compter sur moi. Et puis il a disparu. C'était tellement réel, Rip. Plus réel que la vie elle-même. Quand je me suis réveillé, j'ai pensé, est-ce que je deviens fou ? Est-ce là un nouvel ange bidon en train de fonder une religion ? Tu vois, il faut mettre les esprits à l'épreuve. Il faut discerner. Je vais devoir soupeser ça, mais j'incline à penser que c'était bien le Tout-Puissant.

Tout se résout, Rip. La vie est trop pleine de joie et de merveilles pour y renoncer. Il y a une chose sur laquelle tu peux compter : les saisons se succéderont, les œufs écloront, les petites chenilles se transformeront en grandes chenilles, elles deviendront chrysalides, et puis un papillon émergera, séchera ses ailes, et rapidement, effectuera son premier vol. Les gens disent que les fins heureuses sont pour les imbéciles et les fous. Alors, je suis avec les imbéciles et les fous. Cette histoire n'est pas terminée, et quoi qu'il arrive entre-temps, elle se terminera bien.

Joe.

J'étais tellement abasourdi qu'il me fallut un moment pour arriver au bout de la lettre. Le Joe couché par écrit ne remplaçait pas le Joe dans la pièce – bon sang, il avait bien raison à ce propos ! – mais ses mots étaient tout ce que j'avais. Je relus la lettre à plusieurs reprises, un peu comme un amant s'efforçant de saisir l'essence de l'expéditeur ; je lus les lignes, entre les lignes, et les espaces entre les mots, essayant de faire apparaître Joe. Lorsque je cessai enfin de lire, je ressentis l'ardent désir de la compagnie de son auteur.

Trois jours plus tard, j'emportai mon maillot de bain et mes *Contes classiques américains* jusqu'aux Kaaterskill Falls pour un dernier plongeon dans les eaux encore glacées, et pour finir l'histoire de Rip Van Winkle. Grâce à la bibliokleptomanie de Mary, je n'avais jamais réussi à en achever la lecture, et le complétiste en moi avait besoin de mettre un point final à mes aventures américaines. La journée était couverte, mais assez chaude pour qu'un Britannique puisse envisager de se baigner. Peut-être irais-je me débaptiser dans ces eaux, me dépouiller de cette peau et redevenir officiellement Llewellyn Jones, laisser les habits sérieux de Rip flotter au pied des chutes d'eau. J'atteignis la cascade à l'instant où le soleil perçait à travers la couverture nuageuse. Les eaux étaient hautes – plus hautes que l'année précédente – à cause des grosses chutes de neige que j'avais complètement ratées, grâce à mon incarcération. Tout était tel que je m'en souvenais. À l'exception de la naïade dans l'eau ; à l'exception du colosse sur le rocher. Je vis le rebord vide où j'étais étendu ce jour où Joe avait fait son apparition, et j'allai m'asseoir là avec mon livre. Le soleil avait pratiquement atteint le point de son orbite où Joe me l'avait éclipsé. Je recommençai l'histoire de Rip Van Winkle, du moment où Rip se réveille, mais impossible de me concentrer sur les mots.

Après plusieurs tentatives, j'y renonçai. Je compris que je me refusais à terminer l'histoire de Rip parce que je ne voulais pas finir *mon* histoire, aussi posai-je le livre, et mon homonyme endormi près des eaux froides des Kaaterskill Falls. Une terrible torpeur m'envahit alors, et j'appuyai la tête sur le rocher, les yeux quasiment fermés, mais les cils entrouverts de façon à me donner un peu de visibilité, laissant le soleil me réchauffer le visage jusqu'à la brûlure. Je restai étendu là, cédant à la nostalgie. Je ne mentirai pas, j'espérais un signe, qu'un papillon vienne voleter devant moi, comme celui du jour où j'avais rencontré Joe ; mais aucun papillon ne fit son apparition, et l'absence de signe engendra cette douce et triste mélancolie pour ce qui n'était pas et ce qui était, et en m'abandonnant à ce sentiment, les larmes se mirent à couler comme les eaux de la fonte des neiges dans la Catskill River. C'était bon de se laisser aller, et je restai là à cligner des yeux, créant de multiples soleils dans les réfractions de mes larmes, tendant l'oreille au sifflement de la ruée des flots grossis de la chute, imaginant l'apparition de Joe, avec cette fabuleuse expression qui contenait émerveillement, gratitude, et promesse de nouvelles aventures. Et alors, à l'instant où je le visualisais, je décelai une vibration dans les sous-bois, et m'imaginai entendre, s'élevant au-dessus de l'exubérante musique de l'eau, l'écho d'un homme qui chantait tout seul et riait de l'univers.

Remerciements

J'ai écrit ce roman tout seul ; mais je n'aurais pas pu le faire sans l'inspiration, l'encouragement et l'entremise de plusieurs personnes particulières :

Joseph Simcox, qui m'a un jour offert de vendre des papillons et m'a promis que je verrais l'Amérique.

Adam Leyland, qui a accepté de se mettre à la place du mort et m'a laissé conduire alors même que je n'avais pas de permis.

Harry Armfield, qui m'a encouragé à écrire ce livre et m'a aidé à tracer son itinéraire pendant que nous marchions autour de Richmond Park.

Les deux Steve – Steve Matthews « le silencieux » et Steve Robinson – pour m'avoir laissé leur soumettre de mauvaises idées à des moments inopportuns.

Mon agent – Caroline Wood – pour avoir soutenu la décision d'écrire un livre un peu différent du précédent.

Mon éditrice Kris Doyle et mon éditeur Paul Baggaley pour avoir pris le livre alors qu'il se trouvait à l'état de chrysalide et pour avoir eu la conviction qu'il pourrait éclore et prendre son envol.

David Kosse pour avoir été impliqué et associé à cette histoire de l'œuf jusqu'à l'imago. Et peut-être jusqu'à un autre « stade ».

Mon fils Gabriel et ma fille Agnès pour m'avoir supporté quand je restais à fixer le vide au dîner, et pour m'avoir offert des solutions élégantes à des casse-tête.

Ma femme, Nicola. Les mots ne sont pas vraiment à la hauteur.

L'Auteur de Toutes Choses.

pca
cmb
édition pré-presse
livres numériques

44400 Rezé

Imprimé en Allemagne
par GGP Media GmbH
à Pößneck